HEYNE <

DAS BUCH

Durch die magische Äthermaschine Drachenwall, eine mächtige Absperrung, wird die Mondwelt von den Menschen getrennt. Ungeheure Energien warten nur darauf, missbraucht zu werden. Nur wenige ahnen, dass Drachenwall von den mächtigen Glassdrachen beherrscht wird, die ihre eigenen unmenschlichen Pläne verfolgen. Und so liegt das Schicksal der Mondwelt nun in den Händen der Priesterin Terikel und der Vampyrin Velander. Während Terikel sich aufmacht, die Ältesten der Glasdrachen zu suchen, muss die untote Velander einmal mehr sterben, um als etwas völlig Neues wieder aufzuerstehen …

Die Mondwelten-Saga

Bd. 1: Die Fahrt der Shadowmoon
Bd. 2: Der Fluch der Shadowmoon
Bd. 3: Die Rache der Shadowmoon
Bd. 4: Die Schlacht der Shadowmoon
Bd. 5: Der Geist der Shadowmoon
Bd. 6: Die Legende der Shadowmoon

DER AUTOR

Sean McMullen, geboren im australischen Victoria, war lange Jahre Musiker und Sänger, bevor er mit dem Schreiben phantastischer Geschichten begann. Heute zählt er zu den interessantesten und erfolgreichsten Fantasy- und Science-Fiction-Autoren Australiens. Sein Werk wurde mehrfach ausgezeichnet. Mit seiner Frau und seiner ebenfalls schreibenden Tochter lebt er in Australien.

Sean McMullen

Die Schlacht der Shadowmoon

Roman

Deutsche Erstausgabe

WILHELM HEYNE VERLAG
MÜNCHEN

Titel der amerikanischen Originalausgabe
GLASS DRAGONS (PART 2)
Deutsche Übersetzung von Christian Jentzsch

FSC
Mix
Produktgruppe aus vorbildlich bewirtschafteten Wäldern und anderen kontrollierten Herkünften

Zert.-Nr. SGS-COC-1940
www.fsc.org
© 1996 Forest Stewardship Council

Verlagsgruppe Random House
FSC-DEU-0100
Das für dieses Buch verwendete FSC-zertifizierte Papier *München Super* für Taschenbücher aus dem Heyne Verlag liefert Mochenwangen.

Deutsche Erstausgabe 10/2007
Redaktion: Vanessa Lamatsch

Printed in Germany 2007
Titelillustration: Arndt Drechsler
Umschlaggestaltung: Nele Schütz Design, München
Karte: Andreas Hancock
Satz: Greiner & Reichel, Köln
Druck und Bindung: GGP Media GmbH, Pößneck

ISBN: 978-3-453-52318-0

http://www.heyne.de

Für meine Mutter, die mich den Wert guter Manieren schätzen gelehrt hat, und meine älteren Brüder, die mich gute Partys schätzen gelehrt haben.

40
Drachen-
wall
Ringstein Felicy
Ringstein Littoral
Vindil
20
Racital
Ringstein
Oedland
Acrema
Bantak
Zalmek
Portus
Ringstein
Centras
Diomeda
0
Leirr
Gladen-
falle
Saltberry
Ringstein
Wueste
Lacer
Inseln
20
Ringstein Alpine
Glasbury
Palion
Okzidanischer
Ozean
Logiar
Carcalus
Ringstein Logiar
Strasse des Schreckens
Foxan
40
Ringstein
Septire
Alberin
Alber
Vollean
Bantrok
Ringstein Frost
Nord-Scalticar
Drachen-
wall
60

EMTAS
SORRIC
N
EBAROSSEE
PORT KOSAMIC
(BANZALO)
FONTARIAN
DARMARIA
TOMEL
VIDARIA
GIRONAL
DIORAN
LARMENTAL
BAY
NAMARI
TOREA
ZANTARIAS
PLAZIDISCHER
OZEAN
Verral
ACREMISCHE MEILEN
0 500 1000 1200
0 500 1000 1500 2000
TOREANISCHE MEILEN

1

DRACHEN-SCHULE

Am fünften Tag nach der Abreise aus Glasbury kam die Reisegarde in Sichtweite des Kapfanggebirges, einer noch jungen Bergkette mit spitzen Gipfeln und scharfen Graten, nahezu frei von sanften und abgerundeten Hängen. Die Gipfel waren von einer Menge Schnee bedeckt, und der Westwind brachte schneidende Kälte mit sich. Hinter den Bergen erstrahlte die orangefarbene Unermesslichkeit des Windvorhangs Drachenwall mit dem mächtigen Regenbogen als Krone.

Sie waren auf der Hauptstraße nach Südwesten unterwegs, als sie auf eine der lokalen Miliz-Einheiten stießen, die sich um fünf braune, vage zylinderförmige Objekte am Straßenrand versammelt hatte. Zwei davon erwiesen sich als Kuh mit ihrem Kalb, aber die anderen drei sahen aus, als würden sie Kleidung tragen. Gilvray hielt sein Pferd an und beugte sich herunter, um mit dem Anführer der Milizen zu sprechen, während Esen, Andry und Terikel die Leichen untersuchten. Esen fing leise an zu singen.

»Da war 'ne alte Dame,
sie verschlang eine Kuh,

vielleicht weißt ja du wie
sie verschlang die Kuh …«

»Ein sieben Fuß großer Schnabel mag diese Aufgabe erleichtert haben«, merkte Terikel an, während sie mit einem Stock in einer der zerbröckelnden Leichen herumstocherte.

Gilvray kam mit dem ältlichen Milizenführer zu ihnen, und der Mann zeigte mit seiner Axt auf eine der Leichen.

»Das da ist Blondarian der Schänder«, erklärte er. »Zu erkennen an den blonden Haaren. Wenn sie auch jetzt eher braun sind. Hierzulande wurde er wegen Raub und Schändung gesucht. Hat sich sein täglich Brot mit Straßenraub verdient, aber 'ne Schändung war ihm allemal lieber.«

»Also sind diese zwei anderen seine Leute?«, fragte Hauptmann Gilvray.

»Tja, äh, nicht leicht zu sagen, aber man sollte es meinen. Sie waren zu viert, aber letzten Monat haben wir einen von den Kerlen erwischt, und der Magistrat hat ihn wegen, äh, Schändung aufknüpfen lassen.«

»Dieser Drachenvogel ist größer als der weiter nördlich«, sagte Terikel nach Durchsicht und Vergleich einiger Zahlen, die sie auf Schilfpapier notiert hatte. »Die Spuren sind über sechs Fuß lang.«

»Wie viele von denen gibt es wohl, frage ich mich?«

»Nach meinem Dafürhalten mindestens drei. Sie scheinen bei Nacht zu jagen und ernähren sich nur von dem, was sich im Freien aufhält. Das beinhaltet Kühe, Kälber, Schafe, Schafhirten, Banditenführer auf nächtlichen Raubzügen und Wegelagerer auf der Suche nach spätabendlichen Reisenden.«

Da Andry das Verbindungsglied zu den Aufklärern war, bekam er die drei kommandierenden Adligen der Reisegarde oft zu Gesicht. Er bemerkte eindeutige Spannungen zwischen Senterri und Cosseren, aber auch zwischen Hauptmann

Gilvray und Laron. Die beiden Hauptleute ritten immer neben Prinzessin Senterris Kutsche, redeten aber nur miteinander, wenn es sich nicht vermeiden ließ. *Eifersüchtig wegen Terikel*, vermutete Andry. Laron hatte offenbar niemals eine Liebschaft mit Terikel gehabt, aber nun war offensichtlich, dass er wahrscheinlich einige Fantasien gehabt hatte, in denen sie eine Rolle spielte. Cosseren ritt immer vor der Kutsche, doch die Prinzessin verbrachte die meiste Zeit damit, durch das kleine Rückfenster zu schauen. Cosseren liebte es, die Führungsrolle zu übernehmen und dabei auch gesehen zu werden. So sah er im Allgemeinen so lange glücklich aus, bis sie anhalten mussten. Senterri wirkte einfach die ganze Zeit unglücklich.

Am achten Abend nach ihrer Abreise aus Glasbury hatte sich Andry kurz nach Sonnenuntergang zurückgezogen und lag auf seiner Matte unter einer Decke, die einmal auf einem Bett in Madame Jillis Erholungsheim ausgebreitet gewesen war. Velander glitt von der Heckklappe des Karrens, und ihre tastenden Hände fanden Andry unter der Decke zwischen den Rädern liegend.

»Mit Rüschen am Rand?«, bemerkte sie. »Für Soldatendecken, seltsam.«

»Ein Geschenk von Madame Jilli in Palion für die Rettung Terikels«, lachte Andry schläfrig. »Sie ist sehr warm.«

»Andry, alleine, Ihr?«

»Niemand ist in der Nähe«, antwortete Andry.

»Gut. Jetzt, erzähle Euch, äh … bin keine große Geliebte, ich. Kaltes Blut, krank, tot, blind. Jeden Tag schwächer. Schaut in Mund. Reißzähne verschwinden, fast weg. Krallen auch. Eines Tages bin Haufen Staub, ich. In Haufen Staub, Reif, mit grünem Stein. Wenn in der Nähe seid, Ihr nehmt Stein heraus und zerschmettert ihn mit Rücken von Axt.«

»Ich habe mit Laron gesprochen, er trägt auch so einen Stirnreif. Er hat gesagt …«

»Enthält Seele. Wenn zerschmettert, Seele weg.«

»Velander!«

»Versprochen?«

»Also wollt Ihr wirklich, dass alles zu Ende ist?«

»Ja. Durch Eure Hand.«

Ohne ihren gewohnten Sarkasmus war Velander nicht mehr wirklich Velander, aber Andry gefiel die Veränderung. Das Problem war nur, dass sie anscheinend ständig Schmerzen litt und eindeutig schwächer wurde. In Glasbury hatte es keine Geschichten über grausige Morde gegeben, keine zerfetzten Kehlen, keine auf den Straßen liegenden, blutlosen Leichen. Alles deutete darauf hin, dass Velander an Unterernährung litt.

»Ist noch mehr«, verkündete Velander und streckte eine Hand nach ihm aus. Er ergriff sie, und sie war eiskalt und schlaff. »Liebe Euch, aber … wenn nettes Mädchen sagt, äh, mag Euch, sagt ja, Ihr.«

»Velander! Nein …«

»Zuhören! Wie gerade schon gesagt, bin keine große Geliebte ich. Aber liebe Euch. Sex haben ist schön, habe Veranlassung zu glauben ich.«

»Oh, aye, das habe ich auch schon gehört.«

»Dann macht es mit einem Mädchen, Ihr, für mich! Bin nicht eifersüchtig. Hasse eifersüchtig.«

»Ich glaube, Ihr meint Eifersucht, Ihr verwechselt Dinge, die Terikel Hauptworte und Eigenschaftsworte nennt.«

»Eifersucht zu sein, hat ruiniert mein Leben.«

Sogar Andry wusste, dass es unter diesen Umständen keine angemessene Antwort gab.

»Velander?«

»Ja?«

»Legt Euch neben mich.«

»Aber … Andry, was macht Ihr?«

»Ich decke uns zu.«

»Nein! Keinen Sex haben. Äh, verliere dann Beherrschung, ich. Töte Euch.«

»Das habe ich vermutet, aber sich einfach nur angekleidet in den Armen zu liegen und zu schlafen könnte ungefährlich sein.«

»Oh, äh … fehlen Worte mir«, gab Velander sehr bewegt zu.

Sie lagen eine Zeit lang still da, Velander mit dem Kopf auf Andrys Brust, wo sie dem synkopischen Doppelecho seiner Herzschläge lauschte. Schließlich schnürte sie die Jacke auf, nahm seine Hand und führte sie auf eine weiche, glatte, aber extrem kalte Brust.

»Nicht viel, aber mehr nicht kann sicher anbieten, ich«, erklärte sie. »Probleme, Probleme, immer verdammte Probleme!«

»Jeder hat Probleme«, antwortete Andry. »Wir haben auch Liebe.«

»Stimmt. Andere viele Probleme, aber keine Liebe.«

»Ich habe beobachtet, dass Laron und der andere Hauptmann nicht miteinander reden«, merkte Andry an.

»Hauptleute bewundern Prinzessin. Graf hat Sex mit Prinzessin. Manchmal Hauptleute haben verletzte Gefühle.«

»Äh, was empfindet Prinzessin Senterri für sie?«, fragte Andry, der plötzlich den Boden unter den Füßen verlor und sich fühlte wie eine Maus, die in einen Brunnen fiel.

»Hat verführt Laron, sie. Laron hat gerettet, sie, als sie war, äh, Gefangene … nein, Sklavin. War dankbar, sie.«

»Verständlich.«

»Hat versucht zu lieben Laron, die Prinzessin. Selbst auch, habe es auch versucht, aber … nicht passiert.«

»Aber … aber er scheint doch alles zu haben! Gutes Aussehen, Manieren, Geld, Rang!«

»Laron ist … verdammt! Was ist Wort für alter Mann, immer mürrisch?«

»Mürrisch.«

»Ja!«

»Aber Laron ist erst fünfzehn.«

»Laron ist siebenhundert Jahre alt.«

»Das hat er mir auch erzählt, und ich glaube es nicht.«

»Ist wahr. Senterri, nettes Mädchen, jung, hübsch. Aber … keinen Verstand.«

»Wirklich? Ich dachte, alle Prinzessinnen wären klug.«

»Ha! Gutherzig, aber dumm wie Bohnenstroh, ist Ausdruck. Wenige Männer merken es. Kümmern sich kaum darum. Laron, überall gewesen, alles gemacht. Von Welt, genug hat. Mit ihr, mit mir, nicht geduldig. Lebensüberdrüssig. Wie alter, alter Mann.«

»Ich denke, das ergibt einen Sinn«, sagte Andry, nachdem er darüber nachgedacht hatte. »Es ist schwer, Laron irgendwas zu sagen, er hat immer recht.«

»An die Liebe glauben, nur junge Leute können, Andry. Ihr, ich, sind jung. Laron, ist nicht. Andry, möchte Persönliches sagen. Bitte Euch, diskret seid, Ihr. Bitte.«

»Ich verspreche es.«

»Zuerst verachtet, Euch. Dann toleriert, Euch. Dann bewundert, Euch. In dreißig Tagen von einem stinkenden, betrunkenen Matrosen so verwandelt, dass Wappen von Prinzessin bekommen habt, Ihr, und Vasall seid. Trinkt kaum noch. Für mich. Andry, Eurem Beispiel folge, ich. Schaue in meine Seele, sehe das Böse. Sehe schwache Närrin. Schäme mich, für mich. Laron hat aufgegeben, mich. Senterri denkt, Velander schwach, dumm, nicht wert, sich zu kümmern. Wie war noch Ausdruck? Lasse mich gehen, ich. Nicht wasche mich, Kleidung dreckig, jage Betrunkene. Jetzt, mit Euch, mache etwas.«

»Aber Ihr hungert Euch zu Tode.«

»Kann von Tieren ernähren, mich. Aber selbst das, nein. Jetzt stelle infrage. Kutsche brannte, nur Aufklärer noch da und in der Falle. Ihr Glasdrachen angegriffen, um Aufklärer zu retten, Gemeine. Dann gesucht nach mir, nach dreckigem, betrunkenem Ungeheuer.«

»Es war meine Pflicht …«

»Schwacher Sinn!«

»Ich glaube, Ihr meint, *Schwachsinn*.«

»Ja, *Schwachsinn*! Richtiger Grund?«

Andry hielt inne und überlegte. Er hatte seine Gründe, er hatte vorher nur noch nicht darüber nachgedacht. Als er die Geschichte in Gedanken zusammenfügte, bemerkte er, dass seine Hand auf Velanders rechter Brust vor Kälte taub war.

»Tja … einmal in Barkenwerft, am Fluss in Alberin, habe ich auf einem Krangerüst gearbeitet. Unter mir sah ich einen Dockarbeiter, der seine Bulldogge auf eine Mutterkatze losließ, die mit ihren Kleinen in die Enge getrieben wurde. Als ich endlich unten war, waren Katze und Jungen tot. Sie hätte fliehen können, weil sie ja eine Katze war und alles, aber sie hat sich gewehrt. Ich habe den Hund mit einem Beil aus meiner Ausrüstung getötet und dann mit dem Dockarbeiter gekämpft. Ich habe ihm den Ellbogen zerschmettert, damit er nie wieder auf dem Dock arbeiten konnte. Dann habe ich ihn gezwungen, seinen Hund zu essen. Roh. Bis nichts mehr übrig war. Jetzt wischt er die Böden in der Taverne *Zum Schiffswurm* und sieht einem nicht mehr ins Gesicht. Als ich auf diesen Glasdrachen stieß, wurde ich zu dieser Mutterkatze, wenn Ihr mich versteht.«

»Aha. Also seid Katzenwesen, Ihr?«

»Ich … äh, ja, jetzt, wo Ihr es erwähnt.«

»Bin auch.«

»Also haben wir viel gemeinsam«, lachte Andry. »Ich würde Euch bitten, mich zu heiraten, aber Ihr müsstet versprechen, die Kinder nicht zu Dämonen zu erziehen.«

»Verspreche, ich«, sagte Velander nur.

Die anschließende Stille zog sich viele Minuten lang hin. *Selbst ein wortgewandter Mensch müsste lange nachdenken, um darauf eine Antwort zu finden*, dachte Andry.

»Andry, habe alles. Stattlichen Mann, der liegt neben mir und fragt nach Heirat. Werde geliebt und liebe. Was will man mehr? Jetzt will, dass aufhört. Böse. Beschämt. Immer noch Mörderin, in Träumen. Jeden Tag, wird schlimmer.«

»Velander, wenn ich etwas für Euch tun kann, sagt es mir.«

»Alles, was tun könnt, schon tut Ihr.«

Gilvray und Terikel verschwanden, sobald die Reisegarde in Karunsel angekommen war. Das war nicht sehr diplomatisch, da am zweiten Abend ein Ball zu Ehren von Senterris Ankunft in ihrer neuen Domäne stattfinden sollte. Senterri ernannte in Gilvrays Abwesenheit Laron zum Kommandanten der Reisegarde, womit sie Gilvray bei dessen Rückkehr verärgern wollte. Das gelang ihr auch, aber Gilvray betrachtete es als Strafe für seine Liebschaft mit Terikel und machte keine Szene. Weil sie in der letzten Zeit nichts Heroisches vollbracht hatten, waren weder die Gardisten noch die Aufklärer oder Milizen zum Ball eingeladen. Laron bildete als höchster anwesender Offizier die Ausnahme, aber er nahm ohne Partner teil, sprach höflich mit jedem, der ihn ansprach, lehnte alle Tanzangebote ab und verließ die Veranstaltung frühzeitig.

Am Morgen nach dem Ball fuhren Andry und Wallas mit dem Karren zu einem der Märkte in Karunsel, um Vorräte für den letzten Reiseabschnitt zu kaufen. Inzwischen hatten alle Glieder der Befehlskette bis hin zu Senterri Wallas' Kochkünste erkannt, und er hatte eine lange Einkaufsliste und auch das Silber für die Bezahlung.

»Gutes Öl, man kann nie genug Öl aus Karunsel haben«, sagte Wallas, während er den sechsten großen Krug auf den Karren lud.

»Besonders, wenn du darin gekocht wirst, weil du Geheimnisse an eine berüchtigte Spionin weitergegeben hast«, antwortete Andry.

»Wirst du wohl damit aufhören? Was fehlt noch? Lampenöl, gemischt mit Essenzen aus zerstoßenem Minderich.«

»Lampenöl und Minderich?«

»Das hält die Moskitos ab, wenn man es bei Veranstaltungen im Freien verbrennt, und hat einen sehr angenehmen Duft. Die Prinzessin hat ausdrücklich danach verlangt.«

Wallas verschwand wieder in den Menschenmassen auf dem Markt und überließ Andry die Bewachung des Karrens. Mehrere verdächtig aussehende Gestalten lungerten in der Nähe herum, und Andry bemerkte, dass sie schnell wegsahen, wenn er in ihre Richtung blickte. Er fühlte sich bemüßigt, sich ständig umzudrehen und bedauerte bereits, Costiger nicht mitgebracht zu haben, um ihm den Rücken freizuhalten.

»Bruder Tennoner!«

Andry war so ins Umschauen und in die Suche nach verdächtigen, bemüht unschuldig dreinschauenden Gestalten vertieft, dass er die vier wirklich harmlosen Gestalten gar nicht bemerkt hatte, die sich ihm näherten. Harmlos, obgleich einer von ihnen eine dunkel getönte Brille trug und sich beinah ständig eine Hand vor den Mund hielt.

»Wilbar, Ihr kommt wie gerufen!«, rief er. »Beeilt Euch, auf den Karren, setzt Euch mit dem Rücken zu mir und achtet auf das Gesindel.«

Wilbar stieg auf und schon waren diejenigen, die zuvor diskret den Wagen umkreist hatten, wirklich uninteressiert.

»Bruder, wir haben gehört, dass die Prinzessin herkommen wollte, und gehofft, dass Ihr bei ihr sein würdet«, erklärte Wilbar.

»Und die Älteste Terikel«, rief Maeber, während er auf der Stelle hüpfte und mit dem Arm winkte, als wolle er um Erlaubnis bitten, davonzulaufen und einen Abtritt aufzusuchen.

»Wir haben kein Geld mehr«, sagte Riellen unverblümt, und Andry konnte mit einem Blick nach unten feststellen, dass sie wie ein Junge gekleidet war und sich sogar die Haare bis auf Schulterlänge abgeschnitten hatte. »Wir haben uns gefragt, ob die Älteste uns die Erlaubnis verschaffen könnte, mit der Reisegarde nach Logiar zu reisen.«

»Was?«, entfuhr es Andry. »Eine studentische Revolutionsgruppe im Gefolge der Fünften in der Thronfolge des Reiches?«

»Wir sind nicht gegen das Königtum, sondern gegen das Establishment der Zauberer«, erklärte Allaine.

»Nun ja, jedenfalls sind wir dagegen mehr als gegen das Königtum«, fügte Riellen hinzu.

»Wir würden sie verteidigen!«, rief Maeber und fuchtelte dabei mit einem Messer herum, das in seiner Länge fast ein Drittel seiner Körpergröße aufwies.

»Seid Ihr sicher, dass Euch nicht danach ist, etwas Komisches mit dem Ringstein bei Logiar anzustellen?«, fragte Andry misstrauisch.

»Wir wollen uns in die Akademie in Logiar einschreiben«, verkündete Wilbar. »Bruder Maeber sagt, dass wir alle bei seinen Eltern wohnen können. Sie leben dort.«

»Hört her, es steht mir nicht zu, Euch etwas zu erlauben, und Lady Terikel ist vor zwei Nächten mit Hauptmann Gilvray fortgeritten. Ich kann mit dem stellvertretenden Hauptmann sprechen, aber wenn er nein sagt, ist die Sache erledigt.«

Drei Stunden später waren mit der eifrigen Hilfe der Studenten die Einkäufe auf dem Markt erledigt. Wallas war hocherfreut, wieder Personen herumkommandieren zu können, und daher sehr dafür, die Studenten mit ihnen reisen zu lassen, aber andererseits bekleidete Wallas den niedrigsten Rang, den es in der Befehlshierarchie überhaupt gab. Andry führte Wallas und die Studenten zu dem Zimmer im Gästeflügel des Palasts, das Laron bewohnte.

»Verschwenderischer Luxus, der durch die Unterdrückung der schwer arbeitenden Bauernschaft angehäuft wird«, murmelte Wilbar, während sie eine Wendeltreppe aus glattem Holz über einem erlesen gekachelten Boden erklommen, der die mythische Beschwörung des ersten Glasdrachens darstellte.

»Und eine grobe Verzerrung der historischen Fakten«, zischte Riellen.

»Das reicht jetzt!«, schnauzte Andry sie mit einem Finger an den Lippen an. »Wer einen königlichen Gefallen erwartet, sollte königlichen Hoheiten auch mit Höflichkeit begegnen.«

Sie betraten einen breiten, mit Teppichen ausgelegten Korridor und blieben vor der Tür stehen, an der an einem goldenen Haken Larons Wappen hing. Als Andry die Hand hob, um anzuklopfen, hörte er von drinnen wütende Stimmen.

»Ich werde mich bei der Garde aufhalten!«, beharrte eine erzürnte weibliche Stimme auf Diomedanisch.

»Wir reisen nach den Vorschriften und achten auf größtmögliche Sicherheit!«, schrie Laron zurück. »In Fragen der Sicherheit ist das Urteil des Hauptmanns der Reisegarde maßgeblich.«

»Ich kann einen neuen Hauptmann ernennen!«

»Tut das – Eure Hoheit.«

Eine Pause trat ein, die so bedeutungsschwanger war, dass eine Hebamme hätte anwesend sein müssen. Andrys Hand schien aus eigenem Antrieb anzuklopfen.

»Herein!«, rief Laron sofort, offenbar erpicht auf eine Unterbrechung. Andry drückte die Klinke aus Messing herunter und öffnete die Tür weit. Laron, die Prinzessin und eine ihrer Dienerinnen standen ihm in einer Reihe mit gleichmäßigen Abständen gegenüber und schauten ihn an. »Tretet ein, tretet ein, wir stehen hier nicht wegen einer Zeremonie, sondern nur zufällig alle in einer Reihe«, sagte Laron eine Spur zu laut. »Andry, Ihr habt Ihre königliche Hoheit, die Prinzessin, bereits kennengelernt, aber vielleicht ihre Kammerzofe noch nicht. Darf ich Euch die vorzügliche Dolvienne vorstellen, Trägerin des Titels Verteidiger der Königlichen Gemächer und sehr wahrscheinlich nächster Befehlshaber der Reisegarde. Wie kann ich Euch helfen?«

Andry ertappte sich dabei, dass er die Hände in einer deutlich servilen Art und Weise wrang. Er legte die Hände fest zusammen, während er sich vor der Prinzessin verbeugte, sandte ein Stoßgebet zum Gott des Flusses Alber, dass die Studenten hinter ihm so viel Verstand hätten, sich ebenfalls zu verneigen, und richtete sich dann wieder auf.

»Herr Hauptmann, ich freue mich, melden zu dürfen, dass sich Freiwillige gefunden haben, um dem Milizsoldaten Dritter Klasse Wallas Bäcker bei der Zubereitung der königlichen Speisen während der Reise zu helfen, Herr Hauptmann!«

»Studenten?«, sagte Laron leise.

»Aye, Herr Hauptmann! Das heißt, ja, Herr Hauptmann.«

»Keine Milizen?«

»Nein, Herr Hauptmann.«

»Die Reisegarde ist eine militärische Truppe, Aufklärer Tennoner. Nur die Männer des Geleitschutzes und die Krieger des Herrschers sind zur Mitreise berechtigt.«

Andry bemerkte, dass die Prinzessin aufmerksam in seine Richtung starrte, ihn aber nicht direkt im Visier hatte. *O nein, sie hat Wallas wiedererkannt,* dachte Andry. *Ich frage mich, wie lange es noch dauert, bis wir in kochendem Olivenöl sterben?*

»Herr Hauptmann!«, blaffte Andry. »Ich habe das auch Wallas, Bäcker Dritter Klasse erklärt – das heißt, äh, Milizsoldat, Herr Hauptmann!«

»Die Antwort lautet nein. Wegtreten.«

»Wartet!«, rief Senterri, die immer noch auf einen Punkt hinter Andry starrte. »Ihr vier, seid Ihr die Studenten, die meinen Aufklärern geholfen haben, aus Clovessen zu fliehen?«

»O ja, Eure Gnädigste und Weiseste Hoheit«, sagte Wilbar hinter Andry.

»Oh, dann nehmt meine Entschuldigung an, ich hatte bisher noch keine Gelegenheit, Euch zu belohnen. Was wünscht Ihr Euch? Für jeden eine Goldkrone und eine handschriftliche Empfehlung von mir für den Hof der Herzogs von Karunsel? Oder vielleicht etwas anderes?«

»Äh, die Erlaubnis, in Eurem Gefolge nach Logiar mitreisen und dabei arbeiten zu dürfen, Höchst Gerechte und Erleuchtete Hoheit«, antwortete Wilbar.

»Ist das alles? Natürlich könnt Ihr mit mir reisen, und zwar als meine Gast-Eskorte. Solltet Ihr meinen äußerst fähigen Milizenkoch unterstützen wollen, bin ich sicher, dass Ihr dabei auch durch das Erlernen einiger wunderbarer Kochtechniken belohnt werdet. Geht das alles in Ordnung, Hauptmann Aliasar?«

»Vollkommen, Eure Hoheit«, antwortete Laron ohne die Spur einer Gemütsregung.

Sobald sie Larons Gemächer verlassen hatten, bedeutete Senterri der Gruppe stumm, ihr zu folgen. Sie führte sie zu den Zimmern für die königlichen Besucher, geleitete sie hinein und schloss die Tür. Sie nahm Allaine am Arm und schritt zu dem bis zum Boden reichenden Spiegel. Andry bemerkte, dass der Jugendliche etwa genauso groß war wie sie, obwohl er mit ihren Brüsten und Hüften doppelt so schwer gewesen wäre. Seine Haare waren von ihren eigenen glänzenden brünetten Locken nicht zu unterscheiden, wenn man davon absah, dass sie ihm nur bis zu den Schultern reichten und das letzte Mal vor ihrer Flucht aus Clovessen gewaschen worden waren.

»Ich erwäge ernsthaft, mir von Euch die Haare schneiden zu lassen, Dolvienne«, sagte sie zögernd. »Junger Mann, Euer Name lautet?«

»Allaine Allec …«

»Hoheit, bitte um Erlaubnis, mit dem Mann dritter Klasse, äh, mit Miliz Wallas Bäcker, wegtreten zu dürfen«, plapperte Andry in dem verzweifelten Bemühen, die berüchtigtste Klatschbase und das größte Sicherheitsrisiko des Imperiums aus ihrem Raum zu entfernen. »Der vierte Vorratskarren muss für die morgige Abreise beladen werden.«

»Bäcker, Ihr geht. Tennoner, Ihr bleibt.«

Nachdem Wallas gegangen war, wandte sich Senterri Arm in Arm mit Dolvienne an die Gruppe.

»Allaine, Ihr werdet gründlich baden, dann wird Dolvienne Euch die Haare waschen, als wären es meine, und sie so lange bürsten und parfümieren, bis sie genauso aussehen wie meine. Dann werdet Ihr eines meiner weniger schmeichelhaften, weiteren Gewänder anziehen, und Dolvienne wird Euch in meiner Gehweise und Gestik schulen. Ich bin jeden einzelnen Adligen in meinem Gefolge außer Dolvienne leid und habe den Wunsch, meine Zeit in besserer Gesellschaft auf den Vorratskarren zu verbringen. Einige der feinsten Leute, denen ich begegnet bin, waren Gemeine. Manchmal frage ich mich, ob die adelige Herkunft die Seele vergiftet … Aber genug der Philosophie. Allaine, vertretet mich, und alle Eure Freunde erhalten das Recht, unter meinem Schutz zu reisen. Seid Ihr einverstanden?«

»Ja, Eure Hoheit«, antwortete Allaine sofort.

»Hervorragend. Als Gegenleistung werdet Ihr angenehme zwei Wochen damit verbringen, Euch mit der äußerst reizenden Dolvienne hier zu unterhalten und den Luxus der neuen königlichen Kutsche zu genießen. Jetzt geht alle, außer Allaine.«

Niemand sprach, bis sie wieder die breite Wendeltreppe erreicht hatten.

»Gnädigste und Weiseste Hoheit?«, sagte Riellen, während sie herabstiegen.

»Sie ist eine Prinzessin des Volkes!«, beharrte Wilbar. »Sie hat es selbst gesagt, sie kehrt zurück zum Volk zum Zwecke der Erneuerung der Reinheit ihrer …«

»Höchst Gerechte und Erleuchtete Hoheit?«, warf Riellen ein.

»Hört auf, Ihr beiden!«, zischte Andry. »Ihr verdankt es einer Laune der Prinzessin, dass Ihr uns nach Logiar beleiten dürft. Wenn sie es sich in den Kopf gesetzt hat, Namen, Kleider und, und, und …«

»Geschlecht?«, schlug Maeben vor, während er die Hand hob.

»Aye, und Geschlecht mit Allaine zu tauschen, dann ist das die Verwendung, die sie für Euch hat, bis Ihr innerhalb der

Stadtmauern von Logiar seid. Bis dahin, keine Zankerei – und haltet den Mund, es sei denn, Ihr werdet angesprochen!«

Karunsel lag am Rand der niedrigen, aber steilen Ausläufer des Kapfanggebirges, und die Aussicht, als die Reisegarde zu den von Herzen kommenden Beifallsrufen der örtlichen Bevölkerung durch die Stadttore ritt, war spektakulär. Senterri trug wie üblich ein Tuch, das die empfindliche Haut vor der Sonne schützte, aber ihr unvergleichliches brünettes Haar war sichtbar. Sie winkte auf dem ganzen Weg gnädig in Richtung der Hütten, die sich außerhalb der Stadtmauern ausgebreitet hatten.

Gilvray war an diesem Morgen zurückgekommen. Obwohl er noch immer sehr müde aussah, hatte er den Befehl über die Reisegarde wieder übernommen. Terikel habe sich entschlossen, bei den Zauberern und Priestern in Alpenfest zu bleiben, verkündete er knapp, und Laron hielt sich eine Hand vor den Mund, um sein Lächeln zu verbergen. Die Aufklärer wurden wie üblich mit dem Zeltwagen und dem von Wallas Gourmetkarren getauften Wagen vorangeschickt. Für den Fall, dass die Prinzessin im Freien lagerte, hatten sie Befehl, eine halbe Meile vor der Reisegarde und der königlichen Kutsche zu reisen, das Lager mit den Zelten, Feldbetten und Baldachinen an einem vorher bestimmten Ort aufzuschlagen und bei der Ankunft der königlichen Kutsche eine Mahlzeit bereitzuhalten. In der Kutsche winkte Allaine Senterris Untertanen zu, während er sich mit Dolvienne unterhielt.

»Und dann haben Riellen und ich uns vom Kollektiv zur Befreiung der Zauberer getrennt und die Volksvertreterbewegung für die Befreiung von Zauberwissen gegründet, aber nach einem Monat hatten wir noch kein einziges neues Mitglied rekrutiert, also haben wir uns mit der Neuen Studentenvereinigung für Angewandte Volksvertretertheorie – die drei Mitglieder hatte – vereinigt und das Kollektiv zur Aufdeckung von Zauberverschwörungen und okkulten Komplotten gegründet.«

»Ihr müsst sehr, sehr klug sein, um Euch all diese komplizierten Namen merken zu können«, stellte Dolvienne fest.

»Äh, ich … das heißt – Ihr schmeichelt mir!«, sagte Allaine entrüstet.

»Das gehört in höfischen Kreisen zum guten Ton. Jemand meines Ranges muss …«

»Nein, nein, nein, Euer Rang ist eine Erfindung des Establishments.«

»Er ist was?«

»Ihr solltet mir Eure wirkliche Meinung mitteilen.«

»*Meine* Meinung? Wen interessiert meine Meinung?«

»Eure Meinung ist genauso wichtig wie meine, die der Prinzessin oder der Ältesten, des Sprechers der Aufklärer und äh … wer gehört dem niedrigsten Rang an – das heißt, Klasse, wie sie das Establishment definiert?«

»Milizsoldat Wallas Bäcker.«

»O ja, auch seine Meinung. Und wie lautet Eure Meinung, Lady Dolvienne?«

»Meine Meinung? Worüber?«

»Oh, äh, worüber haben wir denn gesprochen – ach, ja, Eure Meinung über mich, wenn Ihr nicht versucht, mir zu schmeicheln?«

»Ich glaube, Ihr seid wirklich klug und meint es sehr gut.«

»Äh … oh. Danke schön.«

»Und sehr naiv. Eure Worte sind reiner Hochverrat und verfolgen den Zweck, die Monarchie des Reiches zu zerstören. Ich könnte Euch melden und hängen lassen …«

»Nein, nein, nein, nein, das Königshaus hat seinen Platz als Symbol für das Reich, aber die wahre Macht sollte bei der Meinung der Volksvertreter liegen.«

»Wessen Meinung?«

»Der Meinung der Volksvertreter. Der Meinung derjenigen, die von den Leuten gewählt wurden.«

»Welchen Leuten?«

»Allen Leuten!«

»Sogar den Bauern?«

»O ja.«

»Irrsinn! Bauern sind ungebildet.«

»Also sind alle Adligen und Herrscher klug?«

Dolvienne dachte kurz an die Prinzessin, bevor sie antwortete. »Einige mehr als andere. Aber *alle* Bauern sind ungebildet.«

»Bin ich ungebildet?«

»O nein«, sagte Dolvienne ehrlich. »Ihr könntet ein Edelmann sein. Vielleicht ein Vasall, wenn Ihr zu kämpfen lernt.«

»Mein Vater war Schmied, meine Mutter hat am Flussufer Wäsche gewaschen.«

»Wirklich? Dann seid Ihr zur Hälfte Handwerker und zur Hälfte Bauer. Vielleicht könnt Ihr auch nur Magistrat werden und die Bauern anschreien. Magistrat Allaine, das hört sich doch gut an.«

»Nein! Jeder kann alles sein! Leistungen und die Meinung der Volksvertreter sollten entscheidend sein. Ladyschaft, Ihr könntet eine – eine Prinzessin sein.«

»Absurd! Ich habe kein Talent zum Regieren.«

»Weniger Talent als Eure Prinzessin?«

Dolvienne dachte kurz darüber nach. Niemand hatte ihr jemals Führungstalent zugesprochen, und doch fragte die Prinzessin sie fast immer nach ihrer Meinung – und wenn sie Dolviennes Ratschläge nicht befolgte, waren oft Peinlichkeiten, Missgeschicke, Unglücksfälle und sogar Katastrophen die Folge.

»Erzählt mir mehr«, bat Dolvienne.

»Ich habe ein paar Pamphlete hier unter meinen Röcken, alle eigenhändig geschrieben«, sagte Allaine, während er die Schichten von Stoff, Rüschen und Zierbändern hochzog und nach den ausgewählten Pamphleten tastete.

»Oh, interessant.«

»Ihr habt sie doch noch gar nicht gelesen.«

»Ich meine, Ihr habt schöne Beine.«

»Das ist die äußerste Grenze des sicheren Gebiets«, sagte Gilvray, während er von Cosseren und Laron flankiert durch die Tore von Karunsel ritt. »Vor uns liegt das Mündungsgebiet des Flusses Schnellwasser, und sechzig Meilen weiter liegt Elendsburg.«

»Das ist eigentlich ein ganz netter Ort«, sagte Graf Cosseren, »aber die Reisenden sind so niedergeschlagen, wenn sie endlich dort ankommen, dass sie ihm den Namen ...«

Seine Stimme verlor sich unter dem Einfluss der ihm zugewandten ernsten Gesichter.

»Sechzig Meilen lang werden wir uns vollständig im Freien aufhalten, ohne jeglichen Schutz«, fuhr Gilvray fort. »Der Schnellwasser bildet mit dem benachbarten steilen Vorgebirge die westliche Grenze. Es gibt eine Brücke über den Fluss, der die Grenze zum alpennischen Protektorat darstellt, dem unbeständigsten aller Länder im Reich. Wenn wir diese Abzweigung ignorieren und weiter geradeaus reisen, kommen wir nach Logiar. Ich hatte geplant, morgen Abend in der Burg zu sein und dann einen Tag dort zu rasten. Der Weg von hier nach Elendsburg ist hart und kalt, und wir müssen eine Nacht neben der Straße lagern.«

»Der schriftlich niedergelegte Wunsch meiner Frau lautet ...«, Cosseren entfaltete ein Blatt Schilfpapier und schielte darauf. »Der Burg einen Höflichkeitsbesuch abzustatten und mit dem Kommandanten Tee zu trinken, dann weiter nach Olvermay zu reiten und sich mit dem Graf von, äh, Olvermay zu treffen. Ich billige dies.«

»Geheimdienstberichte des Kommandanten der Garnison in Karunsel lassen jeden denkenden Menschen vermuten, dass sich drei oder vier Brigaden aus Alpennien in der Gegend aufhalten«, sagte Laron.

»Zweifelt Ihr etwa meine Intelligenz an, Herr Hauptmann?«, erkundigte sich Cosseren empört.

»Das Maß Eurer Intelligenz ist über jeden Zweifel erhaben, Milord«, antwortete Laron.

Cosseren runzelte die Stirn und versuchte zu ergründen, ob er beleidigt worden war oder nicht. Gilvray räusperte sich.

»Meine Aufgabe, die Älteste Terikel nach Alpenfest zu bringen hat mich davon abgehalten, die Geheimdienstberichte und Meldungen zu lesen, Hauptmann Laron«, sagte Gilvray. »Ich muss mich auf Euer Urteil verlassen, um zu entscheiden, ob der vor uns liegende Weg sicher genug für die Prinzessin ist. Ansonsten sollten wir anhalten und zu den Toren von Karunsel zurückkehren, solange sie nur ein paar Schritte anstatt Meilen hinter uns liegen.«

»Was das betrifft, bin ich auf Euch angewiesen, Herr Hauptmann«, antwortete Laron.

»Auf mich, Hauptmann Laron?«

»Auf Euch, Hauptmann Gilvray. Ihr seid fünfzig Meilen tief in alpennischem Gebiet gereist, die Hauptstraße entlang bis zum Kernland, den Vereinten Kastellanen. Wenn drei oder vier Brigaden in der Gegend wären, hättet Ihr sie sehen müssen. Habt Ihr irgendwelche Anzeichen für eine große Anzahl gut ausgebildeter Kavalleristen mit kriegerischen Absichten bemerkt, die sich in diese Richtung bewegten?«

»Nein, Hauptmann.«

»In diesem Fall können wir sicher weiterreisen, Hauptmann. Meldereiter aus Logiar berichten nichts Außergewöhnliches, also ist die Straße vor uns frei. Ihr habt berichtet, dass keine alpennischen Brigaden darauf lauern, über die Schnellwasserbrücke zu preschen und eine Entführung zu inszenieren, sobald wir so weit von Karunsel entfernt sind, dass wir nicht umkehren können, ohne dass man uns den Weg abschneidet.«

»… mein Maß an Intelligenz ist über jeden Zweifel erhaben«, murmelte Cosseren, der nicht zugehört hatte. »Hört mal, Hauptmann Aliasar, wie habt Ihr das eigentlich gemeint?«

»Ehre und Demütigung haben eine große Bedeutung für die Bergvölker«, sagte Laron zu Gilvray, indem er den Graf einfach ignorierte. »Demütigt einen Angehörigen der sargolanischen Herrscherfamilie, und Ihr gewinnt an Ehre. Gewinnt an Ehre, und die Bergprovinzen vereinen sich vielleicht hinter Euch. Vereint könnten sie jede Bergstraße zwischen Baalder und Logiar sperren und Zölle verlangen. Das würde entweder einen Krieg auslösen oder das Imperium spalten.«

»Was wäre Euch lieber, Graf?«, fragte Gilvray.

»Äh, eigentlich nichts davon«, erwiderte Cosseren sofort.

»Senterri wurde schon einmal entführt und zur Sklavin gemacht«, fuhr Laron fort. »Daher halten einige Bandenführer sie für schwach. Sollte sie noch einmal in Gefangenschaft geraten, wären sie von ihrer Schwäche *überzeugt*.«

»Dazu wird es selbstverständlich nicht kommen«, sagte Gilvray entschlossen.

Viel weiter vorne im Gourmetkarren hockten Senterri und Riellen gemeinsam auf den Vorräten der Ladefläche, während Maeben und Wilbar bei Wallas saßen. Wallas hörte sich alles an, was gesprochen wurde, während er das Gesicht von der Prinzessin abgewandt hielt. Zu Wallas' Bedauern war die Prinzessin nicht diejenige, die am meisten sprach.

»Obwohl ich nur den achten Initiationsgrad habe, entsprechen meine Fähigkeiten in Wahrheit dem neunten«, erklärte Riellen gerade der Prinzessin. »Habt Ihr jemals vom gläsernen Dach gehört, Hoheit?«

»Nein, aber ich könnte mir vorstellen, dass es beim ersten Hagelsturm zerbricht.«

»Der Ausdruck ist nur ein Sinnbild, Hoheit. Es bedeutet, dass es eine unsichtbare Barriere gibt, die begabte Frauen daran hindert, in traditionell von Männern beherrschten Betätigungsfeldern hohe Positionen zu erreichen.«

»Das hört sich an wie der königliche Hof in Palion«, seufzte

Senterri, um dann rasch von einem anderen Gedanken abgelenkt zu werden. »Ach, ich wünschte ich könnte mich erheben wie ein Vogel, hoch über Dächer aus Glas oder Ziegeln. Ich möchte auf meine neuen Herrschaftsgebiete herunterschauen.«

»Eure Augen können sich erheben, Hoheit, auch wenn Eure Füße am Boden bleiben.«

»Oh! Wie soll das gehen?«

Riellen nahm ihre Brille ab und rieb die dicken Gläser am Ärmel sauber.

»Man könnte einen Autonvogel mit einer Okularbindung beschwören.«

»Äh, was ist das?«

Die Studentin seufzte. Es würde viel Zeit kosten, Senterri etwas Komplexeres zu erklären, aber eine Vorführung sagte mehr als tausend Worte. Sie setzte die Brille wieder auf und schaute sich nach Andry um, dann rief sie ihn zum Gourmetkarren.

»Bruder Tennoner, die Prin... das heißt, meine revolutionäre Schwester ...«

»Bruder!«, warf Senterri ein.

»Mein revolutionärer Bruder möchte, dass ich einen Vogel mit einem Zauber belege, auf dass wir mit seinen Augen sehen können. Könnt Ihr mir einen lebendigen Vogel besorgen?«

»Ich wage zu behaupten, dass ein Aufklärer das kann. Ich werde mit dem Feldwebel sprechen.«

Andry ritt zu den Aufklärern und salutierte vor Esen.

»Diese Krähen, die über uns kreisen«, sagte Andry und deutete dabei vage nach oben. »Kann einer der Aufklärer eine von ihnen lebendig herunterholen für die, äh, Studentin im Gourmetkarren? Sie möchte ein paar Versuche mit Autonzaubern machen.«

Esen zog seine Kavalleriearmbrust aus der Schlinge, spannte sie mit dem Hebel, nahm dann einen wattierten Bolzen mit spiralförmiger Befiederung aus dem Munitionsbeutel am Sattel und drückte ihn in die Bolzenkerbe der Waffe. Dann legte er sie an die Schulter und schoss scheinbar ohne zu zielen. Eine betäubte Krähe fiel vom Himmel.

»Holen Sie den Vogel für die Prinzessin, ich hole mir meinen Vogelfangbolzen wieder«, sagte Esen.

»Herr Feldwebel! Woher wissen Sie von ihr?«, entfuhr es Andry.

»Die Berufung eines Aufklärers ist das Aufklären. Das gilt nicht nur für Land, sondern auch für Leute.«

Andry überreichte Riellen den betäubten Vogel. Sie murmelte einen Zauberspruch, der die Krähe vor Andrys Augen in ein feines, blau schimmerndes Netz einhüllte, welches dann unter die Federn sank und verschwand. Dann brachte sie auch an Senterris geschlossenen Augen Zauberfasern an. Riellen wirkte noch mehr Zauber, die Andry nicht wirklich verstand, und warf den Vogel dann hoch in die Luft. Er schlug energisch mit den Flügeln und schraubte sich spiralförmig immer höher. Weder Riellen noch Senterri bewegten sich. Die Krähe wurde zu einem Punkt, der kaum noch zu sehen war.

»Ich sehe die Reihe der Reisegardisten auf der Straße«, quietschte Senterri entzückt. »Was für ein Anblick! Ich sehe Schafe grasen, ein paar Hirtenhütten, und da ist die Stadt – meine Stadt! Wundervoll! Oh, aber diese Flussauen sind sehr eben und völlig langweilig. Fliegt meine Augen über die Alpennischen Berge, ich will Schnee sehen.«

Riellen musste sich mit zunehmender Entfernung immer stärker konzentrieren. Eine Zeit lang herrschte Stille. Alle Kräfte Riellens außer Sprechen und Hören waren auf die Lenkung der entfernten, verzauberten Krähe gerichtet.

»Da ist eine Brücke über einen Fluss, und viele Männer reiten darüber«, berichtete Senterri. »Es ist ein Fluss mit starker Strömung, der weit unter der Brücke liegt. Was für eine große Brücke! Drei, nein vier Reiter können nebeneinander darüber reiten.«

Riellen flog weiter und bemerkte, dass hunderte Kavalleristen aufgereiht darauf warteten, die Schnellwasserbrücke zu überqueren. Sie sah auch, dass die Kavalleristen sich in zwei Kolonnen aufteilten, eine mit Stoßrichtung Nordosten nach Karunsel, die andere nach Südosten und ohne bestimmtes Ziel.

»Da ist irgendwas komisch«, sagte Riellen und veranlasste die verzauberte Krähe, in der Luft zu kreisen.

»Das ist irgendwie langweilig«, erwiderte Senterri. »So viele langweilige Alpennier in langweiligen Uniformen.«

»Alpennische Uniformen?«, keuchte Riellen.

»O ja, sogar ich weiß Bescheid über Wappenröcke. Die Kämpfer Karunsels tragen grelles Rot, die Reisegarde hat dunkelblaue Uniformen, die mit roten Litzen verziert sind, und …«

»Das müssen Hunderte sein, Tausende!«, rief Riellen, die mit der Krähe auf der Suche nach einem besseren Blickwinkel höher stieg.

»Sie können keine hundert Soldaten der Reisegarde bedrohen, Mädchen«, rief Wallas vom Fahrersitz nach hinten. »Sie haben nicht die Befugnis.«

»Aber dürften sie überhaupt dort sein?«

»Das ist mir alles zu viel!«, brauste Wallas auf. »Ich bin doch kein Soldat.«

»Verzeihung, Verzeihung!«, rief Maeben und fuchtelte mit dem Arm durch die Luft. »Ihr werdet als Soldat bezahlt, Ihr tragt eine Uniform, Ihr habt den Fahneneid geleistet, also müsst Ihr auch …«

»Aufklärer Tennoner, du wirst hier gebraucht!«, rief Wallas.

Andry ritt zum Gourmetkarren und bekam eine reichlich verwirrte Zusammenfassung der Geschehnisse von Wallas, Senterri und den drei Studenten, die alle gleichzeitig auf ihn einredeten. Er ließ anhalten und bat dann alle außer Riellen, den Mund zu halten, während sie die Szene an der Schnellwasserbrücke beschrieb.

»Jenseits der Brücke, Dutzende und Aberdutzende von Lanzenreitern!«, berichtete sie, die Augen immer noch geschlossen. »Alle entlang der Straße aufgereiht, jeweils vier nebeneinander. Hunderte haben den Fluss bereits überquert und teilen sich in zwei Gruppen. Ein Gebäude geht gerade in Flammen auf.«

»Seid Ihr sicher, dass es Lanzenreiter sind?«, fragte Andry.

»Sie reiten Pferde, tragen Wappenröcke und Kettenpanzer und haben lange Stangen mit spitzen Enden in der Hand. Ich schätze, dass Hunderte von ihnen bereits den Schnellwasser überquert haben und auf Kapfang-Gebiet sind. Vielleicht fünf- oder sechshundert in jeder der zwei Gruppen.«

»Aber das sind zwei *Brigaden*!«, rief Andry.

»Ich werde eine sehr ernste Beschwerde an die alpennischen Kastellane schicken«, sagte Senterri bestimmt.

Dann machte Senterri den Fehler, die Augen zu öffnen. Das unterbrach ihre Verbindung zu dem Autonvogel und erzeugte vor ihren Augen einen kurzen, aber heftigen Blitz, der sie blendete. Riellen hielt den Kontakt aufrecht, die Augen fest geschlossen und die Finger an die Stirn gepresst.

»Da ist ein Falke etwas unterhalb von mir, der in direkter Linie auf die Reisegarde und die königliche Kutsche zufliegt«, sagte Riellen. »Es könnte ein Autonspion wie der meine sein.«

»Wie bekomme ich den Ausblick wieder zurück?«, erkundigte sich Senterri, aber Riellen beachtete sie gar nicht.

»Wie es aussieht, werden die Alpennier die königliche Kutsche bald von Karunsel abgeschnitten haben«, berichtete Riellen.

»Scheiß auf die königliche Kutsche, was ist mit uns?«, rief Wallas.

»Ich muss Euch mitteilen, dass Eure Worte an Hochverrat grenzen!«, rief Senterri, die immer noch geblendet war und nicht genau wusste, wer gesprochen hatte.

»Wir sind bereits verloren«, sagte Riellen. »Wir sind viel zu weit voraus, wir könnten niemals rechtzeitig zurückkehren. Äh … die Brücke ist jetzt frei, alle Lanzenreiter sind auf dem Weg, uns von Norden und Süden strategisch zu umgehen.«

»*Alle* Lanzenreiter, Fräulein?«, fragte Esen, der sich inzwischen zu ihnen gesellt und allem schweigend zugehört hatte.

»Es ist keiner mehr da. Sie scheinen das Wächterhaus an der Brücke angegriffen zu haben. Es brennt, und ich sehe Leichen auf dem Boden liegen.«

»Wo ist der alpennische Autonfalke?«

»Augenblick … er fliegt immer noch nach Norden in Richtung Reisegarde und königliche Kutsche.«

»Hat er Euren Vogel gesehen?«

»Schwer zu sagen, wahrscheinlich nicht.«

»Könntet Ihr ihn töten?«

»Ihn töten?«, keuchte Riellen. »Ich weiß ja noch nicht einmal als Person, wie man kämpft, geschweige denn als Vogel.«

»Außerdem fressen Falken Krähen«, warf Maeben ein und fuchtelte dabei mit der Hand in der Luft herum.

»Was würde passieren, wenn Ihr die Krähe schnell herabtauchen und sie genau in den Falken fliegen lasst?«, fragte Esen.

»Äh, ungefähr dasselbe, als wenn ich aus großer Höhe auf Euch fallen würde. Ich bin kein Krieger, der seid Ihr, aber keiner von uns beiden würde mit weniger als ein paar gebrochenen Knochen davonkommen.«

»Dann stürzt Euren Autonvogel auf den Falken, und zwar sofort!«

»Aber, Herr Feldwebel, dann verlieren wir unsere Aussicht auf die Alpennier«, protestierte Andry.

»Aye, aber wir haben schon genug gesehen.«

Gilvray, Laron und Cosseren hatten die nahenden Lanzenreiter bereits gesehen, als am Himmel über ihnen zwei Punkte in einem grellen Blitz zusammenstießen und sich dann in eine Wolke aus rauchenden Federn auflösten, aus denen zwei Vogelleichen herabfielen. Die Reisegarde und die königliche Kutsche hatten eine Minute vorher, als die entfernten Reiter zum ersten Mal bemerkt worden waren, angehalten.

»Dort, Staub im Süden!«, rief Gilvray. »Staub im Norden und Süden. Wir können nicht fliehen und auch nicht zurück in die Stadt.«

»Ich kann ein Brigadebanner sehen«, sagte Laron mit einem Fernrohr vor dem Auge.

»Das erfordert sehr schnelle Entscheidung«, stellte Cosseren fest.

»Dann also zwei Brigaden«, sagte Gilvray. »Jeweils fünfhundert Mann, aber nur eine kommt auf uns zu. Graf Cosseren, würdet Ihr sagen, dass es ein Mann der Reisegarde mit fünf Lanzenreitern von sonst wo aufnehmen kann?«

»Oh, selbstverständlich, Herr Hauptmann.«

»Zwei gegen einen, aber nur vielleicht!«, warf Laron ein.

»Dann kehren wir um und versuchen die Stadt zu erreichen, wobei wir uns keilförmig um die Kutsche formieren«, entschied Hauptmann Gilvray. »Der Feind muss sich weit auffächern, so dass wir durchbrechen können, wenn sie sich vor uns setzen, und die Prinzessin sicher zum Stadttor schaffen.« Er wendete das Pferd zur Truppe und hob die Axt. »Reisegarde, bildet einen Keil, schirmt die königliche Kutsche ab. In der Geschwindigkeit der Kutsche zum Stadttor. Kutscher, wendet in Richtung Stadt und lasst die Pferde galoppieren. Gardist Calliar, blast die Trompete. Formieren!«

Kurzfristig brach angestrengte Aktivität aus, aber die gut ausgebildeten Männer und Pferde hatten sich neu formiert, bevor Calliar die Töne des Signals zu Ende gespielt hatte.

»Auf meinen Befehl, im Galopp, vorwärts!«, rief Gilvray.

»Was bei allen Kreisen der Hölle ist eigentlich los?«, rief Dolvienne, während sie sich aus dem Kutschenfenster lehnte. »Wir reiten zurück in die Stadt!«

»Vielleicht hat jemand etwas vergessen?«, meinte Allaine.

»Das ist eine Keilformation!«, rief Dolvienne und wandte sich ihm wieder zu.

»Woher wollt Ihr das wissen? Für mich sieht es aus wie ein Haufen Pferde.«

»Sie denken, die Prinzessin wäre in dieser Kutsche! Aber sie ist hinter uns, eine halbe Meile oder mehr. Wenn wir vor einer Gefahr fliehen, steckt Prinzessin Senterri mitten darin!«

Allaine lehnte sich aus dem gegenüberliegenden Fenster und schaute nach hinten. Außer Staub war nichts zu erkennen.

»Niemand verfolgt uns, äh, soweit ich sehen kann«, brachte er vor.

»Wovor fliehen wir?«, rief Dolvienne niemandem im Besonderen zu. »Gardisten! Gardisten! Zu mir!«

Niemand beachtete Dolvienne. Sie machte Anstalten, aus dem Kutschenfenster zu klettern.

»Mylady, ist das erlaubt?«, rief Allaine, entschied sich aber gegen einen Versuch, sie daran zu hindern.

Dolvienne kletterte auf die Fußtritte an der Seite der Kutsche und zog sich dann auf den Kutschbock.

»Kutscher! Was liegt an?«, wollte sie wissen

»Befehl, zur Stadt zu galoppieren, Mylady!«, rief er.

»Warum?«

»Ich stelle Befehle nicht infrage, Mylady.«

»Sicher habt Ihr *irgendwas* gesehen! Ihr sitzt hier höher als ein Gardist im Sattel.«

»Nur Staub im Westen, Mylady.«

»Staub? Nur Staub? Hervorgerufen wodurch?«

»Das konnte ich nicht erkennen, Mylady.«

Dolvienne dachte ein paar Momente über die Fakten nach. Staub, aber niemand zu erkennen. So viel Staub, der von so weit entfernten Reitern aufgewirbelt wurde, konnte nur von einer großen Anzahl Pferde stammen. Wer sie auch waren, Senterri war eine halbe Meile hinter ihnen und daher gewiss nicht unter dem Schutz der Reisegarde.

»Kutscher, wir müssen umkehren, die Prinzessin ist nicht in der Kutsche!«, schrie Dolvienne.

»Hab sie einsteigen sehen, Mylady.«

»Nein, sie ist im Gourmetkarren.«

»Mylady, jetzt ist keine Zeit für Mädchenspiele. Seid jetzt einfach ruhig und haltet Euch fest.«

Wieder überdachte Dolvienne die Situation. Senterri war berüchtigt dafür, ihren Gardisten Streiche zu spielen, vor allem dann, wenn sie sich langweilte. Die Reise war zwar nicht eintönig gewesen, aber die Gardisten hatten keine Mühen gescheut, die Prinzessin unterwegs vor allen störenden, aber nichtsdestoweniger interessanten Zwischenfällen abzuschirmen. Sie hatten gute Arbeit geleistet, und Senterri langweilte sich tatsächlich. Indes hatten sie nicht bemerkt, dass Senterri zwar ein bisschen dumm, aber dennoch ziemlich gerissen war. Sie konnte ihre Fluchten immer so gut kaschieren, dass die Gardisten nicht an ihre Abwesenheit glauben würden.

Dolvienne griff nach den Zügeln und sprang vom Kutschbock.

Die Pferde fühlten, wie sie in eine scharfe Kehrtwendung gezwungen wurden. Eine zu scharfe. Die Pferde verloren den Halt, die Kutsche schwang herum, geriet ins Schleudern, kippte um, dann zerriss das Geschirr, sie überschlug sich mehrfach und fiel dabei auseinander.

Trotz der spektakulären Art und Weise, in der die Kutsche zerbrach, dauerte es beinah eine halbe Minute, bis der Keil aus Gardisten gestoppt werden konnte, einen neuen Befehl erhielt und wendete. Der Kutscher hatte sich zusammengerollt, nachdem er vom Bock geschleudert worden war, und war daher praktisch unverletzt. Dolvienne hatte Prellungen und blutete, weil sie durch Staub und Kies geschleift worden war, aber sie war nicht so schwer verletzt, dass sie nicht mehr alleine aufstehen konnte. Der Kutscher humpelte leicht, war aber vollkommen bei sich und außerdem sehr wütend.

»Das war sie, Herr Hauptmann, sie hat sich meine Zügel geschnappt …«, rief er und wies über vier bereits tote oder sich im Todeskampf befindliche Pferde hinweg auf Dolvienne, die ihn rasch zum Schweigen brachte.

»Prinzessin Senterri ist im Gourmetkarren!«, rief sie Gilvray zu.

»Was? Ist das Euer Ernst?«, erkundigte sich Gilvray, während er die näher kommenden Alpennier im Blick behielt.

»Schaut in die Kutsche!«

Der Feldwebel stieg ab und eilte zur Kutsche. Rasch zerrte er Allaines Leiche aus dem zersplitterten Holzabteil. Die Röcke und brünetten Haare wirkten überzeugend, aber das Gesicht war nicht das von Senterri.

»Der junge Student, Herr Hauptmann, und sein Genick ist gebrochen.«

Gilvray dachte sehr, sehr schnell. Senterri würde im Gourmetkarren sein, und die Aufklärer würden sie natürlich zurück zur Stadt eskortieren, so schnell die Pferde den Wagen ziehen konnten. Sie würden ihr Ziel selbstverständlich niemals erreichen, doch wenn die alpennische Brigade aufgehalten werden konnte, bestand die Möglichkeit, dass ein Versorgungskarren in dem allgemeinen Durcheinander entkam – vor allem wenn die brünette Leiche in Röcken von den feindlichen Lanzenreitern nicht zu genau in Augenschein genommen wurde, wenn diese das Wrack der Kutsche erreichten.

»Graf Cosseren, Ihr bleibt hier und geleitet den Gourmetkarren mit Eurer Frau zum Stadttor, sobald er hier eintrifft«, rief Gilvray.

»Ja, aber was …«

»Hauptmann Laron, wir bilden eine Reihe und greifen die feindliche Brigade in der Flanke an. Reisegarde, bildet eine Linie mit Blick nach Westen!«, rief Gilvray und schwenkte dabei seine Streitaxt in diese Richtung. »Gardist Calliar, gebt das Signal.«

»Ihr wollt angreifen?«, rief Cosseren. »Ohne mich?«

»Bereitmachen zum Angriff auf die Brigadeflanke!«, befahl Gilvray.

»Ich führe den Angriff!«, rief Cosseren und ritt vor Gilvray.

Gilvray schien so etwas geahnt zu haben, denn seine Kavalleriearmbrust war bereits gespannt und geladen, als er sie hob.

»Feldwebel, steigt auf, nehmt die Zügel des Grafen und sorgt dafür, dass er hierbleibt, bis der Gourmetkarren eintrifft«, befahl Gilvray. »Lasst die Truppe galoppieren, Hauptmann Laron. Auf meinen Befehl, vorwärts!«

Die Reisegarde wirbelte bei ihrem Anreiten eine Staubwolke auf, und der Feldwebel schaute zunächst auf den wütenden, aber machtlosen Cosseren und dann nach Süden, um nach dem Gourmetkarren Ausschau zu halten. Cosseren zog einen Dolch und warf ihn auf den Feldwebel, als dieser sich gerade wieder umdrehte. Es war ein schlechter Wurf, da die Spitze beim Aufprall in die falsche Richtung zeigte. Allerdings traf das Heft den Feldwebel direkt ins rechte Auge. Er ließ Cosserens Zügel los und fiel vom Pferd. Cosseren ritt davon, ohne auch nur einen Moment darauf zu verschwenden, nach dem Gourmetkarren Ausschau zu halten.

Allein gelassen, hinkte Dolvienne zum Pferd des Feldwebels und legte dabei ihre Röcke ab.

»Was bei allen Kreisen der Hölle …«, begann der Kutscher.

»Gebt Eure Hose her oder ich klage Euch wegen Mithilfe an der Entführung der Prinzessin an!«, schrie Dolvienne.

Der Kutscher dachte darüber nach. Verweigerung eines Befehls im Zusammenhang mit der Prinzessin und Anklage wegen Hochverrats, oder Ablegen der Hose. Der Kutscher entschied sich für die letztere Alternative. Nachdem sie die Streitaxt und den Wappenrock des bewusstlosen Feldwebels an sich genommen hatte, zog Dolvienne sich die Kleidungsstücke an, in der Hoffnung, aus der Ferne für einen Gardisten gehalten zu werden. Dann stieg sie steif in den Sattel und schaute nach Süden. Was sie sah, überraschte sie gewaltig. Nach ein paar Sekunden hektischen Nachdenkens spannte sie die Kavalleriearmbrust des Feldwebels und drückte einen Bolzen in die Führungskerbe. Dann ritt Dolvienne der Reisegarde hinterher.

Gilvray und Laron ritten mit der Truppe einen leichten Galopp. Als er anhand der Größe der feindlichen Lanzenreiter die Entfernung zu ihnen als richtig einschätzte, gab Gilvray den Befehl zu vollem Galopp. Die Kluft zwischen den beiden Gruppen wurde immer kleiner – und dann sprengte ein Reiter an Gilvray vorbei und rief mit schriller Stimme: »Reisegarde, zu mir! Angriff!«

»Graf Cosseren«, begann Laron, doch die Worte »Fallt zurück« blieben ihm im Halse stecken. In der Hitze des Gefechts mochten sie als allgemeiner Rückzugsbefehl missverstanden werden. Gilvray hob die Axt, um einen Befehl anzuzeigen. »Königliche Reisegarde, Angriff!«, rief er und zeigte mit der Axt auf die Alpennier.

Cosseren hatte sich sogar von der Reihe der angreifenden Reisegarde abgesetzt, aber seiner Ansicht nach führte *er* sie an, also spielte das keine Rolle. Vor ihnen wurden die Adligen und Offiziere der feindlichen Brigade in ihrer Verwirrung langsamer. Die Gardisten machten keinen verzweifelten Versuch, in der Stadt Zuflucht zu suchen, sondern griffen tatsächlich an! Laron ging auf, dass er die Axt immer noch vor sich hielt, während die Reiter an seiner Seite die ihren schon für den Angriff erhoben hatten. Mit einem merkwürdigen Gefühl der Verlegenheit hob er die Waffe. Die feindliche Brigade war eine dunkle Masse vor ihnen, die ständig bedrohlicher wurde, Staub aufwirbelte und deren Waffen in der Sonne glitzerten. Als Gilvray erneut seine Axt hochhielt, hoben die königlichen Gardisten mit der linken Hand ihre Kavalleriearmbrust und schossen, als er den Arm mit der Axt wieder fallen ließ. Bolzen flogen der feindlichen Brigade entgegen, Pferde gingen zu Boden und rissen dabei andere mit sich. Dann wurde der Abstand noch kleiner, und die überlebenden, noch berittenen alpennischen Langbogenschützen feuerten zurück. Die Pfeile der angreifenden Alpennier rissen Lücken in die Reihe der Reisegarde. Cosseren schwankte im Sattel, als er von Pfeilen getroffen wurde, fiel aber nicht. Wenig später pflügte er in die Flanke des Feindes, und die Reisegarde folgte ihm.

Es ist eine Tatsache, dass Pferde nicht so dumm sind, in vollem Galopp zu kollidieren. Stattdessen halten sie auf die Lücken in den Reihen des Feindes zu. Auch die Pferde der Reisegarde taten dies, und so drangen die Gardisten in die Flanke der weit auseinandergezogenen Brigade ein und hieben mit Äxten und Lanzen auf die Alpennier ein, während sie an ihnen vorbeiritten. Einige von ihnen ritten auf diese Weise sogar einmal durch die feindlichen Linien hindurch, drehten um und griffen erneut an. Laron parierte den von oben geführten Axthieb eines Alpenniers und revanchierte sich mit einem Rückhandschlag auf den Helm seines Gegenübers. Wieder griff Laron an und parierte in weitem Bogen den Hieb eines wesentlich stärkeren Kämpfers. Die Klinge bohrte sich in das Pferd des Mannes. Als das Tier bockte und stürzte, hatte sich Laron schon einem anderen Alpennier zugewandt, der gerade einen Reisegardisten mit der Lanze aufgespießt hatte. Seine Klinge schnitt in den Kettenpanzer am Halsansatz des Mannes.

Die Reisegarde erreichte ihr Ziel mehr oder weniger in der ersten Minute des Zusammenstoßes. Höchstens einem Dutzend Alpenniern gelang es, sich aus dem Getümmel freizukämpfen und zum Kutschenwrack weiterzureiten. Dort fanden sie den Kutscher und den Feldwebel, die das Wrack mit den Reservearmbrüsten aus der Waffentruhe der Kutsche verteidigten. Nach einer weiteren Minute des Kampfes wurden die beiden Verteidiger durch zehn Kavalleristen aus der Stadt verstärkt. Gemeinsam verteidigten sie mit Erfolg die Überreste der Kutsche und den als Prinzessin verkleideten Leichnam eines männlichen Zaubereistudenten.

In der Mitte der Auen bildete sich eine kleine Gruppe aus Reitern und zwei Fahrzeugen. Sie wurde von niemanden beachtet, war aber alles andere als untätig. Esen hatte Costiger befohlen, den Zeltwagen zu verlassen und wieder sein Pferd zu besteigen. Die Pferde des Zeltwagens waren dann zusammen mit dem Fahrzeug im Galopp entlang der Hauptstraße nach Süden geschickt worden, um vorzutäuschen, es wolle jemand versuchen, an der zweiten alpennischen Brigade vorbeizupreschen und ins Landesinnere zu entkommen.

»Fräulein, seid Ihr sicher, dass auf der Schnellwasserbrücke keine alpennischen Lanzenreiter mehr waren?«, fragte Esen Riellen.

»Wenn noch Alpennier dort sind, können es nicht mehr als ein halbes Dutzend sein.«

»Dann bitte ich jetzt alle um Aufmerksamkeit. Wir werden zur Brücke reiten, so schnell der Karren es erlaubt. Sobald wir sie überquert haben, reißen wir genug Planken heraus, dass die Alpennier uns nicht allzu schnell verfolgen können. Dann verlassen wir die Straße und ziehen uns in die Berge zurück, wohin die Kavallerie uns nicht folgen kann.«

»Aber was ist mit dem Wagen?«, rief Wallas.

»Was ist mit dem Wagen, *Herr Feldwebel*«, warf Andry ein.

»Wir lassen den Wagen und die Pferde zurück«, antwortete Esen.

»Sie meinen, ich muss wieder laufen – Herr Feldwebel«, rief Wallas.

»Milize Bäcker, Sie haben auch die Möglichkeit, beim Wagen zu bleiben und sich abschlachten zu lassen«, rief Esen. »Und jetzt, auf meinen Befehl, alle zur Brücke. Abrücken!«

Es ist eine sehr eigenartige Tatsache, dass Leute, die sich herausnehmen, sie müssten die in einer Schlacht angewandten Taktiken und Strategien kritisieren, normalerweise den Luxus genießen, von oben in Form einer Landkarte in einer Geschichtschronik auf das Szenario zu blicken, und den noch größeren Luxus, die Zeit zu haben, in aller Ruhe zu überlegen, was wohl die beste Vorgehensweise gewesen wäre. In wirklichen Schlachten werden spionierende Autonvögel von anderen Autonvögeln angegriffen oder mit Pfeilen gespickt, und alles passiert erschreckend schnell. Überall ist Staub, es geschehen Dinge, die vernunftbegabte Wesen unter normalen Umständen nie tun würden, und Leute in Schlüsselpositionen werden getötet.

Dank des Feldwebels, des Kutschers und der zehn Reiter aus der Stadt war die Straße zurück zum Stadttor tatsächlich frei, als sich Esen mit den Aufklärern und dem Gourmetkarren in Richtung Schnellwasserbrücke aufmachte. Esen allerdings wusste das nicht, doch er war sicher, dass die Straße hinter der Brücke frei war. Niemand rechnete damit, dass Prinzessin Senterri in die Gebiete ihrer Verfolger flüchten würde. Die alpennische Brigade, die davongeritten war, um den südlichen Teil der Straße zu sperren, hatte erwartet, dass jemand in diese Richtung fliehen würde, also waren diese Alpennier in der Lage, den führerlosen Wagen aufzuhalten. Und währenddessen beförderten sich die Männer der anderen Brigade und der Reisegarde gegenseitig ins Jenseits.

Dolvienne war eine sehr vernünftige junge Frau, aber sogar sie war verwirrt über die Position der verschiedenen Gruppen in den Auen des Schnellwassers an diesem Morgen. Konfrontiert mit einem weit entfernten nach Süden rasenden Wagen sowie einem Karren, der sich in Begleitung der Aufklärer nach Westen bewegte, so schnell die Pferde getrieben werden konnten, schloss sie ganz richtig, dass Senterri sich im Karren aufhalten musste, nicht im Wagen. Fälschlicherweise schloss sie daraus auch, dass die Aufklärer den Karren mit in die Schlacht nehmen wollten, wo die Reisegarde zumindest etwas Schutz bieten konnte. Daher ritt Dolvienne um die lange, schmale Front der Schlacht herum, aber es kam immer nur ein Reisegardist auf jeweils fünf Alpennier. Die Königlich Sargolanische Reisegarde stand daher im Begriff, ausgelöscht zu werden, so dass nicht alle Alpennier dringend in der Schlacht benötigt wurden.

Vier Alpennier verließen die Reihen, um Dolvienne abzufangen, da sie sie wegen ihrer langen Haare, die zusammenzubinden sie vergessen hatte, als eine verkleidete Frau erkannten – vielleicht sogar die Prinzessin mit gefärbten Haaren. Sie zu fangen war der eigentlich Zweck ihrer Anwesenheit, daher jagten sie ihr nach. Auch Hauptmann Gilvray löste sich aus dem Kampfgeschehen und ritt ihnen nach. Einer der Alpennier feuerte einen Pfeil auf Dolviennes Pferd ab, traf aber stattdessen Dolvienne in den rechten Oberschenkel. Sie kamen näher. Die Alpennier versuchten, eine Prinzessin lebendig zu fangen, doch Dolvienne hatte andere Pläne.

Als ihr klar wurde, dass sie abgeschnitten war, wurde sie langsamer und wartete, bis ein Lanzenreiter nach den Zügeln ihres Pferdes greifen wollte, dann schoss sie mit der Kavalleriearmbrust des Feldwebels auf ihn. Der Bolzen bohrte sich durch sein Kettenhemd und in seine Schulter. Er schrie auf und fiel, während er versuchte, sich den Bolzen aus der Schulter zu ziehen, zurück. Dolvienne ließ die Waffe auf die Sattelhalterung fallen und zückte die Axt des Feldwebels. Einer der Alpennier hob seinen Bogen, doch dann hatte Gilvray die anderen beiden Reiter erreicht. Der Mann mit dem Bogen drehte sich zu Gilvray um, Dolvienne trieb ihr Pferd vorwärts, der Mann mit dem Bogen drehte sich wieder zurück zu ihr – und ihre Axt schwang in flachem Bogen heran. Die Klinge traf seine Hand und den Bogen, der Pfeil ging weit daneben. Mit gespaltener rechter Hand und gebrochenem Bogen ritt der Mann davon, bevor Dolvienne noch einmal mit der Axt zuschlagen konnte.

Als Dolvienne sich wieder Gilvray zuwandte, sah sie gerade noch einen Alpennier vom Pferd fallen, während der Hauptmann versuchte, die Axt wieder aus der Brust und dem Kettenhemd des Mannes zu befreien. Der andere Alpennier kam heran. Gilvray bekam seine Axt frei und riss beide Arme in die

Höhe, um die herabsausende Klinge des Gegners zu parieren, doch die Klinge durchschnitt das Metall seines Helms und fand Fleisch. Der Alpennier hob die Axt zu einem weiteren Schlag – und Dolviennes Axt traf seinen Helm, stieß ihn vom Pferd und betäubte ihn. Gilvray war inzwischen vom Pferd gefallen und taumelte ohne Helm umher, vom eigenen Blut geblendet, während er sich den Kopf hielt. Dolvienne ritt zu ihm.

»Hauptmann, zu mir!«, rief sie. »Ich bin's, Dolvienne.«

»Kann nichts sehen!«, rief Gilvray und hob eine blutende Hand.

»Steigt auf zu mir, Hauptmann.«

»Kann nichts sehen. Bei Mirals Ringen, ich bin getroffen.«

»Hier ist meine Hand, steigt auf mein Pferd.«

Nach einer Ewigkeit verzweifelten Kletterns, Abrutschens und einer Kraftanstrengung, die Dolvienne bei sich nicht für möglich gehalten hätte, schaffte es Gilvray, hinter ihr in den Sattel zu steigen und sich mit einer Hand an ihr festzuhalten, während er sich mit der anderen den blutenden Kopf hielt. In der Ferne sah sie, dass die Brigade sich von den Überbleibseln der Reisegarde löste und zum Wrack der Kutsche ritt. Laron versammelte gerade die acht überlebenden Gardisten mit einem Signalruf von Calliar um sich, als Dolvienne eintraf. Sie passierte Cosserens Leichnam, der von mindestens einem halben Dutzend Pfeilen getroffen worden war. Es schien der Pfeil in seinem rechten Auge zu sein, der den besten Anspruch darauf erheben konnte, ihn tatsächlich getötet zu haben.

»Reisegarde versammelt, Herr Hauptmann!«, rief Laron, aber Gilvray konnte nichts sehen und fühlte sich bereits schwindelig.

»Er ist verwundet«, erklärte Dolvienne überflüssigerweise.

»Ich übernehme das Kommando!«, rief Laron und hob die Axt.

»Die Prinzessin ist in diesem Karren, Hauptmann«, rief Dolvienne, indem sie in Richtung Brücke zeigte.

Plötzlich begriff Laron, was Esen vorhatte. Der Weg zur

Brücke war frei, der Karren hatte sie fast erreicht und es bestand die leise Hoffnung, dass nicht zu viele Alpennier zurückgeblieben waren, um die Brücke zu verteidigen.

»Reisegarde, zur Brücke«, rief Laron.

Wallas war eigentlich nur eine Sache bewusst, während alle ringsumher die Pferde anspornten und ihn verfluchten, weil er das Karrenpferd nicht zu höherem Tempo antrieb. Von allen Leuten in den Flussauen wurde seinem Leben von allen anderen die geringste Bedeutung beigemessen. Außerdem erlebte er gerade eine Krise in puncto Selbstwertgefühl.

»Ich bin ein fetter Wichser und mittelmäßiger Musiker«, sagte er laut, während er fast beständig die Pferde antrieb. »Ich kann zwar mit nicht mehr als einer Pfanne und einem offenem Feuer ein Feinschmeckermahl aus dem Inhalt einer Abfalltonne zusammenstellen, aber wer will schon ein Feinschmeckermahl, wenn zwei Brigaden Berglanzenreiter auf ihn einstürmen?«

»Na, ich jedenfalls nicht!«, rief Wilbar über das Rumpeln der Räder und das Donnern der Pferdehufe hinweg.

»Keinen Hunger!«, rief Maeben und winkte hektisch ab.

Hinten im Karren warfen Senterri und Riellen Säcke voll Mehl und Gemüse über die Ladeklappe, um Gewicht loszuwerden.

»Nur dieser Karren und ein Pferd befinden sich zwischen uns und tausend rebellischen Alpenniern!«, rief Wallas, als müsse er sich daran erinnern, was ringsumher vorging.

»Alpennische Revolutionäre!«, rief Riellen.

»Sie könnten uns aufs Grausamste foltern und dann töten«, sagte Wallas.

»Schlimmer, sie könnten uns auf Grausamste foltern und *nicht* töten«, stellte Maeben fest.

»Sie wollen nur eines: mich fangen«, rief Senterri. »Als Geisel bin ich eine Menge wert.«

Wallas dachte darüber nach, und es schien ihm der einzige positive Aspekt dieser Situation zu sein. Sie könnten alle einfach nur vom palionischen Teil des sargolanischen Königshauses freigekauft werden … wo er vielleicht einer Rasur unterzogen wurde und man dann in ihm den ehemaligen Kaiserlichen Musikmeister erkannte, dann … *Andererseits ist vielleicht doch Folter und Tod durch die Hände der Bergbarbaren die positive Seite,* entschied Wallas.

»Ihr müsst versuchen zu fliehen, Eure Ehre zu retten, Eure Hoheit«, rief Wilbar Senterri zu. »Stimmt das nicht, Wallas, Herr Soldat?«

»Ihr seid definitiv Offiziersmaterial!«, rief Wallas zurück.

Das Pferd war im Geschirr vor einem Karren kein so hohes Tempo gewöhnt, schlug aber immerhin so etwas wie einen leichten Galopp an. Zu seiner Rechten konnte Wallas eine Kavallerieschlacht beobachten. Er nahm an, dass dort die Reisegarde gegen eine der Brigaden der Berglanzenreiter kämpfte. Zu seiner Linken waren Staubwolken erkennbar. Dort rückte die andere Brigade nun vor, nachdem sie den Zeltwagen abgefangen und niemanden darin vorgefunden hatte. Die Aufklärer ritten voran, und einen Moment glaubte Wallas, man wolle sie zurücklassen. Dann sah er, dass die Brücke nicht mehr weit entfernt war und sich einige wenige Reiter vor ihr aufgebaut hatten. Wallas verfluchte sich dafür, den Karren nicht zuerst abgeladen zu haben. Denn wer würde jetzt noch Mahlzeiten wollen? Die schweren Krüge mit Kochöl, Lampenöl und hochprozentigem medizinischen Alkohol waren sicher verstaut, und weder Senterri noch Riellen kannten sich mit Knoten aus, wenn er die Flüche und Rufe richtig deutete, die von der Ladefläche an seine Ohren drangen.

Als sie die Brücke erreichten, trafen die Aufklärer auf ungefähr zehn Berglanzenreiter, die zurückgelassen worden waren, um den Alpenniern den Rückweg offenzuhalten. Wallas versuchte, den Karren um das Scharmützel herum zu lenken. Ein Aufklärer, der wie Hartman aussah, maß sich gerade mit einem der feindlichen Lanzenreiter im Axtkampf, als ein anderer von hinten mit seiner Lanze zustieß. Wallas sah Hartman erschlaffen und fallen, doch gleich darauf flog seinem Bezwinger der Kopf von den Schultern, abgeschlagen von einem so stämmigen Aufklärer, dass es nur Costiger sein konnte.

»Bei allen Mondwelten, Leute können aber verdammt schnell sterben«, murmelte Wallas zu sich selbst, während er sich fragte, wie lange *er* wohl zum Sterben brauchen würde. Jetzt kam eine andere Gruppe von Kavalleristen hinzu, und einen Moment gab Wallas tatsächlich auf.

»Wir sind verloren!«, rief er und ließ die Zügel fallen.

»Männer der Reisegarde!«, kreischte Senterri.

Wallas entwickelte sofort ein neuerliches Interesse an der Flucht und steuerte den Karren zu dem steinernen Zollhaus, dessen Dach in Flammen stand. Während er an dem Gebäude vorbeifuhr, sah er die Leichen der Garnisonswachen und Zöllner. Das Tor zur Straße nach Westen stand weit offen, obwohl vom hölzernen Brückenbogen darüber Rauchwolken und Flammen in den klaren Himmel aufstiegen und brennende Trümmer auf die Straße fielen. Wallas fuhr mit dem Wagen hindurch. Nach einem Blick zurück auf die Auen stellte er fest, dass sich von allen Seiten Lanzenreiter zu nähern schienen. Außerdem bemerkte Wallas, dass sein Wagen brannte und Riellen und Senterri mit leeren Säcken auf die Flammen einschlugen. Esen ritt vorbei und wies mit seiner Axt auf die Brücke.

»Wallas, halten Sie mitten auf der Brücke an!«, rief er und ritt dann weiter.

Die Straße wurde schmaler und ging in die Brücke über. Wallas fand sich hoch über den schäumenden, donnernden Stromschnellen wieder, die der Schnellwasser hier führte. Vor ihm hatte Esen angehalten, das Pferd gewendet und die Axt erhoben. Diese Geste konnte *Halten Sie hier an!* bedeuten, aber ebenso gut auch *Ich töte Sie, wenn Sie hier nicht anhalten!* Wallas zügelte das Pferd.

Der Karren versperrte den Durchgang nur zur Hälfte, aber Wallas erkannte, dass sie die Brücke in wenigen Augenblicken vollständig sperren und alle Neuankömmlinge aufhalten konnten, wenn sie ihn seitwärts drehten und sich hinter ihm verschanzten. Er zog die Bremse an und befahl allen abzusteigen.

»Was habt Ihr vor?«, fragte Wilbar.

»Esen hat einen Plan, uns zu retten!«, rief Wallas. »Dreht den Karren zur Seite.«

»Nein, stimmen wir ab!«, sagte Wilbar.

»Verrat!«, kreischte Senterri. »Ich *befehle* Euch allen zu tun, was Esen sagt.«

Mehrere Axthiebe befreiten das Pferd von Riemen und Geschirr, so dass Senterri und Riellen es zur Westseite führen konnten. Esen hob eine Pfeife an den Mund und blies drei Mal kurz hinein. Wallas versuchte sich zu erinnern, ob das *bei mir sammeln, Angriff, Rückzug* oder *Anhalten zum Essenfassen* bedeutete, aber die Aufklärer und Gardisten lösten sich jetzt von den Alpenniern und ritten zur Brücke.

»Studenten, könnt Ihr kämpfen?«, fragte Esen.

»Wir ziehen es vor zu verhandeln«, erklärte Wilbar. »Tatsächlich ist es vielleicht noch nicht zu spät, eine Versammlung einzuberufen und …«

»Geht zu den Frauen, und wenn irgendjemand sie bedroht, versucht Ihr, Euch in den Weg zu stellen.«

Die Aufklärer erreichten die Brücke, und Esen winkte sie hinter den Karren. Ihnen folgten Dolvienne, in deren Oberschenkel ein Pfeil steckte mit Hauptmann Gilvray im Sattel hinter sich. Wallas erkannte den Hauptmann nur an seinem Rock, denn sein Gesicht war blutüberströmt. Zuletzt kamen die verbliebenen Gardisten, und es waren nur noch acht von ihnen übrig. Sobald sie den Karren passiert hatten, lösten Wallas und Esen die Bremse und drehten den Wagen. Inzwischen waren die Aufklärer abgestiegen und schossen mit ihren Kavalleriearmbrüsten über den brennenden Wagen hinweg auf die Alpennier.

»Brennen.« Das Wort war für Wallas ein Blitz der Inspiration, wie ein heller Meteor an einem Himmel ohne Miral und die Mondwelten.

»Ihre Axt!«, verlangte Wallas, um mit Esens Waffe dann den Koch- und Lampenölkrügen die Verschlüsse abzuschlagen.

»Sie denken doch wohl nicht daran, Ihr verdammtes Olivenöl zu retten …«, begann Esen, doch Wallas zerschmetterte den Krug unter dem Karren. Er wiederholte den Vorgang mit einem weiteren Krug. Jetzt begriff Esen und half ihm, noch mehr Krüge auf den Planken östlich des Karrens zu zerschmettern. Wallas hörte ein alpennisches Horn und nahm zur Kenntnis, dass sich am Ostende der Brücke mehrere Dutzend Lanzenreiter sammelten.

»Das reicht, weg hier!«, rief Esen und warf ein Stück brennende Plane in das vergossene Öl. Flammen loderten um den ganzen Karren herum auf und verteilten sich auf der Brücke. Plötzlich rannte Andry an Wallas vorbei. Esen versuchte ihn aufzuhalten, doch Andry schlug ihm ins Gesicht und lief weiter. Er sprang durch die Flammen auf die Ladefläche des Karrens und hievte unter dem Durcheinander aus Kleidern und Vorräten eine Gestalt hervor. Wallas ging auf, dass er und Esen Velander vergessen hatten. Andry und das Mädchen standen in Flammen, als er zurücktaumelte, doch die anderen kamen schnell und wälzten sie auf den Planken hin und her, um die Flammen zu löschen.

Sie zogen sich vom Wagen ans Westende der Brücke zurück. Hinter ihnen waren mehrere Berglanzenreiter abgestiegen. Zwei hieben auf ein Geländer ein, während die anderen auf die Flammen einschlugen oder mit den Lanzen den Karren wegzuschieben versuchten. Einer hatte sich die Hände mit seinem Reisemantel umwickelt und löste die Radbremsen.

»Wir müssen sie daran hindern!«, rief Laron, während er vom Pferd sprang. »Hinter ihnen sind zwei Brigaden! Alles absteigen und auf meinen Befehl …«

Ein großer Krug mit Lampenöl, den Wallas übersehen hatte,

explodierte in dem brennenden Karren, schleuderte die Berglanzenreiter von der Brücke und sprengte das Geländer auf beiden Seiten weg. Die Brücke brannte weiter.

»Könnt Ihr einen Feuerball wirken, Herr Hauptmann?«, fragte Esen, der zu Laron geeilt war.

»Ich kann zwar einen kleinen erzeugen, aber danach wäre ich zu nicht mehr viel nütze«, antwortete Laron.

»Seht, dort unter der Brücke!«, rief Andry jedem zu, der einen höheren Rang hatte als er und gerade zuhörte.

Alle folgten der Aufforderung, außer Gilvray, der das Bewusstsein verloren hatte und von Dolviennes Pferd gefallen war, und Velander, die während der ganzen Schlacht bewusstlos gewesen war. Der Unterbau der Brücke war in Flammen aufgegangen und brannte lichterloh.

»Mit Pech bestrichen, damit das Holz nicht durch die Gischt verfaulen kann«, sagte Esen. »Ein paar Tropfen des brennenden Öls müssen es entzündet haben.«

»Alle, die eine Armbrust haben, laden und auf die Alpennier schießen!«, rief Laron. »Haltet sie davon ab, über die Brücke zu stürmen, bevor das Holz durchgebrannt ist.«

Die Aufklärer und Gardisten schossen über die Brücke, so schnell sie die Waffen laden konnten. Sogar der Trompeter Calliar beteiligte sich mit der Armbrust von Dolviennes Pferd. Ein paar Pfeile kamen zurück, aber die feindlichen Bogenschützen waren zwischen den Lanzenreitern verteilt und nicht sehr gut aufeinander abgestimmt. Ein Adliger, dem ein Bannerträger folgte, traf ein und brüllte Anweisungen, um die Reiter zu organisieren. Er brauchte dazu nur zwei Minuten, und mittlerweile war ihr Vorrat an Armbrustbolzen schon beinah verbraucht. Die Alpennier griffen an.

Etwa zwei Jahrzehnte zuvor war ein Baumeister damit beauftragt worden, einige der morschen Balken im Unterbau der Brücke durch Eschenholz auszutauschen, doch er hatte stattdessen weitaus billigeres Pinienholz benutzt und es mit Pech bestrichen, um den Unterschied zu kaschieren – und dann noch einen Aufschlag für die besondere wasserabweisende Beschichtung kassiert. Als die alpennischen Lanzenreiter über die Brücke ritten, war das Pinienholz zwar noch nicht durchgebrannt, aber doch so geschwächt, dass die Belastung durch sechzig Pferde samt Reitern in Rüstungen mehr war, als es verkraften konnte. Die Mitte der Brücke brach, gefolgt von zwei weiteren Abschnitten, auf denen es gerade von Reitern wimmelte. Die Aufklärer und Gardisten jubelten, dann richteten sie die Armbrüste auf den alpennischen Brigadekommandeur, seinen Bannerträger und einen Trupphauptmann – die jetzt auf der Westseite gestrandet waren. Sie starrten auf die riesige Lücke, die in der Mitte der Brücke klaffte, dann auf die strampelnden Männer und Pferde, die von den Stromschnellen mitgerissen wurden, und schließlich auf die Aufklärer und Gardisten, die ihre Waffen auf sie gerichtet hatten.

»Kommandant, sagt Euren Männern, sie sollen ihre Waffen fallen lassen und absteigen, dann händigt Eure Axt aus!«, rief Laron auf Hofsargolanisch.

»Und wem habe ich die Ehre, mich zu ergeben?«, erkundigte sich der alpennische Kommandant.

»Hauptmann Aliasar, für Prinzessin Senterri, der neuen Herrscherin über Logiar und ganz Kapfang.«

»Seid Ihr ein Edelmann, Hauptmann?«

»Wäre ich Hauptmann, wenn ich keiner wäre, Kommandant?«

Der Kommandant gab den Befehl, dann stieg er ab und ergab sich Laron. Als Laron jedoch das Banner der Brigade an sich nahm, regneten von den erzürnten Alpenniern auf der anderen Brückenseite Pfeile rings um ihn nieder.

»Alle zurück hinter die nächste Straßenbiegung«, befahl er, und sie entfernten sich mit den Pferden.

Zuerst musste man sich um die Verwundeten kümmern, aber verwundet waren praktisch alle. Andrys Nähzeug, das er von

Jelene bekommen hatte, enthielt die einzig verfügbare Nadel in der Gruppe, also wurden mit ihr alle Wunden genäht. Und davon gab es eine Menge. Die einzige Arznei war ein Krug eines dreifach gebrannten Weins, den Costiger in der Satteltasche hatte, und die Wundverbände wurden aus Kleidern geschnitten.

Wallas entdeckte eine kleine Lanzenwunde an seinem Bein, die empfangen zu haben er sich nicht erinnern konnte, und fiel prompt in Ohnmacht. Andry hatte zwei gebrochene Rippen und eine klaffende Schnittwunde, die vom rechten Auge bis zum Kinn reichte. Zuerst wurde jedoch Gilvrays Kopfverletzung genäht, danach stand das Entfernen des Pfeils aus Dolviennes Oberschenkel auf dem Programm. Laron hatte eine Ausbildung als Medikus genossen, und Esen kannte sich ein wenig mit Feldmedizin aus, also erledigten sie einen Großteil der Arbeit. Senterri saß mit Andry auf dem Boden und betupfte dessen Wunde mit einem weingetränkten Lappen, während er auf seine Behandlung wartete. Dolvienne saß auf Andrys anderer Seite, hielt ihren Oberschenkel fest umklammert und versuchte, den Pfeil nicht anzuschauen.

»Mir wurde erklärt, dass die Gardisten hier die einzigen Überlebenden der Reisegarde sind«, erklärte Senterri tonlos, als könne sie nicht begreifen, was sie gerade sagte.

»Das kann ich nicht sagen, Eure Hoheit«, erwiderte Andry. »Es könnten auch Männer in Gefangenschaft geraten sein oder noch verwundet auf dem Schlachtfeld liegen.«

»Hat jemand Graf Cosseren gesehen?«, fragte Senterri.

»Ja, ich«, erwiderte Dolvienne. »Er sah tot aus.«

»Tot!«, rief Senterri und betupfte Andrys Auge statt seiner Wunde. »Wie könnt Ihr so sicher sein?«

»Er hatte einen Pfeil im Auge und hat sich nicht mehr bewegt.«

Senterri schlug eine Hand vors Gesicht und beschmierte sich dabei mit Andrys Blut. Esen kam von dort, wo Gilvray behandelt wurde, zu ihnen herüber.

»Hoheit, es wäre eine große Hilfe, wenn Ihr Euch um den Hauptmann kümmern könntet«, sagte er mit einer Verbeugung.

»Um ihn kümmern? Wie?«

»Wascht sein Gesicht, haltet die Fliegen fern, gebt ihm Wasser, seid … einfach da, irgendwie.«

Sie ging zu Gilvray, während Esen den Pfeil in Dolviennes Oberschenkel untersuchte.

»Pferdepfeil, soll eindringen und stecken bleiben. Hauptmann Laron?«

Laron hielt Dolviennes Arme, Andry legte sich über ihre Beine und hielt diese fest, während Esen den Stoff rund um die Wunde wegschnitt. Dann löste er nach und nach den mit Widerhaken versehenen Pfeil heraus. Es war eine lange und blutige Operation und eine Qual für Dolvienne. Schon Andry erschien es wie eine Ewigkeit, und er konnte sich vorstellen, wie Dolvienne sich dabei fühlen musste. Schließlich gab Esen Andry den Pfeil, goss Branntwein über die Wunde und nähte sie zu.

»Verwahrt die Pfeilspitze«, flüsterte sie, während Laron ihr den Schweiß von der Stirn wischte.

Andry zerbrach den Pfeil und legte ihr die Spitze in die Hand. Dann war er an der Reihe, genäht zu werden. Er verlor jedes Zeitgefühl, dann ging ihm auf, dass alles vorbei war und er neben Dolvienne und Gilvray lag.

»Tut es weh, wenn man eine Schnittwunde im Gesicht empfängt?«, fragte Dolvienne Andry. Gilvray war noch bewusstlos.

»Nicht halb so weh wie die Behandlung«, antwortete Andry.

»Bisher dachte ich, Pfeilwunden sähen klein und ordentlich aus«, sagte sie, immer noch keuchend von den Schmerzen, die das Entfernen des Pfeils verursacht hatte. »Aber jetzt nicht mehr.«

»Braucht Ihr noch etwas, Mylady?«, sagte Andry, während

er sich hochhievte. »Ich muss eine Bestandsaufnahme machen.«

»Aufklärer, Ihr könnte nicht einmal stehen, geschweige denn arbeiten.«

»Das gilt auch für alle anderen«, stellte Andry fest.

»Was ist mit Soldat Wallas?«

»Er kommt nur lange genug wieder zu sich, um einen Blick auf all die Verwundeten zu werfen, sich zu übergeben und dann wieder in Ohnmacht zu fallen. Mit Verlaub, Mylady.«

Nachdem alle Verwundeten behandelt worden waren, erstattete Andry Laron Bericht. Die Gruppe bestand aus dreiundzwanzig Personen und achtzehn Pferden. Acht Gardisten und vier Aufklärern ging es gut genug, um sie als dienstfähig zu bezeichnen, weitere fünf würden mit den Schwerverletzten reiten müssen, die hinter ihnen angebunden wurden. Bettzeug, Geld und Proviant waren knapp. Laron gab die Informationen an Senterri weiter, die daraufhin die Gruppe zusammenrief. Alle waren bereits mehr oder weniger an Ort und Stelle und konnten ihr zuhören, da sie ausgestreckt auf dem Boden lagen und sich von ihren Verletzungen erholten.

»Ich bin vielleicht nicht von großem Nutzen für Euch, aber als Eure Regentin kann ich trotzdem ein paar Dinge tun«, erklärte Senterri. »Ich erkläre hiermit die Formierung der Regentschaftsgarde von Kapfang. Diese wird aus der Reisegarde Palions, der Palastgarde Logiars und den Aufklärern bestehen, die mich heute beschützt haben. Alle drei Einheiten bleiben für sich und getrennt voneinander bestehen und behalten innerhalb der Regentschaftsgarde ihre Namen.«

»Also sind wird eigentlich keine Gardisten, gehören aber offiziell zur Garde der Königin«, flüsterte Esen Andry zu.

Andry zuckte die Achseln, da ihm damit alles gesagt zu sein schien.

»Gardisten, ich weiß, dass Ihr nicht gerade erfreut darüber sein werdet, dass Gemeine an Eurem elitären Status teilhaben, aber ohne diese Gemeinen wäre ich bereits eine Trophäe der Alpennier. Nun, Ihr mögt Euch fragen, was wir als Nächstes tun. Hauptmann Laron?«

Die Mitglieder der Gruppe sahen sich gegenseitig an. Tatsächlich hatte bisher niemand wirklich darüber nachgedacht, aber die Frage »Was nun?« bedurfte ganz eindeutig einer raschen Antwort.

»Die Alpennier werden vor Ende des Tages eine Seilbrücke über die Stromschnellen gespannt haben«, warnte Laron.

»Aber, Herr Hauptmann, für eine Brücke, die stark genug ist, ein Pferd zu tragen, wird man mindestens ein paar Tage brauchen«, meinte ein Gardist.

»Dann schicken sie eben nur ausgeruhte, starke und unverletzte Männer mit voller Ausrüstung herüber. Die meisten unserer Waffen sind beschädigt, und wir haben zusammen nur noch etwa zwei Dutzend Armbrustbolzen. Unser Proviant ist knapp, und unsere Geldmittel, um neuen zu kaufen, sind noch knapper. Je länger wir brauchen, um Logiar zu erreichen, desto wahrscheinlicher wird es, dass wir in Gefangenschaft geraten oder einige unserer Verwundeten verlieren.«

»Wann sollen wir abrücken, Hauptmann Laron?«, fragte Senterri.

»In einer halben Stunde. So lange dürfte es dauern, alles zusammenzupacken. Gibt es sonst noch etwas?«

Es gab. Senterris Furcht war in Wut umgeschlagen.

»Zunächst einmal werden wir Umgangssargolanisch sprechen«, sagte sie, während sie sich an die drei Gefangenen wandte. »Einige meiner Männer sind Gemeine, und ich möchte, dass alle verstehen können, was Ihr zu sagen habt. Also dann: Was genau hat Euch dazu veranlasst, einen Generationen alten Vertrag zu brechen und zu rebellieren?«

Die Prinzessin hatte eine furchtbare Laune, und an der Klinge ihrer Kavallerieaxt klebte Blut. Sie hatte mehrere blaue

Flecken und an einem Arm einen Schnitt, der wieder zu bluten angefangen hatte.

»Ich verlange mein Erbe zurück, die fruchtbaren Täler, die mir gestohlen wurden in dem ungerechten Vertrag von …«

»Nicht gut genug, neuer Versuch«, schrie Senterri.

Der alpennische Kommandant blinzelte.

»Meinen Leuten reichen die wenigen und unfruchtbaren Bergweiden nicht mehr aus, wir waren gezwungen, die …«

»Hauptmann Aliasar, wie schätzt Ihr für einen gefesselten Mann in Rüstung, der bis zum Ende der Brücke marschiert und dann in die Stromschnellen fällt, die Überlebensaussichten ein?«

»Verschwindend gering, Eure Hoheit. Er wäre Augenblicke später ertrunken.«

»Ich würde gern ein Experiment durchführen.«

»Tatsächlich, Eure Hoheit?«

»Ja. Ich glaube, dass er entweder auf den Klippen zerschellen oder im kalten Wasser erfrieren würde, bevor er die Gelegenheit bekäme, zu ertrinken. Benutzt den Kommandant als Versuchsperson.«

»Wir verletzten damit wahrscheinlich einige wirklich wichtige Abkommen über die Behandlung von Kriegsgefangenen«, stellte Laron fest.

»O je, meint Ihr, er könnte sich bei der Regentin von Logiar beschweren?«, antwortete Senterri.

»Ich nehme an, sie wäre bereit, darüber hinwegzusehen, nur dieses eine Mal«, meinte Laron.

Der Kommandant schauderte und schien dann eine eilige Entscheidung zu treffen.

»Ich bin keiner der beiden Seiten im Kampf um die Macht in Palion verpflichtet«, sagte er mit so gefasster Stimme wie möglich.

»Dann möchte ich die Wahrheit hören, selbst wenn sie unvollständig ist«, sagte Senterri. »Und denkt daran, dass ich als Prinzessin einiges über die Intrigen im Imperialen Palast weiß.

Wenn ihr etwas sagt, von dem ich weiß, dass es falsch ist, nun ja …«

»Stellt Eure Fragen«, sagte der Kommandant und klang dabei fast ungeduldig, das Verhör hinter sich zu bringen.

»Wer seid Ihr?«

»Carasern, Kastellan von Mountfort.«

»Und mit wem habt Ihr Euren Aufstand geplant?«

»Mit einem königlichen Gesandten aus Palion. Mir wurde zugesichert, dass ich Baron der Tiefebene werden würde, wenn ich euch gefangen nähme. Ich sollte außerdem eine Zauberin mit schwarzem, lockigem Haar und einem merkwürdigen Akzent töten. Sie ist etwa dreißig Jahre alt und ihr Name lautet Terikel Arimer.«

»Eine Zauberin töten? Warum?«

»Mir wurde gesagt, dass eine Interessengruppe sie dazu benutzt, Drachenwall zu übernehmen, und ihn dann dazu einsetzen würde, unsere Burgen und Städte niederzubrennen. Der Drachenwall verläuft direkt über meinen Ländereien.«

Senterri und Laron wechselten einen Blick.

»Dieser Gesandte«, sagte Laron. »Beschreibt ihn mir.«

»Ich habe ihn nur bei schlechtem Licht gesehen.«

»Beschreibt ihn«, wiederholte Laron bestimmter.

»Äh, er war, äh, groß und hatte einen Bauch, aber auch breite Schultern.«

»Wie war er gekleidet?«, fragte Senterri.

»Mit einem rostroten Mantel und braunen Reitstiefeln. Er trug eine Kapuze. Ich habe nur wenig von seinem Gesicht erkennen können.«

»Denkt scharf nach«, warnte Senterri mit einer Geste in Richtung der eingestürzten Brücke.

»Sein Kinn! Ich habe sein Kinn gesehen! Es war glatt rasiert.«

»Beschreibt die Art, wie er grüßte«, befahl Senterri.

»Seinen Gruß? Ich, äh …«

»Denkt sehr, sehr sorgfältig nach«, fügte Laron hinzu.

»Äh, etwas affektiert. Er hat beide Hände zum Gesicht geführt, Rücken an Rücken, dann die linke Hand weit gespreizt, während er die erste Bewegung nur mit der rechten wiederholte. Dann hat er sich verbeugt.«

Senterri dachte eine Weile nach, dann nahm sie Laron beim Arm.

»Der Gruß eines Gesandten des Prinzen, aber das muss nichts bedeuten«, sagte sie, während sie ihn wegführte, um sich mit ihm unter vier Augen zu unterhalten.

»Sehr wahrscheinlich bedeutet es alles«, erwiderte Laron. »Zwei weit gespreizte Hände, das ist der Gruß eines Gesandten des Kaisers oder des Kronprinzen. Das engt die Auswahl von vier Prinzen und einer Prinzessin auf drei Prinzen ein. Aber der Gesandte selbst könnte jeder sein. Der Palast ist voll von großen, glatt rasierten Kriegern mittleren Alters mit Bauch.«

»Vielleicht wurde er deshalb als Gesandter ausgewählt«, schloss Senterri. »Andererseits könnte es auch eine andere Gruppe gewesen sein, die es so aussehen lassen wollte, als hätte es ein Prinz organisiert.«

»Das bezweifle ich«, sagte Laron. »Der Kastellan war vor vier Monaten in Palion und hat den königlichen Palast besucht. Ich glaube, dass der Gesandte ihm bekannt war, sie wurden sich wahrscheinlich in der Gesellschaft eines Prinzen vorgestellt. Denkt daran, er musste einen sehr guten Grund haben, um zwei Brigaden gegen die Reisegarde antreten zu lassen. Vergesst nicht, wir hatten unsere Banner aufgesteckt, und die Leute in der Stadt hätten alles gesehen. Es wäre bewaffneter Aufstand gewesen, tatsächlich sogar ein kriegerischer Akt. Der Kastellan gewinnt nichts durch einen Krieg mit dem gesamten Sargolanischen Reich.«

»Es sei denn, er konnte sicher sein, dass das Reich keine Vergeltung üben würde!«, folgerte Senterri.

»Ja. Also glaubt Ihr, dass Eure eigenen Leute hinter dieser Sache stecken, Eure Hoheit?«

Senterri führte Laron zum Kommandanten der Berglanzenreiter zurück.

»Ich danke Euch, Eure Informationen waren außerordentlich hilfreich«, sagte sie freundlich. »Nun denn, Ihr seid mein Gefangener, und wenn ich in Logiar eintreffe, werdet Ihr die Wahl haben, mir die Treue zu schwören oder Euch auslösen zu lassen. Hauptmann Laron, ich möchte, dass die Regentschaftsgarde sich zum Abrücken bereitmacht.«

Hartman schaute an der langen Reihe der Kämpfer vorbei auf den näherkommenden weißen Kahn. *Sogar bei der Reise zu den Finsteren Orten hat der Adel Vorrang*, dachte er.

»Ist Aufklärer Hartman schon hier?«, rief die Frau in Rot, die das Boot steuerte.

»Oh, aye«, antwortete Hartmans Seele und hob die Hand.

»Ob Ihr wohl meinem Schatz Andry Tennoner begegnet seid?«

»Ob ich – was?«, rief Hartman, während er an den erstaunten Seelen der verstorbenen Adligen vorbeitrottete. »Aber Ihr seid der Tod.«

»Wie geht es ihm?«, fragte Madame Jilli, während sie Hartman in den Kahn half. »Hat er schon einen neuen Schatz?«

»Na ja, so etwas Ähnliches. Sie besitzt übernatürliche Kräfte und kaltes Blut, aber sie hat um seiner Liebe willen darauf verzichtet, weiterhin Leuten die Kehle durchzubeißen und ihr Blut zu trinken.«

»Das hat sie?«, quiekte Madame Jilli und stieß vom Ufer ab. »Wunderbar! Oh, übrigens, bitte nennt mich nicht Tod, die Leute könnten auf falsche Gedanken kommen.«

Wallas erhielt eine erzwungene Lektion im Dauerreiten und war bald wund geritten. Auch die Verwundeten waren über das hohe Tempo, das Laron anschlug, nicht glücklich, aber es gab keine Alternative. Esen schätzte, dass ihnen vielleicht drei Tage blieben, bis die Berglanzenreiter die Brücke behelfsmäßig repariert hätten und die ersten Männer und Pferde wieder über den Schnellwasser bringen konnten. Sobald diese Lanzenreiter sie einholten, wäre alles schnell vorbei, da die Reisegarde praktisch keine Kampftruppe mehr war. Doch Esen hatte bei seiner Schätzung nicht in Betracht gezogen, dass die berittene Miliz der nahen Stadt einen Ausfall machen und die gestrandeten Alpennier angreifen könnten. Genau das geschah jedoch, so dass Senterri und ihre Begleiter, wären sie in der Nähe der Schlucht geblieben, gerettet worden wären, sobald ihre eigenen treuen Untertanen eine behelfsmäßige Seilbrücke gespannt hätten.

Als das letzte Dämmerlicht hinter Drachenwalls glühendem Schein verschwunden war, hielten sie an, um die Pferde grasen zu lassen. Sie befanden sich in der Nähe einer kleinen befestigten Taverne, aber darin gab es nur alpennische Loyalisten, die sie nicht einlassen wollten. Jemand hatte auf einer Wiese einen Karren zurückgelassen, in dessen Nähe sie die Pferde anhobbelten und grasen ließen. Andry stellte rasch fest, dass der Wagen nur eine gebrochene Achse hatte. Bei Feuerschein machte er sich daran, eine neue Achse zu fertigen.

Laron ordnete an, dass die anderen nur bis zum Morgengrauen schlafen sollten, um sich zeitig wieder auf den Weg machen zu können. Der Besitzer des Gasthauses war schließlich ein Untertan des Kastellans und würde ihren Verfolgern alles sagen, was er wusste. Andry hatte trotz seiner Verwundung und Erschöpfung die Achse nach mehreren Stunden fertig. Ein Glühen hinter den Bergen deutete das Aufgehen Mirals an, so dass er wusste, dass Mitternacht bereits vorüber war.

»Sie sollten schlafen, Sie werden ohnehin nur noch wenig Gelegenheit dazu haben«, ertönte Gilvrays Stimme aus der Nähe.

»Zu viele Gedanken, Herr Hauptmann«, antwortete Andry

und sah sich in der Dunkelheit nach seinem kommandierenden Offizier um.

»Ihre erste Schlacht?«, fragte Gilvray, stand vorsichtig auf und ging sehr langsam zu Andry.

»Schlacht, oh, aye, meine erste, Herr Hauptmann.«

»Und doch haben Sie gut gekämpft. Gardist Palver hat gesagt, Sie hätten zwei Alpennier abgelenkt, die ihn in die Zange genommen hatten, und ich habe Ihnen beim Kämpfen zugeschaut.«

»Ich war schon an vielen Schlägereien beteiligt.«

»Ich habe in elf richtigen Schlachten gekämpft. Einige waren größer als die gestrige, aber in keiner war es so eng.«

Andry antwortete nicht. Die Stille zog sich in die Länge.

»Ich habe Palion mit fast hundert Gardisten verlassen, und jetzt sind nur noch neun übrig.«

»Und wir fünf Aufklärer, Herr Hauptmann, und Hauptmann Laron – und Milizsoldat Wallas.«

»Tja, das macht dann sechzehn, aber nur neun davon sind Gardisten. Gestern sind neun von zehn von uns getötet worden, Andry. In meinen anderen Schlachten wäre selbst einer von zehn als furchtbarer Verluste betrachtet worden. Ich kann mich an die Namen aller getöteten Männer erinnern. Jeder einzelne von ihnen war tapfer, ob sie noch leben oder gestorben sind.«

»Der Schutz der Prinzessin muss Ihnen sehr wichtig sein, Herr Hauptmann.«

»O ja, und nicht nur mir, sondern allen Gardisten, tot oder lebendig. Es ist eine Frage der Ehre. Letztes Jahr wurde Prinzessin Senterri entführt, und wir waren machtlos dagegen. Die Palastwachen haben leere Räume bewacht, und wir Reisegardisten sind in die Wüste geritten und haben dort nur falsche Gerüchte gefunden. Die Prinzessin war die ganze Zeit in der Hand von Sklavenhändlern. Als sich herausstellte, dass sie noch lebte, da überbrachten die Neuigkeit einer ihrer Brüder und dessen reguläre Lanzenreiter. Sie war ohne unsere

Hilfe entflohen. Dann zog sie es vor, nicht in den Palast zurückzukehren, sondern in einem fremden Land zu bleiben und anderen entflohenen Sklaven und Leuten in Not zu helfen. Irgendwann ist sie zurückgekehrt … Dieses Mal *waren* wir da, als sie in Gefahr geriet, und dieses Mal haben wir ihre Ehre gerettet. Sie wird ein guter Regent sein, wenn wir Logiar erreichen. Aber da Cosseren nicht mehr unter den Lebenden weilt, ist sie jetzt nicht mehr Königin.«

»Was ist ein Regent, Herr Hauptmann?«

»Regenten herrschen, wenn es keinen geeigneten Monarchen gibt: zu jung, zu dumm, zu faul. Im Fall von Kapfang hat sich die herrschende Familie vor etwa achtzig Jahren mit den alpennischen Kriegsfürsten verbündet. Der Aufstand wurde niedergeschlagen und die Monarchie in Kapfang abgesetzt, doch es gab einen Anwärter auf den Thron. Das war Graf Cosseren. Nach ihrer Heirat mit ihm wurde Senterri infolge einer Spitzfindigkeit der sargolanischen Gesetze zur Königin von Kapfang erklärt.«

»Er schien ein gutmütiger Mann zu sein, Herr Hauptmann, und geschickt im Umgang mit Pferd und Axt.«

»Das konnte man auch verlangen. Er hat die meiste Zeit seiner vierundzwanzig Jahre unter der Anleitung der größten Meister im Reich mit Reiten und Fechten verbracht – dank der freundlichen finanziellen Unterstützung des Hofes. Er war der beste Axtkämpfer in der Reisegarde, und viel besser als ich. Er hat keines seiner sechzig Duelle verloren. Zwei davon focht er mit Laron und eins mit mir.«

»Darf ich es wagen zu fragen, wer der Herausforderer war, Herr Hauptmann?«

»Oh, jedes Mal Cosseren. Wenn Sie dafür bekannt gewesen wären, gut mit der Axt kämpfen zu können, hätte er mit Sicherheit etwas Ehrenrühriges in Ihrem Verhalten gefunden und ein Duell erzwungen.«

»Er hat mich nie gefordert, Herr Hauptmann, dabei habe ich Lord Laron mit der Axt besiegt.«

»Aber Sie sind ein ausländischer Söldner und von sehr zweifelhafter Herkunft. Sie könnten sogar ...« Gilvray legte einen Finger an die Lippen und zwinkerte. »Aus der Unterschicht stammen. Nehmen wir einfach mal an, Sie hätten ihm einen Schnitt im Gesicht verpasst und ihn dann tatsächlich geschlagen. Er hätte zeit seines Lebens erklären müssen, wie es einem Dreckschaufler mit Haaren am Arsch aus Alberin gelingen konnte, ihn zu besiegen. Eine Narbe von mir wäre ihm vom Hauptmann der Reisegarde zugefügt worden. Damit hätte er prahlen können.«

»War er auch in einem richtigen Kampf so gut, Herr Hauptmann?«

»Es steht außer Frage, dass er tapfer war, aber er war auch außerordentlich dumm. Ein Betrunkener, der bei einem Wolkenbruch in der Gosse liegt, hatte noch mehr Verstand als Cosseren.«

»Sicher nicht, Herr Hauptmann. Prinzessin Senterri hat ihn gemocht.«

»Die Prinzessin hat ihn nicht gemocht, sie hat nur einige Schriftstücke unterzeichnet, einen Schwur geleistet und im königlichen Bett gelegen, während er ... Tatsächlich hat er im königlichen Schlafzimmer anscheinend etwas getan, das die Prinzessin in höchstem Maß verärgert hat! Na, vielleicht quält Fortuna ja nicht immer nur die Verliebten.«

Andry hatte den Sinn hinter Gilvrays Worten fast sofort erfasst. Er zögerte kurz, dann entschied er, dass die normalen Verhaltensmaßregeln gerade nicht galten und Hauptmann Gilvray die sehr offensichtliche Frage vielleicht sogar von ihm erwartete.

»Ist es erlaubt zu fragen, ob Sie die Prinzessin lieben, Herr Hauptmann?«, fragte Andry.

»O ja. Ich bete sie an, und das schon die ganzen zwei Jahre, seit ich ihr diene. Aber ich verstehe ihre Gründe, Graf Cosseren zu heiraten. Sie ist dadurch zu einem Königreich im Reich gekommen. Andere haben viele Tausende in die Schlacht und in den Tod geschickt, um in den Besitz kleinerer Königreiche zu gelangen. Jetzt ist er tot … aber ich habe kein Königreich, das ich ihr anbieten könnte.«

»Wallas!«, zischte Andry.

Wallas grunzte, dann drehte er sich um.

»Wallas, schläfst du?«, fragte Andry und zog ihm die Decke weg.

»Von allen möglichen Fragen muss man diese als …«

»Ich betrachte das als nein. Ich brauche Hilfe, um die Räder an die neue Achse zu bekommen.«

»Die Pocken sollen deine Räder holen.«

»Auf diesem Karren könntest du morgen fahren, wenn die Räder dran sind. Hauptmann Gilvray hat sich gerade eine Weile mit mir unterhalten. Er hat gesagt, dass wir den Karren hier zurücklassen, wenn er bei unserer Abreise nicht fertig ist.«

»Ach, verdammt, Andry. Na gut.«

Trotz aller gegenteiligen Behauptungen und Klagen zum Trotz war Wallas ein ziemlich starker Mann und im Gegensatz zu den meisten anderen in der Gruppe praktisch unverletzt. Schnell hatten sie das rechte Rad angebracht und befestigt. Das linke Rad war auch nicht schwieriger, und so stand der Karren zwanzig Minuten, nachdem Wallas sich aufgerafft hatte, wieder auf seinen Rädern anstatt auf den Stützen aus Felsblöcken.

»Solche Qualen, um reiten zu lernen, und jetzt habe ich wieder einen Karren«, seufzte Wallas, während er sich setzte und in Mirals grünem Licht auf den Karren starrte.

»Wie gut die Neuigkeiten auch sind, Wallas, du hast immer etwas zu nörgeln«, stellte Andry fest, während er sich neben ihm niederließ. »Was weißt du über Hauptmann Gilvray?«

»Du meinst den Hauptmann der Reisegarde?«

»Götter der Mondwelten, Wallas! Hier gibt es nur einen

Gilvray. Das ist der mit einer noch größeren Kopfwunde, als ich sie habe.«

»Oh, er ist der Urenkel eines alpennischen Kriegsfürsten, der vor achtzig Jahren nach der großen Rebellion von 3061 in Ketten nach Palion geschleift wurde. Seine Familie steht seit drei Generationen in den Diensten des sargolanischen Herrschers.«

»Ich habe Spannungen zwischen ihm und Cosseren bemerkt.«

»Erwähne es einfach nicht, es sei denn, du möchtest mit acht einfachen Worten die Grenzen von ungefähr dreißig Dienstrangen und Klassen überschreiten.«

Das habe ich bereits getan, dachte Andry. »Und jetzt gibt es Spannungen zwischen ihm und Laron.«

»Ach ja, Laron. Der ziemlich hübsche junge Mann, der wie eine Wildkatze kämpft und die Weisheit und Umgangsformen eines sehr alten Mannes hat. Das ist eine merkwürdige Geschichte mit ihm. Er hat bei der Flucht der Prinzessin aus den Fängen der Sklavenhändler eine Rolle gespielt. Dann war er ihr ständiger Begleiter, als sie eine Zeit lang auf der Suche nach ihrem wahren Ich als Gemeine gelebt hat. Es gibt Leute, die behaupten, Laron wäre ihr Geliebter gewesen.«

»Und stimmt das?«

»Wahrscheinlich nicht. Graf Cosseren wäre dumm genug gewesen, sich zu beschweren, wäre seine Braut keine Jungfrau mehr gewesen – auch wenn sie die Tochter des Kaisers ist.«

»Ich kann kaum glauben, dass sie einen wie Cosseren geheiratet hat«, sagte Andry kopfschüttelnd.

»Ha! Neben dem hast sogar du intelligent gewirkt. Das hat alles der Kaiser so eingerichtet. Senterri wollte unabhängig sein, aber ihr Vater hat genau das ausgenutzt, um sie zur Räson zu bringen. Die Herrschaft über Logiar und der Titel Königin versprachen ihr beträchtliche Unabhängigkeit. Die Versuchung war zu groß. Sie ist ins Hofleben von Palion zurückgekehrt, wurde vom Kaiser persönlich zur Königin gekrönt und zur Regentin erklärt, nachdem sie Graf Cosseren geheiratet hatte – der Thronanwärter von Kapfang ist, und ...«

»Das weiß ich alles.«

»Eine Stunde später wurde der Kaiser ermordet und ich ...«

»Das weiß ich auch. Wo ist der Platz der Prinzessin jetzt, nach Cosserens Tod? Bei Hauptmann Laron?«

»Laron ist ihr Leibzauberer, obwohl er nur Initiationsgrad neun hat. Der Junge hat eine Initiatenurkunde von einer diomedanischen Akademie, aber sonst nichts. Keinen Rang, keine Vergangenheit, keine Familie. Er behauptet, er hätte alles verloren, als Torea verbrannt ist. Sehr praktisch, dass Torea verbrannt ist. Alle möglichen Dinge und Menschen sind dort verbrannt, und die meisten davon waren zu der Zeit nicht einmal in Torea. Seinen Umgangsformen, seiner Sprache und Haltung nach ist er aber wahrscheinlich trotzdem ein Adliger von einigem Rang.«

Seinen Umgangsformen, seiner Sprache und Haltung nach, dachte Andry. *Meinen eigenen Umgangsformen, meiner Sprache und Haltung nach, was könnte aus mir werden?*

»Was, glaubst du, wird aus uns, Wallas?«, fragte Andry, der sich plötzlich sehr müde fühlte.

»Unsere Aussichten sind eigentlich gut. Es würde mich sehr überraschen, wenn du dich mit weniger als tausend Morgen und einer kleinen Burg zur Ruhe setzen würdest.«

»Und du, Wallas?«

»Oh, ich wäre gern dein Knappe und würde zu deinem Haushalt gehören. Mit meiner Vergangenheit kann ich mich schlecht in den Vordergrund drängen, oder? Aber bei deinem Mut und meinem Gespür für Intrigen, Leidenschaften und Politik könnten wir bald schon einen bedeutenden Einfluss am Hof von Logiar ausüben. Ich ...«

»Intrigen, Leidenschaften und Politik!«, entfuhr es Andry leise.

»Darum dreht sich vieles, und ich habe die Erfahrung gemacht, dass es bei den Gemeinen nicht anders ist. Es ist nur so, dass die Höflinge nicht über Gemeine klatschen und Barden nicht über sie singen.«

Andry antwortete nicht. Wallas dachte zuerst, der Aufklärer denke über eine passende Antwort nach, bemerkte dann aber, dass er eingeschlafen war.

»Typisch«, murmelte Wallas. »Weckt mich auf und legt sich dann schlafen. Jetzt bin ich wach. Na, wenigstens hab ich jetzt wieder einen Karren.«

Am nächsten Morgen brachen sie das Lager ab, als die Sonne noch unterhalb des Horizonts stand. Vor dem Aufbruch rief Gilvray alle zusammen. Er wirkte schwach und musste sich auf Costiger stützen, wollte die Gruppe aber wissen lassen, dass die üblichen Regeln und Verfahrensweisen immer noch galten.

»Ich möchte bekannt geben, dass Ihre Königliche Hoheit am frühen Morgen Hauptmann Laron zum Kommandanten der Regentschaftsgarde ernannt hat, bis wir Logiar erreicht haben«, begann Gilvray. »Damit wurde dem diensttauglichsten Offizier für die Dauer dieser höchst gefahrvollen Reise die Verantwortung übertragen. Hauptmann Laron wird nun zu Ihnen sprechen.«

Laron stand auf. Er sprach rasch, als sei er darauf bedacht, schnell aufzubrechen.

»Wir haben nur noch eine geringe Anzahl von Leuten, aber nach unseren Leistungen in der gestrigen Schlacht bezweifle ich, dass die Alpennier uns folgen, bevor sie nicht mindestens hundert Lanzenreiter mit ihren Pferden über die Stromschnellen geschafft haben. Das wird einige Zeit in Anspruch nehmen, aber verlassen Sie sich darauf, sie *werden* uns folgen. Wenn sie hier ankommen, werden ihnen die Leute in dem befestigten Gasthaus erzählen, wann wir aufgebrochen sind, zu wie vielen und in welcher offensichtlichen Verfassung wir waren. Aus diesem Grund müssen Sie Ihre Verbände verstecken, sich im Sattel aufrichten und so aussehen, als wären Sie zu weiteren Schlachten bereit. Dadurch werden sich unsere Verfolger vorsichtiger verhalten, und vorsichtige Leute sind langsam. Ich sollte auch noch hinzufügen, dass ich Hauptmann Gilvray bei allen wichtigeren Entscheidungen um Rat fragen werde und er das Kommando übernehmen wird, falls mir etwas zustoßen sollte.«

Esen nahm Laron zur Seite, während die anderen aufstiegen. Er wies mit dem Kopf in Richtung des befestigten Gasthauses.

»Alle tot, Herr Hauptmann«, sagte er leise.

Laron stellte fest, dass kein Rauch aus dem Schornstein kam.

»Das verstehe ich nicht«, sagte Laron schaudernd, obwohl er das Gefühl hatte, ganz genau zu wissen, was los war.

»Kommt. Ihr solltet es Euch selbst ansehen.«

Die vom Lager abgewandte Seite des Gasthausdaches war herausgerissen, und mehrere dicke Balken waren gesplittert, als habe ein riesiger Schnabel zugebissen.

»Ich hatte Wache, zwei Stunden vor Dämmerung«, erklärte Esen unterwegs. »Ein Drachenvogel kam. Er war sehr leise, obwohl er so groß wie ein Turm war. Er hat sich einfach über das Gasthaus gebeugt und den Kopf durch das Dach gesteckt. Ich habe gesehen, wie er fünf Leute herausgeholt und verschlungen hat. Dann ist er wieder abgezogen.«

»Warum haben Sie keinen Alarm gegeben?«, wollte Laron wissen.

»Wir hatten unserer Feuer gelöscht und unsere Leute lagen still und ruhig. Ich hielt es für das Beste, sie so liegen zu lassen, Herr Hauptmann, anstatt eine Panik zu verursachen und die Aufmerksamkeit des Drachenvogels zu erregen.«

Laron nahm sich einen Moment Zeit, um sich die Folgen einer Panik bei einem Dutzend kranken und verwundeten

Leuten im Zusammenspiel mit einem Vogel vorzustellen, der groß genug war, eine Kuh zu verschlingen.

»Gute Entscheidung, Feldwebel Esen«, räumte er ein.

Sie drangen durch das Loch im Dach in das Gasthaus ein. Der riesige Angreifer hatte nur die Leute herausgeholt und alles andere intakt gelassen.

»Wallas soll den Karren hierherbringen, aber erzählen Sie ihm, dass die Leute aus dem Gasthaus während der Nacht geflohen sind«, sagte Laron, nachdem er sich umgeschaut hatte. »Laden Sie so viele Vorräte auf, wie auf den Karren passen. Damit sind wir vielleicht für die nächste Reisewoche versorgt.«

»Die Vögel scheinen dahin zu gehen, wohin wir gehen«, sagte Esen.

»Das ist mir auch schon aufgefallen. Vielleicht werden sie in unsere Richtung geführt, vielleicht hofft jemand, dass sie uns auch angreifen, aber vielleicht sind sie auch nicht intelligenter als der verstorbene Graf. Dieser eine hat ein Gasthaus angegriffen, in dem sich höchstwahrscheinlich Leute aufhalten. Vielleicht sollten wir Gasthäuser meiden. Vielleicht, vielleicht, immer heißt es nur vielleicht.«

Laron sorgte dafür, dass sie an diesem Tag auf den kurvenreichen Bergstraßen sehr gut vorankamen, obwohl es, was die Reise von einem Punkt der Landkarte zum anderen betraf, nur sehr langsam voranging. Esen kannte die Straßen sehr gut, da er fünf Jahre zuvor in dieser Gegend gedient hatte. Der anfängliche Plan lautete, der Hauptstraße durch das Landesinnere und die südlichen alpennischen Fürstentümer zu folgen und sich dann südlich nach Logiar zu wenden. Es gab immer genug Weiden für die Pferde, und die Leute in den Weilern und Dörfern dachten, sie seien die Gruppe eines alpennischen Kriegsfürsten mit seinen Begleitern und Gefangenen. Kein Bandit kam auf die Idee, eine so große und gut bewaffnete

Gruppe anzugreifen, aber Laron begann sich langsam Sorgen zu machen, weil alles viel zu gut lief. Er fragte sich, ob jemand sie in Sicherheit wiegen wollte.

»Es reicht schon, wenn irgendein Kerl unsere Gefangenen erkennt, dann haben wir die ganzen hiesigen alpennischen Milizen am Hals«, sagte Laron, während er und Esen gemeinsam vor der Gruppe ritten. »Könnten wir sie im Karren verstecken?«

»Auf unserem geplanten Weg liegen mindestens fünf Zollstationen, Herr Hauptmann. Den Karren wird man an jeder davon durchsuchen.«

»Ich lasse nicht zu, dass sie getötet werden, und wir können sie auch nicht gehen lassen, also müssen wir einen anderen Weg nach Logiar nehmen. Gibt es einen?«

»Es gibt einen, Herr Hauptmann, durch Alpenfest. Das ist der Ort mit den Himmelsspiegel-Tempel.«

»Alpenfest. Das ist ein unabhängiges alpennisches Fürstentum, wenn ich mich recht entsinne.«

»Ja, genau, Herr Hauptmann. Sie würden die Freilassung der Gefangenen verlangen, bevor sie uns durchreisen lassen, aber sie würden uns nicht angreifen. Alpenfest liegt aber tief in den Bergen, daher wären wir längst in Sicherheit, bis die Gefangenen in die nächste größere Stadt zurückgekehrt wären und Alarm gegeben hätten.«

»Gibt es noch einen anderen Weg nach Logiar?«

»Nur, wenn Ihr fliegen könnt, Herr Hauptmann.«

»Dann auf nach Alpenfest – aber erzählen Sie es niemandem, bevor wir diese Straße tatsächlich verlassen.«

Am dritten Tag führte Esen sie auf einen sehr schmalen Pfad in Richtung Südwesten. Das rief in der Gruppe viele Kommentare hervor, und die meisten hielten die Straße wegen ihrer schlechten Beschaffenheit für keine gute Wahl.

»Wenn diese Straße ein Schiff wäre, würden die Ratten sie

verlassen«, sagte Andry, während sie mitten auf der Straße wachsenden Büschen, Felsbrocken und ausgeschwemmten Rinnen und auswichen.

»Sieht aus wie eine Straße, die seit tausend Jahren niemand mehr benutzt hat«, stellte Wallas fest. »Warum sollten die Leute aufhören, eine Straße zu benutzen?«

»Vielleicht hat irgendein Spaßvogel eine Brücke abgebrannt.«

»Das nimmst du zurück! Wenn ich diese Brücke nicht angezündet hätte, wären wir jetzt alle der Hauptgang bei irgendeiner primitiven Schlemmerorgie für Berggeier.«

»Wenn ich so darüber nachdenke, habe ich schon seit einiger Zeit keinen Geier oder Adler mehr gesehen.«

»Vielleicht gibt es zu wenig zu fressen«, brummte Wallas. »Und auch für uns nichts zu jagen, wenn uns der Proviant ausgeht. Das erschwert einem Koch die Arbeit.«

Laron ließ anhalten, während die Aufklärer zu der Stelle zurückgingen, wo sie abgebogen waren, um alle Spuren zu verwischen und die Pferdeäpfel zu entfernen. Die Straße ähnelte dem Weg zu einem Gehöft, daher war es gut möglich, dass die Verfolger die Abzweigung übersehen oder nicht beachten würden. Es stellte sich heraus, dass es weniger Futter für die Pferde gab, aber was es gab, war in letzter Zeit nicht von Tieren abgeweidet worden. Von Zeit zu Zeit sahen sie eine Bauernkate mit rauchendem Schornstein, aber nie kam jemand nach draußen, um sie zu begrüßen.

»Stell dir nur mal vor, du würdest hier leben«, sagte Andry. »Die nächste Taverne ist Tage entfernt.«

»Und der nächste anständige Markt ist in Karunsel«, fügte Wallas hinzu.

Der merkwürdig verfallene Pfad führte sie in ein hoch gelegenes Gebiet, wo sogar die vereinzelten Katen nur noch zerstörte Katen waren. Bei Nacht türmte sich der mächtige schimmernde Vorhang von Drachenwall so dicht vor ihnen auf, dass der Regenbogen zum Greifen nah zu sein schien und ebenso hell erstrahlte wie Miral. Inzwischen ging Miral ungefähr um acht Uhr morgens auf und einige Stunden nach Sonnenuntergang unter. Gegen Mittag des fünfundzwanzigsten Tages des Fünftmonats erreichten sie eine ordentliche, aber massive Mauer. Sie war mindestens sechzig Fuß hoch und zog sich quer durch die Schlucht, welcher der Pfad folgte. An ihrem Fuß war ein Doppeltor aus Eisenholz eingelassen, über der das Wort ALPENFEST eingemeißelt war.

Noch bevor sie die Mauer erreicht hatten, öffnete sich der linke Torflügel. Ein Wächter mit poliertem Stahlhelm und glänzendem Kettenhemd erschien mit erhobener Hand. Laron stieg ab und ging zu ihm.

»Wer nähert sich?«, fragte der Wächter förmlich auf Hofsargolanisch.

»Ich bin Hauptmann Aliasar, und im Namen von Prinzessin Senterri aus dem sargolanischen Königshaus bitte ich um Zuflucht vor den Angriffen der alpennischen Rebellen.«

»Es ist nicht üblich für Reisende, über diesen Weg zu kommen«, antwortete der Wächter. »Nur Räuber und Banditen kommen jemals aus den Bergen. Deshalb haben wir diese Mauer gebaut.«

»Wir haben diesen Weg gewählt, um unseren Verfolgern zu entkommen. Wir hatten keine Wahl. Bitte, wie lautet Eure Antwort? Die meisten in meiner Gruppe sind ernsthaft verwundet.«

»Ich sehe, Ihr habt drei Gefangene.«

»Ja, sie entstammen den Brigaden, die uns angegriffen haben.«

Der Wächter ging durch die offene Tür zurück, doch sie wurde nicht hinter ihm geschlossen. Einige Minuten verstrichen, dann kehrte er zurück.

»Hauptmann Aliasar, ich kann Eurer Gruppe im Namen meines Herrn Zuflucht anbieten, aber Alpenfest ist ein Ort der

Waffenruhe und des Friedens. Ihr müsst Eure Gefangenen freilassen.«

»Prinzessin Senterri ist sich der Regeln Eurer Gemeinschaft bewusst. Sie ist bereit, die Alpennier hier freizulassen.«

»In diesem Falle tretet ein und seid uns herzlich willkommen.«

Gegen Abend hatten sie Alpenfest selbst erreicht. Weniger eine Stadt, aber mehr als ein Kloster, erschien Alpenfest wie eine Ansammlung von Tempeln, die auf dem ausgedehnten Gelände einer riesigen Universität verteilt waren. Einige der Gebäude erstreckten sich sogar bis in den See. Der Himmelsspiegelsee war eine riesige, glatte Wasserfläche, die von Bergen umgeben war. Sie trafen an einem ungewöhnlich ruhigen Abend ein, so dass sich die Berggipfel und Hänge nahezu perfekt im Wasser spiegelten.

»Das sind die Etheorener«, erklärte Laron, als sie sich auf einem mit roten Granitziegeln befestigten Weg den Gebäuden am Himmelsspiegelsee näherten. »Sie sind Priester, die sich dem Studium der ätherischen Kräfte und des Firmaments verschrieben haben. Sie leben seit über viertausend Jahren hier.«

»Die Tempel und Paläste am Wasser sind für sich schon Kunstwerke«, sagte Dolvienne.

»O ja, und sind sie nicht wunderschön? Sie repräsentieren elf bedeutende Stile und Schulen der Architektur, alle jeweils von einer Zivilisation aus Acrema, deren Aufstieg und Niedergang stattgefunden hat, während die Etheorener in aller Stille ihre alltäglichen Arbeiten und Forschungen weitergeführt haben.«

»Dort ist ein in sargolanischem Stil erbauter Palast«, ließ Wallas vom Karren verlauten und wies auf ein Gebäude, das hauptsächlich aus Arkaden, Kuppeln und gewaltigen bogenförmigen Fenstern zu bestehen schien.

»Eines Tages wird das Reich Vergangenheit sein und dieser Palast wird immer noch benutzt werden«, sagte Laron.

»Das ist ein gutes Leben«, sagte Andry. »Wo kann ich mich einschreiben?«

»Sie leben völlig enthaltsam und folgen einem strengen, lebenslangen Zölibat.«

»Oh. Dann ist es wohl nur gut für einen Besuch.«

»Ich dachte, Ihr hättet das Trinken aufgegeben, Andry?«

»So ziemlich, aber ich bin immer noch gerne in Gesellschaft von Trinkern. Außerdem habe ich eine Liebste.«

»*Das* ist wahrscheinlich die extremste Bedeutung, in der dieses Wort je benutzt worden ist«, rief Wallas.

»Du kennst die Bedeutung des Wortes ja gar nicht«, antwortete Andry.

»Sie hat so sehr gehungert, dass sie sich nicht einmal mehr bewegen kann.«

»Aye, aber ich achte sie deswegen. Sie tut es für mich.«

»Ich würde niemals für eine Frau hungern.«

»Wallas, würdest du es vorziehen, wenn sie ihr Fasten mit dir brechen würde?«

»Oh. Äh … tja, natürlich bin ich immer ganz angetan von diesen albernen kleinen Dingen, die Liebende machen, um ihre Hingabe zu beweisen. Gib ihr einen Kuss von mir, Andry.«

»Wenn der Kuss von dir kommt, Wallas, bezweifle ich, dass sie ihn akzeptiert.«

Als sie den Palast der Gastfreundschaft erreichten, den die Etheorener vor fünfhundert Jahren für ihre Gäste gebaut hatten, wurde jeder von ihnen von einem Medikuspriester behandelt. Viele der Verwundeten hatten Fieber, und ihre Wunden hatten sich trotz Larons und Esens größter Anstrengungen entzündet. Seltsamerweise erholte sich Gilvray gut, obwohl er die schwerste Verletzung hatte. Beim Abendessen gab Laron das Kommando über die Regentschaftsgarde in aller Form an ihn zurück. Die Priester bestanden darauf, dass die Alpennier die Stadt nicht verließen, bis auch die Prinzessin und ihre Gruppe zur Abreise bereit waren, damit keiner einen Vorteil gegenüber der anderen Gruppe gewann.

Nach der Mahlzeit wurde Senterri, Dolvienne, Laron und Gilvray auf einem steinernen Balkon direkt über dem Seeufer gewürzter Honigwein serviert.

»Das Wasser ist so ruhig, dass sich die Sterne darin spiegeln«, sagte Gilvray.

»Es sieht aus wie ein Loch in der Landschaft, durch das ein zweiter Himmel scheint«, sagte Dolvienne.

»Die Priester haben gesagt, wir hätten Glück«, erklärte Laron, während er sich über das Marmorgeländer beugte und nach unten ins Wasser schaute. »Durch die Torea-Stürme ist die Wasseroberfläche normalerweise aufgewühlt. Vielleicht bändigt Drachenwall sie wirklich.«

»Sollte er nicht genau das tun?«, fragte Senterri.

»Ja, Eure Hoheit, aber viele Vorrichtungen leisten weniger, als die Erbauer beabsichtigen.«

Eine Zeit lang blieb es still, und sie genossen den Luxus, nicht reisen zu müssen und auf etwas Komfortablerem als einem Sattel, Felsen, Gras oder der Bank von Wallas Karren sitzen zu können. Als der Abend in die Nacht überging, kühlte die Luft rasch ab. Als Dolvienne die Arme um sich schlang und schauderte, gab Gilvray ihr seinen Mantel.

»Ich habe mich gefragt, wie viele Gardisten und Berglanzenreiter in der Schlacht gefallen sind«, murmelte Senterri.

»Hauptmann Laron schätzt, dass ungefähr neunzig Gardisten, ein Aufklärer und ein Student gestorben sind oder vermisst werden«, sagte Gilvray. »Vielleicht dreihundert Alpennier wurden getötet oder so schwer verletzt, dass sie vom Pferd gefallen sind. Ich schätze, dass weitere sechzig beim Einsturz der Schnellwasserbrücke gestorben sind.«

»So viele«, antwortete Senterri, die noch nie zuvor eine richtige Schlacht erlebt hatte.

»Es ist noch nie vorgekommen, dass ein Trupp eine ganze Brigade in die Flucht geschlagen hat«, sagte Gilvray. »Noch in Jahrhunderten werden Barden und Milizen die gefallenen Gardisten besingen.«

»Aber dennoch war es ein schrecklicher Preis, nur um meine Ehre zu retten.«

»Es war uns allen eine Ehre, diesen Preis zu zahlen, Eure Hoheit. Ein kleiner Ausgleich für unsere Schande, während Ihr in der Sklaverei wart.«

»Aber bin ich wirklich frei? Das hier sind *alpennische* Berge, und die Alpennier scheinen sich in Revolte zu befinden.«

»Ihr steht immer noch unter dem Schutz der Garde, obwohl sie nur noch ein Zehntel ihrer ehemaligen Stärke hat.«

»Das ist wahr«, seufzte Senterri und lehnte sich zurück. »Ich hätte lieber Euch und Eure acht Gardisten bei mir als neun Brigaden von Milizen, Hauptmann. Würdet Ihr uns zu unseren Gemächern begleiten?«

»Gewiss, Eure Hoheit. Lady Dolvienne?«

Gilvray reichte Senterri die Hand, während sie aufstand, dann half er Dolvienne beim Aufstehen. Dolvienne legte Senterri und Gilvray je einen Arm um den Hals und humpelte zwischen den beiden davon. Laron sah ihnen nach, dann wandte er sich wieder dem See zu. *Nicht ein Mal haben sie Graf Cosseren erwähnt*, dachte Laron, *und mein Name wurde nur ein einziges Mal genannt. Aber immerhin, eine Erwähnung ist immer noch besser als gar keine.*

Velander musste in die Krankenstube gebracht werden, wo sie von den Schwestern gebadet und zu Bett gebracht wurde. Die Schwestern waren sehr beunruhigt über die Eiseskälte ihres Körpers und den fehlenden Herzschlag, aber Andry erklärte ihnen, dass dies ihr Normalzustand sei. Ihre ätherischen Reißzähne und Krallen waren fast verschwunden, wodurch ihm der Ärger erspart blieb, einige weitere peinliche Erklärungen abgeben zu müssen. Als ein Medikuspriester eines ihrer Augenlider anhob, schien ihm helles blau-weißes Licht entgegen.

»Ich bin Selveris, der Medikus«, sagte der Priester, der Andry in Velanders Zimmer führte. »Sie war für kurze Zeit bei Bewusstsein, während ich sie untersucht habe, aber jetzt? Ich kann nur sagen, dass sie nicht antwortet.«

»Ihr Zustand ist ein wenig, äh, beunruhigend«, erklärte Andry vorsichtig.

»Beunruhigend?«, erwiderte der Priester, als sie neben ihrem Bett stehen blieben. »Ist Euch klar, dass sie einigen durchaus vernünftigen Untersuchungen auf Lebensfunktionen zufolge tot ist, sie aber trotzdem sprechen und die Hände ein wenig bewegen kann? Ganz abgesehen von dem Licht in ihren Augen!«

»Was könnt Ihr empfehlen?«, fragte Andry. »Morgen müssen wir Euch wieder verlassen.«

»Es steht außer Frage, dass Velander hier besser aufgehoben ist. Sie kann gerne hierbleiben, solange sie, äh …«

»Lebt?«

»Ich wollte gerade sagen *möchte*. Andry, ich kann jetzt nichts für sie tun, aber ich vermute, dass es gut für sie wäre, wenn Ihr über Nacht hierbleiben würdet. Die Nachtschwester kann einen Lehnstuhl bringen, so dass Ihr neben dem Bett schlafen könnt.«

»Mein Herr, ich möchte Euch das nicht aufbürden …«

»Hauptmann Laron hat gesagt, sie hätte Euch sehr lieb.«

»Ich … ich … ich …«, stotterte Andry mit brennendem Gesicht.

»Es tut mir leid, Andry, habe ich Euch beleidigt?«

»Ich …äh, nein, aber … Velander bedeutet auch dem Hauptmann sehr viel, und es ist, äh …«

»Noch eine sehr komplizierte Situation?«

»Äh, ja! Ja. Äh … noch eine?«

»Die Leute sagen ihrem Medikus oft Dinge, die sie selbst ihren Liebsten nicht verraten würden – vor allem dann, wenn sie diesen Medikus sehr wahrscheinlich nie wiedersehen. Andry, schon angesichts der bloßen Menge von enttäuschten Gefühlsverstrickungen in dieser Gruppe und den daraus resultierenden Problemen würden sich mir die Haare sträuben – natürlich nur, wenn ich noch welche hätte. Bleibt bei Eurem Mädchen, mein Junge. Ich werde Euch einen Lehnstuhl bringen lassen.«

Der Medikus verbeugte sich und verließ den Raum. Andry setzte sich auf Velanders Bett und hielt ihre Hand. Ihre Haut war kalt, aber trocken.

»Andry«, flüsterte sie.

»Vel, Ihr seid wach!«

»Alles gehört. Wurdet verwundet, Andry?«

»Nur mein Gesicht.«

»Darf fühlen, ich?«

Andry legte ihre Finger auf die Naht in der rechten Wange.

»Beeindruckend. Muss … schneidig aussehen. Beeindruckt Mädchen.«

Andry drückte zart die Lippen auf ihre Stirn, dann auf ihren Mund. Dünne violette Ätherfasern hielten an ihm fest und rissen, als er sich zurückzog.

»Ich möchte nur *Euch* beeindrucken.«

Die Schwester brachte einen Korblehnstuhl und stellte ihn neben das Bett, aber Andry legte den Kopf auf Velanders Brust. Es war kein Herzschlag zu hören.

»War schlimm, die Schlacht?«, fragte Velander, als die Schwester wieder gegangen war.

»Aye.«

»Jemand getötet?«

»Nein. Hartman und ich haben gemeinsam gekämpft. Ich habe angegriffen, er kam von hinten und hat das Töten übernommen. Das heißt, bis er selbst getötet wurde.«

»Ihr niemanden getötet?«

»Oh, aye, das stimmt.«

»Durch Zufall, Andry?«

»Ich habe mit dem stumpfen Ende der Axt zugeschlagen, wann immer ich konnte.«

»Warum?«

»Weil sie lebendig waren.«

»Sie haben versucht Euch zu töten!«

»Oh, aye, aber Ihr wisst schon. Sie hatten alle Mädchen und Familien und Freunde, und sie mochten ihre Halbe und wollten sich vielleicht sogar bessern. Ich meine, sie hatten alle ein Leben und einen Platz im Leben anderer. Ich konnte das alles nicht wirklich beenden.«

»Andry, Andry … erstaunlich. Wollt Manieren lernen und vornehmer werden, Ihr, um selbst besser zu werden … aber schon besser seid, Ihr. Besser als der Rest. Als ich.«

»Seid nicht albern, Vel.«

»Nein, Andry, hört zu. Einige, die trefft Ihr, müsst töten. Sie leben zu lassen, ist böse.«

»Wollt Ihr damit sagen, dass ich einige Leute in der Schlacht hätte töten sollen?«

»Sage, Ihr denkt, äh, alle Leute wie Ihr selbst. Gut. Sage, ist falsch. Die meisten schlechter.«

»Bevor Ihr gestorben seid, Vel, habt Ihr da je jemanden getötet?«

»Ja. War Krieg.«

»Oh. Dann haltet Ihr mich wahrscheinlich für schwach und töricht.«

»Nein. Denke, seid bester Mann der Welt der ganzen. Bewundere Euch. Verehre Euch. Getötet Drachen, äh, verändert, mich, aber … Euch getroffen hat noch mehr verändert.«

Andry setzte sich auf, streichelte ihre spitzen Ohren und strich über ihr Haar. Eine Weile saßen sie einfach still beieinander und genossen schweigend die Gesellschaft des anderen.

»Laron sagt, Ihr seid eine metrologische Priesterin. Gute Leute. Sie erforschen die Sterne, helfen aber auch den Leuten in der Gosse.«

»Sehr netter Weg, äh, sie zu beschreiben.«

Er legte eine Hand auf ihre.

»Velander, wenn Ihr durchkommt, meint Ihr, wir könnten miteinander auskommen?«

Mit offensichtlicher Anstrengung schloss Velander ihre Finger um seine.

»Wenn wäre schön … aber wenn wird nicht sein. Andry, Terikel mögt, Ihr, oder?«

»Oh, aye, sie ist eine großartige und kluge Dame«, erwiderte Andry vorsichtig.

»Nein! Mögt sie als Euer, wie sagt Ihr … Euer Mädchen?«

»Was? Sie ist die Älteste des ganzen Metrologischen Ordens und eine der größten Zauberinnen der Welt. Ich würde nicht mal im Traum daran denken, auch nur ihre Hand zu halten.«

»Terikel ist betrübt. Sehr. Gibt Befehle, arbeitet schwer, leidet, erträgt schreckliche Dinge, alles für Wohl von allen. Seid ihr nah, Andry. Wenn sie gehalten muss werden, haltet sie. Wenn Ihr das tut, ist es möglich für mich, äh, einfacher zu den Finsteren Orten gehen.«

»Nein, Velander! *Ihr* seid mein Mädchen, das ist nicht ehrenhaft.«

»Ehre?«, lachte Velander leise. »Dummer Junge. Klingt wie Laron.«

In der sechsten Stunde nach Mitternacht wurde Andry aus seinem erschöpften Schlaf neben Velanders Bett wachgerüttelt. Im Licht der Nachtlampe sah er Laron vor sich stehen, mit einem Finger an den Lippen.

»Kommt mit mir«, sagte er leise, dann führte er ihn nach draußen.

»Es dämmert noch nicht einmal, Hauptmann«, sagte Andry, während sie zwischen den berankten Säulen eines Kreuzgangs durchgingen. »Was ist passiert?«

»Ihr seid zum Frühstück eingeladen. Es wird ein sehr nettes Frühstück auf dem großen Steinbalkon am See, während die Sonne über den Gipfeln im Osten aufgeht und Nebelschwaden über dem himmelblauen Wasser des Himmelsspiegel tanzen. Ich glaube, es wird geröstetes Brot und Kleehonig serviert, dazu gibt es gekühlte Pfefferminzmilch. Unglücklicherweise sind einige der Anwesenden ziemlich erpicht darauf, sich gegenseitig zu Brei zu schlagen und diesen Brei dann über die Brüstung in den See zu hieven – die Höhe beträgt zurzeit übrigens neunzig Fuß. Einige haben nämlich Geschichten miteinander verglichen, müsst Ihr wissen, und die Einzelheiten einiger dieser Geschichten passen sehr schlecht zusammen.«

»Oh. Und wer sind diese Leute?«

»Ich, Hauptmann Gilvray, Prinzessin Senterri, Lady Dolvienne, um nur ein paar zu nennen. Der Generalbeobachter von Alpenfest hat zugestimmt, ein juristisches Verfahren anzustrengen, und sein Inquisitor wird die Fragen stellen.«

»Jur... äh, jurist...«

»Ein juristisches Verfahren. So etwas hält ein Magistrat ab, wenn sich Leute gegenseitig verklagen. Also, verlässliche Quellen haben mich zu der Überzeugung gelangen lassen, dass Ihr noch nie jemanden getötet habt und immer noch unberührt seid.«

»Wallas!«, murmelte Andry, der jetzt aussah, als wolle er nichts lieber, als seine reine Weste mit einem Mord zu beflecken.

»Ist das wahr?«

»Als Aufklärer ist meine Privatsphäre schon klein genug, Hauptmann, kann ich die Leute über diese Dinge nicht wenigstens im Unklaren lassen?«

»Andry, man wird Euch gleich bitten, an einem sehr gefährlichen ätherischen Zauber teilzunehmen. Wenn Ihr getötet oder eine Liebschaft mit jemandem gehabt habt, wird es so wehtun, als würden weißglühende Nadeln in jeden Teil Eures Körpers gebohrt. Wenn nicht, werdet Ihr überhaupt keinen Schmerz empfinden. Daher frage ich noch einmal, habt Ihr jemals einen Menschen getötet oder eine Liebschaft gehabt?«

»Wird Wallas je davon erfahren?«

»Nein.«

»Dann lautet die Antwort nein und nein.«

Sie gingen weitere hundert Fuß, dann hielt Andry Laron am Arm fest und blieb stehen.

»Kann ich eine sehr heikle Frage stellen?«

»Ihr könntet eine ebenso heikle Antwort bekommen, aber fragt, wenn Ihr wollt.«

»Nehmen wir an, ein Junge liebt eine edle Dame, aber ein Mädchen liebt ihn. Das Mädchen braucht ihn wirklich, und er gibt ihr möglichst viel Liebe, hält aber seine tiefsten Gefühle geheim – um die Gefühle des Mädchens zu schützen und es der Dame nicht unnötig schwer zu machen. Äh, tut er das Richtige?«

Laron verschränkte die Arme und betrachtete Andry eine Weile mit seinen im Lampenlicht grün leuchtenden Augen.

»Lasst mich raten. Ihr seid der Junge, Velander ist das Mädchen und Senterri die Dame?«

»Darauf würde ich lieber nicht antworten, Milord, aber könntet Ihr meine Frage trotzdem beantworten?«

»Ja, Andry, er verhält sich richtig. Der Junge opfert sein ganzes Glück für das Mädchen, er würde sogar für sie sterben. Das ist wirklich nobel. Wenn er die ganze Zeit über insgeheim eine edle Dame liebt, ist das sogar noch ehrenhafter. Das wird ritterliche Minne genannt und wurde vor langer Zeit auf einer anderen Welt ersonnen. Ich habe dieses Konzept hier eingeführt, daher hättet Ihr in dieser Sache keinen Besseren um Rat fragen können.«

»Ein Edelmann würde das also so machen?«

»O ja, genau so – und danke, dass Ihr für Vel das seid, was Ihr eben seid.«

»Ach, Milord …«

»Kein Wort mehr! Auch ich habe mich um sie gekümmert, aber insgeheim eine andere geliebt. Ihr besitzt kein Monopol darauf, nobel zu sein, Andry. Jetzt lasst uns weitergehen; wichtige und wütende Personen erwarten uns in hinreißender Umgebung.«

Wie Laron versprochen hatte, war die Umgebung atemberaubend schön, das Essen und die Getränke zwar einfach, aber unbeschreiblich delikat und die Atmosphäre so giftig wie ein Fass voller großer, haariger und extrem übellauniger Spinnen. Andry bemerkte sofort, dass auch Terikel anwesend war und darüber sehr unglücklich zu sein schien. Eine Zeit lang sagte keiner ein Wort, als sei niemand besonders erpicht darauf, vor dem Ende des Frühstücks mit den Feindseligkeiten zu beginnen. Die Sonne lugte über die Gipfel, die Tabletts wurden von dem Steintisch abgeräumt und jeder erlaubte sich einen ausgiebigen Blick auf die ausnehmende Schönheit der Gebäude, des Sees, der Landschaft und der umliegenden Berge. Schließlich trafen der Generalbeobachter und der Inquisitor ein, und zu seiner Überraschung stellte Andry fest, dass der Medikus Selveris gleichzeitig auch Generalbeobachter war – und damit Herr über ganz Alpenfest. Auf der anderen Seite trug jeder in Alpenfest nur eine braune Kutte mit Kopftuch und Sandalen, daher ließ das Erscheinungsbild keine Schlüsse auf den Rang zu. Der Inquisitor war ein rothaariger, langsam kahl werdender Mann, der eine Brille mit Drahtgestell trug.

»Meine Gäste, mir ist zugetragen worden, dass beträchtliche Animositäten zwischen Euch herrschen«, begann Selveris von seinem Platz am Kopfende des Tisches aus. »Es hat Geschrei gegeben und Kämpfe, und es wurden sogar Zauber gewirkt. In einem Falle ist das Seidenkleid eines Gastes zu Staub zerfallen, zur Empörung des betreffenden Gasts und zur Bestürzung einiger meiner Priester.«

»Die noch nie zuvor eine nackte Frau gesehen hatten«, fügte der Inquisitor hinzu.

»Normalerweise mischen wir uns zwar nicht in die Angelegenheiten unserer Gäste ein, aber in diesem Falle seid Ihr Gäste Staatsoberhäupter, mächtige Kommandanten und die Älteste eines anderen Gelehrtenordens. Einige von Euch könnten uns ausspionieren und vielleicht sogar einen Angriff planen wollen. Daher könnte es im Interesse sehr vieler Menschen sein, wenn die Wahrheit ans Tageslicht kommt. Seid Ihr alle bereit, die Wahrheit offenbart zu bekommen? Keiner darf diesen Ort verlassen, bevor wir die Wahrheit herausgefunden haben.«

Aus dem widerstrebenden Gemurmel rund um den Tisch konnte man vage Zustimmung heraushören. Selveris trat einen Schritt zurück und erteilte Malecniar das Wort.

»Ich bin der Inquisitor von Alpenfest«, sagte Malecniar, verbeugte sich und rieb sich die Hände. »Für meine Arbeit brauche ich zwei Personen, einen Mann und eine Frau, die noch nie jemanden getötet haben und deren Jungfräulichkeit noch äh, nicht kompromittiert wurde. Die Freiwilligen sind Dolvienne und Andry, glaube ich?«

Dolvienne und Andry traten auf Malecniars Zeichen hin vor.

»Ah, hervorragend. Nun denn, gibt es irgendwelche Fragen, bevor wir beginnen?«

»Es muss in Euren Tempeln Hunderte von männlichen Jungfrauen geben, die noch nie getötet haben«, sagte Andry. »Warum braucht Ihr mich?«

»Ihr habt keine Initiationsübungen absolviert, und das macht Euch wirkungsvoller als alle Himmelsspiegel-Priester. Starke Initiaten können Zauber kontrollieren und manchmal sogar die Wahrheit beugen. Habt Ihr keine Fragen, meine Liebe?«, fragte er Dolvienne.

»Ich habe niemals wissentlich getötet, Gelehrter Inquisitor, aber wenn jemand, gegen den ich gekämpft habe, später an seinen Wunden gestorben wäre, was dann?«

»Absicht und Wissen, nur das zählt. Sonst noch etwas? Ausgezeichnet, dann sollten wir anfangen. Würdet Ihr zwei Euch bitte einfach an den Händen halten und Euch an das Kopfende des Tisches stellen, während ich den Wahrheitszauber wirke?«

Da er seit Glasbury mit keiner Frau außer Velander zu tun gehabt hatte, war Andry fast überrascht, als er feststellte, dass

Dolviennes Hand warm und feucht in seiner lag. Malecniar sprach eine Reihe von Zauberworten in seine hohlen Handflächen und gestaltete dann die ätherischen Energien. Sie entwickelten sich zu einer violetten Kugel von der Größe eines menschlichen Kopfes.

»Bitte legt Eure freie Hand auf den Wahrheitszauber«, sagte er und hielt die Kugel vor sie.

Als Andry und Dolvienne die Kugel berührten, breitete sie sich über ihre Arme und die Haut unter ihrer Kleidung aus, bis sie völlig von einem feinen violetten Netz überzogen waren. Andry spürte nur ein leichtes Kribbeln.

»Aha, also das ist vielversprechend. Der Zauber ist vollständig, und keiner der beiden Sprecher ist unter unaussprechlichen Qualen gestorben, also können wir fortfahren. Momentan können weder Andry noch Dolvienne eine Lüge aussprechen. Außerdem kann Andry spüren, wenn ein Mann bewusst die Unwahrheit sagt, und für Dolvienne gilt dasselbe für alle Frauen. Was haltet Ihr, Andry, zum Beispiel wirklich von mir, dem Inquisitor?«

»Ihr scheint zu nett für einen Inquisitor zu sein, mein Herr«, sagte Andry, ohne sich dagegen wehren zu können.

»Ach, herrje, danke sehr. Da der Wahrheitszauber so wirkungsvoll ist, brauchen wir keine grässlichen Leute, die andere Leute so lange foltern und ängstigen, bis sie die Wahrheit sagen.«

»Stattdessen brauchen wir öfter einen netten und verständnisvollen Mann wie Malecniar, weil die Wahrheit so erschütternd ist«, fügte Selveris hinzu.

»Dolvienne, sagt uns, was Ihr wirklich von Eurer Herrin, Prinzessin Senterri, haltet.«

»Sie ist eine selbstgefällige, hohlköpfige, unaufrichtige kleine Göre, die ihre besten Entscheidungen auf meinen Rat hin getroffen hat, deren Launen und Marotten ungezählten Tausenden von Männern das Leben gekostet haben, und …«

»Ich glaube, das reicht«, unterbrach der Inquisitor, der sich dann an Senterri wandte. »Äh, Eure Hoheit, Eurer schockierten Miene entnehme ich, dass Euch die wahren Gefühle Eurer treuen Dienerin doch etwas überrascht haben. Das ist beinah immer der Fall. Vielleicht solltet Ihr zuerst in den Wahrheitszauber treten, von wegen Recht auf Antwort und so. Ihr werdet nicht in der Lage sein, Euch am Sprechen zu hindern. Zwar könnte ein mächtiger Initiat sogar lügen, aber die Wirte des Zaubers würden uns sofort verraten, falls das passierte.«

Senterri ging unsicher um den Tisch herum, und der Inquisitor führte sie zwischen Dolvienne und Andry. Auf seine Anweisung nahmen sie sich bei der freien Hand und schlossen Senterri somit zwischen sich ein.

»Nun, Eure Hoheit, vielleicht könnten wir hören, was Ihr wirklich über Dolvienne denkt?«

»Dieses selbstgerechte, sich überschätzende Miststück, ich bin nicht überrascht, dass sie immer noch Jungfrau ist, sie ist so verkrampft und beherrscht bei allem, was sie macht, dass man ihre Jungfräulichkeit nicht mal mit Hammer und Meißel knacken könnte …«

»Das reicht zu diesem Thema!«, winkte der Inquisitor ab. »Du meine Güte, da gären aber doch ein paar hässliche Gefühle zwischen Euch allen. Euer Hoheit, dürfte ich Euch nach Euren wirklichen Gefühlen für Hauptmann Gilvray fragen?«

Senterri gelang es, die Antwort einige Augenblicke hinauszuzögern, aber der Drang zu sprechen war in etwa so wie die letzten Augenblicke vor dem Niesen: sehr unbehaglich, bis man endlich nachgab.

»Er ist immer so ernst, es reizt mich einfach, ihn zu necken. Ich weiß, dass er in mich verliebt ist, Männer müssen in mich verliebt sein, bevor sie in die Reisegarde aufgenommen werden. Ich habe mich verkleidet und bin im Gourmetkarren mitgefahren, nur um Hauptmann Gilvray zu necken. Aber jetzt muss ich erfahren, dass er mich an die Alpennier verraten hat. Wie konnte mir jemand, der in mich verliebt ist, das antun?«

»Das reicht, Eure Hoheit, Ihr könnt wieder gehen«, sagte der

Inquisitor. »Kommandant Emtellian, vielleicht könntet Ihr als Nächster antworten.«

»Ich kann nicht glauben, dass ich all das gesagt habe«, murmelte die zitternde und schwitzende Senterri, als sie sich setzte.

»Kommandant, sagt uns, wer Ihr seid«, befahl der Inquisitor.

»Ich bin Kastellan Emtellian von Windover und selbsternannter Brigadekommandeur.«

Diese Feststellung wurde mit verblüfftem Schweigen aufgenommen. Der Inquisitor fasste sich zuerst.

»Und welche Vereinbarungen habt Ihr mit Hauptmann Gilvray getroffen?«, fragte er.

»Ich habe ihm die verlassene Burg Wolkenfall mit hundert Quadratmeilen Land einschließlich dreier kleiner Weiler und gutem Weideland angeboten, falls er mir Prinzessin Senterri ausliefern würde. Er hat das Angebot angenommen, und daraufhin haben wir gemeinsam den Plan geschmiedet, sie gefangen zu nehmen, kurz nachdem sie mit der Reisegarde Karunsel hätte.«

»Widerwärtiger Bastard«, zischte Senterri langsam und funkelte Gilvray an, der jedoch mit geschlossenen Augen dasaß und stumm blieb.

»Oh, ich verstehe. Ihr wolltet sie als Geisel festhalten?«, fragte der Inquisitor.

»Nein, ich wollte sie heiraten und alle Alpennischen Länder mit Kapfang vereinigen.«

Laron fiel die Kinnlade herunter.

»Beeindruckend. Damit wäre Euch die Hälfte der Länder im Reich und ein Drittel seiner Bevölkerung zugefallen. Aber Senterri war schon verheiratet.«

»Graf Cosseren einen ruhmvollen Tod zu bescheren, hatte allerhöchsten Vorrang.«

»Kastellan Emtellian, Ihr könnt auf Euren Platz zurückkehren. Hauptmann Gilvray, kommt bitte her und stellt Euch in den Wahrheitszauber.«

Gilvray ging, als sei er auf dem Weg zu seiner eigenen Enthauptung, und stand mit geschlossenen Augen da, um den anderen am Tisch nicht ins Gesicht sehen zu müssen.

»Hauptmann Gilvray, rekapituliert bitte Eure Laufbahn.«

»Ich habe drei Jahre lang als Page am Hof in Palion gedient, dann war ich sieben Jahre Soldat in der Miliz, wo ich als Vasallenfähnrich begonnen habe. Seit zwei Jahren bin ich in der Reisegarde.«

»Und wie sind Eure Gefühle gegenüber der Prinzessin?«

»Ich habe sie von dem Moment an verehrt, als ich sie zum ersten Mal erblickt habe. Ich dachte, sie würde etwas für mich empfinden, und als sie Graf Cosseren heiratete, dachte ich, ich müsste vor Kummer sterben.«

»Und doch wolltet ihr sie verraten.«

»Nein, meine Absicht war, Cosseren mit der Reisegarde gegen die Alpennier zu schicken und die Prinzessin in der Kutsche sicher nach Karunsel zurückzugeleiten. Sie wäre verwitwet und ich immer noch an ihrer Seite gewesen, und dieses widerwärtige, unwissende Schwein Cosseren hätte sie nicht länger entehrt. Mit der Zeit hätte sie vielleicht sogar Zuneigung für mich entwickeln können.«

»Für Euch?«, lachte Senterri. »Für einen Berufsoffizier ohne Ländereien?«

»Ich lebte in Hoffnung. Hoffnung ist alles, was Krieger haben. Die Hoffnung, dass uns auf dem Schlachtfeld kein verirrter Pfeil trifft, die Hoffnung auf Beförderung, die Hoffnung, einer reichen Frau zu gefallen.«

»Und was habt Ihr jenseits der Grenzen der unruhigsten und rebellischsten Provinzen des ganzen Reiches gemacht?«, fragte der Inquisitor.

»Die Älteste Terikel hat mich gebeten, sie dorthin zu begleiten. Wir hatten seit Glasbury miteinander geschlafen, und ich hatte das Gefühl, ihr etwas schuldig zu sein.«

»Widerwärtiger Betrüger!«, rief Senterri. »Ihr verehrt mich und trotzdem habt Ihr … habt Ihr …«

»Ich hatte Dutzende Geliebte, seit Ihr mich zur Reisegarde berufen habt. Ich hielt die Augen geschlossen und tat bei jeder so, als wärt Ihr es. Terikel …«

»Er hat gesagt, ich wäre die Erste!«, rief Terikel, sprang auf, ließ sich dann aber wieder in den Stuhl zurückfallen.

Laron legte eine Hand vor die Augen und schüttelte den Kopf. Senterri grinste einen Moment hämisch und starrte dann über den See.

»Terikel bat mich, sie hierher, nach Alpenfest, zu bringen, während die Prinzessin ihre Zeit in Karunsel verbrachte. Ich kam mit ihr hierher, allein. Auf dem Rückweg wurde ich von Kastellan Emtellian angesprochen.«

»Danke schön, Hauptmann, bitte setzt Euch wieder«, sagte der Inquisitor. »Ehrenwerte Gäste, inzwischen habt Ihr vermutlich erkannt, warum der Wahrheitszauber nur etwas für sehr mutige Leute ist – oder für solche, die keine andere Wahl haben. Die Wahrheit schmerzt, und Ihr seid nicht in der Lage zu lügen. Jeder sieht Euch so, wie Ihr seid, und das ist kein schöner Anblick. Wir Priester unterziehen uns diesem Verfahren ein Mal pro Woche, und es erfüllt uns trotz des Traumas mit großer innerer Ruhe. Terikel, jetzt seid Ihr an der Reihe.«

Terikel wand sich und schien förmlich vor den Augen aller zu schrumpfen.

»Ich … ich weiß nicht, ob ich das ertragen kann«, gab sie kleinlaut zu.

»Älteste, sobald Ihr die innersten Gedanken anderer nackt und bloß vor Euch gesehen habt, müsst Ihr dasselbe tun. Ihr habt in dieser Angelegenheit keine Wahl.«

»Nein! Es gibt Dinge, die …«

»Älteste, betrachtet die höheren Balkone um diesen herum. Diese Gestalten auf den Geländern sind keine Wasserspeier, sondern Kriegerpriester mit Turnierarmbrüsten. Jeder von ihnen kann an einem windigen Tag mit einem Bolzen einen hundert Schritt entfernten Apfel treffen. Sollte ich auf Euch zeigen, werden sich drei Dutzend Pfeile in Eure Brust bohren, bevor Ihr einmal Luft holen könnt. Im Wahrheitszauber sind alle gleich, und sogar ich muss am Schluss hineintreten und auf Eure Fragen antworten, wenn Ihr dies wünscht. Kommt, Älteste Terikel, gebt nach. Die Erfahrung könnte Euer Leben verändern.«

Terikel brauchte für ihren Gang zum Wahrheitszauber länger als alle anderen, und als Andry und Dolvienne sich an den Händen fassten, um den Kreis zu bilden, hielt sie die Augen fest geschlossen.

»Älteste Terikel, was kann ich sagen?«, begann der Inquisitor. »Ich weiß, was Ihr durchmachen müsst, meine Liebe, und glaubt mir, ich werde mich bemühen, so verständnisvoll wie möglich zu sein. Also, warum habt Ihr Hauptmann Gilvray verführt? Nur um sicher durch die alpennischen Länder hierher zu gelangen?«

»Nein … nein, ich … ich hatte … private Gründe.«

»Erstaunlich, Mylady, erstaunlich«, sagte der Inquisitor ehrfürchtig. »Ihr leistet Widerstand, obwohl Ihr nur Initiationsgrad elf habt. Etwas Vergleichbares habe ich bisher nur bei einem Initiaten vom Grad dreizehn gesehen. Vielleicht solltet Ihr bei nächster Gelegenheit Euren Initiationsgrad überprüfen lassen, aber das soll hier nicht unsere Sorge sein. Welche anderen Gründe hattet Ihr?«

Schweißperlen glänzten auf Terikels Stirn, und sie zitterte jetzt vor Anstrengung. Ihr Mund öffnete sich, ihre Kiefer arbeiteten lautlos.

»Die Wahrheit wäre leichter«, sagte der Inquisitor.

»Mag … ihn …«

»Das ist eine Lüge!«, meldete sich Dolvienne sofort.

»Das hört nicht auf, bis wir die Wahrheit gehört haben«, meldete sich der Inquisitor erneut zu Wort.

Inzwischen liefen Terikel die Tränen über das Gesicht, aber sie waren rosa. Ihre Farbe wurde dunkler, dann fing ihre Nase an zu bluten.

»Um zu betrügen, ich wollte betrügen, ich sehne mich danach zu betrügen!«, platzte es plötzlich aus Terikel heraus.

»Erzählt uns, wer betrogen werden sollte und was das für ein Betrug war.«

Terikel schien plötzlich wesentlich entspannter zu sein, als habe sie beschlossen, sich dem Unvermeidlichen zu ergeben.

»Einfach nur Betrug, Betrug, um zu betrügen. Betrügen ist für mich wie ein starkes und scharfes Gewürz, glaubt es mir, es ist wahr. Ich habe Roval betrogen, einen Mann, der mir so, so lieb und teuer war, als ich ... andere Männer verführt habe, um hierherzukommen. Mit meinem wunderbaren, liebevollen und galanten Roval war das Liebesspiel stets heiter, zauberhaft und wunderschön, voller Zuneigung, Vertrauen und gegenseitiger Zärtlichkeit. Aber ... Nein ... Hört auf damit.«

»Fahrt fort«, sagte der Inquisitor.

»Aber als ... mein Geldgeber ... auf mir lag ... und später der Kapitän – da war es intensiv, strahlend und grell vor lasterhafter und schuldbewusster Ekstase, o ja, und wenn ich mich morgens anzog, wurde ich von heftigen Gewissensbissen geplagt, und doch war da immer die Verlockung der nächsten Nacht. Als ich Glasbury erreichte, war der Kapitän schon ein Meerdrachenmist, aber Gilvray war da, ach, und ich wusste, dass er ein galanter Mann war und mich aus reiner Liebenswürdigkeit hierher begleitet hätte, wenn ich ihn darum gebeten hätte, aber die Reise nach Alpenfest war nur ein Vorwand, um ihn zu verführen, um etwas zu tun, das Roval veranlassen würde, die Erinnerung an mich zu verfluchen, sollte er es jemals herausfinden, aber das intensive Vergnügen, hervorgerufen durch Schuldbewusstsein und Gefahr, war ...«

»Genug, Terikel, das wollte ich gar nicht ...«

»Ihr könnt mich beim Wort nehmen, das erste Mal habe ich mich meinem Geldgeber im Metrologischen Tempel von Alberin hingegeben in der Nacht, bevor wir gesegelt sind. Meine Priesterin Justiva hat Roval fortgeschickt, als er mich suchte, und ich habe seine Stimme in der Ferne gehört. Er fragte, wo ich wäre und warum ich ihm nichts davon gesagt hätte, dass ich gehen würde, das waren die letzten Worte, die ich jemals von ihm gehört habe. Justiva antwortete, dass ich zum nächsten Ringstein unterwegs sei, daraufhin hat er sich auf den Weg zum Ringstein Septire gemacht, weil ihm nicht klar war, dass der Ringstein Logiar etwas näher an Alberin liegt, wenn auch auf der anderen Seite der Straße des Schreckens. Die ganze Zeit hielt ich einen anderen Mann umschlungen. Hauptmann Gilvray verehrte die Prinzessin, und es ist so viel besser, wenn der Betrug beiderseitig ist. Es war nach dem Ball, er …«

»Andry und Dolvienne, lasst sie frei!«, rief der Inquisitor, und Terikel fiel in die Arme des Priesters. »Gut, danke sehr, und ich bitte um Verzeihung«, sagte er, während er sie zurück an ihren Platz trug. »Ich habe einen Fehler gemacht, ich hätte mich daran erinnern müssen, dass Ihr gesagt habt, der Grund sei privater Natur. Ich hätte seine Grenzen definieren können, ohne Euch so zu demütigen, aber jetzt ist es geschehen. Ich habe weitaus Schlimmeres gehört, tröstet Euch wenigstens damit. Gelehrter Selveris, wie lautet Eure Meinung?«

»Ihr habt Euch einen ernsten Schnitzer geleistet, Gelehrter Inquisitor. Nach der Aufhebung des Wahrheitszaubers wird man eine Triangel und eine Peitsche bringen, und dann bekommt Ihr hundertundeins Peitschenhiebe.«

»Unnötig«, keuchte Terikel. »Ich bin es, die eine Auspeitschung verdient hat.«

»Es ist meine Pflicht, keine derartigen Fehler zu machen, Mylady. Wenn ich doch welche mache, brauche ich einen kleinen Anreiz, nicht noch einmal gegen die Regeln zu verstoßen. Ich sollte versuchen, die Wahrheit in Bezug auf die Staatsangelegenheiten herauszufinden, und nicht, Euch zu vernichten.« Malecniar wandte sich an die anderen. »Denkt an Eure verborgensten und schändlichsten Geheimnisse, und denkt daran, dass ich sie aufdecken kann. Sollte jemand von Euch auch nur ein grausames oder sarkastisches Wort über die liebenswerte und hingebungsvolle Terikel hauchen, werde ich weitere hundertundeins Hiebe als kleinen Preis dafür betrachten, ihre Ehre zu rächen.«

»Ich habe ihn das schon tun sehen«, bekräftigte Selveris.

Der Inquisitor wandte sich wieder an Terikel. »Mylady, könnt Ihr Euch noch einmal dem Wahrheitszauber stellen?«

»Ja«, flüsterte Terikel und kehrte ohne Hilfe zu Andry und Dolvienne zurück.

»Warum seid Ihr nach Alpenfest gekommen?«, fragte der Inquisitor.

»Um zu erfahren, wie man Drachenwall zerstören kann«, antwortete Terikel mit heiserer, zittriger Stimme.

»Warum wollt Ihr ihn zerstören?«

»Weil zu viel Macht ihren Weg in die Hände von dummen, grausamen, habgierigen und ehrgeizigen Leuten findet.«

»Dumm, ehrgeizig, habgierig, grausam, ich glaube, das trifft auf beinah alle zu, die auf dieser Welt wandeln. Ich persönlich denke, dass Drachenwall das schlimmste Unglück ist, das uns widerfahren ist, seit Torea von einer anderen Äthermaschine, Silbertod, niedergebrannt wurde. Das Problem ist, dass Silbertod eine Waffe war, die von irgendeiner alten und äußerst fähigen Rasse zurückgelassen wurde. Nach ihrer Zerstörung konnte sie nicht neu gebaut werden. Drachenwall könnte jedoch wieder neu gebaut werden, weil wir jetzt die allgemeinen Prinzipien kennen. Was hätte es also für einen Sinn, ihn zu zerstören, Höchstgelehrte Terikel?«

»Wenn ein Soldat auf dem Schlachtfeld einen Gegner trifft, kämpft er, auch wenn er weiß, dass er vielleicht noch gegen Dutzende andere kämpfen muss. Er kämpft in der Hoffnung, dass seine Seite schließlich siegen wird. Ich habe zwar nur wenige auf meiner Seite, aber ich hoffe, dass wir letzten Endes gewinnen können.«

»Und welche Interessen habt Ihr an der Politik des sargolanischen Reiches?«

»Überhaupt keine. Ich hasse diese Gegend und will nach Hause.«

»Was wollt Ihr von uns in Alpenfest?«

»Dass Ihr mich einem der ältesten Glasdrachen vorstellt: Lehrer, Prüfer oder Richter.«

»Mehr nicht?«

»Mehr nicht.«

»Danke schön, Mylady, Ihr könnt Euch wieder setzen. Wenn ich ausgepeitscht werde, steht es Euch natürlich frei, mir so viele Hiebe zu geben, wie es Euch angemessen scheint.«

Terikel blieb vor dem Inquisitor stehen, legte die Arme um ihn und presste die Wange an seine.

»Es ist nicht nötig, Euch für das zu bestrafen, was ich bin«, sagte sie, als sie sich wieder von ihm löste.

»Das ist nicht der Grund für meine Bestrafung«, antwortete Malecniar. »Kastellan Emtellian, kehrt bitte zum Wahrheitszauber zurück. Ihr könnt mir glauben, ich werde nur nach solchen persönlichen Dingen fragen, die für die politischen Angelegenheiten relevant sind, welche uns hier beschäftigen. Ich lege keinen Wert darauf, noch mehr Hiebe zu bekommen, als mir bereits bevorstehen. Ach, und Terikel, Ihr sollt Eure Vorstellung bei den ältesten Glasdrachen bekommen.«

Emtellian wirkte ziemlich entspannt, als er wieder zwischen Andry und Dolvienne trat.

»Kastellan, wie lange habt Ihr und Senterri bereits geplant, miteinander durchzubrennen?«

»Seit ungefähr einem Jahr«, erwiderte der Kastellan, bevor er auch nur die Möglichkeit hatte, in Panik zu geraten. Rund um den Tisch schnappten mehrere der Anwesenden überrascht nach Luft.

»Erzählt uns von dem Plan.«

»Wagt es nicht!«, rief Senterri und sprang auf.

»Setzt Euch, Eure Hoheit«, sagte der Inquisitor, während er Senterri gelassen musterte. »Ich werde Euch nicht noch einmal auffordern.«

»Tut es«, sagte Gilvray.

Senterri versuchte, den Inquisitor niederzustarren, fiel dann jedoch eher in sich zusammen, als sich hinzusetzen.

»Senterri und ich haben uns vor längerer Zeit getroffen, als ich am Hof von Palion war, um dem Kaiser erneut den Treueeid zu schwören. Wir fanden Gefallen aneinander, doch der Kaiser hätte einer Verbindung zwischen uns keinesfalls zugestimmt. Sie ist unter dem Vorwand, Unterricht im Bauchtanz zu nehmen, verkleidet nach Diomeda gereist. Ich sollte auch dorthin kommen, verkleidet als Sklavenjäger. Es sollte so aussehen, als wäre sie entführt und durch die Wüste in meine heimatlichen Berge verschleppt worden. Dann hätte ich sie angeblich aus den Händen der Sklavenjäger befreit. Senterri wollte angeben, von den Sklavenjägern geschändet worden zu sein, und ich hätte dann behauptet, sie gerächt und ihre Schänder getötet zu haben. Nach den Regeln von Ehre und Schuld hätte ich ihre Ehre durch eine Heirat wiederherstellen können, weil ich die Peiniger getötet hätte.«

»Aber Euch sind echte Sklavenjäger zuvorgekommen?«

»Ja, ich habe versagt, und Ihr wisst alle, was mit ihr passiert ist. Ich war am Boden zerstört, als sie Cosseren heiratete. Ich hatte geplant, ihn aus irgendeinem nichtigen vorgeschobenen Grund zum Duell zu fordern, ich hoffte ihn zu töten, ich liebe sie, ich …«

»Danke schön, das ist genug, geht wieder zu Eurem Platz. Senterri, bitte tretet noch einmal in den Wahrheitszauber.«

Senterri war trotzig, aber auch ängstlich, als sie zum zweiten Mal in den Wahrheitszauberkreis trat.

»Welche Gefühle hegt Ihr für den Kastellan?«, fragte Malecniar.

»Als er nicht wie vereinbart in Diomeda erschien, dachte ich …«

»Sie antwortet nicht vollständig korrekt!«, rief Dolvienne.

»Bitte versucht es noch einmal, Eure Hoheit«, sagte der Inquisitor.

»Es tut mir leid, Emtellian. Ich habe mich nie damit aufgehalten, mit Sehnsucht an Euch zu denken, ich bin dumm, verwöhnt und selbstsüchtig. Das Schicksal wollte, dass ich vor Eurer geplanten Ankunft in Diomeda tatsächlich entführt wurde. Als Laron und sein Dämon mich retteten … wart ihr sehr, sehr weit entfernt. Es stimmt, was die Älteste Terikel sagt, im Akt des Betrügens liegt ein unsagbarer Reiz. Ich habe Laron zu meinem Liebhaber gemacht und ihm meine Unschuld geschenkt. Danach … konnte ich nicht mehr zu Euch zurück. Als Vater vorschlug, ich sollte diesen Idioten Cosseren heiraten, habe ich es getan, um mich selbst zu bestrafen. Dann ist Gräfin Bellesarion auf dem Ball in Glasbury zu mir gekommen und hat mir Eure Nachricht überbracht. Dann habe ich wieder auf eine gemeinsame Zukunft mit Euch zu hoffen gewagt.«

»Danke sehr, bitte geht wieder zurück zu Eurem Platz, Eure Hoheit. Meine Herrschaften, Ihr werdet erleichtert sein zu hören, dass ich fertig bin. Bevor ich die Strafe für mein Verhalten gegenüber Terikel erhalte, möchte ich jedem von Euch die Möglichkeit geben, im Wahrheitszauber eine Erklärung abzugeben.«

»Gelehrter Herr, warum wurde ich nicht befragt?«, erkundigte sich Laron.

»Weil ich einen unschuldigen Zuschauer erkenne, wenn ich einen sehe. Jedenfalls unschuldig in den aktuellen Angelegenheiten. Ich dürft natürlich eine Aussage machen, wenn Ihr es wünscht, aber jetzt noch nicht. Dolvienne, Ihr zuerst.«

»Ich will Prinzessin Senterri in meinem ganzen Leben nie wiedersehen«, sagte Dolvienne. »Hauptmann Gilvray, ich verachte sie für das, was sie Euch angetan hat.«

»Vielen Dank. Aufklärer Tennoner, was wollt Ihr uns wissen lassen?«

»Ich will, dass es Velander besser geht. Wenn ihr jemand helfen kann, soll er es bitte tun. Und ich wünsche, dass meine wahre Liebe mit der Schande leben kann, die hier und heute zuteil wurde.«

»Eure wahre Liebe ist nicht Velander?«, rief Laron.

»Nein, es ist …«

»Halt!«, rief der Inquisitor. »Andry, behaltet ihren Namen für Euch. Er geht uns nichts an. Terikel, kommt her und sprecht, wenn Ihr wollt.«

»Mein einziger Wunsch ist die Zerstörung Drachenwalls«, sagte Terikel, jetzt mit verschränkten Armen und fester Stimme. »Verdammt seid Ihr anderen, verdammt seien Eure kleinlichen Pläne und Intrigen. Die Welt ist auf dem besten Weg in den tiefsten Kreis der Hölle, und keinen von Euch kümmert es!«

»Sehr gut, Terikel, bitte tretet zurück. Hauptmann Gilvray?«

Gilvray ging langsam zu dem Wahrheitszauber zwischen Andry und Dolvienne, als denke er über etwas Wichtiges nach.

»Lady Dolvienne, vor einer Woche habt Ihr mir auf dem Schlachtfeld das Leben gerettet. Ihr seid mutig, gütig, klug, einfallsreich und sehr, sehr schön. Meine Herzen gehören für immer Euch – ob Ihr mich nun mögt oder nicht, und ich verfluche mich dafür, Euren Wert nicht schon vor langer, langer Zeit erkannt zu haben.«

»Ah!«, rief der Inquisitor. »Ihr dürft antworten, Mylady.«

»Hauptmann, ich hatte seit Eurem Eintritt in die Reisegarde nur Augen für Euch«, flüsterte Dolvienne.

»Kastellan, wollt Ihr etwas sagen?«, fragte Malecniar.

»Ja, das möchte ich, gelehrter Herr«, sagte der Kastellan, während er aufstand und zu Andry und Dolvienne ging. »Laron, weil Ihr mit meiner Liebsten geschlafen habt, werde ich Euch töten. Für die Rettung meiner Liebsten aus der Hand der Sklavenjäger gebe ich Euch einen Tag Vorsprung, bevor ich Euch folge. Senterri, meine Liebe gehört Euch, wenn Ihr sie wollt. Inquisitor, Ihr habt meinen Dank. Hauptmann Gilvray, Ihr seid der beste Kommandant, gegen den ich je gekämpft habe. Das ist alles.«

»Laron?«, fragte der Inquisitor.

Laron verbeugte sich im Wahrheitszauber, bevor er sprach.

»Gelehrte Terikel, lange Zeit war Euer ehemaliger Geliebter Roval mein bester und oft auch mein einziger Freund. Ich … ich hoffe, nach Alberin zurückzukehren, weil ich denke, dass er einen Freund brauchen könnte, wenn er herausfindet, was Ihr getan habt. Das ist alles, Gelehrter Inquisitor.«

»Eure Hoheit, Ihr seid alles, was noch zwischen mir und meiner Auspeitschung steht«, sagte der Inquisitor. »Sprecht so lange, wie Ihr wollt.«

»Ich bedaure, Gelehrter Inquisitor, aber ich habe nur wenig zu sagen. Ich schulde Euch Dank, denn Ihr habt mich gezwungen, binnen einer halben Stunde erwachsen zu werden. Dolvienne, Gilvray, ich verurteile Euch wegen Hochverrats zum Tode. Ihr habt einen Tag zu fliehen, bevor ich Euch meine Gardisten hinterherschicke. Kastellan Emtellian, meine Liebe gehört Euch. Ob Ihr sie wollt oder nicht, ist Eure Entscheidung. Mehr habe ich nicht zu sagen.«

»Der Wahrheitszauber übt einen merkwürdigen Reiz aus«, schloss der Inquisitor. »Die Leute sind so erpicht darauf, die Geheimnisse der anderen zu erfahren, dass sie gar nicht mehr an ihre eigenen denken. Die erste Erfahrung mit dem Zauber ist normalerweise freiwillig. Eine zweite … ist sehr selten.«

Da die Befragung nun vorbei war, stellte sich Malecniar wieder ans Kopfende des Tisches und faltete die Hände vor sich. Niemand war besonders daran interessiert, ihn in den Wahrheitszauber treten zu lassen, wie er es zuvor angeboten hatte.

»Bevor ich den Wahrheitszauber aufhebe, möchte ich Euch noch um einen Gefallen bitten«, sagte er. »Letzte Nacht wurden zwei Eurer Leute in unserer Bibliothek gefunden, nachdem sie auf sehr ungeschickte Weise einen Alarmauton ausgelöst hatten. Ich würde sie mit Eurer Erlaubnis gerne im Wahrheitszauber befragen.«

Alle Anwesenden waren einverstanden. Nach allem, was sie durchgemacht hatten, freuten sie sich eigentlich sogar auf eine kleine Abwechslung auf Kosten anderer. Wilbar und Riellen wurden von zwei Priestern durch eine der Türen zu ihnen geführt. Nach einer sehr knappen Erklärung hinsichtlich der Wirkungsweise des Wahrheitszaubers wurde Riellen aufgefordert, hineinzutreten.

»Warum habt Ihr uns ausspioniert?«, fragte der Inquisitor. In seinem Tonfall lag sehr viel weniger Nachsicht, als er den Befragten zuvor erwiesen hatte.

»Wir hatten die Absicht, diesem oligarchischen Gelehrtenorden Wissen zu entreißen, um es dem gemeinen Volk zur Verfügung zu stellen«, antwortete Riellen.

»Für wen arbeitet Ihr?«

»Für das Kollektiv zur Aufdeckung von Zauberverschwörungen und okkulten Komplotten.«

»Und wer gehört diesem, äh, Kollektiv sonst noch an?«

»Wilbar und Maeben.«

»Warum war Maeben nicht bei Euch?«

»Er hat gesagt, seine Mutter hätte ihm beigebracht, Gastfreundschaft niemals zu missbrauchen, daher ist er in seinem Zimmer geblieben. Ich habe ihm gesagt, dass er sich nicht nach Ehrbegriffen der oberen Mittel- und der unteren Oberschicht richten solle, wenn das Recht der gemeinen Leute auf Wissen auf dem Spiel stehe, aber er hat gesagt, wie sollten uns verpissen und er hoffe, man werde uns erwischen.«

»Die gemeinen Leute sind sogar zu dämlich, sich aus dem Regen nach drinnen zu verziehen«, sagte Emtellian.

Wilbar wurde zum Zauber geschubst, fiel aber auf die Knie.

»Ich brauche keinen Wahrheitszauber, ich lebe für Prinzessin Senterri und würde für sie sterben!«, rief der Student und hob die gefalteten Hände in Senterris Richtung. »Ihr Anblick hat mein Leben verändert, ich schwöre revolutionären Intrigen auf ewig ab, ich hatte nur nicht den Mut, es Riellen und Maeben zu sagen, aber jetzt sage ich nur noch die Wahrheit und erkläre, dass ich sogar den Staub verehre, auf dem Prinzessin Senterri wandelt …«

»Das reicht, bitte, geht weg!«, rief der Inquisitor und schlug sich eine Hand vor das Gesicht.

»Eure Organisation klingt staatsfeindlich«, stellte Senterri fest, während sie Riellen anfunkelte, die aufsässig zurückfunkelte. »Wenn ich Euch jemals außerhalb der Grenzen von Alpenfest erwische, werdet Ihr wegen Hochverrat gehängt. Wilbar, Ihr untersteht von diesem Moment an meinem Schutz und meiner Gönnerschaft.«

Der Inquisitor hob den Wahrheitszauber auf, und Dolvienne ließ sofort Andrys Hand los und hinkte zu Hauptmann Gilvray. Inzwischen lag Senterri bereits in den Armen von Emtellian, und Terikel wischte sich mit einer Serviette und Pfefferminzmilch das Blut aus dem Gesicht. Laron ging zu Andry.

»Wir sollten verschwinden, mein Junge, es sei denn, Ihr seht Euch gerne Auspeitschungen an«, sagte Laron mit einer Geste auf den Haupteingang.

»Das machen also die feinen Leute vor Gericht?«, murmelte Andry mit bemüht ausdrucksloser Miene.

»Unsere Steuern bei der Arbeit, Andry. Ich habe vergessen zu fragen: wie geht es Vel?«

»Sie schwindet dahin, aber wir haben uns voneinander verabschiedet.«

»Meint Ihr, sie würde gerne noch einmal mit mir sprechen, bevor ich wieder einmal fliehen muss?«

»Ich glaube, sie würde darauf bestehen.«

Laron floh später an diesem Morgen gemeinsam mit Riellen, Dolvienne und Gilvray. Maeben hatte entschieden, eine Berufung zum Priester zu verspüren, und ging zu Andry, um ihm seinen weltlichen Besitz zu übergeben, bevor er seinen Eid als Novize leistete. Dieser bestand aus Kleidung, die keinem passte, der nicht mindestens zwei Fuß kleiner war als Andry, ein paar gestohlenen Büchern über magisches Wirken, einigen Silber- und Kupfermünzen, einer Decke und einem Messer.

»Ich habe gehört, dass die Aufklärer Hauptmann Gilvray und Lady Dolvienne verfolgen sollen«, sagte Maeben.

»Das stimmt«, antwortete Andry. »Wir sollen sie bis zum Ende des Tages beobachten und dann die Regentschaftsgarde und die Männer des Kastellans zu ihnen führen. Es scheint, als würden sie einem wilden, aber direktem Weg nach Logiar folgen, also werden wir auch dorthin gehen.«

»Aber ich dachte, Ihr mögt die beiden Hauptleute.«

»Richtig, aber ich bin Soldat, und Senterri ist mein oberster Befehlshaber.«

»Andry, ich habe gehört, dass die Gelehrte Terikel die Aufklärer begleiten soll.«

»Oh, aye, und Wallas auch. Senterri hat ihn über die Befragung vor dem Inquisitor informiert und dann versprochen, ihn zum Koch im Palast in Logiar zu machen. Jetzt ist er erpicht darauf, dorthin zu gelangen und ein Fest für ihre Ankunft vorzubereiten. Und jetzt, Maeben, muss ich zu den Aufklärern zurück, weil wir um die Mittagsstunde aufbrechen. Kümmert Euch um Velander, solange sie noch da ist.«

»Das mache ich, und passt auf Euch auf, Andry.«

2

DRACHEN-SCHRECK

Zwei Tage, nachdem die Aufklärer Alpenfest verlassen hatten, stießen sie unterwegs immer öfter auf eigenartige runde und verglaste Stellen auf dem Weg, um die in der Regel ein paar Knochen verstreut lagen.

»Glasdrachen in der Gegend«, meldete Esen, der abgestiegen war, um einem Skelettarm, der am Rand der verglasten Stelle endete, eine prächtige, teure Axt abzunehmen.

»Es ist nicht so, als hätte ich das nicht bemerkt, Herr Feldwebel«, antwortete Andry, als er die Axt entgegennahm.

Sie wateten durch einen breiten, aber seichten Fluss und ritten dann eine Zeit lang nebenher. Der Pfad führte auf eine ebene Wiese mitten zwischen den Bergen.

Esen ritt jetzt die meiste Zeit über neben Andry und erfuhr allmählich die Geschichte rund um den Wahrheitszauber. Andry erklärte ihm auch einiges über die Manieren, die er von Laron und Wallas gelernt hatte.

»Verwechseln Sie Steifheit nicht mit Würde, wenn Sie einer Person zum ersten Mal begegnen«, sagte Andry in Hörweite von Wallas, der den Wagen lenkte. »Steifheit kann jeder aufsetzen. Würde muss man lernen.«

»Seit wann bin ich steif?«, rief Wallas.

»Seit der letzten Frau, die dich nicht sofort geohrfeigt hat, als du sie anzüglich angegrinst hast«, lachte Esen.

Alle außer Terikel und Wallas lachten ebenfalls, und dann setzte Andry seine Lektion fort.

»Wirklich würdevolle Leute müssen nichts beweisen und sind daher im Umgang relativ ungezwungen.«

»Das heißt also, würdevolle Leute prahlen nicht?«, fragte Esen.

»Aye, so scheint es zu sein. Laron sagt, Prahlerei bringt einem nichts. Selbstvertrauen und ungezwungenes Verhalten verraten Leuten mehr als eine Stunde Gerede über einen selbst.«

»Aber worüber soll man denn reden?«

»Über die Person, mit der man sich unterhält. Dadurch kommt sie sich bedeutend vor.«

In der Ferne begann eine tieftönende Glocke zu läuten. Es war ein gleichmäßig wiederkehrender Klang, der als Echo von den umliegenden Bergen widerhallte.

»Was ist das für ein Geräusch?«, fragte Andry.

»Eine große Glocke«, antwortete Esen.

»Nein, ich meine, woher kommt es?«

»Es ist die Totenglocke von Alpenfest«, rief Terikel betreten vom Wagen herunter.

»Aber, Mylady, Velander ist dem Tode schon sehr lange sehr nah«, sagte Andry. »Wie können sie dort sicher sein, dass sie wirklich tot ist?«

»Sie sind besser qualifiziert als wir, solche Dinge zu beurteilen, Andry. Lasst sie gehen, aber behaltet sie in liebevollem Andenken.«

Terikel bat am späten Nachmittag darum, anzuhalten. Sie waren an einem kleinen Stück Wiese angelangt, und die Straße rings um den vor ihnen aufragenden Berg verengte sich so, dass die Räder des Karrens gerade noch Platz darauf fanden. Terikel erzählte, er hieße Klauenspitze. Auf der anderen Seite der Straße fiel eine steile Schlucht nach unten ab, deren Tiefe Esen auf mindestens eine halbe Meile schätzte.

»Costiger, Danol, klettert die Bergseite hoch und vergewissert euch, dass an der Engstelle keine Räuber darauf lauern, uns zu überfallen«, sagte Esen. »Bleibt da, bis wir durch sind, wir warten dann auf der anderen Seite mit euren Pferden. Mylady, wie lange werdet Ihr brauchen?«

»Vielleicht zwei Tage, Feldwebel Esen.«

»Zwei Tage? Wir können nicht länger warten als diese Nacht.«

»Ich kann alleine nach Alpenfest zurückkehren, aber ich habe eine Bitte. Könnt Ihr Andry entbehren, damit er ein bisschen Musik spielt? Es ist sehr wichtig.«

Esen runzelte die Stirn und schüttelte den Kopf.

»Andry, Danol und ich können spielen, aber wir sind Aufklärer und sind durch Befehl gebunden, den Hauptmann und seine Dame zu verfolgen.«

»Habe ich jemanden Musik sagen hören?«, fragte Wallas, der herübergeeilt kam. »Ich habe zufällig eine Brettleier bei mir, und ich bin kein Aufklärer.«

»Aye, aber knebelt ihn, damit er seine furchtbaren Balladen nicht singen kann«, lachte Esen. »Also gut, Mylady, aber wir nehmen den Wagen mit, denn Räuber würden ihn als verführerisches Ziel betrachten. Ich lasse zwei Pferde für Euch und Wallas hier. Wallas, ich schreibe Ihnen einen Erlaubnisschein, dass Sie sich entfernen durften, aber wenn Mylady Euch nicht mehr braucht, reiten Sie hinter uns her.«

»Verstanden, Herr Feldwebel«, sagte Wallas mit einer Verbeugung.

Sie banden die beiden Pferde außer Sichtweite an. Dann folgten die Aufklärer der enger werdenden Straße um den Berg.

Das Licht wurde bereits schwächer, und Terikel bat Wallas, ein Feuer anzuzünden und mit ihr zu warten. Sie waren oberhalb der Baumgrenze, daher gab es außer Gestrüpp nur wenig Brennbares.

»Äh, möchtet Ihr jetzt eine Melodie oder ein Lied hören, Gelehrte Älteste?«, fragte Wallas mit einem verschnörkelten Schwenk seiner Brettleier.

»Noch nicht«, erwiderte Terikel, während sie noch mehr Zweige ins Feuer warf. »Wenn der rechte Zeitpunkt gekommen ist, werde ich es wissen. Dann könnt Ihr spielen.«

»Ach, der rechte Zeitpunkt für ein Lied! *Das* ist eine Kunst, die Wahl des perfekten Zeitpunkts. Seht uns an, wie wir hier allein in der Wildnis sitzen. Du meine Güte, gibt es einen besseren Zeitpunkt oder Ort für ein romantisches Liebeslied?«

»Wallas, wenn ich Musik brauche, sage ich es Euch. Und jetzt Schluss damit!«

»Aber, aber …«

»Wenn ich Musik brauche, sage ich es Euch!«

»Aber was ist mit der Bezahlung?«

»Bezahlung?«

»Ich habe mich einiger Mühen unterzogen, um Euch mit Musik zu versorgen. Herrje, ich muss alleine meinen Kameraden nachreiten, um sie einzuholen, wenn Ihr mich nicht mehr braucht. Wir wissen natürlich alle, was das bedeutet.«

»Bedeutet? Natürlich?«

»Nun ja, ich habe mich in der Annahme freiwillig für dieses gefährliche Abenteuer gemeldet, Ihr wolltet mir beiwohnen, um wieder die überschäumenden Freuden des Betrugs zu genießen. Ich verstehe das vollkommen, ich bin sehr aufgeschlossen und …«

»Wallas, ich brauche Musik als Teil eines … eines Signals. *Ich* kann kein Musikinstrument spielen. Ohne Euch bin ich verloren.«

»Ach, Mylady, dann habt Ihr ein Problem. Aus reiner Galanterie werde ich bis morgen früh bei Euch bleiben, um Euch vor den Gefahren der Nacht zu schützen, aber für das Spielen einer Melodie verlange ich eine Bezahlung – den Lohn des Barden und so weiter.«

Wallas lachte wissend. Terikel legte eine Hand an die Stirn, schloss die Augen und schüttelte den Kopf. Sie überdachte ihre Situation eine Zeit lang.

»Nun gut, Wallas, aber das hat nichts mit den Freuden des Betrugs zu tun. Ich brauche nur etwas Musik, das Schicksal der Welt hängt von einem Lied ab, und ich *werde* ein Lied *bekommen*. Ich empfinde lediglich einen gelinden – nein, beträchtlichen Ekel vor Euch, aber ich ekle mich auch vor mir selbst, also spielt irgendwas davon wirklich eine Rolle? Also kommt, lasst es uns angehen und Eure schmutzige kleine Arbeit erledigen.«

»Mylady, Mylady«, sagte Wallas, während er die Brettleier schwang. »Keine Arbeit, das verspreche ich Euch …«

Ein Armbrustbolzen schlug ihm die Brettleier mit einem scharfen Schlag aus der Hand. Wallas schrie auf und riss die Hände in die Höhe. Terikel hatte gerade ihre Jacke hochgezogen und nach den Bändern ihrer Reithose gegriffen und erstarrte nun in dieser Haltung.

»Ich dachte, Ihr könntet einen *Mann* brauchen, der Wache hält, Mylady«, rief Andry aus nicht allzu weiter Entfernung. »Dafür ist Wallas nicht gerade bekannt. Auch nicht für seine Musik, daher habe ich meine Fiedel mitgebracht, und ich spiele umsonst.«

»Andry?«, flüsterte Wallas mit zitternder Stimme und nahm langsam die Hände herunter.

»Genau der.«

»Du kannst gar nicht hier sein!«

»Aber ich bin es.«

»Du bist ein Aufklärer. Du hast den Befehl, Gilvray und Dolvienne zu verfolgen.«

»Ich bin desertiert.«

»Was? Du … du bist eifersüchtig!«

»Mylady, ich bin hier, um für Euch Musik zu machen und Euch zu bewachen«, sagte Andry. »Solltet Ihr Euch mit Wallas verlustieren wollen, werde ich dafür sorgen, dass Ihr ungestört seid.«

»Eher würde ich eine Schnecke küssen!«, schnauzte Terikel und zog die Jacke wieder herunter.

»Ich, äh, habe nur um eine anständige Bezahlung gebeten und, äh, gedacht, die Älteste wollte, das heißt …«

Er hörte auf zu sprechen, als eine riesige Gestalt über sie hinwegglitt. Sie legte sich in eine Kurve, wendete und betrachtete sie mit scharfen, leuchtenden Augen, obwohl sie mindestens tausend Fuß über ihnen war.

»Drache«, quiekte Wallas.

»Erzähl mir doch was, was ich noch nicht weiß«, antwortete Andry, ebenfalls mit einer deutlichen Spur von Unbehagen.

»Ich brauche Musik, und zwar jetzt!«, sagte Terikel.

»Er hat meine Leier ruiniert!«, rief Wallas.

»Ein Glückstreffer«, sagte Andry und holte seine Fiedel aus dem Gepäck. »Ich glaube, ich fange mit ›Die Drachen von Alberin‹ an.«

»In Alberin gibt es gar keine Drachen«, sagte Wallas.

»Steinerne, auf den Stadttoren«, erklärte Andry, während er sich nach möglichen menschlichen Eindringlingen in der Nähe umschaute.

»Man sagt, ihr Atem wäre heißer als weißglühender Stahl«, sagte Wallas. »Man sagt, ihre Flügelspannweite betrüge zweihundert Fuß.«

»Man sagt, sie könnten sprechen«, ergänzte Andry. »Man sagt, sie wären schlauer als wir.«

»Wer *man* auch ist, er ist gut informiert«, sagte Terikel. »Das stimmt alles.«

Nachdem der Drache einige Kreise über ihnen gezogen hatte, flog er zu einem Felsvorsprung auf dem Berg, um den sie gerade zogen. Dort blieb er einige Momente hocken, dann flog er außer Sicht.

»Ich bitte Euch, mit der Musik zu beginnen, Andry«, sagte Terikel mit starrem Blick auf die Stelle, an der sich der Drache kurz niedergelassen hatte. »Es versichert Ihnen, dass wir freundlich gesonnen sind.«

»Ich spiele auch«, sagte Wallas, kroch zu seiner Leier und hob sie aus dem Gras. »Sieh dir das an! Ruiniert! Dein Bolzen hat den Rahmen gespalten.«

»Fortuna hat meine Hand geführt«, sagte Andry und stimmte auf seiner einen Reel Fiedel an.

»Ihr spielt gut, Andry«, sagte Terikel. »Wenn der Drache uns nicht zu Staub und Asche verbrennt, könntet Ihr als Andry Drachenschmeichler bekannt werden.«

»Drachenschmeichler?«, keuchte Wallas. »Ihr meint, wenn ich ein Instrument zum Spielen hätte, könnte ich auch Drachenschmeichler genannt werden?«

»Rühr meine Fiedel an, und ich schneide dir die Eier ab und verfüttere sie an den Drachen«, sagte Andry, ohne sein Spiel zu unterbrechen.

Terikel wies nach oben, und Andry und Wallas folgten ihrer Geste mit den Augen. Der Drache war zurück.

»Er hat uns nach oben zum Gespräch eingeladen«, sagte Terikel. »Das ist das Antwortsignal, kreisen, auf dem Felsvorsprung niederlassen, dann auf uns runterstarren, während die Melodie gespielt wird.«

»Der ist riesig«, sagte Andry. »Dieser Felsvorsprung muss tausend Fuß über uns liegen.«

»Drachen machen es den Leuten niemals leicht«, antwortete Terikel.

»Ihr meint, wir müssen da hochklettern?«, keuchte Wallas.

»Ja«, entgegnete Terikel. »Da oben ist ein Drache, der mit uns reden möchte. Wir müssen hochklettern, um uns mit ihm zu treffen.«

»Wäre der Drache beleidigt, wenn der Rest von uns weiterreiten würde?«, erkundigte sich Wallas.

»Er hat die Musik gehört und weiß, dass jemand für eine

Audienz hochklettern wird. Wenn jemand beim Versuch gesehen wird, sich davonzustehlen, wird das als Kränkung aufgefasst.«

»Ich reite trotzdem!«

Andry musste Wallas vom Pferd ziehen, ihn fesseln und auf den Boden legen, während Terikel alles für die Kletterpartie zusammenpackte. Wallas fluchte lauthals und bettelte darum, losgeschnitten zu werden. Andry nahm erneut seine Fiedel auf und fing wieder an zu spielen.

»Der Drache mag Euer Spiel«, sagte Terikel, während sie das Gepäck aufnahm.

»Woher wisst Ihr das?«

»Wir leben noch, und das trotz Wallas' respektlosem Verhalten. Los, es wird Zeit zu klettern. Alle paar Minuten halten wir an, um wieder eine Melodie zu spielen.«

Andry schnitt Wallas die Fesseln durch, dann folgte er Terikel, die einen Pfad den Berg hinauf entdeckt hatte. Wallas brauchte nur wenige Augenblicke, um zu der Entscheidung zu gelangen, dass es keine gute Idee war, alleine an diesem Ort zu sein. Wo er aber Gesellschaft finden sollte, blieb weiterhin ein Problem für ihn. Terikel schien zu wissen, wie man mit den Glasdrachen umging, dafür hatten die Aufklärer den Vorteil, weiter weg zu sein.

»Terikel hat mir erzählt, sie hätte die Zügel mit Zaubern belegt«, rief Andry zurück. »Wenn du einen berührst, brennt dir die Hand weg.«

Kurz nach Sonnenuntergang erklärte Terikel sich mit einer Rast einverstanden. Wallas befragte Andry nach ihren Aussichten zu fliehen, falls etwas schiefging, gelangte jedoch zu dem Schluss, dass ein Drache schneller fliegen konnte als er reiten. Terikel saß in einigem Abstand zu ihnen, meditierte und erzeugte rings um ihren Kopf ein komplexes ätherisches Feld.

»Entsetzlicher Fraß«, brummte Wallas, während er mit einem Holzlöffel sein Abendessen aus gehackten Nüssen, Trockenobst und Wasser zu sich nahm.

»Schade, dass es nicht heiß ist«, antwortete Andry. »Als ich auf See war …«

»Ich weiß, ich weiß, das Esen war immer in kaltem Salzwasser eingelegt. Ich hätte jetzt eigentlich nichts gegen ein bisschen Salz.«

Eine Zeit lang saßen sie nebeneinander und aßen. Terikel hockte unbewegt in der Ferne. Andry griff nach seiner Fiedel und fing an zu spielen.

»Sieh dir das doch einfach mal an«, forderte Andry Wallas auf, während er sich zurücklehnte und hochschaute, aber weiter auf der Fiedel spielte.

»Aye, das ist Drachenwall.«

»Aber sieh ihn nur mal an! Der halbe Himmel ist von Lichtern bedeckt.«

Wallas legte sich zurück und starrte ebenfalls in die Höhe. Drachenwall war nicht genau über ihnen, sondern etwas weiter westlich.

»Also, was ist damit?«, fragte er.

»Wir haben so etwas noch nie zuvor gesehen. Ich frage mich, wozu dient er wirklich?«

»Wenn ich das wüsste, wäre ich ein wichtiger Zauberer.«

»Aber, Wallas, äh, erfüllt er dich nicht irgendwie mit Staunen?«

»Weißt du, Andry, manchmal glaube ich, du redest nur, um den Klang deiner eigenen Stimme zu hören.«

Wallas hüllte sich in seine Decke, ging zu einem Überhang, der eine flache Höhle bildete, legte sich nieder und drehte sich um. Andry setzte sich auf, stimmte die Fiedel nach und spielte dann ein paar Melodien, um dem Drachen zu versichern, dass sie immer noch da – und freundlich gesonnen – waren. Terikel beendete die Meditation, kam herüber und setzte sich neben Andry. Sie spielte ein paar Augenblicke mit ihren Haaren und flocht sie zu kleinen Zöpfen, dann räusperte sie sich.

»Ich weiß, dass es kein guter Augenblick ist, aber wegen Wallas«, brachte sie hervor.

»Aye?«

»Ich … ich bin Euch zu Dank verpflichtet«, sagte sie leise. »Außerdem schulde ich Euch eine Erklärung.«

»Nicht nötig, Mylady.«

»Bitte! Spielt weiter, aber hört mir zu, ich möchte nicht, dass Wallas mich hört, falls er noch wach ist. Vor einem Jahrzehnt war ich eine schöne junge Priesterin und frisch ordiniert. Ich hatte die besten Noten, die von den Metrologen bei Prüfungen über theoretische und praktische Zauberei je vergeben wurden. Wie auch immer, die Älteste zu dieser Zeit wollte das Vertrauen eines bestimmten Grafen gewinnen. Er war ein Mann ohne Charme oder Anziehungskraft, aber man hatte ihm sehr viele Geheimnisse anvertraut. Ich bekam den Befehl … nett zu ihm zu sein, und zwar von der Ältesten persönlich.«

Andry seufzte, schaute verwirrt drein und sah aus, als wäre ihm lieber gewesen, nichts von dem zu hören, was sie erzählte.

»Ich ziehe einen guten, sauberen Kampf vor, Mylady.«

»Wenn man gegen Schweine kämpft, riecht man danach nach Schweinemist, Andry. Ich war erfolgreich in meinem schäbigen kleinen Kampf. Die Älteste war so erfreut darüber, dass sie mir sofort auftrug, das Bett eines weiteren bedeutenden Lakaien irgendeiner unbedeutenden Fraktion zu stürmen, dessen Geheimnisse bedeutend waren. Ein oder zwei Dutzend Verführungen später bildete ich mir ein, von grässlichen Männern angezogen und von Betrügereien erregt zu werden. Dann schloss ich Freundschaft mit einer idealistischen und ernsthaften jungen Studentin namens Velander. Sie hat mich sogar gebeten, ihre Seelengefährtin zu sein, und im Metrologischen Orden gibt keine höhere persönliche Ehre. In der Nacht, als Velander ihr Ordinationsritual vollenden sollte, hätte ich als ihre Seelengefährtin die Nacht mit ihr durchwachen müssen, doch die Älteste befahl mir, einen Mann zu verführen. Na ja, eigentlich mehr ein Ungeheuer als ein Mann, aber ich habe es getan. In gewisser Hinsicht war es leicht. Schuldgefühl und Vergnügen haben mich wie ein Blatt im Wind hin und her gewirbelt.«

Andry spielte jetzt eine Melodie voller schneller Tonfolgen und Triller – eine Melodie, die ihre Worte bestens vor lauschenden Ohren schützte.

»Senterri hat Wallas erzählt, was Ihr unter dem Einfluss des Wahrheitszaubers gesagt habt«, berichtete er. »Wallas hat damit vor mir geprahlt. Ich habe mir schon gedacht, dass er versuchen würde, was er Euch heute Abend vorgeschlagen hat.«

»Der Mann ist eine Kröte, aber ich hatte meine Jacke schon für ihn gehoben, bevor Ihr gekommen seid. Ich hatte bereits nachgegeben, Andry. Das wurmt mich.«

»Ha! Keineswegs«, lachte Andry. »Ich kenne Wallas, er würde sich mit nichts zufriedengeben außer der Vollbringung …«

»Das richtige Wort lautet ›Vollzug‹.«

»Äh, oh. Ich meine, alles unterhalb davon ist für ihn eine Niederlage. Ihr seid kein Sieg.«

Terikel löste einen Knoten in ihren Haaren, dann umschlang sie ihre Knie.

»Andry, Velander hat mich gehasst für das, was ich ihr angetan habe, aber nachdem sie selbst erfahren hatte, wie grausam die Welt sein kann, hat sie mir verziehen. Ich bin Euch sehr dankbar, Andry, aber ich kann Euch nicht verletzen, indem ich …«

»Kein weiteres Wort, Mylady«, sagte Andry schroff. »Ich habe schon von zu vielen Frauen gehört, dass sie mich vor dem Übel einer Liebschaft oder was auch immer beschützen wollten. Für ein Lied legt Ihr Euch für Wallas auf den Rücken, aber nicht für mich, auch wenn die Musik umsonst ist. Ich bin nicht sehr gebildet, Mylady, aber ich bin auch nicht dumm. Frauen halten mich für einen Witz und haben nur schöne Worte für mich, nachdem ich wieder gegangen bin. Ich habe Velander geliebt, weil sie mich um Hilfe gebeten hat. Sie hat mich gebeten, den dreckigen jungen Andry mit dem Weinschlauch in der einen und der gestohlenen Fiedel in der anderen Hand. Die ganze Zeit habe ich eine andere geliebt, weil sie … Aber nein, darüber kann ich nicht sprechen. Jetzt müsst Ihr aber schlafen, ich glaube, der morgige Tag wird ziemlich anstrengend.«

Terikel umschlang ihre Knie noch fester, und dunkle Tränen liefen ihr über die Wangen. Andry hörte plötzlich auf zu spielen.

»Mylady! Eure Tränen, sie bluten wieder.«

Terikel legte eine Fingerspitze auf eine der Tränen und hielt sie dann vor sich.

»Der Wahrheitszauber hat mich innerlich ein bisschen verletzt, als ich mich dagegen gesträubt habe, das ist alles. Andry, ich wollte Euch gerade bitten zu gehen. Jetzt. Ich habe die Absicht, Wallas' schmutzigen Preis zu bezahlen und ihn morgen als Musiker mitzunehmen.«

Andry zuckte die Achseln. »Wie Ihr wollt, Mylady. Wie ich schon sagte, Velander hat mich gebeten, mich um Euch zu kümmern, aber wenn Ihr andere Pläne habt, mache ich mich davon. Denkt aber daran, dass ich umsonst spiele.«

»Ihr seid außerdem noch unberührt, Andry. Der Glasdrache wird Euch wegen einer speziellen Eigenart Eurer Lebenskraft verschlingen. Wallas wäre sicher. *Das* wollte ich Euch gerade sagen.«

»Oh, aye, ist das alles?«, lachte Andry. »Dann lasst den dreckigen Schuft, wo er ist. Mylady. Ich spiele für Euch, bis wir beim Drachen sind, und wenn er mich dann angreift, wehre ich ihn ab.«

»Ihr werdet sterben!«, entfuhr es Terikel.

»Vielleicht, aber wen kümmert das? Ich bin dem Fährmädchen schon begegnet. Nettes Mädel.«

Terikel blieb eine Weile mit den Händen um die Knie sitzen,

und Andry fing wieder an zu spielen. Dunkle Tränen liefen ihr das Kinn herunter und hinterließen an ihren Knien Flecken auf der Kleidung. Langsam straffte sie sich, setzte sich auf und streckte sich, dann flüsterte sie einen Zauberspruch und formte ihn in den gewölbten Handflächen. Für Andry sah er zornig, schroff und gefährlich aus, und er bildete sich sogar ein, dass die Energien irgendwie hungrig aussahen. Sie stand auf und betrachtete dann mit dem Zauber in der ausgestreckten Hand Andry.

»Ich muss kurz zu Wallas gehen«, kündigte sie an.

Wie macht der Mann das?, fragte sich Andry. *Sie hasst Wallas, und doch würde sie eher die Beine für ihn breit machen, als mir einen Kuss auf die Wange geben.* Terikel trat Wallas extrem hart in den Hintern. Er schrie auf und versuchte sich aufzurichten, stieß sich aber den Kopf am Felsüberhang.

»Ich möchte, dass Ihr jetzt gut aufpasst«, verkündete Terikel, während sie mit der freien Hand Fasern aus dem Zauber löste und sie auf die Felsen des Überhangs rings um Wallas drückte. Langsam nahmen sie ein Muster an, das einem sehr großen Spinnennetz ähnelte.

»Was macht Ihr da?«, fragte Wallas mit dem unbestimmten Gefühl, dass ihr Tun nicht unbedingt in seinem Interesse war.

»Sobald ich hier fertig bin«, flüsterte sie, »hoffe ich inständig, dass Andry und ich uns unserer primären Geschlechtsmerkmale bedienen und dabei hoffentlich auch die sekundären nicht außen vor lassen. Dabei will ich kein Publikum. Hört auf meinen Rat, Wallas, und berührt das Netz nicht.«

Terikel wirkte den Zauber, der sich sofort durch die Fasern über den Felsen ausbreitete, der die Öffnung zu der kleinen Höhle bildete, in der Wallas jetzt gefangen war. Der Zauber verwob sich immer feiner, bis ein gleichmäßiges und undurchsichtig leuchtendes Gewebe entstanden war. Terikel kehrte zu Andry zurück, der nach ihrem Tritt zu spielen aufgehört hatte.

»Was habt Ihr mit ihm gemacht?«, fragte Andry.

»Der Zauber dient normalerweise dazu, beim Lagern unangenehme Dinge draußen zu halten«, erklärte Terikel. »In diesem Fall hält es etwas Unangenehmes drinnen.«

»Oh. Ich hoffe, er muss nicht pinkeln.«

Terikel kniete nieder und nahm Andrys Bogen und Fiedel. Sie legte sie vorsichtig in das spärliche Berggras neben ihnen.

»Andry, ich habe gerade einen grässlichen Mann verletzt und gedemütigt, der mich außerordentlich begehrt«, sagte sie. »Wollt Ihr morgen mein Musiker sein, bitte?«

Andry lächelte, zog die Knie an und umfasste die Beine, so wie es Terikel ein paar Minuten zuvor getan hatte.

»Aye, es wäre mir eine Ehre.«

Plötzlich kam ein gequälter Schrei aus der Richtung der Höhle, in der Wallas eingesperrt war.

»Jemand hat den Zauber berührt!«, rief Terikel. Dann wandte sie sich wieder an Andry und starrte ihn scheinbar für einen Großteil der restlichen Nacht an. »Andry, ich will nicht, dass Ihr morgen sterbt«, flüsterte sie. »Denkt darüber nach, was das bedeutet und was wir deswegen tun müssen.«

Terikel lächelte gewinnend und schenkte Andry ihre ungeteilte Aufmerksamkeit.

»Das ist sehr peinlich«, sagte Andry. »Das Schicksal spielt mir ganz offensichtlich einen Streich.«

Plötzlich fiel Terikel auf die Knie und wandte sich ab.

»Das habe ich ganz vergessen, Ihr habt ja in Alpenfest eine sehr, sehr hässliche Seite von mir kennengelernt. Ihr müsst Euch von mir abgestoßen fühlen, das verstehe ich jetzt.«

»Nein, ganz und gar nicht ...«

»Das ist schade, weil ... nun ja, als Ihr in Harrgh wieder in mein Leben getreten seid, war ich so glücklich wie schon seit Jahren nicht mehr. Ich war so stolz darauf, wie Ihr Euch verändert hattet und Euch den Herausforderungen gestellt habt. Ihr hattet so schnelle und erstaunliche Fortschritte gemacht. Ihr seid wie Laron, nur seid Ihr wirklich jung und frisch. Ich ... ich habe beschlossen, mit Euch zu schlafen. Ihr seid neunzehn. Ich war neunzehn, als die Älteste mir zum ersten Mal befahl, mich selbst zu besudeln. Ich habe gedacht, mit Euch könnte ich vorgeben, noch einmal jung und unverdorben zu sein, aber ich war zu langsam. Als Ihr Euch zu Velander hingezogen fühltet, wusste ich, dass Schicksal mich für die Vergangenheit bestrafen wollte. Unschuld war mir nicht vergönnt.«

»Mit mir … Ihr?«, rief Andry.

»O ja, Ihr seid wirklich wunderbar, und niemand kann Euch Eure Unschuld nehmen. Die Männer in meinem Bett waren allesamt grässliche alte Männer. Roval war zwar nicht grässlich, aber er hat mich zu sehr umsorgt, als dass ich ihn wirklich hätte lieben können. Ich war zu schüchtern, um mich Euch zu nähern, weil ich zehn Jahre älter bin als Ihr und so. Ihr würdet mich nicht auslachen, aber vielleicht bemitleiden. Das wäre noch schlimmer gewesen. Versteht Ihr?«

Andry streckte langsam die Hand nach Terikel aus, die Innenseite nach oben. Terikels Augen weiteten sich, dann griff sie nach ihm, und ihre Finger legten sich um seine Hand.

»Ja, ich verstehe. Ich liebe eine edle Dame, aber ich hatte immer befürchtet, sie wäre wie alle anderen und würde mich mit wirklich netten und, äh, diplomatischen Worten abweisen. Ich habe es vorgezogen, mir die Hoffnung zu bewahren und mit nichts zu leben, anstatt von ihr weggeschickt zu werden, wenn ich es ihr sagen würde. Erinnert Ihr Euch noch daran, dass ich im Wahrheitszauber beinah den Namen meiner wahren Liebe ausgesprochen hätte? Ihr Name ist Terikel.«

»Andry Tennoner, wollt Ihr damit sagen, dass wir gemeinsam durch halb Acrema gereist sind, uns dabei die ganze Zeit nacheinander verzehrt haben und uns seit Glasbury eigentlich nichts davon abgehalten hat, diesbezüglich etwas zu unternehmen?«, rief Terikel.

»Äh, aye.«

Terikel ließ seine Hand los und massierte sich die Schläfen. »Eines Tages wäre ich gern ein Gott«, verkündete sie.

»Warum, Mylady?«

»Weil ich Schicksal den Hals umdrehen möchte für das, was er uns gerade angetan hat!«

Terikel legte Andry den Arm um die Schulter. Die Köpfe aneinandergelehnt, saßen sie eine Weile im orangefarbenen Licht, bevor sie sich an die praktischen Dinge machten, das Bettzeug auszubreiten und sich auszuziehen. Ganz in der Nähe ertönte wieder ein gedämpfter Schrei, als Wallas noch einmal den Zauber berührte.

Andry erwachte zur letzten von Terikels wichtigen Lektionen. Ihm war gerade bewusst geworden, dass zwei Leute, die eng beieinander schlafen, sich sehr viel besser wärmen, als wenn sie es getrennt voneinander tun. Er lag mit den Armen um sie, bis sie sich rührte und aufwachte.

»Jetzt weißt du also, wie es ist«, flüsterte sie ihm zu.

»Das macht das Leben ohne nur umso schlimmer«, seufzte er in dem Bewusstsein, dass das angenehme Intermezzo wahrscheinlich bald ein Ende finden würde.

»Ein subtiles, aber doch großes Kompliment, Andry. Vielen Dank. Wenn du mich fragst … Du hast mich entzückt. Du hast mir die Kraft gegeben, mich einigen schwierigen Entscheidungen zu stellen, und ich stelle mich ihnen für Leute wie dich: gute Leute, mitfühlende Leute. Nun komm, ziehen wir uns an und wecken Wallas.«

Nachdem sie sich angezogen hatte, sah Andry Terikel dabei zu, wie sie zu dem Überhang ging, unter dem Wallas eingesperrt war. Sie bohrte die Finger in den Zauber, der ihn immer noch gefangen hielt. Er löste sich mit einem leisen Knacken auf. Ein Tritt in den Hintern weckte Wallas.

»Auf mit Euch, Faulpelz, Zeit zu klettern.«

»Ja, Mutter, was immer Ihr – ich, wo, was – es ist Morgen!«, rief Wallas.

»Ja, ich habe die ganze Nacht damit zugebracht, Andry für Drachen ekelerregend zu machen. Ein Glück für Euch, dass ich Euch hier eingesperrt habe, sonst hättet Ihr Euch wirklich unzulänglich gefühlt.«

»Das war sehr rücksichtsvoll von ihr«, fügte Andry hinzu.

Wallas versuchte verächtlich dreinzuschauen, wirkte aber lediglich nervös und irgendwie bedrückt.

»Bald kommt Nebel auf«, verkündete Terikel, während sie ihre Sachen zusammenpackte. »Die Drachen erzeugen ihn mit einem Zauber. Wir müssen in die Gänge kommen.«

»Was ist mit Frühstück?«, protestierte Wallas.

»Vergiss das Frühstück«, riet ihm Andry. »Frauen ziehen schlanke Männer vor, das kannst du mir glauben.«

Wenige Minuten, nachdem sie losgeklettert waren, bildete sich dichter Nebel um sie. Ohne die Sonne wurde es schnell sehr kalt, und die Sichtweite betrug nur noch wenige Fingerbreit.

»Hier halten wir. Andry, spiel dem Glasdrachen eine Melodie«, sagte Terikel.

Andry spielte einen Reel, dann entschied Terikel, dass sie weiterklettern sollten. Schnell wurde der Nebel so dicht, dass Wallas kaum noch die Hand vor Augen erkennen konnte.

»Die Luft friert«, sagte Wallas in der Hoffnung auf eine Antwort, die beweisen würde, dass die anderen ihn nicht allein gelassen hatten.

»Aye, und ich kann nicht mehr so gut atmen«, lautete Andrys Kommentar.

»Ich auch nicht. Das ist so in größeren Höhen. Dünne Luft, ist nicht so viel zum Atmen da.«

»Da laust mich doch der Affe.«

»Solange es beim Lausen bleibt.«

»Nein, ich meine, tauch ins Wasser, und du kannst nicht atmen. Steig zu hoch, und du kannst auch nicht atmen. Das ist interessant. Warte nur, bis ich das den Jungens in Barkenwerft erzähle.«

»Willst du noch was anderes wissen?«

»Erzähl.«

»Es gibt ein Echo, wie in einer Höhle.«

»Höhle?«, sagte Andry. »Das muss eine sehr große Höhle sein.«

»Wir sind wirklich in einer Höhle«, sagte Terikel. »Bitte beschränkt Euer Geschwätz auf ein Minimum.«

Der Nebel um sie wurde immer dunkler, dann zerschnitt ein helles, bläuliches Licht die Dunkelheit. Terikel hatte einen Zauber gesprochen und damit eine kleine Kugel aus Helligkeit gebildet, die jetzt genau über ihrem Kopf schwebte. Der Nebel wurde dünner, je tiefer sie in ihn eindrangen. An einer nahen Wand prangte die Zeichnung einer schlangenähnlichen Bestie mit sehr großen Flügeln.

»Ein Drachen«, schnaufte Wallas.

»Aye, mit großem Rachen!«, sagte Andry und piekste Wallas mit dem Bogen der Fiedel in den Bauch. »Verstanden?«

»Nein, ein Drache! Ein magisches Wesen, speit Feuer, frisst Leute, hat man dir in Alberin in der Schule nichts beigebracht ... ach herrje! Sollte das etwa ein Wortspiel sein?«

»Wollt ihr wohl Ruhe geben?«, rief Terikel. »Andry, geh langsam weiter und spiel dabei.«

Sie folgten Terikel tief in die große Höhle, wobei Andry einen langsamen Marsch spielte. Der Boden war gerade und eben, und es war offensichtlich, dass sie sich in einer ehemaligen Kultstätte aufhielten. Unter ihren Füßen waren bunte Bodenfliesen, aber die Spuren von Vernachlässigung waren ebenfalls nicht zu übersehen. Die Überbleibsel der alten zerbrochenen Säulen und Statuen waren an die Wände geschoben worden. Zwar wurden sie aus dem Schutt von Augen beobachtet, aber es ging keinerlei Bedrohung von ihnen aus. Die einzigen intakten Statuen waren die dreier riesiger Echsen mit Flügeln, die auf den Hinterbeinen hockten. Sie bestanden aus hellblauem Glas, nur die Augen waren dunkel und wirkten hohl. Ein schwaches Leuchten hob die Umrisse der Drachen aus der Dunkelheit, und Andry sah, dass die Ränder jedes Gelenks und jeder Schuppe mit so intensiven weißen

Linien gezeichnet waren, dass sie zu leuchten schienen. Die Wesen ähnelten den schwarzsteinernen Statuen auf beiden Seiten des Stadttors von Alberin, die aber nicht größer als ein Pferd waren. Die Köpfe von diesen hier reichten halbwegs bis an die Höhlendecke, und die Spitzen der zusammengelegten Flügel waren in Reichweite der Felsen über ihnen. An der Wand hinter ihnen war eine Inschrift zu erkennen, und Andry wurde bewusst, dass er einige der uralten Zeichen durch ihre Körper sehen konnte.

»Also, *das* sind Drachen«, sagte Wallas. »Statuen jedenfalls. Richtige Drachen sind lange nicht so groß, und sie leuchten auch nicht.«

»Wallas, im Vertrauen …«, sagte Andry.

»Was?«

»Die linke Statue hat gerade mit dem Schwanz gezuckt.«

Vor ihnen war Terikel stehen geblieben und aktivierte einen Zauber. Kopf und Schultern eines Priesters aus Alpenfest materialisierten mitten in der Luft, und verkündete den Drachen dann im Namen von Terikel eine Botschaft. Am Ende seiner Vorstellung verblasste das Bild des Priesters einfach wieder. Die Älteste der Metrologen verbeugte sich nacheinander tief vor jeder der drei riesigen Gestalten. Die Augen des mittleren Drachen erwachten flackernd zu blau-weißem Leben und blinzelten dann.

»Lebendig«, brachte Wallas mit dünner, gequetschter Stimme hervor, die mindestens zwei Oktaven höher lag als normalerweise.

Andry machte sich nicht so sehr Sorgen darum, dass die Glasdrachen sie bemerken konnten, sondern dass sie genau das nicht tun würden – vor allem wenn einer von ihnen sich entschloss, etwas herumzulaufen oder einen Feuerball zu speien. Der mittlere Drache öffnete das Maul, und als er sich mit einem Grollen wie bei einem nahenden Gewitter räusperte, sickerte silbriges Licht mit einem bläulichen Schimmer zwischen den Reißzähnen hervor.

»Das war's, ich wette, er hat gestern ein Curry gegessen«, sagte Andry mit so hoher Stimme, dass ein anderer zu sprechen schien.

»Und es ist mir eine Ehre, Euch zu treffen, Lehrer«, sagte Terikel auf Diomedanisch mit einer Verbeugung vor dem mittleren Drachen. Dann verbeugte sie sich vor den anderen beiden. »Und Richter und Prüfer.«

Als der Kiefer des Drachen sich bewegte, war die Höhle erneut von einem Grollen erfüllt.

»Die beiden Männer hinter mir sind auch Sterbliche«, erklärte Terikel.

Andry wurde jetzt klar, dass der gewaltige Drache aus blauem Nichts gesprochen hatte. Er beschloss besser aufzupassen, wenn er das nächste Mal das Maul öffnete.

»Der Schlanke ist mein Musiker und Kämpfer«, sagte Terikel. »Der andere ist mein Koch. Sie haben beide gute Manieren.«

»Musiker *und* Kämpfer?«, fragte eine Stimme, als spreche ein Donnergrollen.

»Ja. Er ist ein treuer und vertrauenswürdiger Mann.«

Der Drache beugte sich langsam vor und starrte Andry und Wallas an.

»Ich bin nicht mehr unberührt!«, rief Wallas.

»Oh, aye, ich auch nicht, jedenfalls nicht mehr seit letzter Nacht«, plapperte Andry, der unbeschreiblich erleichtert war, dass dies der Wahrheit entsprach.

»Dreckiger kleiner Wicht«, schnauzte Wallas, der sich plötzlich an die Qualen der letzten Nacht erinnerte. Er vergaß den Drachen und wandte sich Andry zu. »Aber *ich* habe es schon viel öfter getan.«

»Oh, aye, und manchmal sogar in Gesellschaft«, antwortete Andry, dessen Verärgerung über Wallas plötzlich seine Furcht vor dem Drachen in den Hintergrund drängte.

»Also *das* war jetzt billig und gemein! Ich weiß zufällig, dass du es nur ein Mal gemacht hast.«

»Es waren fünf Mal und ... Oh! Ich, äh, Verzeihung, Mylady.«

Terikel hatte eine Hand vor die Augen gehoben und schüttelte den Kopf. Der Drache drehte sich von ihnen weg und sah wieder Terikel an. Er grollte ein paar kurze Worte, die Andry nicht richtig mitbekam.

»Das halte ich für unwahrscheinlich«, antwortete Terikel.

Der Drache sagte noch etwas anderes, aber so schnell, dass Andry nicht folgen konnte.

»Das ist mir nicht aufgefallen, aber ich bin auch erst drei Jahrzehnte alt.«

Das nächste Grollen hörte sich für Andry nach einer Frage an.

»Ich meine, dass Ihr die Wissenschaften des Äthers seit vielen tausend Jahren studiert und Fähigkeiten entwickelt habt, die ich mir nicht einmal vorstellen kann.«

Auch das folgende Grollen klang wie eine Frage.

»Drachen und Metrologen haben einige gemeinsame Interessen. Ich bin Terikel, die Älteste der Metrologen.«

»Es gibt keine Metrologen mehr.«

Andry entwickelte allmählich ein Gespür dafür, aus dem Grollen der riesigen Kreatur Worte herauszuhören. Wallas begnügte sich nach wie vor damit, verängstigt dreinzuschauen.

»Ein paar von uns waren nicht in Torea, als es zerstört wurde«, antwortete Terikel. »Wir bauen unseren Orden in Alberin neu auf und haben Niederlassungen in Sargol.«

»Viele von uns sind in Torea gestorben«, sagte Prüfer. »Diese Katastrophe ist von Menschen verursacht worden. Und jetzt pfuschen wieder Menschen mit Kräften herum, die sie kaum begreifen. Wenn Drachenwall ein praktikables Werkzeug wäre, um die Winde zu steuern und den Regen zu lenken, hätten Glasdrachen ihn schon vor langer Zeit errichtet.«

»Deshalb bin ich hier«, antwortete Terikel.

»Wir werden Euch keine Geheimnisse über Äthermaschinen verraten.«

»Ich will keine Geheimnisse, ich will nur etwas über Eure

Beobachtung der Winde erfahren. Ihr seid Windkreaturen, Ihr kennt sie besser, als dies ein Sterblicher jemals vermöchte. Sagt mir, verändern sich die Winde? Macht Drachenwall einen Unterschied?«

»Verlangsamt ein Mühlenrad einen reißenden Strom?«

Terikel dachte einen Moment nach.

»Das tut es, aber in einem sehr geringen Maß.«

»Auf die gleiche Weise schwächt Drachenwall die Winde ab, aber gegen die Torea-Stürme nützt er so viel wie ein Mühlrad, das eine heranrauschende Flut verlangsamen soll.«

»Aber ist den Zauberern das bewusst?«

»Nur ein Narr könnte das übersehen, aber andererseits sind sie ohnehin Narren, weil sie Drachenwall wiederaufgebaut haben.«

Terikel arbeitete in Gedanken rasch ihre Frageliste ab. »Werden die Torea-Stürme noch schlimmer?«, fragte sie.

»Sie haben gerade ihren Höhepunkt überschritten«, antwortete Lehrer. »In fünf Jahren wird das Klima wieder so sein wie vor der Vernichtung Toreas.«

»Könnt Ihr mir Messwerte mitgeben?«, fragte Terikel sofort.

»Drachen nehmen keine Messungen vor. Wir kennen die Stärke der Winde, auf denen wir fliegen. Wir sehen die Wolken von weit oben und spüren sowohl die Hitze als auch deren Abwesenheit viel genauer als ihr Sterblichen. Wir erinnern uns an alles und können Tendenzen erkennen, die in die Zukunft reichen. Die Stürme werden tatsächlich schwächer, Älteste Terikel, aber das war schon vor der Errichtung Drachenwalls der Fall. Der Anteil der Maschine daran beträgt weniger als ein Teil von fünfzig.«

»Einer von fünfzig? Das ist nicht der Mühe wert.«

»Korrekt.«

»Also ist Drachenwall unnütz.« Es war eher eine Feststellung als eine Frage.

»Drachenwall ist sehr nützlich, aber nicht bei der Beherrschung von Stürmen.«

»Also ist er eine Waffe?«, fragte Terikel, und sprach damit den nächsten Punkt auf ihrer Liste an.

»Sterbliche, Ihr *wisst*, dass er eine Waffe ist. Drachenwall wurde für einen Schlag gegen Euch benutzt, als Ihr hierhergereist seid. Warum seid Ihr zu uns gekommen?«

»Um Drachenwall als Waffe zu enttarnen. Um zu fragen, wie man ihn für immer zerstören kann.«

»Alle Teilnehmer wissen bereits, dass er eine Waffe ist. Jeden Tag zapfen ihn neue geneigte Ringsteine an. Die Leute fürchten sich davor, nicht dazuzugehören. Es gibt auch eine Verschwörung, ihn als Waffe zu gebrauchen.«

»Es gibt Dutzende solcher Verschwörungen, bald werden es Hunderte sein.«

»Hunderte?«, fragte Prüfer. »Könnt Ihr eine nennen?«

»Der Hohe Zirkel der Scalticarischen Initiaten möchte mit ihm die Tempel der Skeptiker, des Unabhängigen Ordens der Dissidenten und der Magischen Volksfront vernichten, aber auch den eigenen Verbündeten, die Sargolanische Initiaten-Herrschaft, schwächen. Die Sargolanische Initiaten-Herrschaft will damit die Führungsriege des Hohen Zirkels vernichten und danach die führerlosen regionalen Tempel übernehmen, um die Kontrolle über alle Initiaten eines ganz neuen Kontinents zu übernehmen. Die …«

»Das reicht, danke«, sagte Prüfer.

»Ich kenne weitere fünfunddreißig«, seufzte Terikel. »Manchmal frage ich mich, ob es irgendwo Leute gibt, die keine intriganten, mordenden Schweinehunde sind.«

»Doch, aber das sind nicht die Leute, die Äthermaschinen bauen, welche ein komplettes Königreich in Schutt und Asche legen können«, stellte Prüfer fest.

»Prüfer«, begann Terikel, dann schüttelte sie den Kopf und starrte auf den Höhlenboden.

»Ausgezeichnet, Ihr scheint zu einer sehr wichtigen Schlussfolgerung gelangt zu sein.«

»Ja, danke, ich glaube, das stimmt«, sagte Terikel.

»Jetzt zur Vernichtung von Drachenwall. Dafür sollten wir unsere sensiblere Gestalt annehmen. Bitte habt etwas Geduld mit uns.«

Prüfer legte sich langsam flach auf den Höhlenboden. Zuerst schrumpften und verblassten die Flügel, dann wurde der Rest des Körpers trübe und erlosch förmlich. Die tonnenförmige Brust fiel in einem Funkenwirbel in sich zusammen und wurde in eine dunkle, dichte Form in ihrem Kern gesogen. Dann stand plötzlich eine ordentliche ältere Dame vor ihnen, die ihre Gewänder glatt strich. Sie verbeugte sich vor ihren Gästen und lächelte breit. Andry hatte den Eindruck, dass sie versuchte, beruhigend zu wirken, aber er konnte Licht aus ihrem Mund scheinen sehen, und ihre Augen glühten ebenfalls. Mittlerweile hatten die anderen beiden Drachen sich ebenfalls hingelegt und machten eine ähnliche Verwandlung durch.

»Richter und Lehrer werden bald bei uns sein«, erklärte Prüfer, nahm Terikel am Arm und zeigte auf eine nahe Wand, in deren Mauerwerk eine Tür erschien, als sie sich näherten.

Andry und Wallas folgten ihr in einen kleinen, gemütlichen Raum, eingerichtet mit bequem aussehenden Armsesseln rund um einen niedrigen Tisch. Die kleine Frau nahm einen Kessel und hauchte sanft an eine Seite. Das Wasser darin fing an zu brodeln.

»Trinken alle Tee?«, fragte Prüfer.

Richter und Lehrer trafen ein, als Prüfer gerade den Tee einschenkte, aber Richter sah, dass sie kein Gebäck anbieten konnten, und eilte wieder nach draußen. Prüfer ging zu Wallas und Andry.

»Ganz ansehnlich, Ihr habt hundertsiebenunddreißig Frauen beigewohnt«, sagte sie mit einem Unterton, bei dem es sich um subtilen Sarkasmus handeln mochte, der aber als milde Belustigung herüberkam.

»Dreckiges Mistschwein!«, rief Andry.

»Musikant, Ihr wart bis gestern Nacht unberührt.«

»Unberührt!«, johlte Wallas. »Prinzessin Senterri hat mir erzählt, dass du nicht mal Manns genug warst, meine Frau zu pimpern.«

»Hundertsiebenunddreißig!«, schnauzte Andry zurück. »Warum so viele? Wollte keine von ihnen mehr als ein Mal mit dir ins Bett steigen?«

»Meine Herren, meine Herren«, begann Prüfer

»Wenn eine Frau einmal mit mir zusammen war, würdest du es nicht mehr wagen, sie einen Vergleich anstellen zu lassen«, schnaubte Wallas.

»Wenn eine Frau einmal mit dir zusammen war, will sie monatelang nichts mehr mit Männern zu tun haben!«, brüllte Andry zurück.

»Meine Herren, bitte!«, rief Prüfer und stampfte mit dem Fuß auf. »Also, Andry, Ihr habt den Akt in der letzten Nacht zum ersten Mal vollzogen?«

»Äh, das stimmt«, murmelte Andry.

»Schade. Warum habt Ihr Euch entschlossen, es zu … zu tun?«

»Weil Terikel gesagt hat, Ihr würdet mich fressen, wenn ich … unberührt wäre.«

»›Fressen‹ ist so ein großes Wort«, sagte Prüfer. »›Auskosten‹ wäre treffender.«

»Was? Auskosten wie in etwas, das man tut, bevor man etwas isst?«

»O nein. Vor viertausend Jahren hätte ich Euch vielleicht gemocht, aber jetzt nicht mehr. Die Ablenkungen des Fleisches und so.«

»Einen Keks, Musikant?«, fragte Richter, der mit einem Tablett neben Andry auftauchte.

»Ich danke Euch«, sagte Andry und nahm einen.

»Also, meine Sinne sagen mir, dass Ihr Euch letzte Nacht mit der Ältesten sehr gut bekannt gemacht habt«, sagte Richter freundlich.

»Woher wisst Ihr das, mein Herr – äh, Drache Richter? Bei Menschen, meine ich?«

»Nach so kurzer Zeit reicht der Geruch. Nach ein paar Tagen gibt es andere Unterschiede. Menschen ist das schwer zu erklären, aber jeder Drache kann … den Unterschied auskosten.«

»Seid Ihr enttäuscht?«

»Ich? Warum?«

»Weil mein Geschmack verdorben ist und ich kein Leckerbissen mehr bin?«

»Wofür haltet Ihr mich?«, erkundigte sich Richter, dessen Atem plötzlich so heiß war, dass er Andrys Jacke versengte. »Euch fressen? Einen *Mann*?«

»Ich … was? Ich meine, wie meint Ihr das?«, stammelte Andry.

»Die einzige Gefahr für Euch hätte von Prüfer ausgehen können, aber ihre Geschmacksnerven sind nicht mehr das, was sie einmal waren.«

»Oh. Verzeihung. Nichts für ungut, mein Herr.«

»Einen Mann fressen, allein die Vorstellung!«, sagte Richter und wandte sich kopfschüttelnd ab.

Auf der anderen Seite des Raums unterhielt Terikel sich mit Lehrer. Er hatte die Gestalt eines hochgewachsenen dünnen Mannes mit einem beständigen Grinsen im Gesicht.

»Älteste, ich fühle, dass Ihr beunruhigt seid. Können wir Euch irgendwie helfen?«

»Drachen erwarten eine Bezahlung. Ich habe nichts anzubieten.«

»O nein, Ihr habt sehr viel anzubieten, aber Ihr wisst nicht zu schätzen, was. Drachen eignen sich an, Sterbliche machen. *Ihr* könnt nicht erkennen, was Ihr uns anzubieten habt, weil Ihr es nicht zu schätzen wisst. Wir sehen in Euch das, was Ihr tatsächlich seid, und das ist von unschätzbarem Wert.«

»Ich verstehe Euch nicht.«

»Natürlich nicht. Der Musikant schätzt Euch für Eure Liebenswürdigkeit in der letzten Nacht, und er weiß, dass Ihr eine bedeutende Persönlichkeit seid und viel studiert habt. Aber er versteht nicht, was Ihr als Priesterin, Gelehrte oder Zauberin tatsächlich *seid.*«

»Um einen Gelehrten zu verstehen, muss man selbst ein Gelehrter *sein.*«

»Genau, Älteste. Und in derselben Weise können nur Drachen sehen, was *Ihr* seid.«

»Ich … mir gefällt die Bedeutung hinter dieser Bemerkung nicht«, sagte Terikel.

»Aber es bleibt dabei. Nun denn, wollt Ihr dabei helfen, Drachenwall zu zerstören?«

»Es gibt nichts, was ich lieber täte.«

»Dann werde ich einen ganz besonderen Zauber vorbereiten.«

»Was?«, rief Terikel, die beinah ungläubig gelacht hätte. »Einfach so?«

»Nein, überhaupt nicht. Ich werde sehr geschwächt sein, und Ihr werdet wahrscheinlich sterben. Eure Leiden werden Eure schlimmsten Albträume übertreffen, und solltet Ihr überleben, werdet Ihr für immer verändert sein.«

Terikel dachte schweigend darüber nach. Es schien keine angemessene Antwort zu geben, aber sie nickte, um anzuzeigen, dass sie sich allem stellen würde, was auf sie zukam.

»Gibt es sonst noch etwas, wobei ich Euch helfen könnte?«, fragte Lehrer.

»Könnt Ihr das Herz eines Mannes heilen?«, sagte Terikel traurig. »Könnt Ihr die Vergangenheit ändern?«

»Weder noch, Älteste.«

»Könnt Ihr dann ein sehr krankes Mädchen heilen?«

»Wie krank?«

»Sie ist vor ein paar Monaten gestorben. Sie konnte sich nur noch vom Blut und den ätherischen Lebenskräften von Sterblichen nähren. Ihr eigenes Blut war kalt, und ihre Herzen schlugen nicht mehr. Jetzt ist sie sogar noch toter, mehr oder weniger.«

»Das hört sich für mich ziemlich normal an. Es ist fünftausend Jahre her, dass meine Herzen das letzte Mal geschlagen haben.«

»Aber sie möchte nicht so sein, sie wäre lieber wieder lebendig«, flehte Terikel. »Sie hungert lieber, als zu töten, und ist dadurch sehr schwach geworden.«

»Hört sie auf den Weltnamen Velander?«

»Das ist sie. Sie ist meine engste Freundin und Andrys Liebste.«

»Liebste? Er muss sehr tolerant sein. Oh! Aber Ihr und der Musikant … Sie muss auch sehr tolerant sein.«

»Werdet Ihr nach ihr sehen? Vielleicht könnt Ihr Velander helfen.«

»Ich habe das Mädchen schon gesehen. Ihr Himmelsname ist Vollstrecker.«

Plötzlich verlor Terikel die Fassung und warf die Teetasse auf den Boden.

»Wollt Ihr mir wohl *zuhören*, Ihr alberner alter Mann? Jemand braucht Hilfe, und Ihr treibt dumme Wortspiele!«

Lehrer schnippte mit den Fingern, und Andry und Wallas hörten auf zu existieren.

Andry schaute sich um und erkannte das Ufer, den Fluss und die allgemeine Düsternis des Grenzlandes zwischen Leben und Tod wieder. Das schimmernde weiße Boot ähnelte in seiner Form den kleinsten Flussfähren von Alberin, und als es langsam näher kam, konnte er auch erkennen, dass das Fährmädchen ein anderes war. Das bedeutete aber nicht, dass er es nicht kannte.

»Madame Jilli?«, rief Andry, während er auf das rote Kleid starrte und vor allem auch auf das, was es unbedeckt ließ.

»Andry, was macht Ihr hier?«, rief Madame Jilli über das dunkle Wasser, während sie ihn erstaunt anstarrte. »Ihr steht weder in den Lebensläufen noch im Register!«

»Ich glaube, ich lebe noch.«

»Warum seid Ihr dann hier?«

»Kann ich nicht sagen. Ich habe mit einem Glasdrachen namens Prüfer gesprochen, und dann war ich plötzlich hier. Aber, Madame Jilli, Ihr lebt ja noch.«

»Nein, eigentlich nicht. Aber ich bin ein Fährmädchen.«

»Ihr seht wunderschön aus.«

»Danke sehr, ich habe das Kleid selbst entworfen. Es lenkt die Kunden irgendwie ab. Sterben ist nie angenehm. Ich habe Porter und Hartman herübergefahren, sie haben gesagt, ich soll Euch von ihnen grüßen, wenn ich Euch das nächste Mal sehe.«

»Oh, danke. Wie ging es Ihnen?«

»Na ja, sie waren tot, wie man sich denken kann. Aber es ist wirklich schön, jemand Lebendigen wie Euch zu sehen.«

Das Boot lief auf den schwarzen Kieseln des Flussufers auf Grund, und Andry nahm Madame Jillis Stake und half ihr von der Fähre. Sie umarmten sich, und Andry hatte das Gefühl, eine lebendige, warmblütige Frau in den Armen zu halten. Er vermutete, dass sein Gehirn ihm nur das vorgaukelte, was zu empfinden er erwartete.

»Ihr seid ein unanständiger kleiner Junge«, lachte Madame Jilli und nahm ihm die Stake wieder ab. »Ihr könntet Euch mich nicht so vorstellen, wenn Ihr im richtigen Leben nicht inzwischen etwas direktere Erfahrungen mit Mädchen gemacht hättet.«

»Aye, das stimmt«, gestand Andry.

Madame Jilli nahm die Stake und schlenderte zu einer Gruppe von Schatten, die am Flussufer standen oder saßen.

»Es dauert nicht lange. Ein alter und sehr teurer Freund hat vorbeigeschaut«, sagte sie auf eine Art, die auf eine einstudierte Weise charmant war. Andry bemerkte, dass sie die Stake jetzt wie einen Kampfstab hielt. Dann rammte sie ohne jede Vorwarnung die Stake einer Seele in den Schritt, die von wesentlich massigerer Gestalt war als die anderen.

»Schweinehund, Ihr sollt dafür bezahlen, dass Ihr Euch mit Lügen und höfischem Geplapper in mein Bett geschlichen habt, obwohl ich Andry als letzten Geliebten hätte haben können!«, rief sie, während sie den sich krümmenden Wallas ins dunkle Wasser jagte.

Ein riesiger Kopf mit leuchtenden Schlitzaugen tauchte vor ihm auf und grollte: »Ins Jenseits schwimmen ist nicht erlaubt.« Wallas hielt still, schaute von dem Ungeheuer zu Madame Jilli und versuchte zu entscheiden, wer furchterregender war.

»Wenn er versucht, an Land zu waten, Chavarleon, friss ihn!«, rief Madame Jilli vom Ufer, die Beine zu sicherem Stand gespreizt, während sie die Stake immer noch auf eine äußerst geschäftsmäßige Art in den Händen hielt.

Mehrere der toten Seelen fingen an zu applaudieren. Madame Jilli verbeugte sich und warf ihnen eine Kusshand zu, bevor sie zu Andry zurückkehrte.

»Du meine Güte, jetzt fühle ich mich aber besser«, verkündete sie, während sie sich bei Andry einhakte und ihn vom Fluss weg auf das Ufer führte, wo noch mehr Seelen saßen und mit der Geduld der Toten warteten.

»Äh, seid Ihr sicher, dass Ihr die Seelen schlagen dürft?«, fragte Andry.

»Das gehört zu meinem Stil. Solange seine Lordschaft Wandel sich nicht beschwert, mache ich, mit denen, die ich nicht leiden kann, was ich will. Er ist so nett, Ihr würdet ihn mögen. Außerdem ist Wallas noch nicht tot ... aber genug von Wallas. Ich habe von Hartman gehört, dass Euer Mädchen jetzt Velander ist.«

»Aye«, bestätigte Andry vorsichtig, »aber sie ist sehr krank, das heißt tot – eigentlich toter als sonst. Ihr werdet sie bald als Kundin bekommen.«

»Sie steht nicht in meinen Lebensläufen und auch nicht im Register. Seid nicht so mutlos.«

»Madame Jilli, ich weiß, dass ich sie verloren habe, dabei

wollte ich so viel mit ihr machen. Die Musiktavernen in Alberin besuchen, die Tanzfeste in den Straßen der Hafengegend und in Barkenwerft. Ich wollte meine Melodien spielen, während sie tanzte, ich wollte ihr beibringen, Leier zu spielen, dann hätten wir zusammen Musik machen können. Und – und nachdem ich eine Nacht mit Terikel verbracht habe …«

»Terikel! Nein, erzählt es mir nicht, sprecht einfach weiter.«

»Ich, ich wollte ihr zeigen, wie es ist, in den Armen eines anderen aufzuwachen nach einer Nacht, in der man sich so nah war, dass … Ach, Madame Jilli, ich bin kein gebildeter Mann, ich kenne die schönen Worte nicht, mit denen man das alles beschreiben kann. Ich möchte einfach nur, das Vel glücklich ist, mehr nicht.«

Nach diesen Worten holte Andry die Fiedel aus seinem Rucksack und spielte eine Reihe von Reels. Mehrere Seelen, die am Flussufer standen, tanzten miteinander, und andere klatschten. Andry hatte das Gefühl, sehr lange zu spielen. Er hörte auf, als Madame Jilli ihm eine Hand auf den Arm legte.

»Andry, hier ist eine Aufgabe für Euch«, sagte sie. »Kehrt nach Alberin zurück und wartet dort auf Velander.«

»Aber sie ist in Alpenfest und tot. Ich meine, reglos-tot im Gegensatz zu auf-den-Beinen-tot.«

»Oh, sie kann reisen, Andry. Ich habe es aus zuverlässiger Quelle von einigen Leuten, die es eigentlich wissen müssten.«

»Aber warum Alberin?«

»Weil es Euer Zuhause ist und Velander kein Zuhause hat.«

Andry und Wallas verschwanden wieder. Madame Jilli beobachte, wie das riesige schwarze Ding wieder im Wasser untertauchte, dann beugte sie sich zur Seite und legte der Seele neben ihr eine Hand auf die Schulter.

»Velander, Ihr habt alles gehört«, sagte sie leise. »Er liebt Euch, er will Euch, er hat Pläne für ein wunderbares Leben mit Euch, und er weiß jetzt sogar, was man nach einem angenehmen Abend in den Tavernen noch machen kann.«

»So müde«, sagte die Seele. »Immer so müde.«

»Ihr seid im Grenzland meines kleinen Gefildes, aber Ihr seid noch nicht bereit hinüberzuwechseln. Habt Ihr einen Grund zurückzugehen oder wollt Ihr Euch für eine möglicherweise sehr lange Zeit hier aufhalten?«

»So müde, hier ausruhen.«

»Ihr könntet lebendig sein, mit Andry. Ist das nicht etwas Mühe wert?«

»Andry … ihn enttäuscht habe, ich.«

»Nein. *Ich* habe ihn enttäuscht. *Ihr* habt immer noch eine Möglichkeit.«

Madame Jilli richtete sich auf und ging zu ihrer Fähre zurück, wo sie einen Namen rief und dann einer Seele an Bord half. Sie stieß mit einem Blick auf das Ufer ab und sah, dass der Platz, an dem Velander gesessen hatte, verlassen war.

Terikel starrte auf die Stelle, wo Andry und Wallas eben noch gestanden hatten.

»Ich bin weder albern noch ein Mann«, erklärte Lehrer gerade. »Außerdem spiele ich nicht mit Worten. Eure Freundin Vollstrecker verwandelt sich gerade. Ihr könnt nicht erkennen, dass zwar ein Teil von ihr gerade schwächer, ein anderer dafür aber gleichzeitig beängstigend stark wird. Wenn sie sich dazu entschließt, wieder zu leben … jeder vernünftige Drache würde ihren Körper zu Asche verwandeln, solange sie noch hilflos ist. Jedenfalls ängstigt sie *mich*, doch ich bin nicht vernünftig.«

Terikel war plötzlich schwer erschüttert und verwirrt. Lehrer kannte Velander nicht nur, sondern hatte auch noch Angst vor ihr. Lehrer, ein Glasdrache.

»Wenn Ihr nicht vernünftig seid, was seid Ihr dann?«, fragte Terikel.

»Ich bin romantisch. Romantische Leute töten ihre Rivalen in Duellen um Geliebte. Vernünftige Leute würden Millionen töten, weil sie ihr Messer beim Esen in der rechten Hand anstatt in der linken halten. Wenn Ihr mich fragt, sind die Romantischen das kleinere von zwei Übeln. Andererseits bin ich ein romantischer Drache, und das ist nicht dasselbe wie eine romantische Person ... aber ihr müsstet ein Drache sein, um das zu verstehen. Ich hatte gehofft, Vollstrecker würde einfach dahinschwinden, aber jetzt bin ich nicht mehr so sicher. Vernünftige Drachen ärgern mich fast so sehr wie vernünftige Leute. Vollstrecker hat einen sehr vernünftigen Drachen getötet, daher mag ich sie eigentlich.«

»Lehrer, Ihr habt mich vollkommen verwirrt«, gab Terikel zu.

»Ihr wollt Vollstrecker retten. Ich werde sie retten, wenn sie gerettet werden will. Sie wird gekochte Rüben, gebackenen Fisch und gegrillte Ratten am Stock essen können und auch alles andere, was Ihr Sterblichen esst. Falls und wenn der Musikant sie in die Arme nimmt, wird Vollstrecker warm sein – ich meine, vorausgesetzt, Ihr seid bereit wegzuschauen. Die Moral hat sich in den letzten fünftausend Jahren doch sehr verändert. Ich musste Olgez V'lrau zwei Jahre lang den Hof machen, bevor sie mich geheiratet hat, in jenen Zeiten ist alles noch sehr korrekt zugegangen.«

Terikel brauchte einen Augenblick, um zu verstehen, was sie soeben vernommen hatte.

»Lehrer, das ist wunderbar«, rief sie beinahe ungläubig. »Was kann ich Euch als Gegenleistung anbieten?«

»Zerstört Drachenwall.«

Wieder brauchte Terikel einen Moment, um das Gehörte zu verstehen.

»Drachenwall zerstören?«, keuchte sie. »Ja! Ja, ja, ja! Deswegen bin ich ja überhaupt hier! Wenn ich wüsste, wie ich das erreichen kann, glaubt Ihr wirklich ... Aber egal, dann sagt mir, wie. Ihr scheint der Ansicht zu sein, dass ich es schaffen kann, also bin ich offen für Eure Vorschläge.«

»Fliegt nach Osten, bis Ihr nicht mehr weiter könnt.«

»Fliegen? Aber …«

»Unterbrecht mich nicht. Am Äquator findet Ihr den Ringstein Kontra. Bringt das hier mit dem zentralen Megalithen in Kontakt.«

Lehrer hielt eine Faust in die Höhe und öffnete dann langsam die Finger. Auf seiner Handfläche lag eine schwarze Kugel mit wallender und schlecht definierter Oberfläche von der Größe eines Apfels.

»Also, jetzt bleibt ruhig, Älteste, ich habe nicht die Absicht, einen unzüchtigen Annäherungsversuch zu machen.«

Lehrer drückte Terikel die Kugel knapp über dem Busen in die Brust. Dabei rauchte der Stoff ihrer Jacke, und verkohlte Stückchen fielen auf den Boden. Ein paar Augenblicke waren ihre Muskeln wie gelähmt, sie konnte nicht atmen und fühlte sich, als sei ein großer Beutel mit Nadeln in ihrer Brust explodiert. Dann war sie plötzlich wieder frei. Sie atmete tief ein, während sie sich die Hand auf die Brust legte. Unter dem verbrannten Stoff war die Haut unverletzt.

»Du meine Güte«, sagte Lehrer mit einem Blick auf seine Hand. »Das letzte Mal, als ich ein Frau dort berührt habe … war Palion noch ein Fischerdorf von dreißig Seelen, die sechs Schweine, elf Schafe und eine Kuh nicht mitgezählt. Da habe ich für meine Mühe eine Ohrfeige bekommen.«

»Dieses Ding!«, flüsterte sie. »Was habt Ihr mit mir gemacht?«

»Es war etwas, das ich erübrigen kann, aber ich habe tausend Jahre gebraucht, um es zu sammeln. Hört mir genau zu, ich verrate Euch jetzt die nötigen Zauberworte, um in Zeiten der Not darauf zurückgreifen und es am Ende Eurer Reise anwenden zu können.«

Terikel hörte zu und wiederholte die Zauberworte mehrfach, bis Lehrer der Ansicht war, dass sie die Worte im Kopf hatte.

»Bald müsst Ihr gehen«, schloss er, »hauptsächlich, weil

auch wir gehen müssen. Es macht keinen Sinn, in einer Drachenhöhle zu sein, wenn man nicht mit einem Drachen reden kann, oder? Eine Sache noch.«

»Ja?«

»Euer Himmelsname ist Federschwinge.«

Lehrer beschrieb eine komplexe, flüssige Geste, und Wallas und Andry tauchten wieder auf. Beide wirkten bestürzt, Wallas aber wesentlich mehr als Andry. Prüfer kam zu ihnen und wischte sich dabei Krümel vom Kragen ihres Mantels.

»Andry, Ihr habt für uns sehr schön auf Eurer Fiedel gespielt«, verkündete sie. »Richter und ich haben beschlossen, Euch einen Wunsch zu erfüllen. Wünscht Euch etwas, und wir werden dann versuchen, Euren Wunsch zu erfüllen.«

»Dann wünsche ich mir, dass Ihr Velander heilt und sie wieder zum Leben erweckt, Mylady«, sagte Andry sofort.

»Ich habe eine Botschaft erhalten, fragt nicht nach der Art der Botschaft. Velander hat vor einigen Minuten ihre Krise überwunden und erholt sich bereits. Dieser Wunsch ergibt also keinen Sinn.«

»Ihr meint, sie wird leben?«, rief Andry.

»Vorausgesetzt Ihr kehrt nach Alberin zurück, ja.«

»Aber woher wollt Ihr das wissen? Sie ist doch noch in Alpenfest ... Alberin! Woher wisst Ihr das? War dieser Traum ... wirklich ein Traum?«

»Wenn es der war, den ich hatte, würde ich ihn eher als Albtraum bezeichnen«, warf Wallas ein.

»Velander wird schwächer, weil sie stärker wird«, erklärte Prüfer.

»Das verstehe ich nicht, Drache Prüfer.«

»Andry, versucht es gar nicht erst. Was wünscht Ihr Euch sonst noch?«

»Was noch? Ach, könnt Ihr die Älteste Terikel von ihrem Betrugsdämon befreien?«

Terikel wurde dunkelrot und unterdrückte einen Protestschrei. Selbst Wallas wirkte verlegen.

»Ooooh, das kann ich nicht«, sagte Richter.

»Ist bereits erledigt«, fügte Lehrer hinzu.

»Was?«, rief Terikel.

»Aber sie weiß es noch nicht«, schloss Prüfer. »Wie wäre es mit einem neuen Versuch, junger Mann? Ich mag Euch wirklich, wisst Ihr? Zwei Wünsche und beide für andere Leute. Wir könnten Euch das Versteck eines alten Goldschatzes verraten, Euren ätherischen Initiationsgrad innerhalb einiger Wochen auf zehn oder elf steigern oder viele andere tolle Dinge für Euch tun.« Prüfer hakte sich mit ihrem mageren Arm bei Andry ein und lächelte ihn mit leuchtenden Augen an. »Los, versucht es noch einmal.«

Andry dachte angestrengt nach. Wallas nahm einen Keks aus der Tasche und biss hinein.

»Bereits erledigt?«, murmelte Terikel leise und kratzte sich am Kopf.

»Könntet Ihr Wallas von *seinem* Dämon befreien?«, fragte Andry.

Wallas ließ den Rest des Kekses fallen. Terikel lächelte verschmitzt.

»Er hat mehrere«, sagte Prüfer. »Welcher schwebt Euch vor?«

»Was bei allen Kreisen der Hölle glaubst du damit zu bezwecken, Andry?«, erkundigte sich Wallas ängstlich.

»Oh … der schlimmste«, antwortete Andry.

»Andry, mein Freund, ich bin meinen Dämonen sehr verbunden«, plapperte Wallas. »Sie sind eine Quelle großen Behagens für mich.«

»Seine furchtbaren Balladen?«, fragte Prüfer.

»Ihr habt sie gehört?«, keuchte Wallas.

»O ja, wenn ich nicht hier oben mit Drachenaufgaben beschäftigt bin, spüle ich manchmal die Krüge in verschiedenen Tavernen. Richter fegt Treppen in Alpenfest und Lehrer gärtnert hier und da etwas.«

»Das macht wunderbar ausgeglichen«, sagte Richter. »Man

fegt eine Stufe, schaut über den Himmelsspiegelsee, denkt über etwas Grundsätzliches nach und steigt dann auf die nächste Stufe, um sie zu fegen.«

Andry versuchte sich an das Gesicht des älteren Hausmeisters im Palast in Alpenfest zu erinnern, in dem sie gewohnt hatten. Wallas erinnerte sich tatsächlich an die kleine alte Dame, die in einer Taverne in Clovesser namens *Zum Drachenodem* leere Krüge eingesammelt hatte. Terikel massierte sich wieder die Schläfen.

»Terikel, meine Liebe«, sagte Prüfer, »nur weil wir gebildet, tödlich, unsterblich und mächtiger sind als die ganze Sargolanische Reichsmiliz, heißt das noch lange nicht, dass wir nicht auch klein, exzentrisch und ein wenig sonderbar sein können.«

»Das gibt einem einen ausgewogeneren Zugang zum Leben im Allgemeinen«, ergänzte Richter.

»Könnt Ihr etwas gegen Wallas' Problem mit Frauen unternehmen?«, schlug Andry vor.

»Was?«, rief Wallas. »Nein! Ich mag mein Problem mit Frauen, es spendet mir viel Trost – nein! Geht weg von mir!«

Richter und Lehrer packten Wallas an den Armen und hoben seine Jacke hoch. Prüfer ging auf ihn zu und hob langsam eine knochige, verwelkte Hand. Eine schwarze Kugel von der Größe einer Erbse erschien plötzlich zwischen ihrem Daumen und Zeigefinger, und dann warf sie diese auf Wallas. Sie traf ihn im Schritt und hinterließ ein großes rauchendes Loch vorne in seiner Hose.

»Ihr habt ihn weggebrannt!«, kreischte Wallas.

»O nein, nichts so Krudes«, sagte Prüfer. »Seht genauer hin, ich glaube, es ist wirklich hübsch geworden.«

Ein kleiner und ziemlich krauser Kopf mit verdächtig aussehenden Knopfaugen hatte Wallas' Penis ersetzt. Er saß auf einem langen, schuppigen Hals und drehte sich fragend zu Wallas um. Eine gespaltene Zunge zuckte zwischen den Lippen hervor.

»Nehmt das von mir weg!«, schrie Wallas, während er vor sich selbst zurückwich, bis er gegen eine Wand stieß.

»Aber das seid *Ihr*«, sagte Prüfer.

»Ich finde, es sieht ein wenig aus wie Richter in seiner Jugend«, sagte Lehrer.

»Ich muss zugeben, ich habe mich immer für einen Beschützer der öffentlichen Moral gehalten«, sagte Richter. »Vielleicht war das die unbewusste Absicht von Prüfer.«

»Du meine Güte«, sagte Terikel, die sich vorgebeugt hatte, um Wallas' magische Prothese zu begutachten.

Der kleine Drache öffnete den Mund und zischte sie an. Terikel zuckte zurück. Als Prüfer eine Hand vor ihn hielt, spie der Drache einen Funkenschwall nach ihr. Die Funken hatten eine zornig violette Farbe.

»Wenn ich eine sterbliche Frau wäre, würden diese Funken ziemlich heftig pieksen«, sagte Prüfer. »Nun, wie sollen wir ihn nennen?«

Wallas hatte keine Vorschläge und lehnte immer noch an der Wand, wo er unverständliches Kauderwelsch vor sich hinbrabbelte.

»Etwas, das gut zu Wallas passt«, schlug Terikel vor.

»Willy!«, rief Prüfer. »Wallas und Willy. Wallas' eigener kleiner Willy. Wallas' treu ergebener Willy.«

»Willy mag niemanden außer Euch, Wallas«, erklärte Lehrer dem zutiefst bestürzten Wallas, »also solltet Ihr ihn von anderen Leuten fernhalten, sonst könnte es sehr peinliche Konsequenzen haben.«

»Ungeheuer!«, schrie Wallas. »Ihr seid absolute Ungeheuer!«

»Ja, stimmt, schließlich *sind* wir Glasdrachen«, bestätigte Prüfer.

»Wie lange wird, äh, Willy bleiben?«, fragte Andry.

»Oh, ich gebe lebenslange Garantie auf alle meine Arbeiten«, versicherte ihm Prüfer.

»Lebenslang?«, kreischte Wallas, und fiel in Ohnmacht.

»Wir haben eine Warnung für Euch, wenn Ihr vom Berg heruntersteigt«, sagte Lehrer. »Vierzehn alpennische Bogenschützen verbergen sich in Schussweite Eurer Pferde. Sie haben wahrscheinlich den Auftrag, Euch zu töten.«

»Uns?«, rief Andry. »Aber ich dachte, die Prinzessin und der Kastellan hätten sich, äh, vertragen.«

»Das schon, aber Terikel hat geschworen, Drachenwall zu zerstören.«

»Warum sollte das den Kastellan interessieren?«

»Die ganze alpennische Region ist von Drachenwall zweigeteilt worden. Auf der westlichen Seite gab es einen Aufstand, und die sargolanischen Statthalter und Milizen wurden gestürzt. Jetzt werden auf der Westseite fleißig Burgen, Mauern und Armeen aufgestellt. Wenn Drachenwall irgendwann abgeschaltet wird, werden sie die östliche alpennische Region des Kapfanggebirges stürmen. Noch schlimmer ist, dass Wilbar den alpennischen Zauberern bereits beibringt, wie man geneigte Ringsteine baut. Das ist eine wirkliche Katastrophe.«

»Aber was ist mit dem Kastellan?«, fragte Andry. »Er, äh, liebt doch Prinzessin Senterri, oder?«

»Umso schlimmer. Was ein Aufstand war, wird jetzt zu einem Krieg um die Erbfolge. Der Kastellan wird anführen, dass er mit der Erbin des sargolanischen Throns verheiratet ist. Senterris vier Brüder stellen gerade Armeen auf, um mit den anderen um den Thron zu kämpfen. Der Kastellan braucht nur zu warten, bis sie alle durch die Kämpfe erschöpft und verbraucht sind, dann seine eigene Armee aussenden und im Namen von Senterri den Thron beanspruchen. Ihr erster Sohn wird dann der nächste Kaiser. Wenn Terikel Drachenwall zu schnell zerstört, bleibt die geheime alpennische Armee nicht mehr geheim. Genauer gesagt wird sie nicht ausreichend ausgebildet, ausgerüstet und groß genug sein, um es mit den Armeen der Prinzen aufnehmen zu können.«

»Und die Prinzen hätten sich nicht lange genug gegenseitig bekämpft«, fügte Prüfer hinzu.

»Auch das. Nun denn, jetzt müssen wir uns aber wieder in Drachen verwandeln und uns um Drachenangelegenheiten kümmern, also lebt wohl und möge Fortuna Euch hold sein.«

Die drei Sterblichen schlüpften wieder hinaus in den Nebel und machten sich größtenteils schweigend an den Abstieg, wobei Andry sich den immer noch ohnmächtigen Wallas über die Schultern geworfen hatte. Die Sonne stand jetzt unterhalb der höchsten Gipfel und würde in weniger als einer Stunde untergehen.

»Also, was waren sie nun wirklich?«, fragte Andry Terikel, während sie sich langsam den Weg entlang nach unten tasteten. »Wie können Echsen reden – und wie Menschen aussehen?«

»Drachen sind keine Echsen, sie sind wie wir«, sagte Terikel.

»Äh, wie bitte, Mylady?«, fragte Andry.

»Es gibt einen Zauber, den nur Initiaten vom Grad elf versuchen und nur wenige tatsächlich meistern können«, sagte sie, während sie innehielt, um zu prüfen, ob Wallas immer noch bewusstlos war. »Er wird Luftwandeln genannt. Man muss sich ein paar Flügel vorstellen, während man einen Zauber spricht, um diese Flügel wirklich zu erschaffen. Ein Initiat, der diesen Zauber beherrscht, kann die Flügel zum Fliegen benutzen. Ich habe es ein Mal gemacht. In Alberin ist die Gelehrte Wensomer für diesen Zauber berühmt. Einmal hat sie ihn während eines Besuchs des Königspalastes in Palion gewirkt. Sie hat riesige, beinahe unsichtbare Schwingen gezaubert, mit einer Spannweite von zweihundert Fuß. Der Kaiser durfte auf ihrem Rücken reiten, während sie den Palast umkreiste. Die Kaiserin war nicht begeistert, aber was konnte sie schon machen?«

Wallas ächzte. Terikel zog die Axt aus ihrem Gürtel und schlug ihm mit dem Schaft auf den Kopf.

»Was wollte ich gerade sagen? Ach ja, Luftwandeln ist der erste Schritt auf dem langen Weg, ein Drache zu werden.«

»Ein Drache zu werden?«, fragte Andry. »Eine *Person* wird zu einem *Drachen*?«

»Zu einem Glasdrachen, um genau zu sein, nicht zu einem gewöhnlichen Drachen, der nichts weiter als eine Echse ist, die ein paar Feuerzauber beherrscht.«

»Also waren die Drachen, welche die *Sturmvogel* versenkt haben, ganz gewöhnliche Drachen?«

»Richtig. Glasdrachen sind Zauberer und Zauberinnen, die das Luftwandeln viel zu gut gemeistert haben. Im Laufe der Jahre haben sie gelernt, sich in immer mehr Zauber zu hüllen, um ihren Körper in eine bessere Flugform zu bringen. Sie verbrachten ganze Tage mit Zaubern und Fliegen. Auf diese Art verstreichen Jahre, und schließlich verlassen sie ihre Zauber gar nicht mehr. Manche sagen, sie hätten durch das Fliegen wahre Erleuchtung und Abgeklärtheit erfahren und wollten niemals wieder so sein wie wir. Sie werden besessen vom Sammeln ätherischer Energie und Lebenskraft, und sie verehren die Herrschaft über diese Energien. Ihre physikalischen Körper stehen still in der Zeit und altern nicht mehr, da sie in ätherische Strukturen eingehüllt sind. Daher können sie Jahrhunderte und noch länger leben. Das Verhalten ändert sich, wenn man ein Drache ist. Man ist nicht mehr man selbst. Ändere das Verhalten, dann ändern sich auch die Menschen. Sie behalten zwar Sprache und Vernunft, aber ihr Verhalten könnte man als eingebildet und sehr kalt beschreiben.«

»Also waren diese Wesen in der Höhle Menschen?«, fragte Andry.

»Ja.«

»Aber sie waren fünfzig Fuß groß!«, wandte er ein. »Oder noch größer. Dann wurden sie, na ja, so wie wir.«

»Die kleinen Körper, die du gesehen hast, waren ihre richtigen Körper. Vielleicht ist ›richtig‹ kein gutes Wort, aber du verstehst schon. Lehrer, Richter und Prüfer sind die ältesten Glasdrachen, sie sind über fünftausend Jahre alt.«

»Sie machten den Eindruck, als wären sie völlig übergeschnappt«, sagte Andry.

»Diese drei sind so weise und mächtig, dass sie freiwillig Zeit als normale Menschen verbringen, um sich ein besseres Bild von der Welt machen zu können.«

»Also wurden sie Glasdrachen, um sich über das Menschsein zu erheben, und jetzt stehen sie so hoch über den Menschen, dass sie Zeit als Menschen verbringen.«

»Andry, ich glaube, du bagatellisierst ihre Lage.«

Sergal war so verzweifelt, dass er, als sich der hundertste geneigte Ringstein an Drachenwall anschloss, den Windfeuer-Zauber in Betracht zog. Nicht etwa, weil die Zahl hundert etwas Besonderes an sich hatte. Es war nur eine Zahl, die einigermaßen groß war und dadurch den Ernst der Lage unterstrich. Fast dreitausend Zauberer waren jetzt in den Energien von Drachenwall eingeschlossen, und jeden Moment würde einer von ihnen entdecken, dass erstens keiner wirklich die Kontrolle und zweitens jeder Zugriff auf alles hatte. *Alles* war gleichbedeutend mit einer ständig ansteigenden Menge von Energie.

Windfeuer war Sergals einzige Hoffnung. Er wusste nur, dass es eine Möglichkeit war, Energie von Drachenwall abzuziehen. Wenn man genug Energie von Drachenwall abziehen konnte, würde er die Form verlieren, und dann würde der weltumspannende Zauber in sich zusammenfallen. *Nicht mehr viel Zeit*, erinnerte er sich immer wieder. *Kaum noch Zeit*. Sergal wirkte den Windfeuer-Zauber.

Sergals Blickpunkt befand sich zufällig am Ringstein Centras, als Windfeuer sich von Drachenwall löste. Die Zauberer von Drachenwall waren nicht die einzigen Zeugen der Geburt Windfeuers. Auf drei Kontinenten sahen Millionen den Regenbogen über Drachenwall aufleuchten und nach oben fließen. Über dem Regenbogen wurde eine schimmernde blaue Linie immer heller und flackerte bösartig.

Die schimmernde blaue Linie aus Feuer trennte sich mit einem Blitz von Drachenwall, der vierunddreißig Königreiche erhellte. Die blaue Kontur bewegte sich langsam den Sternen entgegen. Sie war zwar hell, besaß aber überhaupt keine Dichte. Die Bewohner der Wüstenstadt Zalmek sahen, dass sie von der blauen Spitze des Ringsteins Centras ausging.

Terikel und Andry saßen gemeinsam im letzten Sonnenlicht auf dem kleinen Felsvorsprung. Nachdem Andry keine Lust mehr hatte, Wallas zu tragen, goss er ihm etwas vom Inhalt eines kleinen Wasserschlauchs über den Kopf. Wieder bei vollem Bewusstsein sah Wallas sich um und kontrollierte dann sofort seine Anatomie, um sich zu vergewissern, dass seine Erinnerung nur ein böser Traum war. Nachdem er sich davon überzeugt hatte, dass sie das nicht war, fing er an zu toben, zu schimpfen und auf den Boden einzuschlagen. Andry und Terikel mussten ihn festhalten, um ihn zu fesseln und zu knebeln.

Nachdem sie Wallas überwältigt hatten, aßen sie etwas und besprachen kurz die Geschehnisse in der Höhle. Dann wurde Drachenwall zu ihrem Gesprächsthema. Die über ihnen aufragende Äthermaschine leuchtete und flackerte am Himmel, als das Tageslicht schwand.

»Dieses Ding ist eine Waffe«, sagte Terikel mit einem Blick nach oben zu Drachenwall. »Und zwar eine sehr mächtige Waffe. Sie kann Königreiche zerstören.«

»Das klingt nach Ärger«, sagte Andry, der die Bedeutung begriff, aber nicht die Einzelheiten.

»Die Winde beherrschen? Die Torea-Stürme eindämmen? Blödsinn! Drachenwalls Zweck ist um einiges bedeutender.«

»Ich bitte um Verzeihung, Mylady, aber die Torea-Stürme sind doch sehr bedeutend?«

»Genau. Dadurch habt Ihr einen Eindruck, wie immens die Bedrohung durch Drachenwall tatsächlich sein könnte. Es ist nur leider so, dass jeder Monarch, jeder Zauberer und jeder Kriegsherr auf drei Kontinenten andere Pläne mit Drachenwall verfolgt und sie alle bei seiner Kontrolle ein Mitspracherecht haben. Geneigte Ringsteine machen das möglich.«

»Also kann jeder Schurke ein Gott sein«, antwortete Andry, der sich der Sache überhaupt nicht gewachsen fühlte. »Schlechte Idee, wenn ich an einige Schurken denke, die ich kenne. Stellt Euch nur mal Wallas als Gott vor. Wer würde so etwas Dummes zulassen?«

»Menschen, die *jeden* erniedrigen wollen, Andry. Ich vermute, dass Glasdrachen die Hand … oder vielmehr die Klaue mit im Spiel haben.«

»Was können wir tun?«, fragte Andry. »Kann ich helfen?«

»Das muss ich alleine erledigen. Ich muss Dinge tun. Schwierige Dinge.«

»Was für Dinge, Mylady?«

»Dinge, die mich in große Schwierigkeiten bringen werden.«

»Noch mehr Schwierigkeiten, als Ihr jetzt schon habt, Mylady?«

»Unendlich viel mehr Schwierigkeiten, Andry«, sagte sie und zeigte nach oben auf eine dünne, strahlende blaue Linie, die langsam über den Himmel kroch und sich von Drachenwall entfernte. »Und mit jedem Zauberer von Drachenwall. Der Bewegung dieses blauen Dings vor den Sternen nach zu urteilen, umkreist es unsere Welt jeden Tag ein Mal. Wenn man bedenkt, dass es sich um einen vollständigen Kreis handeln müsste, bedeutet es, dass ein Teil dieses Dings über jede existierende Stadt, Burg, Werft, Brücke und Kaserne hinwegzieht. Und auch über jede Akademie. Wenn all das zerstört würde, was bliebe dann übrig?«

»Straßen, Bauernhöfe und keine Herren – ich bitte um Verzeihung, Mylady.«

»Andry, Andry, letzte Nacht um diese Zeit haben wir uns

geliebt und sind dann gemeinsam eingeschlafen«, sagte Terikel, die plötzlich sehr müde und bedrückt klang. »Bitte vergiss das nicht und nenn mich wenigstens Teri.«

»Verzeihung, Mylady – das heißt Teri.«

»Noch eine kleine Ergänzung zu deiner Antwort, wenn es dich nicht beleidigt.«

»Ihr könnt mich gar nicht beleidigen, Mi… Teri.«

»Keine Herren heißt keine guten wie auch keine schlechten Herren. Ein halbes Dutzend Schurken mit Waffen tun sich zusammen, plündern einen Bauernhof und brennen ihn nieder, missbrauchen die Frauen und töten die Männer. Ihr Anführer ist jetzt ein Herr. Weitere Schurken sehen, wie gut es ihnen geht, und schließen sich ihnen an. Lass einen Monat verstreichen, und du hast eine Menge niedergebrannte Bauernhöfe, einen kleinen Kriegsfürsten und fünfzig bewaffnete Schurken. Auch er ist ein Herr, Andry, und er entscheidet über Leben und Tod. Würdest du ihn vorziehen oder den Kronprinzen von Alberin?«

Andry lachte traurig und schüttelte den Kopf, während er Kieselsteine in die dunkle Tiefe warf.

»Aye, ohne Regenten gibt es keine Regeln, Ihr … Du hast recht«, gab er schließlich zu. »Drachenwall ist so, oder? Die Zauberer können tun und lassen, was sie wollen, weil sie sich an keine Regeln halten müssen. Das Problem ist nur, sie haben unendlich viel mehr Macht als ein halbes Dutzend Schurken.«

»Also stürze ich mich wohl am besten mit Gebrüll auf sie und mache kurzen Prozess, hm?«, sagte Terikel in einer ziemlich guten Parodie von Andrys Akzent.

Sie lachten beim Aufstehen beide, aber Andry konnte nicht weiterlächeln, als er nach ihrer Hand griff.

»Bevor wir gehen, muss ich dir irgendwie sagen, äh … bitte versteh mich nicht falsch …«

»Wenn du es mir nicht sagst, kann ich es auch nicht richtig verstehen.«

»Also, nun ja, Vel ist mein Mädchen, aber ich liebe dich. Und ich mache mir Sorgen um dich. Du bist wie ein Junge, der in eine Gasse voller harter Männer geht, um sie sich vorzuknöpfen und das ist großer …«

Terikels Umarmung raubte ihm für einen Moment den Atem, dann hielt sie ihn noch eine Weile länger fest an sich gedrückt.

»Ich kann es tun, weil es ein Junge einmal für mich getan hat, Andry«, flüsterte sie. »Ich fürchte, ich liebe dich so, wie ich Roval lieben wollte. Ich war niemals gut genug für ihn, aber du und ich, wir sind vom gleichen Schlag.«

Terikel durchsuchte ihren Rucksack, holte ein Buch, ein paar Schmuckstücke und Haarnadeln sowie einige ätherische Amulette heraus. Sie reichte alles Andry.

»Das Buch ist für dich, zur Erinnerung an mich. Verkauf den Rest, es stammt alles aus Torea, also ist es wertvoll.«

»*Grundlegende Zaubersprüche und Zauberformung für talentierte Anfänger*?«, las Andry.

»Ich habe es gelesen, um mein Alberinisch zu verbessern, aber es ist ein gutes Grundlagenbuch für einen so hellen Kopf wie dich«, erklärte sie. »Ich werde dich bald verlassen, Andry. Mir wird viel im Kopf herumgehen, aber ich werde viel besser kämpfen können, wenn ich weiß, dass sich jemand, äh, um ein paar von meinen Freunden kümmert. Wenn du nach Alberin kommst, kannst du dann ein Auge auf Roval haben?«

»Ich schwöre es, Teri.«

»Außerdem, sollte sich eine alberinische Dame namens Wensomer in Schwierigkeiten befinden – wieder einmal –, tu bitte für sie, was du kannst. Sie ist eine brillante Zauberin, und ihr Bauchtanz ist, nun ja, erstaunlich.«

»Aye.«

»Und schließlich, nimm bitte Laron mit nach Alberin. Wensomer und Roval sind die einzigen Freunde, die er auf der ganzen Welt noch hat.«

»Das mache ich.«

»Du weißt, was jetzt passiert, Andry?«

»Oh, aye, du bekommst auch ein Geschenk von mir, und zwar meinen ganzen Proviant«, sagte Andry und reichte ihr zwei Taschen. »Ich werde mir etwas von Wallas borgen, er hat immer reichlich.«

»Andry … das verstehe ich nicht.«

»Na, wo ich doch sehe, dass du heute Nacht sterben wirst und alles. Tote werden von ihren Feinden nicht mehr verfolgt, das weiß sogar ich. Ich werde eine große Schau veranstalten, mit viel Kummer und so. Ich erkenne die Bedeutung hinter Worten, auch hinter deinen.«

»Ich bin froh, dich nicht zum Feind zu haben, Andry, du bist immer einen Schritt voraus. Und danke für alles, da, wohin ich gehe, gibt es keinen Proviant.«

Als sie sich zum Aufbruch erhoben, zeigte Andry mit dem Daumen auf Wallas. Obwohl immer noch gefesselt und geknebelt, war er inzwischen fest eingeschlafen.

»Ich würde Wallas lieber nicht mehr viel weiter tragen«, sagte er. »Was machen wir mit ihm?«

»Ich kenne ein paar Techniken und Zauber, die Heiler anwenden. Ich kann ihn mit einem Zauber belegen, der seine Erinnerung an Willy vernebelt. Er wird normalerweise benutzt, um Mädchen zu beruhigen, die geschändet wurden, und Kinder, die schreckliche Gräueltaten gesehen haben.«

»Wie lange würde das anhalten?«

»Bis er pinkeln muss.«

Als sie den Abstieg fortsetzten, konnte Wallas wieder allein gehen, wenn er auch nicht ganz sicher war, was in der Höhle der Glasdrachen vorgefallen war. Daher kamen sie viel besser voran und erreichten am späten Abend den Ort, wo sie die Pferde zurückgelassen hatten. Andry hielt sie an, bevor sie sich an das letzte Stück des Abstiegs machten.

»Die Pferde sind immer noch da«, sagte er mit Blick auf das kleine Fleckchen Wiese.

»Ich wünschte beinah, die Glasdrachen hätten sie gefressen«, brummte Wallas. »Ich weiß nicht, was schlimmer ist, laufen und Blasen an den Füßen oder reiten und Blasen am Hintern.«

»Sie sind bewegt worden«, sagte Andry.

»Sei nicht albern, sie sind ja noch da«, antwortete Wallas.

»Die Pfähle für die Zügel sind nur zehn Fuß oder so bewegt worden, aber es reicht, damit sie immer im Licht von Drachenwall stehen.«

»Bist du sicher?«

»Ich bin Zimmermann, Wallas! Ich habe ein gutes Auge für Maße und Linien.«

»Hattest du nicht gesagt, Terikel hätte die Zügel mit Wachzaubern belegt?«, erinnerte Wallas sich plötzlich.

»Ich habe gelogen«, erwiderte Andry. »Die Drachen hatten recht. Jemand ist da unten und wartet auf uns.«

»Wartet auf uns, um uns zu töten?«, fragte Wallas verdrossen.

»Wartet, um *mich* zu töten«, stellte Terikel klar.

»Aye, das stimmt«, sagte Wallas ein wenig fröhlicher. »Also sind sie nicht speziell hinter mir her – oder Andry.«

Andry legte den Arm um Terikel und schüttelte dabei den Kopf.

»Wie die Sache sich auch verhält, Mylady, Ihr habt die letzte Nacht mit mir verbracht. Ihr seid jetzt mein Mädchen, und ich werde Euch niemals im Stich lasse. Wallas, du kannst dich verpissen, wenn du willst.«

»Die Pferde werden beobachtet, und Logiar ist zu Fuß zehn Tage entfernt«, antwortete Wallas.

»Aye, und die Beobachter sind schwere Jungs, die schmerzhafte Dinge mit uns anstellen wollen«, stellte Andry fest.

»Versteh das nicht falsch, aber sie wollen eigentlich nur Lady Terikel«, sagte Wallas. »Ich könnte runtergehen und ihnen erklären, dass ihr zwei noch mit den Glasdrachen redet, und dann wegreiten. Ich würde die Aufklärer einholen, und die könnten dann hierher zurückkommen und die Alpennier verjagen.«

»Wallas, sie werden wahrscheinlich annehmen, dass *alle*, die da oben waren, erfahren haben könnten, wie man Drachenwall zerstören kann«, meinte Terikel. »Man würde Euch erschießen.«

»Das könnt Ihr nicht wissen!«, widersprach Wallas.

»Na gut, dann geht«, sagte Terikel und bot ihm ein Stück weißen Stoff an.

»Auf der anderen Seite wissen wir alle, dass diese ungehobelten Soldaten aus der Unterschicht oft alberne und voreilige Schlüsse ziehen«, seufzte Wallas und winkte ab.

»Sie glauben, dass wir ohne Pferde nirgendwohin können«, überlegte Andry mit Blick dorthin, wo die Straße um den Berg führte. »Aber *wir* können einen Weg nehmen, den die Pferde nicht schaffen. Wartet hier.«

Andry kroch davon und blieb eine halbe Stunde verschwunden.

»Sie haben Pferde, und sie haben unsere Pferde, aber sie können nur den Weg nehmen, der für Pferde gangbar ist, wenn sie reiten wollen«, erklärte er. »Wir können *klettern*.«

»Klettern?«, fragte Wallas. »Du meinst zurück nach oben zu den Drachen und ihrer Höhle? Ich glaube nicht, dass sie sonderlich hilfreich sein werden.«

»Nicht nach oben, sondern herum. Wenn die Straße diesen Berg passiert, wird sie sehr schmal. Das ist ein guter Platz, um jemandem aufzulauern.«

»Warum sollten wir uns damit befassen?«, fragte Wallas. »Man lauert uns doch schon *hier* auf!«

»Das entscheidende Wort ist ›schmal‹, nicht ›auflauern‹«, sagte Andry.

Sie brauchten vier Stunden, um den Berg zu umrunden, daher war es beinah Mitternacht, als sie die Straße auf der anderen Seite erreichten. Es gab einen ziemlich hässlichen Zwischenfall, als Wallas urinieren und Terikel den Vergessenzauber noch einmal anwenden musste, um ihn wieder zu Verstand zu bringen, doch jene, die ihnen auflauerten, waren zu weit entfernt, um von dem Krawall etwas mitzubekommen. Nach dem Abschnitt, wo die Straße zwischen dem Berg auf der einen Seite und dem steilen Abgrund auf der anderen verlief, öffnete sie sich zu einer kleinen Wiese.

»Und nun zu unseren Transportmöglichkeiten«, sagte Andry. »Wartet hier.«

»Warum fliehen wir nicht einfach?«, erkundigte sich Wallas. »Es wird einen Tag oder noch länger dauern bis ihnen klar wird, dass wir nicht zurückkehren.«

»Aber dann werden sie hinter uns *herreiten*. Sie haben Pferde, und die bewegen sich vier oder fünf Mal schneller, als wir laufen – oder in deinem Fall humpeln – können. Mylady, bleibt hier, bis Ihr ein sehr lautes Rumpeln hört, dann zählt bis dreihundert. Wenn wir dann nicht wieder bei Euch sind, macht Euch auf den Weg nach Logiar. Wallas, komm mit mir.«

»Wir werden doch wohl nicht irgendwas Heldenhaftes versuchen, oder?«, fragte Wallas.

»In dem Fall würde ich dich nicht mitnehmen.«

Andry nahm Terikel in die Arme, und sie reagierte mit einer unerwartet heftigen Umarmung. »Ist mir eine Ehre, von dir gemocht zu werden, Teri«, flüsterte Andry.

»Ist mir eine Ehre, Euer Mädchen zu sein, Aufklärer«, flüsterte sie zurück. »Auf Wiedersehen.«

Andry und Wallas entfernten sich leise und hielten sich im Schatten. Andry führte sie zu einem so schmalen Pfad, dass er wenig mehr als eine Reihe von Handgriffen war. Als sie einen ungefähr hundert Fuß über der Straße liegenden Felsvorsprung erreichten, verkündete Wallas, er könne nicht mehr weitergehen.

»Dann warte hier«, flüsterte Andry.

»Aber brauchst du denn nicht meine Hilfe?«, fragte Wallas.

»Natürlich nicht, ich habe dich nur mitgenommen, weil ich Mylady nicht mit dir allein lassen wollte.«

Wallas blieb eine Weile ruhig sitzen und lugte dann über den Rand des Felsvorsprungs. Die Straße war beängstigend tief unter ihm und Terikel im Schatten außer Sichtweite. Er erwog, alleine wieder nach unten zu klettern und ihr den Vorschlag zu machen, Andry mit ihm zu betrügen, gelangte dann aber zu dem Schluss, dass er mit dem Versuch eines Abstiegs ohne Andrys Hilfe eine Katastrophe heraufbeschwören würde. Das wäre ein hoher Preis dafür, Terikel den Hof zu machen, also setzte er sich wieder hin und schloss die Augen.

»Hier bin ich nun, alleine, mitten im Kapfanggebirge, umgeben von Riesendrachen und feindlichen Lanzenreitern und praktisch ohne Essen, ohne Pferd und ohne Aussicht, die Zivilisation diesseits eines Zehntagesmarsches zu erreichen. Was könnte mir sonst noch passieren?«

Eine Begebenheit aus der Glasdrachenhöhle regte sich in seinem Hinterkopf, aber das Bild wollte sich nicht ganz zu einer Erinnerung verdichten.

»Trotzdem ist es beinah komisch«, fügte er mit einem schweren Seufzer hinzu. »Wer hätte gedacht, dass der Kaiserliche Musikmeister in so eine Lage kommen könnte? Ich würde ja meine Brettleier auspacken und ein Klagelied singen … aber sie ist zerschossen worden. Welch eine Ironie: erniedrigt zwischen den höchsten Gipfeln von ganz Acrema. Eigentlich wäre das eine gute Eröffnungszeile für eine Ballade …«

Wallas begann mit dem Dichten von Versfetzen.

Terikel schaute über den Straßenrand nach unten. Der Fuß der Klippe lag sehr, sehr weit unter ihr im Schatten versunken. Sie zog ihren Reisemantel aus, dann streifte sie das Kettenhemd ab, indem sie sich vornüberbeugte und es herabgleiten ließ wie eine exotische, verquirlte Flüssigkeit. Obwohl das Kettenhemd den Jahreslohn eines gut ausgebildeten Handwerkers wert war, warf sie es über den Rand der Klippe. Es funkelte lange Zeit im Licht Drachenwalls, bevor es im Schatten verschwand.

Jetzt ging Terikel ihre Kleidung durch, zog alle Schnürbänder fest und befestigte alles gut. Mit dem Messer schnitt sie sich in den Handrücken und verteilte ein paar Blutstropfen auf der Straße. Sie nahm ihren Rucksack ab, suchte ein paar Dinge heraus und aß und trank so viel, wie sie mit Genuss verspeisen konnte. Eilig, aber trotzdem sorgfältig rollte sie den Reisemantel zu einem Bündel zusammen, in dem alles eingewickelt war, was sie behalten wollte. Nachdem sie ihren Rucksack und die Axt auf den Boden gelegt hatte, streifte sie sich das Mantelbündel über die Schultern.

Sie hätte eigentlich mehr als eine halbe Stunde oder noch länger für das gebraucht, was sie eigentlich tun musste, aber sie hatte nur Minuten. Einige dieser Minuten verbrachte sie damit, aus ihrem Seil und dem Mantelbündel ein Geschirr und eine Polsterung anzufertigen, dann sprach sie die Grundlage eines Zaubers in ihre Hände und formte daraus eine Kontur, die sie über das Geschirr warf.

Noch einmal sprach Terikel eine Zauberformel und blies Lebenskraft in die matt leuchtende Masse, aus deren Mitte langsam ein Dorn wuchs. Je größer er wurde, umso weniger leuchtete der komplizierte Zauber. Sie spürte, wie sie mit jedem Atemzug schwächer wurde, und ihr war bewusst, dass sie für einen eventuellen Angreifer leichte Beute sein würde. Ein leichter Wind spielte um den immer noch wachsenden Dorn, und sie wusste, dass sie unmöglich weitermachen konnte, wenn der Wind stärker würde. Es war reines Glück, dass in den Bergen immer noch nicht mehr von den Torea-Stürmen zu spüren war, aber sie machte sich klar, dass manchmal ganze Imperien allein durch Glück entstanden oder fielen. Der Dorn war etwas über fünfzig Fuß hoch, als Terikel beschloss, das das Wagnis, ihn noch höher wachsen zu lassen, zu groß war.

Halb so hoch wie er eigentlich sein sollte, und das Geschirr ist Betrug, aber hier ist kein Prüfer, der mich durchfallen lassen kann, dachte Terikel. Sie hielt kurz inne, um den Kopf zu schütteln, auf dass er ein wenig klarer wurde, und so lange zu blinzeln, bis sie wieder einigermaßen scharf sehen konnte.

Sehr vorsichtig hob sie das Geschirr über den Kopf, griff nach oben und teilte den Dorn. Während die beiden Seiten auseinanderbrachen, verbreiterten sie sich immer mehr. Als sie einen Winkel von fünfundvierzig Grad zueinander bildeten, griff Terikel mit einer Hand nach hinten und verschmolz die ätherischen Flügel mit dem Zauber, den sie mit dem Geschirr auf ihrem Rücken verwoben hatte. Dann breitete sie die Schwingen noch weiter aus. Fünf Grad fehlten noch zu einer geraden Linie, als sie schließlich innehielt, um sich noch einmal auszuruhen.

In dieser Zeit war sie sehr verletzlich gewesen, wie ein Schmetterling in den Minuten, nachdem er aus dem Kokon geschlüpft war und bevor er seine Flügel entfalten hatte, aber Fortuna hatte es gut mit Terikel gemeint. Jetzt musste sie nur noch springen. In Gedanken ging sie eine Liste durch, die sie seit dem Verlassen Palions zusammengestellt hatte. Anscheinend hatte sie nichts vergessen, und die Umstände schienen besser zu sein, als sie zu hoffen gewagt hatte. Man würde sie für tot halten, sobald sie verschwunden war, also würde man sie nicht mehr jagen.

Terikel stand auf und spürte unter den fast unsichtbaren Flügel aus verwobenem Äther die Luftströmungen. Es war Zeit zu springen, bevor eine plötzliche Windbö sie aus dem Gleichgewicht bringen konnte. Sie sprang. Nach wenigen Fuß wurde Terikel von einem Aufwind erfasst und in die Höhe getragen, während sie gleichzeitig von der Klippe wegsegelte. Sie trug dunkle Kleidung, daher war sie vor dem Nachthimmel, den Schatten der entfernten Berge und der allgemein herrschenden Dunkelheit praktisch unsichtbar. Unter ihr lagen große Flecken dunkler schattiger Täler, und rings um sie glänzten mit Schnee und Gletschereis bedeckte Berggipfel. Luftströmungen wirbelten sie hin und her. Kalte Luftströmungen. Sie entzogen ihrem Körper Wärme. In nicht einmal einer Stunde würde sie erfroren sein, aber so lange brauchte sie nicht in der Luft zu bleiben.

Wallas erwachte von einem lauten Grollen in der Ferne. Er schüttelte den Kopf. Der Boden unter ihm hatte leicht gebebt. *Erdbeben*, dachte er einen Moment lang wie erstarrt vor Angst. Es wurde wieder still. *Vielleicht nur ein kleines Erdbeben*, überlegte er. Seine Gedanken kehrten zu seinem Klagelied zurück. Er sagte die Verse vor sich hin.

»Wallas, Zeit zu gehen«, sagte Andry etwas oberhalb von ihm.

»Was war los? Ich habe ein lautes Grollen gehört.«

»Keine Kohlsuppe mehr für dich«, antwortete Andry und kletterte aus dem Schatten nach unten.

»Was war das für ein Lärm«, beharrte Wallas.

»Was für ein Lärm?«, fragte Andry, während er seinen Rucksack aufhob.

»Die Erde hat gebebt.«

»Ach, *der* Lärm«, antwortete Andry und hievte sich den Rucksack auf den Rücken.

»Könnte ein Drache gewesen sein.«

»Weiß nicht. Furzen Drachen eigentlich, frage ich mich? Sieht bestimmt nett aus.«

»Rede keinen Unsinn!«, grunzte Wallas, als sie sich auf den Weg nach unten machten. »Warst du das?«

»Nichts da, ich furze nicht so laut.«

»Andry! Was ist wirklich passiert?«

»Kein Grund zur Panik. Ich bin nur an die Stelle oberhalb der Straßenverengung geklettert und habe einen Steinschlag verursacht. Ein paar Felsbrocken waren ohnehin kurz vor dem Abrutschen. Jetzt liegt so viel Geröll auf der Straße, dass es ein oder zwei Tage dauern wird, sie freizuräumen.«

»Ein Erdrutsch? Aber selbst ich kann über einen Geröllhaufen klettern.«

»Oh, aye. Aber nicht mit einem Pferd. Bevor sie da ein Pferd vorbeibringen, müssen sie die Felsen wegräumen. Sie können uns höchstens so nachlaufen, wie wir vor ihnen weglaufen, und dadurch haben wir bessere Aussichten, meinst du nicht? Nun denn, ich kann die Straße besser sehen – aber wo ist Mylady?«

Sie kletterten zur Straße herab. Auf den Berggipfeln lag jetzt ein grüner Schimmer auf den Stellen, die nicht von Drachenwall beschienen wurden. Miral war offenbar am Osthorizont aufgegangen, so dass die Straße dort, wo sie Terikel zurückgelassen hatten, direkt von der beringten Herrscherwelt beschienen wurde. Wallas bewegte sich vorsichtig in Richtung des Abgrunds. Er fand Terikels Rucksack und Axt. Sonst fand er nichts.

»Älteste, wir müssen gehen!«, rief er, so laut er es wagte.

Die Älteste reagierte nicht auf seinen Ruf, dafür stand sehr schnell Andry neben ihm.

»Schrei nicht so laut!«, zischte er. »Wo ist sie?«

»Ihr Rucksack ist hier, sie aber nicht.«

Andry suchte rasch die Umgebung ab.

»Rucksack, Axt, beide ordentlich beiseitegelegt. Sonst ist nichts da – o nein! Doch, da ist noch was!«

»Was?«

»Hier, auf der Straße, fast am Abgrund. Dunkel, klebrig, kalt.«

»Was? Dunkel, klebrig, kalt? Rede vernünftig! Das klingt wie eine Beschreibung von dir in einem Hauseingang nach einem nächtlichen Zug durch die Tavernen.«

»Das ist Blut!«, zischte Andry.

»Blut?«, ächzte Wallas.

»Überall verteilt, etwas davon verschmiert. Sieht aus, als hätte jemand sie überrumpelt und erstochen. Aber sie hat mit ihm gekämpft.«

»Mit wem?«

»Sie müssen einen Alpennier auf dieser Bergseite als Wache zurückgelassen haben. Mylady! Wo seid Ihr?«

»Bekomme ich einen Preis dafür, wenn ich sage, *da unten?*«, sagte Wallas und zeigte über die Kante in den Abgrund.

»Das Schwein hat versucht, sie zu töten.«

»Das Schwein hat seine Sache auch noch halbwegs gut gemacht.«

»Aber sie hat den Angreifer mitgerissen«, sagte Andry mit brüchiger Stimme, ohne jedoch wirklich zu schluchzen. »Sie ... sie ist in den Armen eines verdammten Alpenniers gestorben ...«

»Und *du* nennst *mich* einen hoffnungslosen Poeten?«, rief Wallas. »Andry, reiß dich los, wir müssen verschwinden.«

Andry warf einen Blick in den Abgrund. Wallas tat es ihm nach, zuckte aber schnell zurück und schloss die Augen.

»Vielleicht liegt sie irgendwo da unten und lebt noch, eine Pinie könnte ihren Fall gebremst haben oder irgendwas«, brachte Andry vor.

»Was? Sei nicht albern, Junge!«, sagte Wallas und zog ihn von der Kante weg.

»Ich muss doch *irgendwas* unternehmen.«

»Es würde Stunden dauern, da runterzuklettern, und du würdest ein Seil brauchen, das mindestens eine Meile lang ist.«

»Wenn ich doch nur etwas sehen könnte!«, rief Andry und kroch zurück zum Rand. »Da unten ist es so dunkel, dass man seinen eigenen Dödel nicht mal mit einem Spürhund finden könnte.«

»Kein Spürhund wird je in die Nähe meines Dödels kommen ...«, begann Wallas.

»Pssst! Was war das?«

In der Ferne konnten sie Stimmen hören – und Bellen.

»Die Alpennier!«, schrie Wallas. »Und sie haben einen Dödelhund – einen Spürhund, meine ich.«

»Leb wohl, Mädchen, und möge Fortuna dir lächeln«, sagte Andry mit einem letzten Blick in den Abgrund. »Und jetzt los, Wallas, lauf!«

Wallas schaffte es, drei Minuten zu laufen. Dann trabte er weitere fünfzehn Minuten. Am Ende der ersten Stunde ging er noch einigermaßen schnell, und als es dämmerte, latschte er nur noch lustlos. Die Schönheit der Morgendämmerung im Gebirge im Osten und des wundervollen Vorhangs aus schimmerndem Licht namens Drachenwall im Westen ging völlig an den beiden vorbei. Wallas hatte genug von den Strapazen, und Andry hatte genug von Wallas.

»Können wir nicht einfach die Straße verlassen und uns verstecken?«, flehte Wallas.

»Erinnerst du dich an den Spürhund?«, antwortete Andry.

»Aber das ist hoffnungslos! Wir werden den Grenzposten nicht erreichen, auch wenn wir uns bis heute Abend weiterquälen.«

»Aye, aber wir könnten einen Bauernhof mit einem Pferd finden. Jetzt latsch schneller.«

»Nein, warte mal, ich hab so lange nicht gepinkelt, dass ich mich gar nicht mehr an das letzte Mal erinnern kann.«

Irgendwann musste es ja passieren, dachte Andry, während Wallas die Jacke anhob, wieder das Brandloch in seiner Hose entdeckte und die Berge von seinem Entsetzensgekreisch widerhallen ließ.

Das Verweben der Fäden von Velanders Lebenskraft mit dem Drachengestaltzauber war nicht annähernd so schmerzhaft wie das Trauma der Berührung der durchtrennten Kontrollfäden des Zaubers mit der anschließenden willkürlichen Neubildung von Ankerpunkten. Es war wie der Unterschied zwischen einem wirklich erbitterten Faustkampf und einer sehr gründlichen Massage. Beides war mit Schmerzen verbunden, aber bei der Massage wusste man, dass sie zum eigenen Besten war.

»Ihr werdet feststellen, dass Euer Körper schwächer wird«, sagte Lehrer. »Das liegt daran, dass wir nicht wissen, was wir tun. Ihr seid die erste Eurer Art, die hierhergekommen ist.«

»Wo bin ich hier?« Velanders Stimme war nur ein Flüstern.

»Ihr seid immer noch in Alpenfest in Eurem Bett. Das Bett wurde nur auf das Dach gebracht, so dass wir Euch behandeln können, ohne Einrichtung und Möbel zu zerstören.«

»Ich könnte gar nichts zerstören«, stöhnte Velander. »Ich habe kaum Kraft zu sprechen.«

»Oh, ganz und gar nicht. Wisst Ihr, Ihr wart nur für einige Zeit tot. Aber Ihr braucht Euch deswegen keine Sorgen zu machen.«

Velander versuchte zu lachen.

»In gewisser Weise sind wir alle ein wenig wie Ihr, Velander«, sagte Lehrer. »Nur Pflanzen können wirklich behaupten, nicht von der Lebenskraft anderer Wesen genährt zu werden. Sobald ein Sterblicher eine Nuss, eine Rübe, einen Hackbraten oder einen Hähnchenschenkel isst, stärkt er sich an der Lebenskraft anderer. Ihr wart dem Grenzland zum Tod sehr nahe, tatsächlich habt Ihr eine ungesund lange Zeit jenseits der Grenze verbracht, daher sind Eure Bedürfnisse … sagen wir mal … extremer.«

»Das Blut lebender Menschen.«

»Ja, ja, und jetzt hungert Ihr Euch zu Tode, weil Ihr hasst, was aus Euch geworden ist, aber ein anderer Teil von Euch ist außer Kontrolle geraten, und das ist Euch nicht einmal bewusst. Ihr habt den Zauber aufgesogen, der einen Sterblichen in einen Drachen verwandelt hat, meine Liebe. Er hat für den Aufbau dieses Zaubers viele Jahre gebraucht und im Laufe dieser Jahre eine ziemlich gute Kontrolle darüber entwickelt. Plötzlich habt *Ihr* ihn und keine Ahnung, wie Ihr damit umgehen sollt. Bisher hat das Bewusstsein unter Eurem Bewusstsein ihn kontrolliert, aber jetzt müssen wir Euch die Zügel übergeben. Es gibt jedoch eine sehr große Anzahl von Zügeln.«

»Ich verstehe die Einzelheiten, aber nicht das Ganze«, gestand Velander.

»Schaut mich an«, sagte Lehrer. »Ich bin ein Glasdrache.«

Velander öffnete die Augen, starrte ihn an – und wurde sich bewusst, dass sie sehen konnte! Sie versuchte sich aufzusetzen, war aber unfähig, sich zu bewegen. Eine Weile war sie von Alpenfests Schönheit überwältigt. Es war früher Morgen, und sowohl die Tempel als auch die anderen Gebäude glänzten vor den Berghängen wie exotische Kristalle, die aus den dunklen vulkanischen Felsen wuchsen. Der Himmelsspiegelsee reflektierte die prächtigen Farben der Wolken, Mirals beringte Scheibe stand blass am sich aufhellenden Himmel, und Drachenwall ragte wie eine steile orangefarbene Klippe vor ihnen auf. Seit Clovesser blind, war diese Aussicht für Velander vollkommen überwältigend, und sie hatte das Gefühl, sie wäre in Ohnmacht gefallen, wenn sie nicht bereits gelegen hätte. Der Wind frischte mit einem heraufziehenden Gewitter auf, und es lag eine besonders eisige Kälte in der Luft. Velander ging auf, dass sie sich auf einem Dach befanden.

Lehrer war ein hochgewachsener, magerer Mann, der neben ihrem Bett stand. Er lächelte sie an, und dann wurde seine Haut zu einem feinen, schwach bläulich leuchtendem Netz.

»Ich bin ein Drache«, sagte er. »In Alpenfest sind wir alle entweder Glasdrachen, Drachenanwärter oder gescheiterte Drachenanwärter. Sicher, die Sterblichen halten uns alle für Priester. Dadurch ersparen wir uns einen Haufen lästiger Erklärungen und halten Helden davon ab, hierherzukommen, um einen Drachen zu töten. Jetzt passt auf. Ich kann dieses Geflecht auf meiner Haut so ausdehnen, dass ich ein Drache mit einer Flügelspannweite von zweihundert Fuß werde, aber dann müsste ich Steine oder Wasser als Ballast schlucken, um nicht vom Wind davongeweht zu werden, weil Energie nichts wiegt.«

»Nichts?«

»Nun ja, bei dieser Behauptung würden einige der Theoretiker unter den Glasdrachen entsetzt mit den Flügeln schlagen, aber man braucht schon einige Jahrhunderte des Studiums, bis man das alles verstehen kann. Der Witz ist, Velander, dass Ihr zwar alle ätherischen Werkzeuge habt, um ein Glasdrache zu werden, aber auch ein Imageproblem. Ein gravierendes Imageproblem. Außerdem seid Ihr nicht richtig lebendig, was ein Präzedenzfall für mich ist. Ich werde Euch noch einmal ins Grenzland zum Tod führen. Terikel hat mir erzählt, dass Laron Euch dorthin gebracht und in Euren jetzigen … Zustand versetzt hat, ein anderes Wort zur Beschreibung fällt mir nicht ein. Er hat Euch untot zurückgebracht, aber ich werde Euch lebendig zurückbringen.«

»Lebendig?«, keuchte Velander.

»Ja, ja, warmes Blut, Pulsschlag, essen, was in den Tavernen serviert wird, anstatt die Kundschaft, all das, aber nur, wenn Miral nicht am Himmel steht. Wenn Miral am Himmel steht, werdet Ihr sein wie ich.«

»Ihr … Ihr meint, äh, ein Teilzeitdrache?«

»Ein Glasdrache, ja, aber mit einem sehr wichtigen Unterschied, und das ist auch ein sehr gefährlicher Unterschied. Ich werde mir mit dem, was ich für Euch tue, wahrscheinlich in Glasdrachenkreisen ein paar Feinde machen, aber ich habe mich ohnehin schon mit diesen speziellen Drachen überworfen. Daher betrachte ich dies sozusagen als die Art der Weltenmutter, sie für ihre Dummheit zu bestrafen.«

Gegen Mittag sickerte das Blut aus Wallas' neuen Blasen durch seine Stiefel, und er hinterließ bei jedem Schritt dunkle Spuren im Staub. Sie stießen unterwegs weder auf Bauernhöfe noch andere Reisende, und auch von den Aufklärern war keine Spur zu sehen.

»Verdammt!«, zischte Wallas zum wiederholten Male.

»Willy war nicht gerade, was mir vorgeschwebt hat«, gab Andry zu.

»Und welches Schicksal *hat* dir denn vorgeschwebt?«

»Ach, ich dachte, die Glasdrachen könnten dich vielleicht dazu bringen, netter zu Frauen zu sein.«

»Ich war bereits nett zu Frauen. Außerordentlich nett.«

»Oder dich sogar in ein Mädchen verwandeln ...«

»In ein Mädchen?«

»Um deine Art der Verführung von der anderen Seite zu erleben.«

»Ungeheuer.«

»Ich frage mich, was wir in der Höhle der Glasdrachen wirklich erreicht haben«, sagte Andry mit einem Blick über die Schulter.

Wallas hob seine Jacke und zeigte auf Willy.

»Abgesehen *davon*«, sagte Andry.

»*Von IHM*!«, korrigierte ihn Wallas mit Bestimmtheit.

»Willy könnte auch ein Mädchen sein«, mutmaßte Andry.

»Ein weiblicher Penis?«

»Schon gut, schon gut, also abgesehen von ihm. Ich meinte aber eigentlich, ich wünschte, ich würde verstehen, was Terikel erfahren hat. Dann könnten wir ihr Werk fortsetzen.«

»*Du* vielleicht. *Ich* werde Palastkoch in Logiar. Können wir an diesen Felsen anhalten? Ich muss schon wieder pinkeln.«

Andry setzte sich und trank einen Schluck aus seinem Wasserschlauch, während Wallas hinter den Felsen verschwand.

»Bah, ich kann mich immer noch nicht überwinden, dieses elende Ding anzufassen«, murrte Wallas.

»Bitte mich bloß nicht um Hilfe«, antwortete Andry.

»Jetzt mach schon, du grauenhaftes Ding, ziel auf diese Felsspalte – Ha! Nun sieh dir das an!«

»Nein danke!«, rief Andry.

»Willy gehorcht Befehlen, er hat auf die Felsspalte gezielt.«

»Oh, aye, dann sollte er in der Miliz sein«, schlug Andry vor.

»Ich frage mich, ob ich ihm Jonglieren beibringen kann?«

Am späten Nachmittag hörten Andry und Wallas ein entferntes Bellen. Inzwischen musste sich Wallas schwer auf Andry stützen, und wie dieser anmerkte, hätte er sich hinknien und schneller kriechen können.

»Ein Spürhund!«, keuchte Andry.

»Vielleicht suchen sie deinen Dödel«, antwortete Wallas.

»Zumindest hätten sie die Möglichkeit, meinen zu finden!«, erwiderte Andry.

»Hast du das gehört, Willy? Er ist nur eifersüchtig, weil er einen ganz normalen Allerweltsdödel hat.«

»Mit meinem kann ich aber wenigstens …«

»Hundertsiebenunddreißig, erinnerst du dich?«, schnaufte Wallas. »Ach, meine Füße! Das ist das Ende, sie haben uns«, jammerte Wallas.

»Nein, wir müssen nur einen Platz finden, wo wir uns bis zum Einbruch der Nacht verteidigen können. Vielleicht können wir dann einem von ihnen ein Pferd stehlen.«

»Wenn ich in einer meiner Balladen von so einem Plan sänge, würden sich starke Männer vor Lachen auf dem Boden wälzen«, antwortete Wallas.

»Oh, aye, aber auf diese Weise kannst du wenigstens im Sitzen sterben.«

»Du … du hast nicht ganz unrecht. Da oben, der Steinhaufen auf dem Hügel.«

Der Steinhaufen erwies sich als alter Schrein. Er bildete eine passable Festung mit ausreichend Deckung und guter Rundumsicht. Praktischerweise befand er sich auf dem Gipfel eines steilen kleinen Hügels, den ein Pferd nur schwer erklimmen konnte. Die alpennischen Reiter kamen in Sicht, und Andry zählte der Warnung des Drachen entsprechend vierzehn. Sie hatten einen Spürhund bei sich, der sofort den Weg verließ und geradewegs in Richtung des Schreins lief. Andry gelang es, ihn mit dem vierten Schuss seiner Kavallerie-Armbrust zu treffen.

»Jetzt können sie uns wenigstens nicht mehr durch unseren Geruch aufspüren«, sagte Andry.

»Wen interessiert das, sie haben uns doch schon aufgespürt!«, antwortete Wallas.

Die Alpennier kamen näher, aber ihre Langbögen hatten nicht die Reichweite von Andrys Armbrust, also hielten sie sich fern. Nach weiteren elf Schüssen hatte sich einer der Bolzen in den Oberschenkel eines Alpenniers und ein weiterer in das Hinterteil eines Pferdes gebohrt. Das hatte das Pferd zum Austreten veranlasst, und dabei hatte es zufällig den Alpennier hinter sich getroffen und ihm dabei ein Bein gebrochen.

»Sie machen sich zum Sturmangriff bereit«, sagte Andry und schoss einen weiteren Bolzen ab.

»Spar die Bolzen, du hast nur noch neun«, erinnerte ihn Wallas.

»Getroffen! Ich habe einen in den Fuß getroffen!«

»Ich bin sicher, das ändert alles. Ich … hast du das gehört?«

»Was?«

»Ein Art Grollen.«

»Entfernter Donner. Der Himmel bewölkt sich, und der Wind frischt auf.«

Sieben Axtkämpfer näherten sich in enger Formation im Schutz ihrer erhobenen Rautenschilde, die Äxte hoch über dem Kopf. Die Bogenschützen waren auf beiden Seiten ausgeschwärmt. Andry duckte sich mit geladener Armbrust, wartete und beobachtete sie. Der Hang war zu steil für einen Sturmangriff, aber der Feind verfügte über eine tragbare Deckung. Andry kam hoch, schoss und duckte sich schnell wieder, als mehrere Pfeile dorthin flogen, wo sich eben noch sein Kopf befunden hatte.

»Ich habe einen Blick auf sie geworfen, Wallas. Wir brauchen Plan Felsen.«

»Dann soll es Plan Felsen sein«, flüsterte Wallas.

Gemeinsam hoben sie einen großen Felsbrocken hoch und hielten inne, als sie ihn auf Schulterhöhe gehievt hatten.

»Ich zähle bis drei«, sagte Andry. »Eins, zwei, drei!«

Der Felsbrocken wog etwa achtzig Pfund, aber gemeinsam

konnten sie ihn mit beachtlicher Kraft werfen. Er traf den Schild des mittleren Mannes mit beträchtlicher Wucht, und da die Schilde ineinander verhakt waren, riss er die drei Männer auf der rechten Seite mit, als er den Hang herunterpurzelte. Die drei anderen stolperten in einer Art Sturmlauf vorwärts und sprangen über die Umrandung des dachlosen Schreins.

Andry hielt seine Axt in einer und Terikels Axt in der anderen Hand, als er aufstand und den ersten Alpennier angriff. Ein Bogenschütze schoss auf ihn, traf aber einen seiner eigenen Männer in den Hintern, der daraufhin umfiel und den Hang herunterkollerte. Der dritte Mann griff Wallas an, rammte ihn mit seinem Schild und trat ihm den rechten Fuß weg. Wallas fiel auf den Rücken, der Alpennier pflanzte Wallas einen Fuß in den Schritt und hob die Axt – und Willy brannte sich durch Wallas' Jacke, setzte das Hosenbein des Alpenniers mit einem Strahl weißglühender Funken in Flammen und vergrub dann seine Reißzähne in den Stiefel des Alpenniers. Der Mann schrie vor Entsetzen, ließ Schild und Axt sinken – und Wallas begrub seine eigene Axt im Hals des Mannes. Als er sich wieder aufrappelte, bemerkte Wallas, dass Andry und der dritte Alpennier aufgehört hatten zu kämpfen und Willy anstarrten. Wallas schwang die Axt nach dem Alpennier und trennte ihm fast den Kopf vom Hals.

Mit einem alpennischen Helm auf dem Kopf vergewisserte Andry sich, was die anderen machten, und stellte fest, dass sie sich zu einem neuen Angriff formierten, diesmal mit stärkerer Unterstützung der Bogenschützen.

»Das war für Mylady, ihr Wichser!«, rief Andry trotzig. »Aye, und die nächsten Prügel gibt's kostenlos. Los, vorwärts, wer ist der Nächste?«

»Jetzt stachle sie nicht auch noch an, du dämlicher Idiot!« Wallas hatte seine eigene Meinung zu der Lage.

Ein Pfeil prallte von einem Stein neben Andrys Kopf ab.

»Aye, so ist's richtig. Verschwendet so viele Pfeile, wie ihr wollt.«

»Um Himmels willen, Andry, was habe ich gerade darüber gesagt, sie noch zu anzustacheln!«, rief Wallas, während er seine verbrannte Hose mit der des toten Alpenniers tauschte. »Oh, sieh mal. Er hat einen Beutel voll Silber bei sich.«

Plötzlich hörten sie aus der Richtung, aus der sie gekommen waren, ein hallendes Brüllen. Andry sah, dass alle überlebenden Alpennier sich umdrehten und dann einen Moment erstarrten. Andry drehte sich ebenfalls um und erblickte einen riesigen Vogel, der auf Beinen über die Straße lief, die größer waren als die meisten Häuser in seiner Heimat Alberin. Die Alpennier stieben auseinander. Zwei der Verwundeten, die bei den Pferden zurückgelassen worden waren, kletterten schnell in den Sattel und ritten nach Süden und weg von der Straße. Der Vogel erwischte den ersten Alpennier, der zu Fuß geflohen war. Er schnappte nach seinem Kopf, schüttelte ihn und ließ einen kopflosen Leib durch die Luft fliegen. Sein nächstes Opfer biss das riesige Ungeheuer entzwei.

»Unser Glückstag«, sagte Andry.

»Was?«, keuchte Wallas, während er auf den Alptraum starrte, der gerade die zwei Hälften eines Bogenschützen in zwei verschiedene Richtungen schleuderte.

»Einer der Drachen ist gekommen, um uns zu retten.«

»Das sieht überhaupt nicht aus wie ein Drache!«

»Ich glaube, es ist ein Babydrache.«

»Sie haben keine Babys, Zauberer verwandeln sich in Drachen, weißt du noch?«

»Vielleicht muss ein Drachenzauberer erst laufen lernen, bevor er fliegen kann.«

»Wir sind verloren.«

»Ganz und gar nicht, denk darüber nach, Wallas. Von allen hier in der Gegend haben wir als Einzige einen Platz, wo wir uns verstecken können.«

Die Bogenschützen sammelten sich und schossen eine Salve nach der anderen auf den näher kommenden Vogel ab. Jeder Pfeil traf, aber unglücklicherweise erzielte keiner von ihnen auch nur die geringste Wirkung. Der Vogel stapfte an dem zerstörten Schrein vorbei, wo Andry und Wallas kauerten, dann hörten sie mehr Schreie und Kreischen, als er die Bogenschützen erreichte. Wallas hatte sich die Hände vor die Augen gelegt und schaute weg. Andry übergab sich und hob dann langsam wieder den Kopf.

»Vielleicht, wenn wir hier sehr, sehr still sitzen bleiben«, sagte Wallas und presste sich dabei mit den Armen über dem Kopf an die Wand.

Der Vogel warf den Kopf herum und verschlang den nächsten Mann, den er erwischte. Der Kopf saß auf einem etwa fünfzehn Fuß langen Schlangenhals, und der Körper sah aus wie ein riesiges Bierfass auf den zwanzig Fuß langen Beinen eines Stelzvogels. Das Ding hatte auch einen ziemlich kräftigen Stummelschwanz mit ein paar zerzausten Federn. Ein winziges Paar Flügel sah aus, als sei es als dekorativer Nachgedanke nachträglich an die Schultern geklebt worden.

Die beiden Alpennier, die sich beim ersten Blick auf den Vogel in den Sattel geschwungen hatten, waren einen großen Bogen geritten und zogen sich jetzt nach Osten zurück. Der Vogel schaute sie an, wandte sich wieder den panischen, aber fest angebundenen Pferden zu, schien zu stutzen und einen Moment zu überlegen, brüllte dann wie ein lang anhaltender Donnerschlag und setzte den Reitern nach.

»Sobald das Ungeheuer hinter dem Hügel verschwindet, wo die Straße eine Kurve macht, gehen wir runter zu den Pferden, nehmen uns zwei, binden die anderen los und reiten so schnell wir können nach Westen«, sagte Andry. »Irgendwelche Fragen?«

»Gnng!«, antwortete Wallas.

Leichen, Leichenteile und herrenlose Waffen lagen überall verstreut, als Andry und Wallas den Schrein verließen und zu den Pferden humpelten. Sie wählten das fügsamste Pferd für Wallas aus, und Andry nahm das Pferd, das unter den gegebenen Umständen noch am Besten aussah.

Am Abend erreichten sie die alpennische Landesgrenze. Sie zeigten dem Zöllner ihre Papiere, gaben ihm ein Schmiergeld und erklärten, sie wollten die Gruppe der Aufklärer einholen. Einer der Grenzposten erzählte ihnen, die Aufklärer seien einen Tag vor ihnen durchgekommen. Andry konnte ihre erschöpften alpennischen Streitrösser, vierzig Silbervasallen und einen Blick auf Willy gegen zwei frische Zelter eintauschen.

»Hätten wir sie nicht vor dem Drachenvogel warnen müssen?«, fragte Wallas, während sie davonritten.

»Glaubst du ernsthaft, sie wollen seine Papiere sehen, bevor sie ihn passieren lassen?«, erwiderte Andry, der sich nach der Anonymität einer großen Stadt wie Logiar sehnte.

Die Straße führte jetzt fast genau nach Süden, und sie ritten im Licht Drachenwalls die Nacht hindurch. Früh am nächsten Morgen überzeugte Wallas einen Bauern, dass der Tausch ihrer beiden schwitzenden, erschöpften Zelter gegen zwei frische Pferde ein anständiges Geschäft sei – während Andry mit seiner Armbrust auf eine Stelle zwischen den Augen des Mannes zielte. Seine Frau und Tochter schauten ängstlich und Arm in Arm zu.

»Dann wollt Ihr nur meine Pferde?«, fragte der Bauer, dem langsam aufging, dass die Eindringlinge nur ohne jedes Feilschen einen anständigen Preis wollten.

»Hört her, wir lassen unsere beiden Pferde hier, und die sind ein angemessener Ersatz, sobald sie ausgeruht sind«, sagte Andry.

»Also ist die Ehre meiner Frau und meiner Tochter nicht in Gefahr?«

»Ich will nicht, und er kann nicht«, erklärte Andry.

»Willst du ihm weismachen, ich wäre ein Eunuch?«, erkundigte sich Wallas, der allmählich empfindlich auf das Thema reagierte. »Ich habe noch einen, und der ist viel interessanter als seiner.«

Bei diesen Worten hob Wallas die Vorderseite seiner Jacke. Willy zischte den Bauern an und spie dann als Warnung Flammen und Funken in Richtung Ehefrau und Tochter, um sie auf Distanz zu halten. Die beiden Frauen fielen sofort in Ohnmacht, immer noch Arm in Arm. Der glotzäugige Bauer zeigte auf Wallas und bewegte die Lippen, aber kein Laut kam aus seinem Mund.

»Oh, aye, ich kann die beiden wirklich nirgendwohin mitnehmen«, erklärte Andry und senkte die Armbrust. »Komm, Wallas, lass uns reiten.«

Terikel flog nach ihrem Sprung von der Straße nicht weit. Auf der Suche nach Aufwinden entfernte sie sich einige Meilen von Klauenspitze, aber sobald sie an Höhe gewonnen hatte, kehrte sie um. Sie hatte dieselben Bedürfnisse wie jeder andere Drache. Eine windgeschützte Stelle mit einem flachen Landebereich und leichtem Zugang zu einem steilen Abhang für das Abheben. Auf dem Rückweg erblickte sie zwei Gestalten, die zu Fuß nach Westen liefen, und ihr fiel auf, dass die Straße jetzt durch einen Erdrutsch versperrt war, den es Minuten zuvor noch nicht gegeben hatte. Sie umkreiste Klauenspitze, ließ dann die Beine sinken, verringerte die Geschwindigkeit bis kurz vor dem Trudeln und landete im Laufschritt vor der Höhle der Glasdrachen.

Niemand kam heraus, um Terikel zu begrüßen oder herauszufordern. Es war so, wie Terikel vermutet hatte. Die Drachen hatten Fallen und Warnzauber für alle, die sich zu Fuß näherten, aber nicht für fliegende Besucher.

»Ich bitte um Verzeihung, aber ich bleibe nicht lange«, sagte Terikel zu allen, die zuhören mochten. Dann löste sie die Arme von ihren Schwingen und machte sich an die Arbeit.

Terikel hauchte Zauberworte, die ein schwach leuchtendes Geflecht formten. Dieses Gebilde hob sie hoch und presste es sich fest auf den Kopf. Sie zog daran. Das Geflecht breitete sich über den Kopf und die Schultern nach unten aus. Sie zog weiter, so dass ihr Oberkörper eingehüllt wurde, dann schob sie die Arme auswärts. Das Geflecht bildete Ärmel und Handschuhe aus. Sie zog das Geflecht noch weiter nach unten und hatte sich bald in ein schwach leuchtendes Trikot gehüllt. Noch bevor sie fertig war, stieg ihre Körpertemperatur bereits wieder an. Der magische Anzug war nicht beheizt, aber ein extrem guter Isolator, und sie wusste, dass es nicht lange dauern würde, bis ihre eigene Körperwärme sie ins Schwitzen bringen würde.

Sie war unter dem Ölzeug in warme Pelze gehüllt und hatte einen Windschutz aus feiner Gaze für ihre Augen improvisiert. Über allem saß das Zaubertrikot und konservierte ihre Körperwärme. Sie hatte sogar ein Pergament mit Notizen zu einer Art Rüssel zusammengerollt, um die Luft, die sie atmen würde, mit ihrer Körperwärme zu erwärmen. Ohne das ätherische Geflecht würde sie binnen einer Stunde erfrieren, aber ohne die kalte Luft würde sie sogar noch schneller an Überhitzung sterben. Fliegen würde angenehm sein. Sie spreizte langsam und vorsichtig die Flügel, dann ging sie zum Abgrund vor der Höhle. Eine wahrhaft qualvolle Erfahrung lag vor ihr, aber sie wusste, dass sie sich ihr stellen musste – auch wenn sie nicht genau verstand, warum. Doch zunächst musste sie einen Umweg machen.

»Es wird nur für kurze Zeit sein, Roval, aber ich komme dich besuchen«, flüsterte Terikel. »Ja, ich habe dich verlassen, aber … aber Andry ist ein anständiger Mensch, nicht wie die anderen. Du musst es erfahren, und ich muss dir meine Schande gestehen und es dir sagen.« Sie sprang.

Nachdem sie Klauenspitze hinter sich gelassen hatte, schlug Terikel einen Kurs parallel zu dem orangefarbenen Vorhang aus ätherischer Energie namens Drachenwall ein. In weniger als einer Stunde legte sie eine Entfernung zurück, für die sie sonst selbst zu Pferd mehrere Tage gebraucht hätte. Obwohl unterwegs immer auf der Suche nach Aufwinden, war sie gleichzeitig darauf bedacht, dem leuchtenden Vorhang nicht zu nah zu kommen.

Über ihr vermischte sich eine Säule aus blauem Geflecht mit dem orangefarbenen Schein des Windvorhangs, die vom Boden bis zum Regenbogen reichte, der Drachenwall krönte. Terikel wusste, dass er die Position von Ringstein Logiar angab und dieser eine Meile von der Küste entfernt war. Beim Umschauen bemerkte sie, dass die Wolken dichter wurden. Bald wurde sogar Drachenwall teilweise von den Gewitterwolken verdeckt, und der Wind frischte beunruhigend auf. Kein wie auch immer geartetes Flugmanöver konnte verhindern, dass Terikel nach Osten abgedrängt wurde. Der Ringstein selbst kam in Sicht und anhand der scheinbaren Größe der Ringsteinkreise schätzte Terikel, dass sie ungefähr viertausend Fuß hoch und zwei Meilen von ihnen entfernt war.

Während Terikel über das Wasser glitt, wurde sie von der vollen Wucht der durch Drachenwall ziehenden Westwinde getroffen, die alle Gedanken außer denen an Kontrolle auslöschten. Sie wusste, dass sie nach Osten geweht wurde, aber Scalticar im Süden lag. Hundertvierzig Meilen weiter südlich, um genau zu sein. Terikel ließ sich vom Wind tragen und neigte die Flügel, um ihren Flug nach Osten etwas südlicher auszurichten. Das Leuchten Drachenwalls wurde schon von dem Unwetter abgedunkelt. Regen prasselte auf Terikel nieder, und ihr wurde unangenehm kalt. Das war der Anfang eines Problems, das wusste sie nur zu genau. Die Flügel wogen nichts, aber das sich auf ihnen sammelnde Wasser und Eis konnte sich zu mehr als ihrem Körpergewicht summieren, und das würde sie möglicherweise aus der Luft holen.

Terikel hatte das Gefühl für Zeit und Entfernung vollständig verloren, als der Regen aufhörte und sich der Himmel aufhellte. Irgendwo jenseits der Wolken musste es gerade einen Sonnenaufgang geben, überlegte sie. Die Frage war nur, ob sie sich gerade über Land befand oder nicht. Sie machte unter sich wogende Wellen aus. Es waren sehr große, schwerfällige

Wellen von der Sorte, die von den Torea-Stürmen durch die Straße des Schreckens gepeitscht wurden, daher wusste sie, dass sie sich immer noch über der Meerenge befand.

In der Ferne tauchte eine riesige weiße Säule auf und verschwand dann wieder. Mit dem Unbekannten konfrontiert, war Terikel immer wachsam, aber was es auch war, es musste mindestens zweitausend Fuß unter ihr sein. Da war noch mehr als nur die Gischtsäulen, ging ihr schließlich auf. Etwas Dünnes und Dunkles blieb nach jedem Ausbruch der weißen Brandung zurück. Die Meerdrachenspitze! Es waren Wellen, die über der Meerdrachenspitze zusammenschlugen. Zuletzt hatte sie das auf der *Sturmvogel* beobachtet. Das bedeutete, dass sie nicht mehr weit von Nord-Scalticar entfernt war, aber es war auch die Stelle, an der die Küste von Nord-Scalticar in Richtung Süden abknickte.

Terikel neigte die Flügel und legte sich in eine scharfe Kurve. Die beinah angelegten Flügeln gaben ihr keinen Auftrieb, und sie fiel schnell, nahm dabei aber auch Geschwindigkeit auf. Diese Geschwindigkeit trug sie nach Süden. Minuten vergingen. Die Meerdrachenspitze lag links von ihr. Eine Welle eineinhalb Mal so hoch wie der dreihundert Fuß hohe Felsen schlug darüber zusammen, so dass die Gischt höher spritzte als der höchste Turm, der jemals erbaut worden war.

Nur durch Zufall bemerkte Terikel, dass der Horizont ein wenig zerklüftet war. *Nord-Scalticar*, dachte sie, doch der brennende Triumph bei diesem Gedanken wurde sofort von den anschließenden Zweifeln abgekühlt. Sie war zu tief, um durch Abtauchen noch mehr Geschwindigkeit aufnehmen zu können. Keine Geschwindigkeit bedeutete kein Vorankommen. Terikel fiel wieder, dieses Mal bis wenige Fuß oberhalb der Wellenkronen. Die Gipfel der Küste von Nord-Scalticar waren bereits näher gekommen, aber inzwischen wurde sie rückwärts geweht. Terikel stieg wieder und hielt diesmal nach einer hohen Luftströmung in einer anderen Richtung Ausschau. Sie stieg in die Wolken, dann über sie. Mit

Hilfe der Sonne orientierte sie sich neu und tauchte dann wieder ab.

Gegen Mittag gab Terikel ihre Versuche auf, Land zu erreichen. Sie befand sich über einer ungebrochenen Weite aus Wasser. *Ein Schiff*, dachte sie. *Wenn ich ein Schiff sehe, kann ich im Wasser landen, an Bord gehen und mir die Überfahrt nach Nord-Scalticar kaufen*. Sie kämpfte gegen den Wind an, der sie den Rest des Tages nach Osten trieb, gestand sich aber, als das graue Tageslicht in das dunklere Grau des Abends überging, ihre Niederlage ein und kletterte wieder,.

»Roval! Ich habe es versucht!«, rief sie dem westlichen Horizont zu, dann wandte sie sich nach Osten und flog mit dem Wind.

Bei diesem Zauber gab es kein Ausruhen, das wusste Terikel so gut wie jeder erfahrene Initiat. Sollte sie einschlafen, würden sich die ätherischen Schwingen auflösen, und sie konnte sie vor dem Auftreffen auf die Wasseroberfläche nicht neu ausbilden. Vor ihr lag der offene Ozean mit der Südküste des toten Kontinents Torea auf der anderen, mehrere Tage entfernten Seite. Im Süden, aber sehr viel näher, lag die große Insel Zurlan. Noch etwa fünfhundert Meilen, wenn sie die Karten in ihrem zusammengerollten Mantel richtig im Kopf hatte. Sie musste noch eine Nacht wach bleiben und sich durch die Westwinde weiter nach Süden kämpfen. Terikel starrte in die Schwärze, während sie weitergeweht wurde, und konnte ihre Flugrichtung nur anhand des Windes abschätzen, der an ihr vorbeiwehte.

3
DRACHENKÜKEN

Andry und Wallas holten die Aufklärer ein, als die Mauern von Logiar bereits in Sichtweite waren. Bis sie berichtet hatten, wie Terikel gestorben war und dass die Gardisten es mit einem fünfzig Fuß großen Huhn zu tun bekämen, wenn sie sich nicht beeilten, hatten sie das Stadttor erreicht.

»Und was hast du jetzt vor?«, erkundigte sich Wallas bei Andry, als sie in der Kaserne der Garnison ankamen.

»Ich bin wieder bei den Aufklärern.«

»Du hast gesagt, du wärst desertiert.«

»Ich habe gelogen. Ich habe Feldwebel Esen überredet, mir einen Urlaubsschein auszustellen, damit ich auf Terikel aufpassen konnte.«

»Sie brauchte keinen Aufpasser! Sie hatte mich.«

»Oh, aye, deswegen habe ich den Urlaubsschein ja bekommen. Jetzt hat der Feldwebel entschieden, dass wir zwei Tage in den Tavernen der Stadt verbringen dürfen, in denen wir uns unter die Einheimischen mischen und nach den Flüchtigen Ausschau halten sollen. Du gehörst technisch gesehen als untergeordnete Hilfskraft zu den Aufklärern, also wirst du uns begleiten.«

»Oh. Und was passiert, wenn wir sie zu Gesicht bekommen?«

»Du hältst den Mund und erzählst es keinem.«

»Ich verstehe. Also werden wir eine Halbe auf Kosten der Prinzessin trinken?«

»Alle außer mir.«

»Was? Du gehst in eine Taverne und trinkst nichts?«

»Genau.«

»Aber du hast immer eine Halbe getrunken. Seit wir uns kennen, trinkst du eine Halbe.«

»Ich habe Velander versprochen ...«

»Velander ist tot. Warum trinkst du nicht eine Halbe zu ihrem Gedenken?«

»Sie würde es vorziehen, wenn ich zu ihrem Gedenken ablehne.«

»Ach, hör auf! Trink, sing ein schmutziges Lied und kneif einem Mädchen in den Hintern.«

Andry lachte und knuffte Wallas gegen die Schulter.

»Das ist schon komisch. Ich versuche meine Manieren aufzupolieren, und du versuchst deine loszuwerden. Wenn ich es recht bedenke, schuldet Velander mir noch eine Nacht in den Tavernen.«

»Na also, dann nichts wie los.«

»Nein, nein, ich glaube, die spare ich mir für eine besondere Gelegenheit auf.«

»Für eine besondere Gelegenheit? Wir haben gerade eine Reise überlebt, neben der sich auch das spannendste Bardenepos wie ein ruhiger Tag in einem schlecht besuchten Tempel ausnimmt, und du willst nicht feiern, dass wir noch leben?«

»Das ist wie mit der Unberührtheit, Wallas. Verlier sie nicht gar zu hastig, und es könnte damit enden, dass du was ganz Besonderes damit machst.«

»*Das* war jetzt vollkommen unangebracht!«

Die Aufklärer verbrachten ihre erste Nacht in Logiar schlafend in der Garnisonskaserne und tauchten erst am folgenden Nachmittag wieder auf. Esen befahl ihnen, sich zu säubern und ihre besten Sachen zu tragen, als hätten sie tatsächlich eine Nacht Urlaub und seien darauf aus, sich zu amüsieren. Er teilte sie in Zweiergruppen ein, und wies Andry sich selbst zu. Als sie durch das Kasernenhoftor gingen, borgte er sich Andrys Kamm.

»Danke, Kumpel, ich will gut aussehen, wenn ich Urlaub habe«, sagte er im Gehen.

Esen schaute einen Moment himmelwärts. Drachenwall ragte über der Stadt in die Höhe und nahm den halben Himmel ein.

»Wo haben Sie Diomedanisch gelernt, Herr Feldwebel?«, fragte Andry.

»Ich habe da gelebt. Fünf Jahre in einer Grenzgarnison im Norden von Saltberry. Rotstein hat sie geheißen.«

»Aye, wirklich? Als was?«

»Als Söldner.«

»Aber Wallas hat mir erzählt, Rotstein wäre im Senterri-Krieg von den sargolanischen Eindringlingen eingenommen worden. Es hieß, alle diomedanischen Verteidiger wären abgeschlachtet worden.«

»Oh, aye, obwohl sie von Sklavenjägern entführt wurde, nicht von Diomedanern.«

»Ich würde meinen, ein Söldner in Diensten Diomedas wäre als Erster zum Richtblock geführt worden.«

»Ganz recht, mein Junge, aber ich stamme aus Alberin. Ich wurde in Ketten gelegt, während die Sargolaner überlegten, was sie mit mir anstellen sollten. Dann haben sie erfahren, dass die Diomedaner Senterri gar nicht entführt hatten. Hier hast du deinen Kamm zurück, danke.«

»Sie stammen eigentlich aus Alberin, Herr Feldwebel?«

»Oh, aye, ich bin in Schmiedeberg geboren«, sagte Esen und wechselte auf Alberinisch. »Ich war Lehrling bei einem

Schmied, bis eine Armbrust meines Meisters bei einem Attentat benutzt wurde. Auf dem Weg zur Arbeit fand ich eines Morgens den Laden brennend vor, und der Leichnam meines Meisters lag auf der Straße. Außer seinem Kopf, der steckte auf einer Lanze, die ein Mitglied der Miliz hielt. Der andere Soldat redete inzwischen mit den Anwohnern, und ich dachte mir, dass er sie bestimmt darüber ausfragte, wer sonst noch bei ›Bogenmanns Bögen‹ arbeiten würde.«

»›Bogenmanns Bögen‹?«, fragte Andry während er sich die Haare kämmte. »Darüber gibt es ein Lied. Zwielichtiger Borry Bogenmann.«

»Aye, das kenne ich. Nach einem Jahr verkündete dann der Palast, man wäre möglicherweise doch ein wenig übereifrig gewesen, weil man nicht nur den Attentäter, sondern auch dessen Familie und Saufkumpane sowie seinen Schneider, Bogenmacher und Bolzenfiederer getötet hätte. Mittlerweile war ich Söldner und diente als Trommler in der Garnison von Lacer. Dreißig Jahre später habe ich bei den sargolanischen Aufklärern gedient, den Wüstenpatrouillen von Alear, bei Diomedas Flussmiliz und sogar bei den Weinberghütern von Gladenfalle. Als dem Kaiser klar wurde, dass beinah die gesamte Kaserne von Rotstein niedergemetzelt worden war, wollte er das an den wenigen Überlebenden wiedergutmachen. Seine Königliche Reisegarde geriet jedes Jahr drei oder vier Mal in einen Hinterhalt und wurde massakriert, also kam er zu dem Schluss, dass sie Aufklärer brauchte, die vor ihnen die Gegend auskundschafteten. Jetzt weißt du alles.«

»Und jetzt sind Sie ein Feldwebel der Aufklärer. Netter Aufstieg für einen Gemeinen.«

»Aye, aber ich werde nie ein Edelmann sein, Kumpel.«

»Wollen Sie denn einer sein, Herr Feldwebel?«

»Will das nicht jeder?«

»Ich habe darüber nachgedacht. Es hat vieles für sich, ein Edelmann zu sein, aber denken Sie an die Edlen der Reisegarde. Abgesehen von den Hauptleuten und dem Feldwebel, hat einer von ihnen jemals mit Ihnen gesprochen? Etwas wie, ›Wie geht's denn so, mein Junge?‹ Nicht einer und nicht ein einziges Mal, möchte ich wetten. Wir hätten genauso gut Hunde sein können, mit denen hätten sie ebenso viel geredet. Ich habe ihnen aber zugehört, wenn sie miteinander geredet haben, weil sie sich lauter unterhalten, wenn Gemeine in der Nähe sind, um uns zu beeindrucken. Herr Feldwebel, die erzählen Schwachsinn! Wie viele Goldkronen ihre Väter im Jahr verdienen. Welche anderen Adligen sie zum Morgentee oder Abendessen eingeladen haben und wie oft. Wie viel ihre Rüstung gekostet hat, welcher Meisterschmied ihre Klingen geschmiedet hat und wie viele Fenster im Anwesen der Familie verglast sind.«

»Bei genauerem Hinsehen ist das auch nicht gerade die Gesellschaft, die ich mir aussuchen würde.«

»Sie sind langweilig, Herr Feldwebel. Sie leben nur dafür, sich gegenseitig zu beeindrucken. Sie sind so besessen davon, andere mit ihrem Leben zu beeindrucken, dass sie vergessen haben, wie es ist lebendig zu sein.«

Esen lachte, nickte aber. »Also waren deine Bemühungen um bessere Manieren in den letzten Wochen umsonst, mein Junge?«

»Ganz und gar nicht, Herr Feldwebel. Ich habe gelernt, edel zu sein, und das ist ein Unterschied. Viele Jungens sind auf ihre eigene Art edel. Sie und die anderen Aufklärer sind edel.«

»Davon verstehe ich nichts, Andry.«

»Glauben Sie mir, Herr Feldwebel.«

Andrys Haar war vollständig ausgekämmt und nach hinten gebunden, als sie sich der ersten Taverne auf Esens Liste näherten.

»Die erste Taverne ist in der Nähe der Zauberakademie«, sagte der Feldwebel. »Wir können ein paar Melodien und Lieder mit den Studenten singen, in netter Gesellschaft ein bisschen klug daherreden und ein ruhiges Bier trinken. Studenten reden gerne über entfernte Länder, von denen sie nur gelesen haben. Ich habe schon viele Getränke spendiert bekommen, nur weil ich von meinen Reisen und Schlachten erzählt habe.«

»Das muss die Akademie für Ätherische Studien für Edelmänner in Logiar sein«, sagte Andry, als er und Esen vor einem mit Wasserspeier geschmückten Tor in einer hohen Mauer stehen blieben.

Das Tor war geschlossen, aber an der Mauer lehnte eine Leiter.

»Diese Leiter ist mit der Wand verschraubt«, stellte Andry fest.

»Aye, die Studenten wollen nicht, dass irgendein Schurke sie stiehlt«, sagte Esen, während sie weitergingen.

»Warum sperrt man die Studenten ein und lässt die Leiter dann stehen?«

»Damit man sie erziehen kann.«

In einer schmalen Gasse in der Nähe fanden sie den *Krug der Inspiration*. Schon von Weitem hörten sie Gesang, und nach dem Eintreten stellten sie fest, dass das Bier gut war, es aber nur gesalzene Wurst und kalte Obsttorte zu essen gab. Die nächste Stunde verstrich angenehm, und sie spielten Hornpfeife und Fiedel, während die männlichen Studenten mit den einheimischen Mädchen tanzten. Andry und Esen machten gerade eine Pause, um etwas zu trinken, als Andry über dem allgemeinen Geplapper eine ihm vertraute ernsthafte und sehr penetrante Stimme hörte.

»Brüder, Freunde, ihr mögt euch fragen, wer ich bin, aber ihr solltet euch fragen, wer das Establishment ist. Niemand anders als die neue Regentin und ihr Verlobter, aye, es stimmt, und merkt euch diese Worte, Brüder, ihr Weg auf den Thron war kein ehrlicher.«

»Ist das nicht die Studentin aus Clovesser?«, sagte Esen.

»Aye, das ist Riellen, und ihre Worte sind Hochverrat«,

stimmte Andry zu. »Oh, aye, und sie verteilt auch Pamphlete. Sie werden sie doch nicht festnehmen, oder, Herr Feldwebel?«

»Nein. Wer schert sich einen Dreck um eine mittellose Streunerin, die Hochverrat predigt?«

»Tja, ich sehe gerade ein paar Dreckskerle, die es vielleicht tun, Herr Feldwebel. Schauen Sie mal zur Tür.«

»Milizen«, flüsterte Esen. »Und draußen werden noch mehr sein: zwei an der Tür und einer an jedem Fenster, das ist bei Verhaftungen üblich.«

»Und, Herr Feldwebel?«

»Und was, Andry?«

»Was sollen wir tun, Herr Feldwebel?«

»Dem Gesetz nach müssen wir bei der Verhaftung helfen, mein Junge.«

»Wie lautet also Ihr Befehl, Herr Feldwebel?«

Esen rieb sich nachdenklich das Kinn und starrte Andry an. Er schien in dessen Miene nach einem subtilen Hinweis zu suchen.

»Hast du schon mal das Gesetz gebrochen, um ein bisschen Spaß zu haben, mein Junge?«

»Das habe ich, Herr Feldwebel.«

»Hättest du jetzt auch Lust dazu?«

»Hätte ich, Herr Feldwebel. Bitte um Erlaubnis, einen verzweifelten Plan vortragen zu dürfen, Herr Feldwebel?«

»Erteilt.«

»Gehen Sie zu Riellen, stopfen Sie ihr das Maul und schaffen Sie sie nach draußen. Ich kümmere mich um die Miliz.«

»Wir treffen uns im *Feder und Krug* in einer Viertelstunde oder so früh, wie du es schaffst«, antwortete Esen. »Und gib mir deine Fiedel, die darf nicht beschädigt werden.«

Andry ging zu einem der Soldaten, hob seinen Krug und versah sein beschränktes Sargolanisch mit einem deutlichen alberinischen Akzent.

»Bruder, gut dich sehen. Trinken, ja? Fortuna mit Prinzessin-Regentin Senterri!«

Der Soldat hob kurz den Schlagstock, sah dann aber den Stern eines Sprechers auf Andrys Jacke und erkannte das Wappen der Aufklärer. *Jemand Wichtiges, wahrscheinlich ein Held, eindeutig ein Ausländer, sieht aus wie ein hochbezahlter Söldner* und *hat was mit der neuen Prinzessin-Regentin zu tun*, ging ihm durch den Kopf.

»Sei gegrüßt, Aufklärer, aber ich bin im Dienst«, begann er.

»Ist Dienst für alle treuen Sargolaner, trink Gesundheit Prinzessin-Regentin!«

»Ja, ja, später, warum gehst du nicht schon mal vor zur Theke, und ich komme sofort nach, wenn …«

»Trink jetzt, sonst Hochverrat!«, rief Andry, indem er den Soldaten am Arm packte, ihn herumriss und ihn zu Fall brachte.

Der Kamerad des Milizsoldaten machte Anstalten, seine Axt zu ziehen, doch Andry zog seine Axt am Kopf heraus und schwang den Schaft herum, während sein Gegner noch versuchte, den Griff zu ändern. Während eine scharfe, teure Axtklinge ein sehr effektives Tötungsinstrument ist, lässt ein Stück Holz von einem Schritt Länge den Gegner benommen zu Boden gehen und ein paar Minuten außer Gefecht liegen bleiben. Andrys Schaft traf den Helm des Soldaten. Da dieser von der billigen, leichtgewichtigen Art aus einfachem Leder und Metallbändern war, diente er mehr als Symbol der Autorität, als in einem Kampf von Nutzen zu sein. Praktisch die gesamte Wucht von Andrys Schlag übertrug sich durch den Helm auf den Kopf des Mannes, der zu Boden ging. Mittlerweile rappelte sich der erste Soldat wieder auf, aber Andry sah sich um und verpasste ihm einen Rückhandschlag in den Magen. Er krümmte sich, und Andry schlug ihm obendrein noch auf den Hinterkopf.

Zwei weitere Soldaten kamen durch die Vordertür, aber mittlerweile versuchte eine Gruppe Studenten in extremer Eile die Taverne zu verlassen. Die Soldaten hatten beide eine Axt in der einen und einen Schlagstock in der anderen Hand. Andry schlüpfte in eine Lücke zwischen zwei Studenten und stieß einem der Soldaten das Griffende der Axt ins Zwerchfell. Er krümmte sich. Der vierte Mann hatte inzwischen verarbeitet, dass dieser besonders betrunkene Aufklärer drei Kollegen der Stadtmiliz von Logiar zu Boden gestreckt hatte, ohne selbst auch nur einen Kratzer abbekommen zu haben. Er drehte sich um und unternahm einen Fluchtversuch. Andry reichte über die Menge Studenten hinweg und schlug ihn hart auf den normalen Stadtmiliz-Helm. Der Helm gab nach, und sein Träger folgte seinem Beispiel.

Ein fünfter Soldat beobachtete alles durch ein Fenster, entschied aber, dass es eine gute Idee sei, sich auf die Suche nach Verstärkung zu machen.

Danol und Sander waren im *Feder und Krug* und unterhielten sich mit Esen und Riellen, als Andry eintraf. Es gab einen kurzen Moment der Anspannung, dann bemerkten sie, dass er lächelte und nicht so aussah, als werde er verfolgt.

»Erfreut, melden zu können: ein Feind in die Flucht geschlagen, vier Leichtverletzte und keine zivilen Opfer«, berichtete Andry, während er Esen grüßte.

»Herr Feldwebel, was zur Hölle geht hier vor?«, rief Danol.

»Andry und ich haben unseren Abschied als Söldner-Aufklärer genommen«, antwortete Esen.

»Was? Das können Sie nicht machen … Herr Feldwebel! Ich war früher, äh, Magistratsgehilfe, ich kenne die Gesetze.«

»Oh, aye, aber wir *können* unseren Abschied nehmen, Danolarian. Es ist nur schwierig, den Abschied *bestätigt* zu bekommen.«

»Aber warum den Abschied nehmen?«, fragte Danol hartnäckig nach. »Ihr zwei seid doch Helden.«

»Ich habe jemandem versprochen, jemand anderen nach Alberin zu bringen«, sagte Andry. »Außerdem würde ich nach allem, was ich im Wahrheitszauber erfahren habe gerne Abstand von der Prinzessin halten.«

»Aye, diese Geschichte ist allgemein bekannt«, meinte Esen. »Alle Beteiligten haben die Geständnisse der anderen herumerzählt in dem Versuch, ihre eigenen unter den Tisch zu kehren. Die Prinzessin ist keine Person, der ich noch länger dienen möchte. Neun von zehn Reisegardisten sind gestorben, um ihre Ehre zu retten, und jetzt steigt sie mit dem Anführer des Feindes ins Bett und verbündet sich mit ihm gegen die eigenen Brüder. In ein oder zwei Wochen könnten wir im Krieg mit ihnen sterben, und in weiteren zwei Wochen laden sie sich wieder gegenseitig zum Abendessen ein. Außerdem mag ich die beiden Hauptleute und werde sie nicht jagen, nur weil die Prinzessin schlechte Laune hat. Dolvienne hat ihr lange und gut gedient und ist jetzt auch auf der Flucht. Wie lange noch, bis sich die Prinzessin gegen uns wendet? Mir reicht's.«

»Aber ihr seid technisch gesehen Deserteure, wenn ihr Euch morgen nicht zurückmeldet«, stellte Danol fest.

»Deserteure!«, rief Sander. »Ihr alle beide.«

»Oh, aye«, sagte Esen. »Aber erst morgen, wenn wir uns nicht beim Offizier vom Dienst zurückmelden.«

»Aber was wird aus uns Aufklärern?«, fragte Sander. »Wir verlieren Feldwebel und Sprecher! Wer wird uns führen und wer für uns sprechen?«

»Ihr seid doch noch zu dritt, wählt einen neuen Sprecher«, sagte Esen.

»Äh, was passiert mit mir, Bruder?«, fragte Riellen, die entschieden hatte, dass sich sogar Revolutionäre besser höflich gegenüber Soldaten verhielten, die vielversprechende Neigungen erkennen ließen, sie vor dem Zugriff des Establishments zu beschützen.

»Wir werden einen ruhigen Ort finden, wo wir gute Techniken des Versteckens und Überlebens und vielleicht den besten Weg nach Alberin diskutieren können«, antwortete Esen. »Wenn du keine Vorträge über Revolutionen hältst und keine Pamphlete austeilst, kannst du dich gerne anschließen, Mädchen.«

Andry, Esen und Riellen verließen die Taverne, aber sie waren noch nicht weit gekommen, als beide Aufklärer zu den Äxten griffen.

»Laufschritte hinter uns, Andry«, sagte Esen.

»Umdrehen und kämpfen, Herr Feldwebel?«, fragte Andry.

»Die Mühe würde ich mir sparen«, warf Riellen ein. »Es sind Sander und Danol.«

Sander und Danol holten sie ein. Eine Weile gingen sie schweigend nebeneinanderher.

»Kann mir jemand mein Abschiedsgesuch schreiben?«, bat Sander.

»Ich mache das für ihn, mit Verlaub, Herr Feldwebel«, sagte Danol.

»Vergesst besser das ›Herr Feldwebel‹, Jungens, wir sind jetzt gemeine Deserteure«, stellte Esen fest.

»Ich muss sagen, ich bin sehr dankbar, dass ihr Männer euch dem Kollektiv zur Aufdeckung von Zauberverschwörungen und okkulten Komplotten anschließt«, begann Riellen.

»Falsch, Mädchen«, erwiderte Andry. »Du schließt dich den Ersten Aufklärerdeserteuren der Prinzessin-Regentin an. Jedenfalls, wenn du morgen früh nicht die Hauptrolle bei einer öffentlichen Veranstaltung spielen willst, die eine sehr kurze Begegnung mit einem sehr starken Mann und einer sehr großen Axt beinhaltet.«

Sie fanden Costiger in der *Katze im Sack*, der berichtete, dass Wallas ihn nicht am Kasernentor getroffen habe. Andry und Esen erklärten ihren Entschluss zu desertieren und luden Costiger ein, sich ihnen anzuschließen.

»Herr Feldwebel, ich bin zwar nicht der Schlausten einer, aber selbst ich bin helle genug, das zu erkennen«, sagte Costiger, nahm seine Aufklärermütze ab und kratzte sich am Kopf. »Aber warum desertieren?«

»Weil wir drei nette, tapfere und gute Menschen jagen sollen, die den Herrschaften auf die Füße getreten sind«, sagte Esen.

»Außerdem ist Prinzessin-Regentin Senterri nicht *unsere* Herrschaft«, sagte Andry. »Wir stammen alle aus Alberin. Der Kronprinz ist unser richtiger Monarch.«

»Aber der Kronprinz ist auch nicht so ganz richtig im Kopf«, stellte Danol fest. »Habt ihr mal darüber nachgedacht, warum der Kaiser von Nord-Scalticar sich geweigert hat ihn zum König zu krönen, als sein Vater gestorben ist?«

»Äh, nein«, gab Andry zu, der vor seiner Ankunft in Sargol keinerlei politische Kenntnisse und auch kein Interesse an Politik gehabt hatte.

»Der Mann ist ein Spinner. Letztes Jahr hat er ein Bankett abgehalten, bei dem alle Speisen auf nackten Freudenmädchen serviert wurden und alle Gäste in Katzenkostümen kommen mussten. Niemand durfte etwas anderes als ›miau‹ sagen, und die Strafe für einen Verstoß gegen diese Regel beinhaltete eine Schüssel Sahne, einen Staubwedel und eine große Glocke.«

Sie verstummten wieder, da jeder sich sein eigenes Bild vom Bankett des Kronprinzen von Alberin machte.

»Er hat niemals einen Krieg angefangen«, sagte Riellen.

»Ha!«, lachte Danol. »Alberin genießt seit dem Tod seines Vaters absoluten Frieden. Es gibt keinen Herrscher in ganz Scalticar, der nicht panische Angst davor hat, von der Gästeliste seiner Orgien gestrichen zu werden.«

Riellen räusperte sich. Alle fünf Männer wandten sich ihr zu. Plötzlich eingeschüchtert, nahm sie die Brille ab und putzte die Gläser mit dem Ärmel.

»Verglichen mit den beiden Herrschern, die ich in den letzten Wochen kennengelernt habe, halte ich den Kronprinzen für einen ziemlich netten Mann«, verkündete sie.

Riellen setzte die Brille wieder auf. Die fünf Köpfe rings um sie nickten zustimmend.

»Ich glaube, ich bin dabei«, sagte Costiger. »War viele Jahre nicht zu Hause.«

»Dann wäre das geklärt«, sagte Esen leise. »Wir gehen nach Alberin.«

»Wie?«, fragte Danol. »Ich habe einige Erkundigungen eingeholt für den Fall, dass die Hauptleute und Dolvienne auch dorthin fliehen wollten. Alle großen Schiffe sind gesunken oder so stark beschädigt, dass sie sich nur über Wasser halten können, solange sie auf einer Sandbank festsitzen. Es sind nur noch ein paar Fischerboote übrig, und die kommen nicht gegen die Strömung im Hafen von Logiar an.«

»Ich würde lieber die Straße des Schreckens in einem Badezuber überqueren, als noch länger in Sargol dienen«, sagte Esen.

»Ganz deiner Meinung«, unterstützte ihn Andry.

»Hört mal, ich mag zwar nur eine Studentin mit wenig praktischen Erfahrungen sein«, sagte Riellen, »aber sechs Personen sind etwas übertrieben für einen Badezuber, sogar bei einer Hafenrundfahrt an einem sehr schönen Tag. Der letzte ruhige Tag in der Straße des Schreckens war, äh, tja, ich glaube, es hat *noch nie* einen gegeben.«

Andry schlug plötzlich mit der Faust auf den Tisch. Alle drehten sich zu ihm um, aber er saß einfach nur still mit offenem Mund da und war mit den Gedanken sehr weit weg.

»Du hast eine Idee, mein Junge?«, erkundigte sich Esen.

»Wir *können* die Straße des Schreckens überqueren«, sagte Andry beinah im Flüsterton. »Wir brauchen nur einen Zuber.«

»Das sollte ein Witz sein, Andry«, sagte Esen.

»Und wahrscheinlich gibt es hier ein paar geeignete Zuber«, fuhr Andry fort.

»Ein Witz«, rief Riellen. »Das sind lustige Wortspiele, amüsante kleine Geschichten. Man soll darüber lachen und sie nicht ernst nehmen.«

»Habe ich euch je vom Wrack der *Haulier* erzählt?«, fragte Andry.

Sie schüttelten den Kopf und beugten sich über den Tisch.

»Sie ist der Grund, warum mein Vater nicht mehr als Schiffszimmermann zur See gefahren ist. Die *Haulier* war ein großer Hochsee-Kauffahrer, der in einen Sturm vor der Küste von Ost-Scalticar geraten ist. Riesige Wellen spülten über die Decks und rissen die Abdeckungen der Deckluken weg, so dass so viel Wasser ins Schiff lief, dass es zu sinken anfing. Als es unterging, sprang mein Vater ins Wasser und dachte, er wäre ein toter Mann, bis er im Treibgut einen Badezuber vorbeitreiben sah. Er schwamm hin und kletterte hinein. Zwar schwappte etwas Wasser mit hinein, das konnte er aber mit den Händen ausschöpfen. Und wisst Ihr was?«

Fünf Köpfe wurden geschüttelt.

»Er musste nicht wieder schöpfen, bis er zwei Tage später an die scalticarische Küste gespült wurde. Das Schiff war so groß und schwer, dass es durch die Wellen pflügte, aber der Badezuber *ritt* auf den Wellen.«

»Ich glaube immer noch, dass ein Badezuber etwas überladen wäre«, begann Riellen.

»Nein, ein Boot!«, widersprach Andry. »Ein kleines Boot wie ein Zuber. Eines, das so klein ist, dass es auf den hohen Wellen reitet, anstatt gegen sie anzukämpfen. Du hast es selbst gesagt, Danol. Es gibt immer noch ein paar kleine Boote auf dem Wasser.«

»Wenn es möglich ist, warum hat es noch keiner gemacht?«, fragte Esen.

»Schiere Panik«, schlug Danol vor.

Plötzlich wedelte Riellen mit den Händen über dem Tisch, die Innenseiten nach unten gerichtet. Sie hatte beschlossen, nun als Teil einer militärischen Einheit auch einen anständigen Beitrag zu leisten. Entfernte Gefahren zu erkennen und jene zu warnen, die kämpfen konnten, schien eher im Rahmen ihrer Fähigkeiten zu liegen, als selbst zu kämpfen, daher hatte sie sich zum inoffiziellen Wachposten ernannt.

»Ein Gesicht am Fenster, schielt an den Fensterläden vorbei«, sagte sie leise. »Trägt einen Milizhelm.«

»Jetzt ist es nicht mehr da«, sagte Andry.

»Macht keine plötzlichen Bewegungen«, warnte Esen.

»Die Tür öffnet sich, ein Soldat kommt herein«, sagte Riellen. »Er hat uns gesehen, er starrt uns an, das könnte ...«

»Das ist Wallas!«, seufzte Andry und brach vor Erleichterung beinah auf dem Tisch zusammen.

Wallas eilte direkt zu ihrem Tisch und quetschte sich ans Ende einer Bank. Andry wies ihn darauf hin, dass die Leute zum Trinken in eine Taverne kamen und er ohne Getränk verdächtig wirken würde. Wallas schnappte sich Andrys Krug, leerte seinen Inhalt und hielt ihn dann dicht vor sich.

»Man hat mich erkannt!«, erklärte Wallas atemlos. »Ich wurde als Milvarios von Tourlossen begrüßt, sobald ich mich rasiert und mir die Haare geschnitten hatte. Kaiserlicher Musikmeister und kaiserlicher Attentäter durch Ernennung. Pah!«

»Du hast das Oberhaupt des Establishments getötet?«, keuchte Riellen ehrfürchtig.

»Und was ist passiert?«, fragte Esen.

»Oh, ich habe ein Bad genommen und dann feine Gewänder angezogen, um mit meinem neuen wohlgeformten und muskulösen Körper anzugeben. Ich meine, schließlich sollten wir uns für eine Nacht des Feierns in Schale werfen.«

»Ich habe gesagt für eine Nacht in den Tavernen, nicht für den königlichen Hof von Logiar«, warf Esen ein.

»Ich war kaum im Flur, als ich schon einen Herold vom Hof von Palion getroffen habe. Er schrie, als wären gerade alle Dämonen der Unterwelt um die Ecke gebogen, und rannte dann weg. Ich rannte in die andere Richtung und direkt zurück in mein Zimmer. Ich habe mir die abrasierten Barthaare wieder angeklebt und die neu gekauften feinen Kleider ins Feuer geworfen. Dann bin ich wieder nach draußen gegangen und habe einen Feldwebel gefragt, was los wäre. Er hat mir befohlen, eine Stunde bei der Suche nach mir zu helfen. Schließlich kam man zu dem Schluss, der Herold wäre von dem Wein benebelt gewesen, den er zum Abendessen gekippt hatte –

aber ich bin hier erledigt. Mein Bart fällt schon wieder ab, seht nur.« Er wischte sich über die Wange und hielt ihnen eine Hand voller Haare und Leim entgegen. »Ich kann mich nicht lange genug verstecken, bis mir ein neuer Bart gewachsen ist.«

»Meine Mutter hat mich immer vor Männern mit behaarten Handflächen gewarnt«, sagte Andry.

Wallas kannte das Märchen nicht, auf das Andry sich bezog, aber er nahm vollkommen zu Recht an, dass es ein Witz auf seine Kosten war, als alle anwesenden Alberiner lachten.

»Wie gut sind Sie als Seemann, Herr Feldwebel?«, fragte Andry Esen.

»Ich habe als Marinesoldat an Bord von Galeerenschiffen gedient, Junge. Da habe ich beim Ausschöpfen und Auftakeln und so geholfen.«

»Also mehr Erfahrung als die meisten. Was ist mit dir, Wallas? Bist du schon zur See gefahren?«

»Ich habe bei festlichen Gelegenheiten an Bord der königlichen Barke auf dem Palion gespielt, und ich kann die acht Wassermusiksonaten von Elberrili auswendig.«

»Ein einfaches ›nein‹ hätte auch genügt«, sagte Danol. »Ich war Seemann und habe bei den tor… äh, diomedanischen Marinesoldaten gedient.«

»Sonst noch jemand?«, fragte Esen. »Nein? Dann haben wir zwei Matrosen und einen Schiffszimmermann. Ein Navigator wäre hilfreich.«

»Wir können einen zwangsverpflichten!«, sagte Andry. »Was gut genug für mich war, ist auch gut genug für einen anderen.«

»Oh, aber ich kenne mich ein wenig mit Astronomie aus«, warf Riellen fröhlich ein und hob die Hand.

»Nettes Angebot, Mädchen, aber wir werden wohl nicht viel vom Himmel sehen bei diesen Stürmen da draußen in der Meerenge. Wir brauchen jemanden, der auch mit der Windrichtung, den Wellen, der Dünung und so navigieren kann.«

»Herr Feldwebel, wir sollten mal einen Ausflug zum Hafen machen«, sagte Andry zu Esen. »Nur Sie und ich, würde ich vorschlagen. Da sollte doch ein Navigator zu finden sein.«

»Das machen wir«, sagte Esen. »Die anderen bleiben hier und halten sich aus allem Ärger raus. Und Riellen! Wenn du versuchst, hier drinnen eine revolutionäre Bewegung anzufangen, während wir weg sind, bringe ich dich eigenhändig um.«

»Herr Sprecher, haben Sie noch die Schriftrolle von der Prinzessin?«, erkundigte sich Danol. »Die sie Ihnen beim Ball von Glasbury gegeben hat?«

»Oh, aye, in meiner Jackentasche. Warum brauchst du sie?«

»Nur ein kleiner Einfall, vertrauen Sie mir.«

Andry und Esen schlenderten langsam durch die Schiffswerften am Rande des Hafens von Logiar, und was sie sahen, entmutigte sie. Es gab überhaupt keine großen Schiffe. Ein paar kleinere Schiffe befanden sich im Anfangsstadium der Konstruktion, aber an ihnen schien schon länger nicht mehr gearbeitet worden zu sein. Mehrere mittelgroße Schiffe hatten sich bis nach Logiar durchgekämpft, nachdem sie die riesigen Wellen und grimmigen Winde in der Hafeneinfahrt überstanden hatten, aber keines davon war größer als eine Karacke. Sie waren alle an den Strand gezogen worden, und niemand hatte die Schäden repariert. Man hatte sie nur so weit gegen Wasser abgedichtet, dass Menschen darin leben konnten. Das Holz war ausgetrocknet, und man würde alles noch einmal kalfatern und nässen müssen, wenn sie nicht sofort sinken sollten, sobald sie wieder zu Wasser gelassen wurden.

Der Wind blies stark und brachte dünnen, aber stechenden Regen mit sich. Niemand hatte große Lust, nach draußen zu gehen und herumzulaufen, daher konnten Esen und Andry gehen, wohin sie wollten, ohne aufgehalten zu werden. Unten am Kai waren die aus der Straße des Schreckens in den Hafen durchschlagenden Wellen immer noch bis zu zwanzig Fuß hoch und erweckten den Eindruck stark beschleunigter Gezeiten. Um die neue Situation zu bewältigen, waren die Anleger vertikal erweitert worden. Dort hatten ein paar Fischerboote festgemacht, aber keines schien groß genug zu sein, um damit die Meerenge zu durchqueren – nicht einmal bei gutem Wetter.

»Das da ist etwas größer«, sagte Esen und zeigte auf einen kleinen Schoner mit zwei Lateinermasten und einem rundlichen Profil.

Das Schiff lag im Wasser und hob und senkte sich mit der Dünung, wurde aber von Puffern aus verknoteten Seilen vor dem Rand des Piers geschützt. Eine dünne Rauchwolke stieg aus dem Schornstein an der Seite.

»Jemand ist an Bord, und es sieht groß genug aus, um ungefähr zehn Personen aufzunehmen«, sagte Andry. »Gehen wir an Bord und fragen.«

Bei hoher Dünung sprangen sie an Bord. Beim Geräusch ihrer Schritte wurde ein Paneel unter dem kleinen Achterdeck beiseitegeschoben. Ein erstaunlich alter Kopf tauchte auf.

»Verpisst euch!«, verkündete er, unterstützte seine Worte aber nicht durch das Vorzeigen gefährlicher Waffen oder das Wirken von Zaubern.

»Guten Tag, mein Herr«, sagte Esen auf Umgangssargolanisch, während er sich hinhockte. »Wir würden Euren schönen Schoner gerne für eine Hafenrundfahrt mieten.«

»Ach ja?«

»Um damit ein paar Damen zu imponieren.«

»Tja, das kann ich nicht machen«, schnauzte der alte Mann.

»Darf ich fragen, warum nicht?«

»Weil es mir nicht gehört!« Der alte Kopf gab ein abgehacktes röchelndes Husten von sich, das Gelächter sein mochte.

»Hast du das Wesentliche mitbekommen?«, fragte Esen Andry auf Alberinisch.

»Er hat eine Drohung ausgestoßen und einen schlechten Witz gemacht, und wir wissen jetzt, dass er nicht der Besitzer ist. Machen wir einen Inspektionsrundgang.«

Der Schoner erwies sich als ein wenig heruntergekommen, war aber in halbwegs seetüchtigem Zustand. Der alte Mann lebte tagsüber an Bord und verbrachte die Nacht in einem der gestrandeten Schiffe. Kapitän und Bootsmann verbrachten die Nächte an Land und schliefen dann tagsüber an Bord. Mittlerweile war Abend.

»Wir könnten auf ihre Rückkehr warten«, schlug Esen vor.

»Aye, aber wir müssen Logiar schnellstens verlassen«, antwortete Andry.

»Wenn wir dieses seetüchtige Fass mieten können, müssen wir erst einmal Proviant für die Überfahrt kaufen.«

»Stimmt, aber wir brauchen nur Essen für eine Woche und ein paar Fässer Wasser.«

»Aber bei diesem Wetter gibt es keinen Abendmarkt.«

»Dann wird uns eben irgendein Gastwirt das Nötige aus seinem Keller verkaufen. Es ist besser, sich jetzt aus dem Staub zu machen, solange wir noch nicht vor den Soldaten der Prinzessin fliehen und gleichzeitig das Boot beladen müssen.«

»Genug, ich bin überzeugt«, sagte Esen. »Wärter, wo können wir den Besitzer finden?«

»Norrieav ist der Kapitän und Besitzer«, murmelte der alte Mann. »Ein schwarzer Acremaner aus dem Norden. Hazlok ist der Bootsmann. Er hat nur ein Auge, eine gebrochene Nase, nur noch ein paar Zähne und einen Finger an … äh, an einer Hand verloren. Ihr findet sie beim Zechen im *Fröhlichen Maß*.«

Sie gingen wieder an Deck und sprangen auf den Pier, als das Schiff von der Dünung angehoben wurde. Andry drehte sich zu dem Schoner um.

»Die *Shadowmoon*«, sagte er und starrte im verblassenden Licht auf den Namen am Bug.

»Wir hätten fragen sollen, wo wir das *Fröhliche Maß* finden können.« Esen schlug sich die Handfläche vor die Stirn. »Ich springe noch mal an Bord.«

»Oh, ich weiß, wo die Taverne ist, Herr Feldwebel. Am besten holen wir die anderen und gehen hin.«

»Wo ist sie denn?«, fragte Esen.

»Erinnern Sie sich noch an das alte Vordecklied?

Fröhliches Maß, des Kämpfers Wonne,

In ganz Sargol die besten Keilereien.

Ecke Unterstraße und Aschenweg.«

Um nicht wie eine große Gruppe auszusehen und sich dadurch verdächtig zu machen, sollten Andry, Esen und Wallas das *Fröhliche Maß* zuerst betreten. Der Wirt funkelte sie mürrisch an und fuhr dann fort, das Fett an einem Zinnkrug gleichmäßiger zu verteilen. Ein Serviermädchen starrte sie von einer Bank neben der Theke an, machte aber keine Anstalten aufzustehen. Ihr Körperbau hätte jeden Rekrutierungsfeldwebel ernsthaft in Versuchung geführt, ihr den Silbervasall des Kaisers und einen Fünf-Jahres-Vertrag anzubieten, und außerdem hielt sie in einer Hand einen gesplitterten Axtgriff. Eine relativ große Anzahl Männer, die wahrscheinlich einmal Matrosen gewesen waren, schauten auf, funkelten die Neuankömmlinge an und wechselten dann eine komplizierte Folge von Rippen stößen, Augenzwinkern, Flüstertönen, Nicken und Gesten . Mehrere schauten sie mit etwas abschätzender Miene an.

»Sehen Sie jemanden, auf den die Beschreibung passt?«, fragte Andry.

»Der Kerl, der aufs Boot aufpasst, hat gesagt, Norrieav wäre ein schwarzhäutiger Acremaner aus den nördlichen Königreichen und Hazlok wäre so rau, dass man ein Schiff mit ihm schmirgeln könnte«, antwortete Esen.

»Ich sehe neun schwarze Acremaner und drei Dutzend andere. Alle sehen einigermaßen rau aus.«

»Hazlok hat nur ein Auge.«

»Sieben Männer haben nur ein Auge – aber warten Sie. Einer von denen redet mit einem schwarzhäutigen Acremaner.«

Sie gingen dorthin, wo die beiden Männer saßen. Der Acremaner war sturzbetrunken. Sein Kumpane legte den Kopf in den Nacken, goss sich unter viel Kleckern Bier in die Nasenlöcher und presste es dann in einem dünnen Strahl durch die Tränendrüse seines intakten Auges wieder heraus. Auch unter seiner Augenklappe lief ein dünnes Rinnsal Bier heraus. Der Acremaner klatschte Beifall.

»Kapitän Norrieav, nehme ich an?«, fragte Andry fröhlich auf Diomedanisch.

»Haut ab, wirsin pleite«, brachte der Kapitän heraus, um dann nach vorn zu kippen und beängstigend hart mit dem Kopf auf die Tischplatte zu knallen.

»Tja, dann müsst Ihr Bootsmann Hazlok sein«, sagte Andry.

Der Bierstrom aus Hazloks Auge wurde zu einem Rinnsal, das kurz darauf versiegte.

»Dassis mein Kap'tän, unner steht inner Kreide bei mir«, lautete Hazloks etwas verständlichere Antwort.

»Der Hässliche kann noch reden«, stellte Wallas fest.

»Wer is hier hässlich?«, wollte Hazlok wissen und versuchte, aufzustehen.

»Der Kerl, der ihnen Geld schuldet«, erwiderte Andry schnell.

»Ach, dann meinter mich nich«, verkündete Hazlok und ließ sich wieder auf den Sitz fallen.

»Können wir einen ausgeben?«, fragte Esen.

Hazloks Kopf schwankte in einer Nickbewegung auf und ab. Wallas und Andry interpretierten das als Zustimmung und setzten sich beide, während Esen dem Serviermädchen winkte. Das Serviermädchen ignorierte ihn jedoch geflissentlich. Riellen kam herein und blieb gleich bei der Tür hocken, da sie sich nicht allzu weit von einem Fluchtweg entfernen wollte. Sie zog viele abschätzende Blicke auf sich und löste ein Durcheinander von Zwinkern, Nicken und Gesten aus.

»Ihr habt ein Boot zu vermieten?«, sagte Andry. »Einen Schoner?«

»Is der beste Schoner auf'm Wasser«, erklärte Hazlok. »Oder auch unner Wasser.«

»Das ist nicht sehr ermutigend«, warf Wallas ein.

»Ich habe mir das Boot angesehen, es scheint ganz in Ordnung zu sein«, sagte Andry. »Mein guter Hazlok, wie viel würde es kosten, Euren hervorragenden Schoner für eine kurze Kreuzfahrt zu mieten?«

»Hafenrundfahrt fünf Silbervasallen. Anderswohin für kein Geld der Welt.«

»Na, das hört sich ja ganz vernünftig an«, sagte Andry. »Sprecht Ihr für Kapitän Norrieav?«

»Klar sprechich für Kap'tän Norrrrrieav«, nuschelte Hazlok. »Der kann gerade nich sprechen.«

Er rüttelte Norrieav an der Schulter. Norrieav grunzte.

»Ich nehme das als Ja«, sagte Andry.

Hazlok fiel nach hinten und schlug mit dem Hinterkopf auf den Boden. Andry und Wallas hoben ihn wieder auf die Bank und vergewisserten sich, dass er noch lebte.

»Wie am Zahltag in Barkenwerft«, sagte Andry.

»Die Ähnlichkeit zu einem Abendessen der Musikantengilde ist auch ganz passabel«, ergänzte Wallas.

Die Tür öffnete sich. Alle schauten auf und finster drein. Auch Andry und Wallas blickten zur Tür. Laron trat ein. Die meisten schauten wieder weg. Ein paar starrten ihn weiterhin an und wechselten Zwinkern, Nicken und Gesten. Laron erblickte Andry und Hazlok. Er nickte ihnen steif zu, ging dann zur Theke und sagte etwas. Sowohl das Serviermädchen als auch der Mann hinter dem Zapfhahn ignorierten ihn. Laron schlug dem Wirt ohne jede Vorwarnung ins Gesicht. Der Wirt funkelte ihn an, doch der Schlag schien sonst keine erkennbare Wirkung zu haben. Laron rieb sich die Faust, dann wählte er mehrere Zinnbecher und einen großen Krug Wein aus. Er legte eine Münze vor dem Wirt auf den Tresen, dann ging er zu Andry, Esen und Wallas.

»Alleine trinken ist schlecht«, erklärte er, setzte sich, schlug den Hals des Kruges ab und schüttete eine großzügige Menge Wein in jeden Becher.

Alle nahmen sich einen Becher und stießen an. Andry setzte seinen Becher wieder ab, ohne etwas zu trinken. Wallas trank mehrere Schlucke. Laron leerte seinen Becher und goss sich erneut ein. Riellen beobachtete alles. Eine Zeit lang herrschte Schweigen.

»Jetzt steht nicht einfach da, nehmt mich fest«, verkündete Laron. »Aber ich erwarte einen guten Kampf. Das ist die beste Rauftaverne im ganzen Sargolanischen Reich.«

»Es gibt sogar ein Lied darüber«, sagte Wallas. »Soll ich es für Euch singen?«

»Verpiss dich«, sagte Andry.

»Manieren!«, erwiderte Wallas.

»Äh, dann verurinier dich.«

»Wir sind gerade desertiert«, erklärte Esen.

Jeder in der Taverne außer dem Wirt und dem Serviermädchen starrte sie besonders abschätzend an.

»Hört mal, äh, ich bin nicht wirklich sicher, ob der Versuch, die Straße des Schreckens zu überqueren nicht gefährlicher ist, als hierzubleiben«, sagte Wallas leise.

»Die Straße des Schreckens überqueren?«, rief Laron. »Das ist aber komisch! Ich will sie auch überqueren. Bin hergekommen, um einen bestimmten Kapitän zu finden. Das wird ein Metzgergang, und wir werden sicher sterben, aber ich habe meinen Freunden versprochen …«, Laron leerte die Hälfte seines Bechers. »Es ist schön, Freunde zu haben, richtige Freunde. Kein Geld, von der Miliz umzingelt, eine Belohnung auf meinen Kopf ausgesetzt, aber ich habe Freunde.«

»Ihr, Herr Hauptmann, habt vor allem getrunken«, verkündete Wallas.

»Wir haben gerade einen Schoner besorgt …«, begann Andry.

»Hervorragend! Ich war mal Navigator.«

»Tatsächlich!«, rief Andry. »Und ich war Matrose und

Schiffszimmermann. Wallas war Koch, und diese beiden sind der Kapitän und der Bootsmann. Esen und Danol kennen sich mit der Arbeit von Matrosen aus.«

Laron hob Norrieavs Kopf und blickte in sein Gesicht. Er schaute über die Tischkante auf Hazlok.

»Kenne diese Männer. Habe mit ihnen gedient. Auf der *Shadowmoon*.«

»Aber das ist der Schoner, der im Hafen bereitliegt«, sagte Esen.

»Hervorragend! Großartiger kleiner Schoner. Reichlich …« Laron senkte die Stimme zu einem konspirativen Flüstern. »Besonderheiten.«

Die Tür öffnete sich erneut. Zwei Männer, die wie Kämpfer aus Zurlan gekleidet waren, traten ein. Sie waren unbewaffnet. Ein kleiner, schäbiger Mann begleitete sie. Er schaute sich um und flüsterte dann seinen Klienten etwas zu. Nachdem er in die Richtung der Aufklärer gezeigt hatte, verschwand er eiligst wieder. Die beiden Zurlaner kamen zum Tisch. Einer von ihnen zückte ein kleines, ramponiertes Buch, las etwas und verbeugte sich dann.

»Äh, guten Abend. Ich bin Akiro. Das ist mein Bruder Aziro. Wir machen gerade eine Tavernenschlägerei-Rundreise durch Acrema. Mir wurde gesagt, Ihr seid große Helden. Habt Prinzessin gerettet. Interesse an einer netten Schlägerei?«

»Äh, in Kürze«, sagte Laron freundlich. »Vielleicht bald.« Laron trank noch einen Schluck. »Setzt Euch. Wollt Ihr was trinken?«

»Trinken nicht vor der Schlägerei«, sagten Akiro und Aziro gemeinsam, setzten sich aber beide hin.

»Hört mal, ich glaube wirklich, wir sollten gehen«, sagte Wallas. »Der Laden hier sieht sehr gefährlich aus.«

»Nein, nein, nein, seid tapfer, Ihr seid ein Meisterattentäter, und Ihr habt den Kaiser getötet!«, rief Laron freundlich. »Es gibt eine Belohnung von fünfhundert Goldkronen für Euch, tot oder lebendig … oder sind es sogar fünftausend?«

»Seid still!«, zischte Wallas, beugte sich vor und schlug die Hände vors Gesicht.

»Aber warum denn?«, rief Laron genauso laut. »An einem Ort wie diesem solltet Ihr stolz darauf sein, ein gefürchteter Mörder zu sein. Wisst Ihr noch, wie Ihr in Glasbury diese Spionin flachgelegt und ihr alle Geheimnisse anvertraut habt und wie Ihr damit fast die Prinzesin-Regentin getötet hättet?«

»Das habe ich nie getan!«, rief Wallas.

»Ach, und diesen Throngardisten in Palion, habt Ihr den auch nicht getötet?«

»Muss wegen einer Sahnetorte gewesen sein«, mutmaßte Andry.

Ein paar Sekunden herrschte absolute Stille. Riellen saß so gekrümmt, dass sie beinah vornüberkippte. Alle Stammgäste der Taverne sahen mittlerweile entsetzt aus. Ein Mann öffnete die Läden eines Fensters, um es von außen vergittert vorzufinden. Weder der Wirt noch das Serviermädchen zeigten irgendeine Reaktion auf den Wortwechsel.

»Meine Herren, meine Damen, bitte«, bat Esen.

»Aber ich bin im Geheimkriegerdienst, wir sind sogar noch härter«, verkündete Laron.

»Oooooooh!«, riefen Akiro und Aziro.

»Ihr habt von uns gehört?«

»Die besten Krieger der Welt!«, rief Akiro. »Müssen kämpfen.«

»Warum nicht? Ihr gegen mich, Wallas kann Euren Bruder übernehmen.«

Bevor Wallas auch nur verstehen konnte, dass eine Gefahr bestand, machte Aziro einen Schritt vorwärts und stieß ihm das Knie in den Schritt – und versuchte dann zurückzuweichen, während er ein durchdringenden Kreischen von sich gab, das irgendwie zu hoch und schrill klang, als dass es von einem Mann stammen könnte. Willy hatte seine Zähne in die Kniescheibe des Zurlaners gebohrt und spie durch die Nüstern Feuer. Dann ließ Willy ihn los und zog sich unter Wallas'

Jacke zurück. Aziro wälzte sich auf dem Boden hin und her, um die Flammen in seiner brennenden Hose zu ersticken.

»Also, das ist mal was, was man nicht alle Tage sieht«, sagte der Wirt, und das Serviermädchen nickte.

Esen ging zum Wirt und hielt ihm eine Goldkrone hin. Der Wirt nahm sie entgegen.

»Während wir hier unsere geschäftliche Besprechung hatten, waren meine Aufklärer in Eurem Keller und haben ein paar Vorräte gestohlen«, verkündete Esen. »Das ist die Bezahlung.«

Der Barmann schnippte die Goldmünze hoch in die Luft. Sie landete im Ausschnitt des Serviermädchens, die nicht mit der Wimper zuckte.

»Muss gegen Euch kämpfen, GKD-Mann!«, rief Akiro und stürzte sich dann auf Laron.

Laron machte einen raffinierten Ausfallschritt und bog seinen Körper zur Seite, während er die Arme des anstürmenden Akiro packte. Der Zurlaner rollte über seinen Rücken, flog durch die Luft und krachte in die Gruppe der entsetzten Stammgäste. In blinder Panik traten und schlugen sie auf Akiro ein. Aziro humpelte in den immer noch rauchenden Überresten seiner Hose zu seinem Bruder, um ihm zu helfen. Esen scheuchte seine Leute durch die Vordertür nach draußen.

Nachdem sie die Taverne verlassen hatten, machte Laron sich in Begleitung von Andry auf, Dolvienne und Gilvray zu holen. In der nächsten Viertelstunde gingen zwölf Personen an Bord der *Shadowmoon* und brachten ein Fass Wein, ein Fass Wasser, einen Beutel mit Salzwurst und fünf Kisten mit, die nach Costigers Aussage Schiffzwieback enthielten. Als er die Größe der *Shadowmoon* sah, drehte Wallas sich um und unternahm einen Fluchtversuch, wurde aber von Costiger verfolgt und zu Fall gebracht. Es bedurfte aller fünf Aufklärer, um ihn an Bord zu tragen. Der alte Wärter, der sich bei Tag um die *Sha-*

dowmoon gekümmert hatte, stand winkend am Pier, scheinbar ohne den jetzt stärker fallenden Regen und den Wind, der den Regen vor sich her trieb, wahrzunehmen. Danol stand neben ihm und wartete auf den Befehl abzulegen. Der Aufklärer drückte dem Wärter einen Packen Papier und einen Silbervasall in die knochige Hand.

»Bringt das dem Garnisonsoffizier vom Dienst«, rief er ihm über den Wind zu.

»Danol, ablegen!«, rief Andry, und Danol löste das letzte Seil vom Poller und sprang an Deck. Während die *Shadowmoon* vom Anleger wegtrieb, gab Danol Andry die Schriftrolle zurück, die Senterri diesem gegeben hatte.

»Was hast du damit gemacht?«, fragte Andry.

»Ich habe Entlassungspapiere für alle Aufklärer gefälscht«, antwortete Danol. »Unterschrieben von der Prinzessin persönlich, oder wenigstens ist es eine verdammt gute Imitation ihrer Handschrift und Unterschrift.«

Andry steuerte, während Esen und Danol ein sehr kleines Sturmsegel hissten.

»Sobald wir die Hafeneinfahrt passiert haben, brauchen wir von Laron eine Peilung«, schrie Andry gegen den Wind an.

»Laron liegt unter Deck und schläft, Herr Sprecher, und zwar neben dem Kapitän und dem Bootsmann«, meldete Danol. »Dolvienne und Gilvray sind in der Kapitänskabine. Der Hauptmann ist sehr müde von dem langen Ritt hierher, wegen seiner schlimmen Kopfwunde und so.«

»Dann soll Costiger Laron hier raufbringen und ihm einen Eimer Wasser über den Kopf schütten.«

»Warum brauchen wir ihn überhaupt, Herr Sprecher? Können Sie nicht steuern?«

»Aye, aber nur er kann navigieren. Ich kenne mich mit Takeln und Steuern aus, aber das ist auch schon alles. Jetzt bring Laron rauf und weck ihn!«

Über den Wind hinweg hörten sie ein entferntes, aber dennoch eindrucksvolles Brüllen.

»Schon wieder der Drachenvogel!«, rief Andry mit einem Blick zurück auf Logiar. »Betet zu jedem Gott, an den ihr glaubt, dass er nicht schwimmen kann.«

Velander war so schwach, dass sie kaum das Stroh wegschieben konnte, das sie auf der Ladefläche des Karrens bedeckte. Sie ließ sich aus dem Karren auf den Boden fallen und war fast nicht in der Lage, sich auf den Beinen zu halten. Prüfer schaute mit den Zügeln in der Hand vom Fahrersitz herunter. Richter war beim Pferd und kraulte es hinter den Ohren, während Lehrer es mit einem Apfel fütterte.

»Wisst Ihr auch ganz bestimmt, was Ihr tut, Velander?«, fragte Prüfer.

»Andry … ist er in der Nähe?«, keuchte sie.

»Ich habe mich umgehört«, antwortete Lehrer. »Mir wurde gesagt, er geht ins *Fröhliche Maß*, um Erkundigungen über ein Boot einzuholen, mit dem er die Straße des Schreckens überqueren kann. Ich nehme an, Ihr wollt weglaufen, um ihn zu sehen?«

»*Fröhliche Maß*. Wie hinkomme, ich?«

Lehrer erklärte ihr den Weg, dann taumelte sie die dunkle, regengepeitschte Straße entlang.

Rollaric und Shylaren beschatteten Velander aus einer Entfernung, die so kalkuliert war, dass sie dem Opfer nicht allzu viel Grund zur Beunruhigung gab. Sie berieten, welche Stelle sich dafür eignete, ihr auf den Leibe zu rücken. Sie überraschte die beiden, als sie auf eine Brücke abbog, um den Loriaken zu überqueren, denn die Gegend auf der anderen Seite war sogar für einen einzelnen Mann gefährlich. Sie blieb stehen, legte die Hände auf das Steingeländer und starrte auf das dunkle Wasser.

»Was macht sie da, Rol?«, fragte Shylaren.

»Nichts. Vielleicht will sie sich das Leben nehmen.«

»Ach, das ist schlecht. Wo wir sie doch noch nicht ausgeraubt haben und alles.«

»Da hast du recht. Wenn sie ins Wasser fällt, gehört die Beute den Flusssammlern.«

»Wir sollten uns besser ranhalten.«

Ihnen war entgangen, dass über Velanders Haut etwas flackerte und tanzte, was Ähnlichkeit mit einem schwachen Zauber hatte.

»Oh, aye, Ladyschaft, so eine großartige Nacht dafür und überhaupt!«, rief Shylaren, als er näher kam.

Rollaric war während dieser Worte über die Brücke an ihnen vorbeigeeilt, blieb dann stehen, drehte sich um und versperrte ihr diesen Fluchtweg. Die beiden näherten sich ihr.

»Sucht Ihr vielleicht Arbeit?«, rief er. »Ich hätte da was, das gemacht werden müsste.«

Nichts an Velander wies daraufhin, dass sie die Näherkommenden überhaupt zur Kenntnis nahm. Rollaric stellte sich hinter Velander, nahm sie beim Arm und klemmte ihr dann den anderen Arm unter das Kinn. Ein erfahrener Straßenräuber, der einen Klammergriff von hinten anwendet, rechnet aufgrund seiner Erfahrung mit vielen Dingen. Opfer greifen immer nach dem Arm und versuchen den Druck am Hals zu mindern. Dann versuchen sie sich loszureißen und manchmal auch sich umzudrehen. Velander griff tatsächlich nach Rollarics Arm, aber damit, dass sie nach hinten und gegen ihn drängte, hatte er nicht gerechnet. Bevor Shylaren überhaupt mitbekam, was los war, war Rollaric schon quer über die Brücke bis ans andere Geländer gedrängt worden. Er kippte darüber und riss Velander mit.

Shylaren eilte hinterher und sah über die Brüstung, aber es war so dunkel, dass er nichts erkennen konnte. Unter der Wasseroberfläche schwamm ein halb versunkenes gekentertes Boot – oder vielleicht schwamm es auch auf dem Wasser. Nein, es hob sich in die Luft – ein riesiger Schnabel, größer als ein Pferd, und ein leuchtendes blaues Auge! Der Kopf erreichte langsam gleiche Höhe mit dem vor Schreck wie versteinerten Shylaren, und das blaue Auge funkelte ihn an, während aus dem Fluss immer mehr Hals auftauchte. Der Kopf ragte jetzt hoch über Shylaren auf, der Schnabel öffnete sich, das Ding brüllte. Das Gebrüll war so ohrenbetäubend laut, dass Shylaren das Geräusch nur fühlte. Der Schnabel schloss sich um ihn, und er war tot, noch bevor er in die Luft geworfen, aufgefangen und verschlungen wurde.

Zwei Soldaten der Nachtmiliz tauchten aus der dunklen Straße am Ende der Brücke auf, gingen in Schlangenlinien um eine gedachte gerade Linie herum und hatten sich auf der Grundlage der Theorie, dass vier Beine stabiler sind als zwei gegenseitig die Arme um die Schultern gelegt.

»Aye, das kann nur Donner gewesen sein«, nuschelte der Rechte.

»Na, wenn's so ist, sollten wir wohl besser im Königinnenkopf Schutz suchen«, antwortete sein Kamerad.

»Aber's regnet schon.«

Sie blieben stehen, weil sie sich plötzlich bewusst wurden, dass aus einem Kopf mit einem Schnabel von der Größe eines durchschnittlichen Ruderbootes ein Auge auf sie herabschaute. Aus dem Fluss tauchte immer mehr Hals auf, dem ein Körper von der Größe einer kleinen Hütte folgte. Langsam hob sich ein Bein aus dem Fluss, und ein schlammiger Fuß mit drei Krallen wurde auf die Steinbrücke gesetzt. Ein Steinmetz, der vor dreihundert Jahren gestorben war, wäre sehr, sehr stolz gewesen, weil seine Brücke nicht einstürzte, als sich die zwanzig Tonnen des gigantischen Drachenvogels aus dem Wasser hievten.

»Gehe jetzt, ich!«, donnerte eine Stimme in gebrochenem Diomedanisch aus einem Hals, der länger war als die längste je in Acrema gebaute Orgelpfeife.

»Lasst Euch nicht von uns aufhalten«, brachte der rechte Milizsoldat heraus.

»Rede nicht mit ihm, Passor, er kann gar nicht existieren«, sagte sein Kamerad.

Dann machte der Vogel einen großen Schritt über die Soldaten hinweg und in die Gasse hinter ihnen. Die kleine Straße war eigentlich zu schmal für ihn, aber nachdem er sie passiert hatte, gab es reichlich Platz.

Rollaric und Shylaren starrten mit Beklommenheit auf die Frau in dem roten Kleid, die vor dem weißen Boot stand. Sie hielt ihre Stake wie einen Kampfstab.

»Ihr wolltet also meine Freundin Velander überfallen, hm?«, sagte sie mit leiser und drohender Stimme. »Nun denn, Rollaric und Shylaren, das *wird* eine unterhaltsame Fahrt.«

Velander war sich ihres eigenen Körpers innerhalb des Körpers ihrer Vorstellung von einem Drachen nur vage bewusst. Sie war nie gut darin gewesen, Drachen zu zeichnen, und bekam die Proportionen nicht richtig hin. Ihre Flügel hatten zum Beispiel nur die Größe von Bettlaken, und die feinen Details der Schnauze und des Kopfes eines Drachen waren jenseits ihrer Vorstellungskraft, also formte sie einfach einen Vogelschnabel. Die absolute Größe jedoch war etwas anderes. Diese Inkarnation hatte viel längere Beine als all die anderen, die ihr Unterbewusstsein fabriziert hatte, so dass sich ihre Augen fünfzig Fuß über dem Erdboden befanden. Der Körper bestand aus reiner ätherischer Energie, die von dem Zauberer, den sie in Clovesser getötet hatte, sorgfältig zu einem verdichteten Zauber verwoben worden war. Daher wog er nicht mehr als Velanders Körper und hätte vom Wind leicht herumgeweht werden können. Sie glich das aus, indem sie ihn mit Wasser füllte. Die Flüssigkeit hatte die zusätzliche Wirkung, jede Waffe oder jedes Geschoss zu verlangsamen, das ihren Körper traf.

Als Ergebnis einiger Therapiebemühungen Lehrers kontrollierte Velanders Bewusstsein den Drachenzauber jetzt theoretisch, aber ihre Kontrolle war immer noch nicht wirklich präzise. Der Drache konnte alles essen und benötigte eine große Menge Lebenskraft als Nahrung. Alles, was Velander tun konnte, war, in die richtige Richtung zu zeigen und sich Mühe zu geben, dass keine unbeteiligten Zuschauer in der Nähe waren, wenn sie die Kontrolle über den Kopf aufgab.

Sich in Logiar zurechtzufinden, war ein ziemliches Problem. Velander kannte die Straßen nicht sehr gut, und jetzt versuchte sie sich aus einer fünfundvierzig Fuß höheren Perspektive zu orientieren. Einer jähen Eingebung folgend, senkte sie den Kopf fast bis auf Straßenhöhe und folgte vornübergebeugt Lehrers Anweisungen. Das machte die Orientierung leichter, sorgte aber für erhebliche Aufregung bei allen Fußgängern auf den Straßen. Ein fünfzig Fuß großes Ungeheuer aus weiter Ferne zu sehen, ist beängstigend genug. Ohne jede Vorwarnung dem Kopf einer solchen Kreatur auf Straßenhöhe zu begegnen, sorgte für sofortiges schreiendes Weglaufen.

Das *Fröhliche Maß* kam in Sicht. Velander richtete sich wieder auf und schaute dann auf das Schieferdach. Als sie den Kopf auf die Seite legte, drangen die Geräusche einer der berühmten Schlägereien im *Fröhlichen Maß* an ihr Ohr. Sie stieß mit dem Kopf durch das Schieferdach, öffnete den Schnabel und brüllte. Inzwischen wusste sie, dass dieses Geräusch die möglichen Opfer vor Schreck erstarren ließ. In der Tat erstarrten Akiro, Aziro und die Stammgäste. Velander legte den Kopf schief und betrachtete die Gesichter, die zu ihr emporstarrten. Andry war nicht da.

»Also, das ist mal was, das man nicht alle Tage sieht«, sagte der Wirt, und sogar das Serviermädchen hob eine Augenbraue und nickte leicht in Velanders Richtung.

Als sei das ihr Stichwort, platzten alle Gäste buchstäblich aus dem *Fröhlichen Maß*. Zwei stämmige Seemänner rannten zur Tür, brachen sie aus den Angeln, ohne auch nur einen Gedanken an den Riegel zu verschwenden, und flohen zwischen Velanders dreißig Fuß hohen Beinen hindurch. Ein massiger Hafenarbeiter sprang gegen ein verschlossenes Fenster und landete mit Läden, Rahmen und Gitterstäben auf der Straße. Andere flohen in den Keller, suchten Schutz hinter dem Serviermädchen oder hackten und traten sich durch die Fachwerkwände.

Velander bemerkte, dass zwei Gäste zurückblieben. Akiro steckte unter einem schweren Dachbalken fest, der über eine Tonne wog, und Aziro versuchte verzweifelt, seinen Bruder zu befreien. Kubikmeter Luft rumpelten, als rauschten sie durch eine riesige Orgelpfeife, als sie einatmete.

»Langweilig!«, brüllte sie, und die bloße Lautstärke des Geräusches ließ Flaschen und Fensterscheiben in unmittelbarer Nähe zerspringen.

Dies schien Akiro Zugriff auf Kraftreserven zu ermöglichen, über die Sterbliche normalerweise nicht verfügen. Er wuchtete den Träger von seinem Bruder, warf ihn beiseite, hob Aziro auf und floh.

»Ich würde es nicht langweilig nennen«, sagte der Wirt zu Velander.

»Aye, um einiges lebhafter als sonst«, stimmte das Serviermädchen zu.

»Wo – ist – Andry?«, wollte eine sehr tiefe Stimme aus dem riesigen Kopf wissen.

»Wenn er einer von diesen Seeleuten ist, die eben hier waren, ist er zum Hafen gegangen«, antwortete der Wirt.

»Segeln«, fügte das Serviermädchen hinzu.

»Nach Alberin, in Scalticar«, schloss der Wirt.

Die letzten Gäste des *Fröhlichen Maß* kamen erst elf Wochen später aus ihren Verstecken, aber es dauerte immerhin zwei Jahre, bis das Schicksal von Akiro und Aziro bekannt wurde. Ein Edelmetallhändler berichtete, dass sie zweitausend Meilen entfernt in einer Goldmine im Nordosten Acremas arbeiteten. Der Händler wusste auch zu berichten, dass sie nie, nie an die Oberfläche kämen.

Velander zog den Kopf zurück und richtete sich wieder zu ihrer vollen Größe auf. Während es ein Problem war, sich aus fünfzig Fuß Höhe in den Straßen zurechtzufinden, wenn man ein bestimmtes Gebäude zu finden versuchte, erwies sich die Suche nach dem Hafen der Stadt als leicht, sobald man das Durcheinander der Häuser überblicken konnte. Sie machte sich mit schwerfälligen Laufschritten auf den Weg und stand ein paar Minuten später am Pier. Auf dem Wasser konnte sie ein kleines Schiff mit einem flatternden Sturmsegel ausmachen. Unter ihrem Gewicht brach der Pier zusammen, und sie watete brüllend vor Enttäuschung und Seelenqualen ins Wasser. Von ihrem Standplatz am Ufer schaute sie über die Bucht, in der die *Shadowmoon* kleiner wurde, und brüllte Andrys Namen. Das Geräusch war wie ein Donnerschlag.

»Seid Ihr bald fertig, meine Liebe?«, rief hinter ihr Lehrer in der toten Sprache Larmentals.

Ohne jede Vorwarnung fiel Velanders Drachenvogelgestalt in sich zusammen. Übrig blieben nur gut zwanzig Tonnen stinkendes Flusswasser, Velanders eigener Körper und die Leichen von Rollaric und Shylaren.

»Herrje, Ihr seid wirklich ein verdrehtes kleines Ding, nicht wahr?«, sagte Prüfer, während er durch das sich verteilende Wasser watete und Velander beim Aufstehen half.

»Deswegen bin ich ja hier«, keuchte Velander, zitternd vor Kälte und Elend.

»Es wird Zeit, Euren Unterricht zu beenden«, sagte Lehrer.

»Was bin ich?«, fragte Velander.

»Im Moment seid Ihr eigentlich noch gar nichts«, antwortete Lehrer. »Nicht ganz ein Glasdrache, nicht richtig menschlich, nicht vollständig lebendig, aber nur ein wenig tot.«

»Ihr seid eine Frau«, sagte Prüfer. »Mehr oder weniger.«

»Das ist eine Erleichterung«, antwortete Velander. »Aber ich will auch am Leben sein.«

»Wir haben das schon erklärt, Ihr könnt nur halb lebendig sein«, sagte Lehrer.

»Er meint, die Hälfte der Zeit lebendig«, warf Richter ein. »Wirklich, Lehrer, wusstest Ihr denn nicht, dass unpassende Formulierungen und falsche Grammatik Kriege verursachen können? Also, Velander, es stellt sich die Frage Eurer Berufung. Was wollt Ihr sein? Ihr könnt teilweise lebendig sein, müsst aber auch ein Drache sein. Ihr habt einen Glasdrachen getötet und seine ätherische Energie aufgesogen. Das ist ein noch nie zuvor geschehen. Jetzt könnt Ihr Dinge tun, die jedem anderen erst nach zweihundert Jahren Übung gelingen würden. Wollt Ihr ein Drache sein?«

»Ja, ich nehme es an.«

»Ihr müsst Euch schon verbindlicher äußern«, sagte Richter.

»Ja, das *will* ich«, antwortete Velander mit Bestimmtheit. »Ich möchte ein Glasdrache sein, so dass ich für Andry lebendig sein kann.«

Die drei hievten Velander auf den Karren, dann klappten Richter und Lehrer die Seitenwände hoch und zogen die Regenplane darüber. Es dauerte eine Viertelstunde, bis sie sich auf den Weg zum Stadttor machten. Richter und Lehrer saßen mit Velander im Stroh auf dem Wagenboden und besprachen ihren Lebenslauf.

»Einundzwanzig Jahre alt«, sagte Lehrer. »Ihr habt den neunten Initiationsgrad erreicht und vor dreißig Tagen einen Glasdrachen getötet, indem Ihr seine Lebensessenzen aufgenommen habt.«

»Einer von diesen dummen jungen politischen Aktivisten unter den Drachen«, sagte Richter. »Windkrieger Mauler, wenn ich mich recht erinnere.«

»Lavolten, in Eurer Sprache, Velander. Ich sage, besser so.«

»Wie kann ein Sterblicher den Drachengestalt-Zauber trinken, der in seiner Lebensessenz ist?«, fragte Lehrer. »Er würde einen Sterblichen töten.«

»Aber ich war kein Sterblicher, und ich war auch nicht lebendig«, erklärte Velander.

»Aha, jetzt erinnere ich mich an einen Präzedenzfall«, sagte Lehrer. »Dieser Junge namens Laron. Er war tot, lief aber umher, wenn Miral am Himmel stand, und hat Blut und Lebensessenz von den Lebenden getrunken. Ich bin ihm zum ersten Mal vor zwei Jahrhunderten begegnet. Wunderbare Manieren, obwohl er sich einen albernen Bart angeklebt hatte, um seine Akne zu verbergen. Aber er hat gesagt, er wäre der Einzige seiner Art. Woher kommt Ihr dann?«

»Laron hat mich erschaffen.«

»O je. Ich hoffe nur, Ihr wollt Euch nicht paaren«, rief Prüfer vom Kutschbock.

»Niemals!«, sagte Velander mit Nachdruck, dann fing sie an zu schluchzen und presste die Knie gegen die Augen. »Ach, Andry, Ihr wisst nicht einmal, dass ich wieder lebendig bin.«

»Andry«, seufzte Prüfer. »So ein anständiger junger Mann.«

Inzwischen waren sie in Sichtweite des Stadttors, und ein in einen Regenumhang gehüllter Wachmann näherte sich ihnen.

»Das Tor ist bis auf Weiteres geschlossen«, rief er.

»O je, Ihr wollt also eins von diesen Schmiergeld-Dingern, um es zu öffnen, nehme ich an?«, antwortete Prüfer auf Umgangssargolanisch.

»Ich würde das Tor nicht für alles Gold des Reiches öffnen«, erwiderte der Wachmann nachdrücklich. »Es sind Ungeheuer los.«

»Ungeheuer?«, fragte Prüfer, wobei sie eher beunruhigt als verängstigt klang.

»Ich glaube, er meint uns«, mutmaßte Richter hinter ihr.

»Aber wir sind keine Ungeheuer, wir sind sehr respektabel und wollen mit unserer Studentin nur die Stadt verlassen.«

Der Wachmann stemmte unter dem Regenumhang die Hände in die Hüften. »Jetzt hört mir gut zu, werte Dame, verzieht Euch in irgendein Gasthaus und achtet auf die Anschlagtafel.

Der stellvertretende Regent hat den Belagerungszustand ausgerufen, und bis er sich entschließt …«

Prüfer stand auf, öffnete den Mund und spie eine sternhelle Flut aus weißglühendem Plasma auf das Tor, mit einem Geräusch, das nur durch eine extrem fortgeschrittene Technologie oder ein bedeutendes Naturschauspiel hätte ermöglicht werden dürfen. Der Offizier vom Dienst eilte nach draußen und sah gerade noch, wie der Wachmann sich wieder erhob und der Karren durch das Tor holperte. Sechs Armbrustschützen folgten ihm. Von dem großen Doppeltor waren nur noch die vier glühenden Stummel der Angeln übrig geblieben, die im Regen zischten.

»Was bei allen Kreisen der Höllen ist gerade passiert?«, wollte der Offizier wissen. »Armbrustschützen, spannt eure Waffen und ladet die Bolzen!«

»Die kleine alte Dame in dem Karren …«, stammelte der Wachposten.

»Was? Sind Sie betrunken im Dienst, Mann?«

»Nein, Herr Hauptmann, aber …«

»Verfolgen Sie den Wagen! Halten Sie ihn auf!«

»Nicht für alles Gold in Acrema, Herr Hauptmann.«

»Wollen Sie den Befehl verweigern?«, wollte der Offizier wissen.

»Nein, Herr Hauptmann, ich gehe nur nicht in die Nähe des Wagens.«

»Dann halte ich ihn eben selbst an und bringe Sie vors Kriegsgericht. Armbrustschützen, zielt auf diesen Wagen! Fertig …«

Einer der Armbrustschützen sah, wie der Wachposten rasch zur Seite sprang, und traf eine außerordentlich schnelle Entscheidung: Er ließ seine Armbrust fallen und warf sich ebenfalls zur Seite. Als sie auf die Stelle zurückschauten, wo der Offizier und die fünf anderen Armbrustschützen gestanden hatten, war da nur noch ein länglicher ovaler Fleck aus flüssigem Gestein, der von glühenden Pflastersteinen umgeben war.

»Das ist wahrscheinlich die Methode der Weltenmutter, die Dummen auszurotten«, flüsterte der Wachmann.

»Und die Langsamen«, fügte der Armbrustschütze hinzu.

Im Wagen erklärten die Glasdrachen Velander ihre Diagnose.

»Ihr seid mitten in der Behandlung weggelaufen«, seufzte Lehrer. »Wir hatten noch so viel mit Euch vor.«

»Ja, vor allem mit den Lebenskraftfasern, von denen Ihr glaubtet, sie greifen Euch an«, sagte Richter. »Sie waren der Drachengestaltzauber von diesem dummen Drachen Windkrieger Mauler.«

»Dem politischen Aktivisten«, rief Prüfer auf dem Fahrersitz.

»Sie haben sich willkürlich mit Eurer Seele verbunden«, fuhr Lehrer fort. »Einige dieser Verbindungen waren gut, andere nicht so sehr. Wir müssen das alles noch einmal machen, dieses Mal ordentlich, und dann noch alle anderen an Euch binden.«

»Das tut so weh«, beklagte sich Velander kraftlos.

»Ah, aber es wird kontrolliert durchgeführt. Danach werdet Ihr ein Glasdrache sein wie wir.«

»Aber nicht ganz wie wir«, fügte Richter hinzu.

»Aber ich bin sicher, wir können trotzdem Freunde bleiben«, versicherte ihr Prüfer.

Wie Andry vermutet hatte, stieg und fiel die *Shadowmoon* mit den enormen Wellen und wurde von ihnen getragen. Allerdings wurden die beiden Sturmsegel innerhalb der ersten Stunde nach dem Verlassen des Hafenbeckens von Logiar weggerissen, und bei Anbruch der Morgendämmerung hatten der Wind und die eine oder andere Welle, auf der das Schiff nicht richtig geritten war, einen Großteil der Takelage zerstört.

Laron erzählte immer noch allen, dass er betrunken gewesen sein musste, um so eine Reise anzutreten. Wallas hatte sich auf dem Vordeck festbinden lassen, so dass er sich aufs Orlopdeck übergeben konnte, wann immer er dies wünschte, und Riellen fragte Andry immer wieder, wann sie wohl sterben würden. Irgendwann hatten sie es schließlich fertiggebracht, für eine dauerhaftere Takelage zu sorgen. Diese bestand aus dem zehn Fuß hohen Stumpf eines Hauptmasts mit einem am Stumpf und der Reling auf beiden Seiten festgebundenen Querholm sowie einem dreifach zusammengelegten und an diese stabile Konstruktion gebundenen Segel. Laron schärfte jedem ein, wie wichtig es sei, sich möglichst genau Richtung Süden zu halten, und dass sie dazu nur den Wind auf der Steuerbordseite zu halten brauchten.

Als Norrieav und Hazlok aufwachten, unternahmen sie einen Versuch, alle Passagiere wegen Meuterei in Ketten zu legen, aber Laron wies sie darauf hin, dass sie sogar mit Hilfe aller beim Ausschöpfen, Reparieren und Steuern kaum schafften, die *Shadowmoon* über Wasser und auf Kurs zu halten. Am zweiten Tag auf See räumte Laron ein, dass er keine Ahnung hatte, ob sie zehn oder hundert Meilen zurückgelegt hatten. Seiner Meinung nach mussten sie sich aber immer noch in der Straße des Schreckens befinden, da die Wellen weiterhin so hoch waren. Am dritten Tag ließ Laron Danol, Costiger, Riellen und Hazlok bei ihrem Versuch allein, die Ruderstange unter Kontrolle zu halten, und ging unter Deck, um das Krankenrevier zu besuchen. Inzwischen war das gesamte Schiffsinnere zum Krankenrevier erklärt worden. Bei ihrer Abreise war Gilvray die kränkste Person an Bord gewesen, doch nun war er der Medikus der *Shadowmoon* und kämpfte in dem Bemühen, die Besatzung des Schoners so weit in Schuss zu halten, dass sie an Deck Dienst tun oder unter Deck die Pumpen bedienen und Wasser schöpfen konnte, verzweifelt gegen Verletzungen, Unterkühlung, Hysterie, Erschöpfung, Seekrankheit und blindes Entsetzen an.

»Welche Verletzungen habt Ihr?«, rief er, als Laron zusammen mit einer großzügigen Menge Meerwasser die Treppe herunterkam.

»Keine nennenswerten«, rief Laron über das Krachen des Wassers, Ächzen des Holzes und Heulen des Windes hinweg. »Wie kommt Ihr zurecht?«

»Ich wollte immer Medikus werden, aber mein Vater hielt das für eine zu bürgerliche Berufung. Ich habe trotzdem alle medizinischen Unterrichtseinheiten an der Offiziersakademie der Kaiserlichen Miliz belegt, also ...«

»Nein, ich meine, geht es Euch gut?«

»Nicht schlechter als den anderen.«

»Doch so schlecht? Tja, dann habe ich eine gute und eine schlechte Nachricht, die Ihr verbreiten könnt. Die gute ist, dass Dünung und Wellenformen vermuten lassen, dass wir nicht mehr weit von Nord-Scalticar entfernt sind.«

»Die schlechte Nachricht muss wirklich schauderhaft sein, um das zu dämpfen«, antwortete Gilvray.

»Das ist sie in der Tat. Diese gigantischen Wellen da draußen brechen, wenn sie flacheres Wasser erreichen. Früher oder später wird eine über die *Shadowmoon* hereinbrechen.«

»Und dann sterben wir alle?«

»Und dann sind unsere Aussichten, wenn die Pumpe das Schiff hier unten so frei wie möglich von Wasser gehalten hat, vielleicht eins zu zehntausend. Sorgt unter allen Umständen dafür, dass die Pumpe weiterarbeitet. Ich gehe wieder nach oben.«

»Ihr habt den Mann gehört!«, rief Andry, der gerade an der Pumpe stand. »Mit aller Kraft jetzt!«

»Nicht Ihr, Andry«, rief Norrieav, der an einer improvisierten Koje festgebunden war. »Geht rauf an die Ruderstange, da werden sie bald zusätzliche Muskelkräfte brauchen. Ich übernehme den Befehl über die Pumpenmannschaft.«

Alle auf dem Achterdeck waren an der Reling oder einer anderen stabil aussehenden Schiffsaufbauten festgebunden. Zu sechst gelang es ihnen, die *Shadowmoon* auf Kurs und den Wind an steuerbord zu halten. Plötzlich zeigte Laron nach vorne.

»Land!«, rief er. »Berge! Nord-Scalticar! Wir sind zu nah.«

»Ich dachte, die Idee wäre, so nah wie möglich zu kommen, um an Land zu gehen«, rief Riellen gegen den Wind an.

»Nein, wir hätten uns bis zur Meerdrachenspitze in der Mitte der Straße halten und uns dann zur geschützten Ostküste des Kontinents vorarbeiten müssen. Da sind die Wellen höchstens ein Zehntel so hoch. Nach einer Woche hätten wir vielleicht von Osten direkt in den Hafen von Alberin segeln können.«

»Und was passiert jetzt, Herr Hauptmann?«, fragte Andry.

»Eine der riesigen Wellen wird über uns zusammenschlagen, wenn wir in zu flaches Wasser geraten, und dann werden wir alle ertrinken. Wir sind zu nah an der Halbinsel Nordspitze, dem nördlichsten Teil von Scalticar.«

»Würde es so eine Art Riesenwelle sein, wie die da, Herr Hauptmann?«, schrie Costiger und zeigte in den Wind.

Alle starrten in die angezeigte Richtung. Im Westen schien sich der ganze Horizont langsam zu erheben, um sich dann vorzuwölben und in Schaum zu verwandeln.

»Beidrehen! Beidrehen, drei Strich nach backbord!«, rief Laron. »Wir müssen sie mit dem Heck erwischen, sonst hält uns sogar Lady Fortuna für einen schlechten Witz.«

Die *Shadowmoon* schwenkte langsam herum, aber sie spürten, wie sie fielen, als der Schoner in das Tal vor der riesigen Welle eintauchte. Dann stiegen sie wieder.

»Nicht hinsehen!«, schrie Laron nach einem Blick zurück.

Alle schauten hin, und alle wünschten sich sofort, sie hätten es nicht getan. Nach wenigen Augenblicken stand die *Shadowmoon* in einem Winkel von fünfundvierzig Grad nach unten, und der Winkel wurde beständig steiler.

»Wenn wir uns überschlagen, sind wir tot!«, rief Laron.

»Ihr meint, wir sind noch nicht tot?«, schrie Riellen, die sich am Fuß des Steuerruders und an Danols Bein festklammerte.

»Festhalten, sie bricht über uns!«, rief Laron.

Der Wellenkamm brach, aber die *Shadowmoon* kenterte

nicht, als die viele Tausend Tonnen Wasser auf sie herunterdonnerten. Plötzlich erschien alles gedämpft, und ihnen wurde klar, dass sie sich tatsächlich unter der Oberfläche befanden. Riellen spürte, wie sie vom Ruder und den anderen weggerissen wurde. Sie griff nach dem Seil, das sie sich um die Hüfte gebunden hatte, und kämpfte gegen die innere Stimme an, die darauf bestand, dass sie unter diesen Umständen eigentlich tot sein müsse – und dann waren sie wieder an der Wasseroberfläche, während unter ihnen die Gischt brodelte. Danol zog an ihrem Seil.

»Halt dich an den Seitennetzen fest!«, rief er, als die Turbulenzen sie gegen die *Shadowmoon* schleuderten.

Als Riellen über die Bordwand der *Shadowmoon* kletterte, bemerkte sie, dass der Schoner wieder fiel.

»Was bei allen Höllen geht hier vor?«, rief Norrieav aus der offenen Luke.

»Schließt die verdammte Luke!«, rief Laron und fügte dann hinzu: »Und pumpt weiter!«

»Wir stehen bis zu den Eiern im Wasser, wir werden eine Viertelstunde brauchen, um auch nur …«

»Ihr habt eine Minute oder weniger, jetzt versiegelt die Luke!«

Das provisorische Segel war weggerissen worden, so dass sie diesmal eine sehr viel bessere Sicht hatten, als die *Shadowmoon* nach oben getragen wurde und dann wieder fast senkrecht nach unten zeigte.

»Wir müssen fast fünfzig Knoten machen!«, rief Laron, aber niemand hörte zu.

Die *Shadowmoon* neigte sich langsam vornüber, und Wasser schwappte über das Mitteldeck.

»Nach backbord, zwei Strich«, befahl Laron, aber das Wasser donnerte bereits auf den Schoner.

Diesmal schienen sie viel länger unter Wasser zu bleiben, und als sie die Oberfläche wieder durchbrachen, lag das Schiff viel tiefer im Wasser. Die Luke flog wieder auf.

»Verdammt, Laron, wir stehen jetzt bis zum Hals im Wasser«, rief Norrieav. »Es ist zu tief, um die Pumpe zu benutzen, es sei denn, wir schaffen sie an Deck.«

»Tut das und die nächste Welle spült sie weg!«, erwiderte Laron.

»Die nächste Welle versenkt uns ohnehin!«, rief Norrieav zurück.

»Schafft einfach alle an Deck und bindet sie an«, antwortete Laron. »Dann versiegelt die verdammte Luke!«

Die *Shadowmoon* stieg bereits wieder, während alle an Deck gebracht und vertäut wurden.

»Wenn wir wieder untergehen, zählt bis hundert, dann wartet bis Eure Lunge den Druck nicht mehr aushält und löst dann die Laufknoten an Euren Tauen«, befahl Norrieav. »Es ist immerhin möglich, dass einige von uns die Wellen und Felsen überleben und an Land kriechen, aber bleibt beim Boot, bis es keine Hoffnung mehr gibt, und – ach, Weltenmutter, sind sie alle so groß wie diese?«, rief er mit einem Blick zurück über das Achterdeck.

»Fünf Strich steuerbord!«, rief Laron. »Fünf, verdammt noch mal! Fünf!«

»Zu viel, Herr Hauptmann«, rief Costiger. »Die Kraft …«

»Fünf, verdammt! Ich komme und helfe euch.«

»Euer Halteseil, Laron!«, rief Norrieav. »Ihr werdet weggeschwemmt.«

»Fünf Strich steuerbord!«, schrie Laron und ignorierte ihn.

Diese Welle war anders, und die *Shadowmoon* schien viel länger zu steigen. Steuerbord tauchten Berge auf, und Gischt sprühte hoch in die Luft, als das Wasser über den Felsen nahe der Küste zusammenschlug. Andry ging plötzlich auf, dass das Wasser hinter ihnen nicht mehr höher war als die *Shadowmoon*. Der Schoner bewegte sich so schnell, dass der Wind ihm die nassen Haare aus dem Gesicht blies, als er nach vorn schaute. Was er sah, war eine lange, tiefe Bucht, in der die Wellen zu einer langen, rollenden Dünung geworden waren.

Rings um Andry brachen alle in lauten Jubel aus und lösten ihre Haltetaue.

»Scalticar!«, rief Costiger. »Ein drei Mal dreifaches Hoch auf Navigator Laron!«

Der regionale Hafen von Falgat lag am Kopfende der Bucht, aber die *Shadowmoon* brauchte trotzdem den restlichen Tag, um die fünfzehn Meilen zu einer Liegestelle zurückzulegen. Die Pumpe arbeitete die ganze Zeit über und jeder, der nicht gerade an der Pumpe stand, schöpfte unablässig Wasser. Trotzdem sank der Wasserspiegel im Boot nicht. Früh am Abend erreichten sie den Hafen, und man warf ihnen eine Leine zu, als sie über die einzige Helling schlichen. Taue folgten, dann wurde der Schoner auf einen Walzenwagen gehievt. Schließlich war die *Shadowmoon* aus den Wellen heraus, und Wasser strömte aus dem Rumpf.

»Zu viele Dichtungen sind geborsten«, stellte Norrieav mit in die Hüften gestemmten Händen kopfschüttelnd fest. »Das arme Mädchen ist ein Wrack. Die Reparatur wird fast so viel kosten wie der Bau.«

»Aber wir sind alle sicher hier angekommen«, sagte Laron.

»Ich dachte, Ihr wärt tot, Laron – und nach allem, was Ihr mit meinem Boot gemacht habt, wünschte ich fast, es wäre so.«

»Wir haben für die Überfahrt bezahlt, und Ihr könnt den restlichen Proviant behalten.«

»Oh, aye, und damit werden wir kaum die Liegegebühren bezahlen können.«

Norrieav entfernte sich in Richtung des Hafenmeisterturms. Esen und Andry gesellten sich zu Laron, der immer noch die *Shadowmoon* anstarrte, während das Wasser ablief.

»Das Boot hätte eigentlich zwei Mal sinken müssen«, sagte Andry. »Ich kenn mich mit Booten aus und so, aber die *Shadowmoon* konnte einfach nicht absaufen. Es war fast so, als hätte Fortuna die Hand unter dem Boot gehabt und uns hochgehalten.«

»Das war nicht Fortuna, Andry«, antwortete Laron. »Das Boot ist tauchfähig. Sie wurde so gebaut, dass man sie versenken und dann wieder auftauchen kann. Kein anderes Schiff hätte es durch die Meerenge geschafft.«

»Das Boot ist was, Hauptmann?«

»Tauchfähig, es ist ein Spionageboot. Man kann es versenken, um es unter Wasser zu verstecken, und es dann wieder auftauchen lassen.«

»Hauptmann, das denkt Ihr Euch jetzt aus.«

Laron legte eine Hand auf eine der merkwürdigen kleinen quadratischen Luken im Rumpf der *Shadowmoon*. Sie war geschlossen, und aus den Nähten darum herum sickerte Wasser.

»Ja, Andry, das habe ich mir ausgedacht. Die Dame Fortuna war außerordentlich nett zu uns, also hoffen wir, dass wir sie in naher Zukunft nicht wieder bemühen müssen.«

Jetzt gesellten sich auch Gilvray und Dolvienne zu ihnen, die zwar noch etwas wacklig auf den Beinen waren, aber tatsächlich lächelten.

»Kapitän Norrieav wird jetzt ein reicher und glücklicher Mann sein«, sagte Gilvray.

»Warum?«, fragte Laron verwirrt.

»Mit all diesen Kisten voller Medikusrinde in der *Shadowmoon* unter Deck. Es war alles in Schafsdarm eingepackt, also glaube ich, dass nichts verdorben ist – außer dem wenigen, das ich während der Überfahrt für die Behandlung gebraucht habe.«

»Medikusrinde?«, fragte Laron. »Costiger hat behauptet, es wäre Schiffszwieback.«

»Costiger kann nicht lesen«, sagte Andry. »Die Kisten sahen so ähnlich aus wie die für Schiffszwieback. Ich würde sagen, der Besitzer des *Fröhlichen Maß* hat sie für eine Rechnung in Zahlung genommen.«

»Sie wächst im hohen Norden von Acrema, in den Tropen«,

erklärte Gilvray. »Dort ist sie zwar billig, aber da Scalticar infolge der Torea-Stürme vom Nachschub abgeschnitten wurde, ist sie hier inzwischen wahrscheinlich unbezahlbar. Ich habe mir die Freiheit genommen, ein paar Stücke aus dem offenen Kasten zu nehmen. Eines für jeden Aufklärer und jeden anderen Passagier. Der Kapitän wird bald so reich sein, dass es ihm sicher nichts ausmacht.«

Laron eilte zum Büro des Hafenmeisters, um Norrieav die gute Nachricht zu überbringen, und die anderen setzten sich zusammen, um zu beraten, wo sie am besten die Nacht verbringen sollten.

»Es wäre ein guter Schachzug, nach Alberin zu marschieren und dort unsere Medikusrinde zu verkaufen, bevor Norrieavs Kisten dort eintreffen und den Markt überschwemmen«, schlug Esen vor.

»Sie haben das Kommando, Herr Feldwebel«, antwortete Andry.

»Nein, habe ich nicht, mein Junge. Hier sind wir nur unabhängige Söldner und gleichgestellt. Du bist Andry. Ich bin Esen. Bist du für Alberin?«

»Oh, aye. Ich habe Familie dort.«

»Dann gehst du mit uns? Die anderen wollen auch dorthin.«

»Ich gehe mit euch, Esen. Jetzt lasst uns erst mal zusehen, dass wir irgendwo eine warme Mahlzeit bekommen.«

Esen führte sie nach Falgat, auf der einen Seite flankiert von Laron und auf der anderen Seite von Gilvray und Dolvienne. Riellen war bei den Aufklärern, und Wallas bildete auf unsicheren Beinen die Nachhut, aber zumindest lief er mit. Sie kehrten in ein Gasthaus namens *Meerblick* ein, von wo aus man die Bucht überblicken konnte, wenn man sich aufs Dach stellte. Niemand von ihnen war auch nur im Geringsten daran interessiert, einen Blick aufs Wasser zu werfen.

»Alberin ist sechzig Meilen entfernt, durch relativ hügeliges Gelände«, sagte Andry, als sie sich rund um das Feuer im Schankraum versammelten. »Drei Tage in normalem Marschtempo.«

»Aye, das ist ein kleiner Ort ohne Aussichten«, stimmte Esen zu.

»Ich sage, wir reiten«, verkündete Wallas.

»Reiten?«, fragte Andry. »Worauf? Für den Fall, dass du es noch nicht bemerkt hast, unser Geld ist fast vollständig für das Anmieten der *Shadowmoon* draufgegangen.«

»Aye, und wir gehören nicht mehr zur sargolanischen Miliz«, fügte Esen hinzu. »Wir können nicht einfach um ein Pferd bitten und kriegen eins.«

»Ich könnte meine Medikusrinde hier verkaufen«, sagte Wallas. »Damit könnte ich ein Pferd kaufen.«

»Aye, aber in Alberin kannst du sie für das Zwanzigfache verkaufen«, behauptete Esen. »Kapitän Norrieav hat gerade drei Kisten an die hiesigen Händler verkauft, um die Reparatur der *Shadowmoon* zu bezahlen. Also gibt es hier reichlich Rinde, aber in Alberin nur wenig – noch.«

»Ich neige dazu, den Ort hier morgen zu verlassen und gemeinsam zu marschieren«, riet Andry.

»Nun, ich neige dazu, mich zuerst auszuruhen«, sagte Wallas. »Wir haben genug Bargeld für eine Woche Unterkunft und Verpflegung.«

»Ja, es war eine sehr anstrengende Reise«, stimmte Gilvray zu.

»Andry, kann ich unter vier Augen mit Euch reden?«, bat Laron.

Sie gingen gemeinsam zum Tresen und baten den Jungen dort, die anderen am Feuer zu bedienen. Sobald sie alleine waren, beugte Laron sich näher zu Andry.

»Ich muss die Kriegerschule besuchen«, sagte er. »Sie liegt auf dem Weg nach Alberin. Ich werde Euch dort verlassen.«

»Ich habe jemandem versprochen, Euch nach Alberin zu bringen«, antwortete Andry.

»Wirklich?«, sagte Laron. »Und wer war das?«

»Jemand, der meinte, Ihr müsstet dort sein.«

»Terikel?«

»Mir wurde gesagt, in Alberin gibt es jemanden namens Roval. Er braucht gerade einen Freund.«

»Aber ich habe in der Schule etwas Wichtiges zu erledigen«, beharrte Laron. »Das Schicksal der Welt hängt davon ab, glaubt mir.«

»Wenn Ihr Euch nicht um das Schicksal eines Freundes kümmert, wie könnt Ihr dann für die Welt sprechen?«, fragte Andry und schaute Laron in die Augen, wie um ihn zu einer ehrlichen Antwort herauszufordern.

Laron hielt sich eine Hand vor den Mund und sah zu den anderen hinüber. Sie sahen entspannt und sogar glücklich aus. Mehrere waren einem Todesurteil entkommen, zwei waren verliebt, und die Aufklärer waren nach vielen Jahren der Abwesenheit wieder in der Nähe ihrer Heimat. Alle würden bald Geld besitzen und freuten sich wahrscheinlich auf ein ereignisloses Leben. Wallas stand auf, breitete die Arme aus und holte tief Luft.

»Auf Klauenspitzes felsigen Hängen
kauerten wir zusammen in den Fängen
der Hoffnungslosigkeit, und wussten alle drei
Andry, Terikel und Wallas kämen nie wieder frei.

Ein Drachencharmeur, wir würden … Ahhhhh!«

Costiger hatte beschlossen, dass der Inhalt seines Bierkrugs in Wallas' Nacken am besten aufgehoben war.

»In Ordnung, Andry, begleitet mich morgen zur Schule«, sagte Laron und applaudierte Costiger, der sich gerade verbeugte. »Wenn die Schule entscheidet, dass ich gebraucht werde, bleibe ich dort. Wenn nicht, gehe ich mit Euch nach Alberin.«

Es stellte sich heraus, dass sich alle anderen nach einer langen, fast den ganzen Abend dauernden Diskussion entschlossen hatten, sich ihnen anzuschließen. Diese Entscheidung beruhte teilweise auf dem Reiz, mit einer großen, gut bewaffneten Gruppe zu reisen, aber auch auf der Aussicht, in Alberin anzukommen, bevor der Markt mit Medikusrinde überschwemmt sein würde.

Von der Kriegerschule war nur noch ein kümmerlicher Rest übrig. Dieser Rest war ein steinerner Torbogen an einer Abzweigung der Hauptstraße unweit des Dreißigmeilensteins vor Alberin. Die Inschrift KRIEGERSCHULE war mit einer Reihe aus gekreuzten Äxten unterstrichen. Der Schlussstein stellte ein gewaltiges Auge dar. Hinter dem Torbogen lag ein Gebiet der totalen Verwüstung, von dem an einigen Stellen Rauchfahnen in den Abendhimmel aufstiegen. Einige der massiveren Steingebäude hatten sich noch etwas von ihrer ursprünglichen Form bewahrt, und die Straßen wiesen noch die geringsten Beschädigungen auf.

»Drachen«, sagte Esen, während die Gruppe durch den Torbogen lugte.

»Verdammt große Drachen«, bestätigte Costiger.

Nichts rührte sich außer den Rauchfahnen. Andry ging durch den Torbogen zum Rand des verkohlten Bereichs.

»Andry Tennoner, eine sehr gefährliche Gegend das ist!«, rief Dolvienne ihm in gebrochenem Alberinisch hinterher.

Andry kauerte sich am Rande der verkohlten Erde auf ein Knie und streckte die Hand aus.

»Warm, es ist nur warm«, sagte Andry. »Das ist schon vor einiger Zeit passiert.«

»Wir sollten weitergehen, Andry«, rief Laron. »Was auch immer das getan hat, es könnte wiederkommen.«

»Das bezweifle ich, Eure Lordschaft. Hier gibt es nichts mehr, wofür sich eine Rückkehr lohnen würde.« Er erhob sich und stemmte die Hände in die Hüften. »Wir sollten zumindest alles durchsehen und es melden.«

»Es melden? Wem denn?«, rief Wallas. »Der Weltenmutter? ›Äh, verzeiht, Weltenmutter, aber eine der niederen Gottheiten geht etwas achtlos mit Blitzstrahlen um, wisst Ihr, und legt Gebiete von der Größe einer mittleren Stadt in Schutt und Asche und lässt Sterbliche in Rauchwölkchen verpuffen und, nun ja, das gefällt ihnen nicht.‹«

»Andry hat recht, wir sollten zumindest versuchen, alles zu erfahren, was es hier zu erfahren gibt«, entschied Laron, wie um Wallas zu ärgern. »Hauptmann Gilvray, würdet Ihr die anderen eine halbe Meile weiter die Straße entlangführen und das Nachtlager aufschlagen? Andry und ich bleiben hier, solange es noch hell ist, und sehen uns an, was es zu sehen gibt.«

»Ihr werdet mich auch brauchen«, sagte Riellen und folgte Laron und Andry durch den Torbogen.

»Was? Nein, das ist zu gefährlich!«, rief Laron, indem er sich umdrehte und die Arme ausbreitete, um sie aufzuhalten.

»Andry hat gerade gesagt, dass es nicht mehr gefährlich ist.«

»Es ist zu gefährlich für eine Frau.«

»Was hat mein Geschlecht damit zu tun?«, wollte sie aufgebracht wissen.

»Ihr seid nicht so stark wie wir und könnt nicht kämpfen.«

»Und Ihr seid keine Gelehrten.«

»Ich bin ein Unterzauberer«, widersprach Laron, fummelte in seinen Taschen herum und holte eine arg ramponierte Schriftrolle voller Wasserflecken hervor. »Seht Ihr, Madame Yvendels Akademie in Diomeda.«

»Und wie viel kalte Wissenschaften habt Ihr studiert?«, wollte Riellen wissen. »Ich bin spezialisiert auf die kalten Wissenschaften und …«

»Lasst sie mitkommen, Laron«, rief Andry.

»Aber sie ist …«

»Eure Lordschaft, meiner begrenzten Erfahrung nach sind Frauen in Männerberufen drei Mal besser als Männer. Komm mit, Mädchen, du kannst mich begleiten.«

Der Boden war mit pulvriger Asche bedeckt, aber darunter befand sich ein knirschendes, glasartiges Material.

»Kriegerzauberer wirken Kampfzauber«, sagte Andry leise zu Riellen. »Das sieht ganz so aus, als sei einer fehlgeschlagen.«

»Oder irgendein Feind hat den richtigen gewirkt«, antwortete Riellen.

»Aber das ist so wie das, was in Clovesser passiert ist«, stellte Andry fest. »Ich frage mich, ob es wohl Drachenwall war? Ich wünschte, es gäbe einen Weg, das herauszufinden.«

»Den gibt es, und ich werde es herausfinden«, sagte Riellen. Andry bemerkte jetzt, dass sie genau abgemessene, gleichmäßige Schritte auf einer geraden Linie machte.

Hier und da lag eine Leiche, halb verkohlt und halb blutiges Fleisch. Sie waren alle ziemlich unversehrt, so dass Andry vermutete, dass die hiesigen Aas fressenden Vögel und anderen Tiere noch nicht den Mut aufgebracht hatten, sich dem Ort zu nähern. Riellen erreichte die andere Seite des verbrannten Gebiets, griff nach einem angekohlten Stecken und einem Stück Schieferplatte und schrieb etwas auf. Dann ging sie zurück.

»Willst du nicht auch noch etwas anderes ausmessen?«, fragte Andry.

»Das tue ich gerade. Wenn ich die Hälfte der Schritte zurückgehe, erreiche ich die Mitte. Wenn ich dann im rechten Winkel abbiege, kann ich bestimmen, ob dieser Platz hier ein Kreis oder eine Ellipse ist.«

»Ist das wichtig?«

»O ja. Wenn es eine Ellipse ist, kam die Hitze von Drachenwall, bei einem Kreis kam sie von oben.«

»Äh, was ist eine Ellipse?«

»So etwas wie ein Oval.«

»Was ist ein Oval?«

Das verkohlte Gebiet erwies sich als perfekter Kreis. Riellen machte sich weitere Notizen und lenkte dann Andrys Aufmerksamkeit auf einen Felsen.

»Beachtet, er ist oben und rundherum gleichmäßig glasiert«, erklärte sie. »Alle Felsen, die ich gesehen habe, sind genauso. Das Feuer kam direkt von oben, von einem Punkt und von sehr hoch oben. Wahrscheinlich gab es nur einen einzigen kurzen Feuerstoß. Ein langer Feuerstoß hätte die Leichen vollkommen zu Asche verbrannt, aber sie sind nur teilweise verkohlt. Die Felsen sind nicht geschmolzen, sondern nur dünn glasiert.«

»Was hat es dann verursacht?«, fragte Andry.

»Nicht Drachenwall, er hätte eine elliptische Form am Boden hinterlassen und die Felsen auf der Westseite glasiert. Auch kein Drache, weil selbst ein großer Drache mehr als einen Feuerstoß benötigt hätte, um das hier anzurichten.«

»Aber wie kommt Ihr darauf, dass dies alles in einem einzigen Augenblick passiert ist?«

»Seht Euch die Leichen an. Sie sehen aus, als wären sie ihren normalen Geschäften nachgegangen, und kein Einziger hatte eine Waffe in der Hand. Die Krieger und ihre Rekruten wussten gar nicht, wie ihnen geschah.«

»Also wissen wir nicht, wer es war, aber immerhin wissen wir, wer es nicht war«, sagte Andry, während er Laron zunickte und ihn heranwinkte.

»Es war Drachenwall.«

»Aber Ihr habt doch gerade gesagt …«

»Schaut, das hier ist ein Stück Stein oben von der Westmauer der Akademie in Clovesser«, sagte Riellen und holte ein Stückchen Sandstein aus ihrer Geldbörse. »Ich habe es aufgehoben, als wir geflohen sind, und es war so heiß, dass ich es in meinen Schal einwickeln musste. Jetzt brecht dort ein Stück von dem Sandsteinblock ab und vergleicht die Tiefe der Schmelze.«

Die Tiefe der Schmelze war identisch. Laron kam zu ihnen, als sie sich gerade wieder erhoben. Riellen machte sich noch ein paar Notizen auf der Schieferplatte.

»Dem Ausmaß der Verwüstung nach würde ich sagen, das hat eine ganze Horde Drachen verursacht«, mutmaßte Laron, während sie sich entfernten.

Andry fühlte sich selbstgefällig überlegen und war gleichzeitig ein wenig bestürzt, als Riellen Laron ihre Beobachtungen mitteilte. Weder Bildung, Rang, Wohlstand, Macht und nicht einmal Manieren spielten eine Rolle, wenn es um richtig oder falsch ging. *Warum sich also um Bildung bemühen und gute Manieren lernen?* Dieser Gedanke war für Andry fast genauso bestürzend wie die Verwüstung ringsumher.

»Es tut mir leid, dass Eure Kameraden alle tot sind«, sagte er zu Laron, nachdem Riellen ihre Erklärung abgeschlossen hatte.

»Sie sind alle tot«, sagte Laron, der klang, als sei er über jede Gefühlsregung hinaus. »Außer Roval, und der ist innerlich tot.«

Die anderen hatten ein Lager in der Nähe eines Bauernhofes aufgeschlagen, der dem GKD gehörte. Einer der Bauern war, als die Schule zerstört wurde, draußen beim Holzhacken gewesen. Er beschrieb ein zischendes Knistern, dem ein Knall wie ein Donnerschlag gefolgt sei. Anschließend sei eine Rauchwolke gerade in den Himmel gestiegen. Es war am Vortag passiert, und trotz leichter Bewölkung sei der Himmel über der Schule klar und kein Drache zu sehen gewesen. Fast alle Angehörigen des GKD auf diesem Kontinent hatten sich seiner Aussage nach dort aufgehalten. Es sei eine allgemeine Versammlung einberufen worden, um die Lage mit den Skeptikern zu besprechen.

»Also haben die Skeptiker dem GKD Schwierigkeiten gemacht?«, fragte Laron. »Das kommt mir unwahrscheinlich vor, weil sie nur ein Orden agnostischer Priester sind, der sich dem Studium der kalten Wissenschaften verschrieben hat. Sie stellen für niemanden eine militärische Bedrohung dar.«

»Jetzt jedenfalls nicht mehr, Eure Lordschaft«, bestätigte der Bauer. »Etwas hat ihre Tempel in einer einzigen Nacht zu Schutt und Asche verbrannt.«

»Was? Aber es gab mindestens ein Dutzend davon.«

»Aye, Lordschaft, deswegen haben sich die Krieger in der Schule versammelt. Etwas Schreckliches geht hierzulande vor. Ich sage, es ist dieses Drachenwall-Ding.«

»Andry und ich werden morgen nach Alberin weiterziehen«, sagte Laron zu Riellen, als der Mann gegangen war. »Wir müssen der Miliz von den Vorgängen berichten. Wenn die anderen mitkommen wollen, müssen sie sich mit einem Gewaltmarsch abfinden.«

Laron hatte mit einem Streit über die Notwendigkeit einer Abstimmung gerechnet, doch stattdessen zeigte Riellen nur nach oben.

»Ihr solltet ihnen besser gleich auch davon berichten«, sagte sie.

Die Wolkendecke brach auf und durch die Lücken waren Sterne zu sehen. Außerdem war noch eine dünne, scharf umgrenzte und intensiv leuchtende Linie aus blauem Licht zu sehen.

»Die habe ich zum ersten Mal auf der Klauenspitze bemerkt, aber seitdem war es immer bewölkt«, sagte Andry. »Teri, das heißt, Terikel war der Ansicht, man müsse sich deswegen Sorgen machen.«

»Schaut, die Linie bewegt sich langsam vor den Sternen«, sagte Riellen, »und anhand ihres Winkels zum Himmel würde ich sagen, dass sie Drachenwall am Ringstein Centras auf dem Äquator schneidet.«

»Sie hängt an Drachenwall, zieht aber über die ganze Welt«, erkannte Laron plötzlich. »Also ist sie auch über …«

»Das GKD-Gelände und die Skeptikertempel hinweggezogen«, schloss Riellen für ihn. »Dieses Ding kann Drachenwalls Feuer an jede Stelle der Welt bringen. Nichts ist mehr sicher.«

Die Küste Toreas war zuerst nur eine leichte Verfärbung am Horizont, die sich dann, als Terikel sich auf den Sturmwinden näherte, die sie einen ganzen Tag nach Osten abgetrieben hatten, als Land entpuppte. Sie verlor langsam an Höhe und versuchte, das Bild vor ihren Augen mit den Landkarten in ihrer Erinnerung abzugleichen. Das Land war von einem seltsamen Glitzern überzogen, und es gab keine Spur von Grün. Sie erblickte einen Hügel an der Küste und dann eine Gebirgskette weiter im Inland. Der Hügel war von einem Mosaik aus Linien bedeckt, von denen einige bis ins Meer reichten. Eine kleine Stadt mit einem Hafen und einem Steinpier. Und ein einzelner Hügel. Zantrias. Der Hafen war im vorigen Jahr das Letzte gewesen, was sie von Torea gesehen hatte, kurz bevor der Kontinent vernichtet worden war.

Jetzt war es Abend, aber als sie Zantrias das letzte Mal als blühende, lebendige Stadt gesehen hatte, war es Morgen gewesen. Sie umkreiste die Ruinen auf den kräftigen Winden des Sturms, der immer noch über dem Meer tobte, und ging allmählich tiefer, während sie sich spiralförmig um den Hügel schraubte, auf dem noch die Überreste des metrologischen Tempels zu sehen waren. Mittlerweile war sie seit drei Tagen in der Luft und döste immer wieder vor sich hin, nur um dann wieder aufzuschrecken. *Wenn du zu oft eindöst, verlierst du das Bild deiner Flügel*, sagte sie sich jedes Mal, wenn das geschah. *Wenn du das Bild im Kopf verlierst, verlierst du auch die Flügel.* Die Überreste des Metrologischen Tempels und die anderen Gebäude des Komplexes waren immer noch erkennbar, obwohl alles eingestürzt war, das mit Holz abgestützt wurde.

Terikel spürte, wie ihr Verstand jetzt die Schleier der Erschöpfung abschüttelte, da sie endlich auf etwas anderes schauen konnte als auf Wasser. Sie flog über den metrologischen Festplatz, wo die Kandidaten für die Ordination einst ihre Prüfungen hatten durchstehen müssen. Der Herd in der Form einer riesigen Steinhand existierte noch, obwohl die extreme Hitze der Feuerkreise, die Torea vernichtet hatten, Stücke von ihm abbröckeln und ihn an mehreren Stellen hatte bersten lassen. Velander war die letzte Person gewesen, die hier ihre Ordination durchstanden hatte, erinnerte sich Terikel. Sie segelte über den Hafen und erkannte rasch den Steinpier wieder, an dem die *Shadowmoon* während Velanders Ordinationsprüfungen vor Anker gelegen hatte. Geschmolzenes Glas funkelte auf seiner gesamten Länge wie eine Hautkrankheit. Die *Shadowmoon* hatte dort gelegen, als … sie zwang sich dazu, sich ins Gedächtnis zu rufen, dass sie in den Armen des Kapitäns der *Shadowmoon*, Feran, gelegen hatte, während Velander die Prüfung ablegte. Sie schauderte bei dem Gedanken daran, wie die Älteste ihr befohlen hatte, den Spion zu verführen und gleichzeitig die Nachtwache für ihre Seelengefährtin Velander abzubrechen.

»Wenn ich die Zeit zurückdrehen könnte, würde ich der alten Schlampe sagen, dass sie ihre ›sanften Missionen‹ selbst durchführen soll«, sagte Terikel zu sich selbst, in der Hoffnung, dass es wirklich stimmte.

Sie erinnerte sich daran, an einem milden, ruhigen Morgen durch das Gitterfenster der Kapitänskabine der *Shadowmoon* in einen absolut klaren Himmel geschaut zu haben. Innerhalb einer halben Stunde waren der Hafen und jedes Lebewesen darin zusammen mit dem Rest des Kontinents ausgelöscht worden. Alle an Bord der *Shadowmoon* hatten überlebt, weil man das Schiff versenken konnte und es dort eine luftdichte Zuflucht gab. Velander war den ganzen Weg vom Tempel gerannt, nachdem sie die Mathematik hinter der Bedrohung durch Silbertod verstanden hatte. Laron hatte ihre Warnungen ernst genommen, und die *Shadowmoon* war den Feuerkreisen auf dem Grund des Hafenbeckens entgangen. Seitdem rief der Anblick eines ruhigen, sonnigen, friedlichen Morgens bei Terikel ein Gefühl der Beklemmung hervor.

Die Szenerie unter ihr war ein Panorama einförmiger Verwüstung, doch sie wollte landen. Es war wie der Besuch eines Grabes. Ohne die Menschen war es nicht mehr dasselbe, aber es galt, Erinnerungen aufzufrischen und Geister zur Ruhe zu betten. Robben und schildkrötenähnliche Meerestiere lagen auf dem Steinpier, obwohl die durch den tosenden Wind aufgepeitschten Wellen über sie hereinbrachen. Es war der Steinpier, auf dem sie einmal mit Velander spazieren gegangen war – und über den sie spätnachts verstohlen Hand in Hand mit Feran geeilt war, ohne zu wissen, dass dies ihre letzten Schritte in Torea waren.

»Muss noch mal Fuß auf Torea setzen, ich kann nicht zulassen, dass dieser Drecksack Teil meiner letzten Erinnerung an diesen Ort ist«, sagte sie ärgerlich. »Dieser Ort ist genauso gut wie jeder andere, um zu landen, zu schlafen und den Sturm abzuwarten.«

Terikel suchte gerade nach einem weiten, ebenen Platz zum Landen, als ihr in den von Ruinen gesäumten Straßen eine Bewegung auffiel. Als sie die Stelle überflog, wurde aus einer dunkeln Form plötzliche eine rennende Gestalt, die dann um eine Ecke verschwand. Eine weitere Gestalt eilte durch die Schatten, bevor sie auch diese wieder aus den Augen verlor. *Dann ist Zantrias bewohnt*, dachte Terikel. Wahrscheinlich waren es Robbenfänger, die vielleicht gestrandet waren, als die Torea-Stürme Seereisen nicht nur gefährlich, sondern eher selbstmörderisch gemacht hatten. Sie wusste, dass sie aus der Entfernung wie ein kleiner Drache aussah. Die Robbenfänger würden sich vor einer solchen Kreatur verbergen. Die Kleinen waren bekanntermaßen die Schlimmsten, weil sie immer hungrig nach Lebenskraft waren. Die Zauberer in ihnen hatten aufgehört, Menschen zu sein, und einige machten Jagd auf alles, dem man Lebenskraft entziehen konnte. Wenn die Robbenfänger andererseits nichts über Drachen wussten, war

Terikel einfach nur eine einsame, erschöpfte Frau mit einem Flügelzauber.

Plötzlich schien es eine schlechte Idee zu sein, bei den Ruinen zu landen. Und dort zu schlafen, kam nicht infrage. Aber sie brauchte Schlaf. Schlafen bedeutete aber, den Flügelzauber aufzuheben, daher musste sie einen sicheren Ort finden. Eine verlassene Gegend tief im Landesinneren, an der die Leute, die den Leichnam Toreas abnagten, kein Interesse hatten. Der Torea-Sturm fegte vom Meer herein, und der Wind war für eine sichere Landung schon zu böig. Terikel nutzte die Aufwinde um Zantrias, um an Höhe zu gewinnen, und ließ sich dann landeinwärts treiben. Wach zu bleiben, war schon an ihrem zweiten Tag in der Luft ein Thema geworden und stellte mittlerweile ein ernsthaftes Problem dar. Über dem Binnenland Toreas würde es jedoch genug Gelegenheiten geben zu landen, den Zauber aufzuheben und sich ausruhen. Sie war nicht besonders hungrig, weil sie zwischendurch während des Fluges etwas von ihrem Proviant gegessen hatte. Wie sie es schon zuvor getan hatte, löste Terikel einen Arm und griff in ihren Rucksack mit Proviant. Sie hatte nur die Hälfte des Essens verbraucht, aber der Wasserschlauch war so gut wie leer.

Als sie zu steigen aufhörte, war die Nacht hereingebrochen und sie befand sich jetzt über den Wolken. Wieder aß sie etwas, mehr um sich abzulenken, als aus Hunger. Mirals große grüne, beringte Scheibe ging im Westen unter, obwohl eine andere gewölbte Mondwelt höher am Himmel stand und hell leuchtete. Terikel ging ihre Pläne und Probleme durch. Torea lag unter ihr und bei Anbruch des neuen Tages konnte sie sich einen Landeplatz suchen. Dort würde sie vielleicht zwei Tage schlafen, bevor sie sich an die Überquerung des Infiniten Ozeans machte. Ihre Wasservorräte gingen zur Neige, aber in den glasumsäumten Teichen Toreas gab es genügend frisches Wasser. Das Problem war nur, dass es auf Torea nichts anderes gab als frisches Wasser und sie nur noch für drei Tage Proviant hatte.

»Hungrig bleibst du wenigstens wach«, sprach sie ihre Gedanken laut aus, um sich aufmerksam zu halten.

Terikel erwachte ohne Flügel.

Sie befand sich in der Anfangsphase eines zwei oder drei Minuten währenden Absturzes zum Erdboden, der mit ihrem sofortigen Tod enden würde. Innerhalb weniger Augenblicke hatte sie einen Zauber zwischen den Händen und blies einen neuen ätherischen Dorn ins Leben. Das Problem lag darin, dass der Sporn, sobald sie ihn teilte, nicht mehr wuchs, und dadurch die Flügelspannweite begrenzt war. Sie hatte ihn vielleicht auf fünf Fuß anwachsen lassen, als sie die obersten Gewitterwolken erreichte. Um Segeln zu können, war das Zehnfache an Spannweite nötig, aber davon würde sie kaum die Hälfte erreicht haben, bevor sie auf den Boden prallte.

»Mehr Zeit, nur drei Minuten!«, flehte Terikel Schicksal an.

Von totaler Dunkelheit umgeben, entschied sie, dass jeder noch so stümperhafte Plan besser war als blinde Panik. Sie teilte den Dorn bei nur fünfzehn Fuß. Der Flügelzauber öffnete sich langsam im Fallwind und bildete noch immer eine flache V-Form, während sie sich bemühte, die Schultergurte überzustreifen. Eine weitere Minute verstrich, und Terikel fiel nicht mehr, sondern befand sich in einem flachen Sturzflug.

Blitze zuckten rings um sie, als Terikel durch die tiefsten Wolken stieß. Das flackernde Licht fiel auf Berggipfel nicht weit unter ihr. Sie fällte eine weitere schnelle und verzweifelte Entscheidung und hielt nach etwas Ebenem Ausschau. Sie war schon weit unterhalb der höchsten Gipfel und orientierte sich nur mit Hilfe der Blitze, als sie ein halbwegs gerades und vage flach aussehendes weißes Feld ausmachte und mit sechzig Meilen pro Stunde den Landeanflug begann.

»Lass es Schnee sein, lass es Haufen von weichem Schnee sein«, betete Terikel, während sie die Beine herunternahm und die Stummelflügel hob, um weiter abzubremsen, und gleichzeitig hoffte, dass sie sich nicht zu hoch über dem befand, was unter ihr lag.

4

DRACHEN-MÄDCHEN

Es war Abend, als Laron seine Gruppe von Flüchtlingen über den letzten Hügel führte, der sie von Alberin trennte. Sie standen neben den Ruinen eines Turms zwischen der Stadt und dem Kammrückengebirge. Alberin lag auf der dunklen Ebene neben dem Ozean ausgebreitet wie ein Teppich mit kleinen hellen Funken, die sich langsam in den Stoff brannten und dabei kleine Rauchwölkchen absonderten.

»Kaum zu glauben, dass das Alberin ist«, sagte Andry zu Esen, während sie alle auf die Stadt starrten. »So habe ich es noch nie gesehen.«

»Aber bist du nicht auch hier geboren?«

»Aye, aber ich habe die Stadt nur vom Hafen und vom Fluss auf dem Weg nach Ahrag aus gesehen. Diesen Turm habe ich nur aus der Ferne gesehen und mir vorgestellt, wie irgendein großer Herzog hier lebt. Ich wusste nicht, dass er eine Ruine ist. Jetzt schaue ich von ihm aus auf Alberin wie ein großer Lord, der gerade aus dem Krieg heimgekehrt ist. Und wir *sind* zu Hause! Wirklich zu Hause!«

»*Du* bist zu Hause«, murmelte Wallas. »Es ist nicht mein Zuhause, und es scheint immer noch ein langer Weg dorthin zu sein. Meine Wadenkrämpfe reichen schon bis in die Oberschenkel.«

»Man kann die Moschussträucher und die Pinien riechen!«, sagte Andry zwischen tiefen Atemzügen. »Ich kann gar nicht sagen, wie gut ich mich dabei fühle.«

»Deswegen gibt es ja Poeten wie mich«, stellte Wallas fest. »Warum ich …«

Die fünf Aufklärer zogen die Äxte und umringten Wallas' Kopf mit den Klingen.

»Denkt nicht einmal daran«, sagte Andry.

Laron starrte weiterhin auf die Stadt. »Ich war auch schon hier, und ich weiß, dass es von hier aus noch ein dreistündiger Fußmarsch ist«, sagte er. »Wir gehen besser weiter.«

Der Weg führte ständig bergab, aber wie Wallas inzwischen wusste, war das nicht unbedingt von Vorteil. Bergauf zu gehen war anstrengend für die Beinmuskeln, aber bergab zu gehen war anstrengend für die Füße.

»Und was machen wir jetzt«, fragte Wallas. »Was ist mit Geld, Essen, Unterkunft, etwas zu trinken und schönen weichen Verbänden mit lindernden Salben für meine Füße?«

»Es gibt das Amt für Münzwesen und Edles Material am Flussufertor«, sagte Andry. »Es schließt niemals, weil die Barken aus dem Binnenland zu den unmöglichsten Zeiten ankommen. Wir können unsere Medikusrinde dort verkaufen und dann eine Fähre den Fluss entlang in das Viertel Werftseits nehmen. Dort gibt es haufenweise Tavernen und Pensionen.«

»Das hört sich zu schön an, um wahr zu sein«, warf Wallas ein.

»Wie sind dieser Tage denn die Mädchen so im Hafen, Andry?«, fragte Costiger. »Es ist neun Jahre her, seit ich, äh …«

»Mich entschlossen habe, einer militärischen Berufung in fremden Ländern zu folgen?«, lachte Danol.

»In Alberin gibt's immer Mädchen«, sagte Andry.

»Mädchen«, seufzte Wallas, doch Willy gab sofort unter der Tunika ein empörtes Zischen von sich. Wallas schlug sich mit der flachen Hand vor die Stirn. »Da haben wir's! Ich wusste, es war zu schön, um wahr zu sein.«

»Warum ist das Ding nicht in seinem Futteral?«, fragte Andry.

»Weil es beim Gehen an meinen Beinen scheuert.«

Alberin war annähernd sechs mal sieben Meilen groß und in einer Bucht erbaut worden, die durch ein Labyrinth von Untiefen und Sandbänken vor Wellen, Sturmfluten, feindlichen Flotten und Freibeutern geschützt war. Die einzige Fahrrinne wurde vom Katapultturm bewacht, einer Festung auf einer der Sandbänke, die vor Belagerungsmaschinen und Höllenfeueröl-Werfern nur so strotzte. Er diente zusätzlich als Leuchtturm. Der Südostteil der Stadt war etwas höher gelegen und beheimatete den Palast, größere Tempel, die Herrenhäuser der Adligen und die Häuser der Reichen. Südlich davon lag der durchaus gutbürgerliche Handwerkergürtel, dann teilte der Fluss Alber die Stadt. Nördlich des Alber erstreckte sich das geschäftige industrielle Herz von Alberin, und es gab nur eine einzige Brücke zwischen den beiden Teilen der Stadt. Daher gab es Dutzende von Fähren. Nur diese eine Brücke zu haben, war eine wohlbedachte Politik der Stadtobrigkeit, die nicht erpicht darauf war, die Vermischung der gesellschaftlichen Schichten in Alberin einfach zu machen.

Am Flussufertor tauschten sie ihr Geld in scalticarische Silbernobel ein und stellten fest, dass Medikusrinde einen sehr guten Preis erzielte. Diejenigen in der Gruppe, die keine Papiere hatten, kauften sich einfach welche, dann bestiegen sie eine Fähre. Wallas stolperte zuerst an Bord, dann bückte er sich und küsste die Holzbank, bevor er sich setzte.

»Was sollte das denn?«, erkundigte sich Andry, während er sich neben ihn setzte.

»Sie bringt mich, wohin ich will, ohne dass ich laufen muss«, erklärte Wallas und schloss vor reiner Glückseligkeit die Augen, als er die Füße auf die Bank gegenüber legte.

Dolvienne und Gilvray setzten sich links neben Andry. Während der Fährmann sie mit seiner Stake in die träge fließende

Strömung stieß, wies Andry auf verschiedene Merkmale und Besonderheiten der Stadt hin.

»Und das ist also einer der berühmten Barkenstaken, mit denen die Leute sprichwörtlich nichts anfassen wollen«, sagte Wallas und öffnete die Augen.

»Eigentlich ist das eine Fährstake«, sagte Andry. »Sie ist genauso lang, aber leichter.«

»Und Ihr sagt, es gibt nur eine Brücke?«, sagte Dolvienne.

»Oh, aye, Mylady. Da, gleich hinter der Biegung. Sie wird einfach Brücke genannt, weil es die einzige ist.«

»Also muss jeder über diese Brücke, der den Fluss überqueren will?«

»O nein, es gibt auch Fähren. Die meisten sind winzige Boote mit Rudern oder Staken. Die Fährmänner schlafen darin, unter Segeltuchplanen. Weckt sie zu jeder gewünschten Zeit auf, gebt ihnen eine Kupfermünze und sie rudern Euch auf die andere Seite. Seht, da vorne an dem Pier liegen ein paar. Die feinen Leute leben im Süden und die armen Schlucker wie ich im Norden. Wir kommen an Barkenwerft vorbei, wo mein Zuhause ist.«

»Aha. Und wohin fahren wir?«

»Dorthin, wo der Fluss in den Hafen fließt. Werftseits ist der heruntergekommene Teil des respektablen Südens, wohin die Reichen gehen, um, äh …«

»Zu singen, zu trinken und sich zu verlustieren?«

»Äh, aye, genau das. Aber es ist sicher. Irgendwie. Nimmerseits ist die andere Seite des Flusses, und das ist der heruntergekommene Teil des heruntergekommenen Teils. Ich vermute, es heißt Nimmerseits, weil es niemals eine gute Idee ist, dorthin zu gehen, vor allem nicht nach Einbruch der Dunkelheit.«

»Dann ist es dort rau?«, fragte Gilvray.

»›Gefährlich‹ ist das bessere Wort. Die Metrologen haben ihren Tempel in Werftseits gebaut, aber ich habe ihn noch nicht besucht. Wohin willst du gehen, Wallas?«

»Ach, Werftseits hört sich nach meiner Gegend an. Ich hatte

daran gedacht, als Koch zu arbeiten und mich auf sargolanische Gerichte zu spezialisieren.«

»Oh, aye, sehr klug. Versuch es im *Freudenspender* am Ende der Schiffswerftstraße. Da spielen sie viel sargolanische Musik und haben billige Zimmer. Ich und die Jungs haben nach der Arbeit oft eine Fähre auf die andere Seite genommen, eine Pastete gegessen und eine Halbe getrunken, bis zur Mitternachtsglocke gespielt und dann ein Zimmer gemietet und uns auf dem Boden ausgestreckt. In einer Nacht waren wir zu fünfzehnt im Zimmer.«

»Das hört sich ziemlich ekelhaft an«, winkte Wallas ab. »Ich werde wohl das Niveau heben und durch meine Kochkünste eine bessere Kundschaft anlocken.«

»Wenn man erst mal ein paar Bier getrunken hat, schmeckt doch alles gleich«, sagte Andry.

Niemand hatte die leichte Veränderung in Wallas bemerkt, seit sie in der Stadt angekommen waren, und diese Veränderung betraf sein Selbstbewusstsein. Endlich war er in einer Metropole, in der er nicht von der Obrigkeit gesucht wurde, ja, ihr nicht einmal bekannt war. Er hatte genug Geld, um ein paar Wochen behaglich zu leben, und sogar die Aussicht auf eine Anstellung. All das bedeutete Unabhängigkeit von Andry und den Aufklärern. Er erinnerte sich plötzlich an viele beleidigende, ärgerliche und leidvolle Erfahrungen, und für eine Vielzahl davon war Andry verantwortlich.

»Ich nehme an, dass irgendein Mädchen auf dich wartet«, sagte Wallas mürrisch und in dem Bewusstsein, dass Willy sich in seiner neuen Heimat als gesellschaftlicher Hemmschuh erweisen würde.

»Kein einziges. Velander war das erste und einzige«, sagte Andry wehmütig.

»Und was ist mit Terikel?«, fragte Wallas.

»Terikel?«, riefen Laron, Gilvray und Dolvienne gleichzeitig.

»Sie hat mich nur drachensicher gemacht«, erklärte Andry verlegen und mit einer Hand über den Augen.

»Ich habe schon viele Begründungen gehört, um jemanden rumzukriegen«, sagte Dolvienne, »aber die ist mir neu.«

»Sie hat nicht angeboten, *mich* drachensicher zu machen«, murmelte Wallas.

»Warum überrascht mich das nicht?«, sagte Laron.

»Aber du warst Velander untreu!«, sagte Wallas mit höhnischem Grinsen zu Andry.

»Wenn ich schwach geworden bin, dann deshalb, weil ich zu viel Zeit in deiner Gesellschaft verbracht habe«, konterte Andry. »Aber Velander ist tot und wird es niemals erfahren. Die Seele meines bezaubernden Mädchens ist verloschen.«

»Bezauberndes Mädchen? Sie hat gestunken wie ein Teppich, der ein Jahr auf dem Müll gelegen hat, muffig, feucht und irgendwie verrottet. Und ihr Atem! Er roch wie die Abfalleimer vor den Schlachthöfen, wie vergammeltes Fleisch vermischt mit abgestandenem Blut.«

»Andry, ist das da vor uns der Fährenpier von Werftseits?«, erkundigte sich Dolvienne, die bemerkt hatte, dass sich aus dem sarkastischen Geplänkel ein Streit voller persönlicher Beleidigungen entwickelt hatte.

»Sie hat dir nur deswegen nicht die Kehle aufgeschlitzt, weil sie Geschmack hatte!«, rief Andry, ohne auf Dolvienne einzugehen.

»Sie hat dich nur deswegen gemocht, weil du genauso schmutzig und stinkig bist wie sie!«, erwiderte Wallas.

»Nimm das zurück! Bei mir zu Hause in Barkenwerft wäscht man sich jeden Morgen im Hof mit kaltem Wasser und Teerseife. Wir wechseln ein Mal die Woche die Kleidung, manchmal sogar zwei Mal.«

»Ein Nachäffen der Unterschicht von Oberschichtwerten. Eure Mädchen lernen nur gute Manieren und anständiges Verhalten, wenn Leute wie ich sie in den Hurenhäusern besuchen, und dann gehen sie nach Hause und erzählen den Männern, dass …«

Andry verpasste Wallas mit dem Handrücken einen harten

Schlag in den Schritt. Willy brannte sich sofort durch Wallas' Jacke und bohrte seine kleinen Reißzähne in Andrys Handgelenk. Unfähig, sich zu überwinden, Willy zu berühren, schlug Andry Wallas mit der freien Hand ins Gesicht.

»Hört auf!«, rief Dolvienne, legte die Arme um Andry und versuchte, ihn zurückzuziehen. »Ihr alle beide, hört sofort auf!«

»Hör zu, Willy, ich schlage ihn so lange, bis du mich loslässt!«, schrie Andry und verpasste Wallas einen Schlag nach dem anderen.

Inzwischen standen sie im Mittelpunkt der Aufmerksamkeit aller Anwesenden auf der Fähre, einschließlich des Fährmanns. Die Fähre rammte den Steinpier gerade mit ausreichender Kraft, um ein paar Bugplanken einzudrücken. Langsam begann sie zu sinken. Die Passagiere stolperten herunter und standen kurz darauf am Ende der Schiffswerftstraße.

»Jetzt weiß ich, warum mich meine Mutter nie mit rauflustigen Kindern aus der Unterschicht hat spielen lassen!«, schimpfte Wallas. Mit einer Hand hielt er seinen zusammengerollten Schlafsack vor seine Brust und mit der anderen wischte er sich Blut von der Nase.

»Dieses Ding ist hoffentlich nicht giftig«, sagte Andry, der sich die ebenfalls blutende rechte Hand hielt.

»Giftig? Wie unfein!«, schnaubte Wallas, wünschte der Gruppe eine gute Nacht und ging in den *Freudenspender*.

»Der Metrologische Tempel liegt am anderen Ende der Straße«, sagte Andry. »Wer ist dafür? Ihr könnt wahrscheinlich über Nacht dort bleiben, wenn Ihr eine kleine Spende leistet.«

Laron hob die Hand. Gilvray und Dolvienne folgten seinem Beispiel.

»Ich nehme an, ich sollte auch besser dorthin gehen«, sagte Riellen und hob als Letzte langsam die Hand. »Aber ich muss wissen, wo ich die Zauberakademie der Stadt finden kann.«

»Ich treffe Euch dann alle dort«, sagte Andry. »Sie könnten einen Blick auf mein Handgelenk werfen.«

»Die Aufklärer und ich werden im *Freudenspender* eine Halbe trinken«, sagte Esen.

»Wir geben uns als Fremde aus, bis wir wissen, ob wir gesucht werden«, erklärte Costiger.

»Ich vermute, der Grund für meine Flucht ist inzwischen geboren, aufgewachsen, geht einem Beruf nach und hat geheiratet«, sagte Sander.

»Vielleicht komme ich später zu euch«, sagte Andry. »Ich habe meine Fiedel noch nicht ein Mal aus ihrer wasserdichten Verpackung geholt, seit die Reise vorbei ist, und ich hätte nicht übel Lust, sie auszuprobieren.«

Der Metrologische Tempel war etwa eine Drittelmeile vom Fluss entfernt, und über der Tür brannte eine grüne Lampe, die ihn als Ort des Heilens auswies. Laron wurde von einer Priesterin namens Justiva begrüßt und stellte ihr die anderen vor. Die Flüchtlinge wurden kurz darauf zu den Gästezimmern gebracht, aber Andry blieb mit Justiva in der Empfangshalle. Nachdem sie den Biss an seiner Hand untersucht und gehört hatte, wie sie entstanden war, versicherte sie ihm, dass ätherische Zauber wie Willy nicht giftig seien.

»Hört mal, äh, bevor ich gehe, möchte ich Euch das hier geben«, sagte Andry und hielt ihr ein Päckchen hin. »Es ist Medikusrinde, wir haben sie aus Acrema mitgebracht.«

»Medikusrinde?«, rief Justiva. »Aber, aber, die ist viel Geld wert, selbst so eine kleine Menge.«

»Ungefähr sechzig Nobel, würde ich sagen.«

»Andry, ich kann Euch gar nicht genug danken«, antwortete die erstaunte Justiva. »Das ist eine sehr großzügige Spende.«

»Ich kannte ein paar Metrologinnen, Mylady. Sie waren alle nette Damen, also dachte ich, wenn alle anderen auch so nett sind, würdet Ihr die Medikusrinde benutzen, um bedürftigen armen Schluckern zu helfen.«

»Metrologische Priesterinnen?«, fragte Justiva, deren Züge sich plötzlich verhärteten. »War eine davon die Gelehrte Terikel?«

»Oh, die kannte ich auch, aber mein Mädchen war Velander.«

»Ihr … Velander?«, keuchte Justiva mit weit aufgerissenen Augen. »Aber man hat mir gesagt, sie wäre tot?«

»Aye, das ist sie auch.«

»Andry, habt Ihr gesagt, sie war Euer *Mädchen*?«

»Aye.«

»Mädchen, wie in Händchenhalten, Küssen und Herumsitzen und einander in die Augen schauen?«

»Aye. Mylady, ich weiß, dass viele Leute Velander für etwas schwierig hielten, aber ich habe ihre gute Seite gesehen. Ich mache mich jetzt besser auf den Weg.«

»Andry, wartet, ich meine, Ihr könnt hier übernachten, wenn Ihr ein Dach über dem Kopf braucht. Ich habe noch Fragen, viele Fragen.«

»Vielen Dank, Mylady, aber ich glaube, ich gehe besser zurück in den *Freudenspender*, singe und spiele ein paar Lieder mit den Jungs und schlafe dann bis zum Morgengrauen auf einem Sofa. Meine Leute werden jetzt schon im Bett liegen, und sie mögen es nicht, wenn man sie weckt. Vielleicht kann ich Eure Fragen ein andermal beantworten.«

»Sterben heute nur Krieger und Skeptiker?«, fragte sich Madame Jilli, als ihr Kahn wieder einmal auf die Kiesel am Ufer auflief.

»Kampflos gestorben«, murmelte die Seele eines wunderbar muskulösen GKD-Kämpfers.

»Ich glaube das hier alles nicht«, sagte ein Skeptiker, während er hinter ihm Platz nahm.

Wallas war sicherlich vertraut damit, so spektakulär wie ein Meteor in Ungnade zu fallen, aber von einem extrem schnellen Aufstieg zurück in den Zustand der Gnade hätte er nicht zu träumen, geschweige denn zu hoffen gewagt. Als er den *Freudenspender* betrat, stellte er fest, dass der Koch krank und das Lokal voller hungriger Gäste war. Er bot seine Dienste als Koch an, wurde von einem unendlich dankbaren Besitzer eingestellt und fand sich fünf Minuten nach seinem Eintritt vor einem eisernen Herd wieder, mit einer Schürze als Bedeckung für das von Willy in seine Jacke gebrannte Loch vor dem Bauch.

Eine Stunde später waren Andry und Esen im Schankraum und spielten die aktuellsten Melodien aus dem Sargolanischen Reich. Schnell verbreitete sich im Hafen die Kunde, dass der *Freudenspender* in dieser Nacht besonders viel zu bieten habe, so dass die Menge der Gäste weiter anwuchs. Der Hofmusikant des Kronprinzen kam auf dem Heimweg von einem nächtlichen Abenteuer zufällig vorbei, als sich gerade der Geruch einiger ziemlich verführerischer sargolanischer Speisen in der Luft draußen vor dem *Freudenspender* ausbreitete. Er entschloss sich, etwas zu essen. Nach dem Essen bat er, den Küchenchef kennenlernen zu dürfen, und sobald der Eigentümer herausgefunden hatte, was ein Küchenchef war, wurde Wallas dem Höfling vorgestellt, der zufällig den Tafelmeister des Kronprinzen von Alberin kannte. Wallas erhielt eine Einladung, am folgenden Tag die Palastküche zu besuchen.

Am nächsten Morgen um zehn Uhr, eine Stunde bevor Wallas zum Palast aufbrechen musste, wurde Andry von der Frau des Besitzers in die Küche geführt.

»Der arme Junge, zu Hause rausgeworfen«, erklärte sie Wallas, »und das, nachdem er gestern so schön gespielt hat. Könnt Ihr ihn nicht mit Brot und Käse und einem heißen Getränk aufpäppeln, mein guter Wallas?«

Wallas war zu neugierig, um an die Unstimmigkeiten auf der Fähre zu denken, und bot Andry einen Hocker neben dem Herd an. Andry brauchte jemanden, bei dem er sich über sein Unglück beklagen konnte, und war nicht wählerisch, bei wem er ein offenes Ohr fand.

»Ich war sechzig Tage weg!«, sagte Andry, der jenseits jeder Wut war und sehr verletzt klang. »Meine Mama hat gerade der Familie die Brote zum Mitnehmen für die Arbeit geschmiert, und als ich hereinkam – na, so was hast du noch nicht gesehen.«

»Das weiß ich erst, wenn du mir sagst, was«, antwortete Wallas, während er ihm auf dem Eisenrost ein Brötchen aufwärmte.

»Sie hat das Hackbrett nach mir geworfen, dabei hatte ich nur Hallo gesagt.«

Er zeigte Wallas die Stelle, wo ihn das Hackbrett am erhobenen Unterarm getroffen hatte.

»Dann hat sie angefangen rumzubrüllen, für wen ich mich eigentlich halten würde, einfach reinzumarschieren, nachdem ich mich so lange verpisst hätte, und als ich es ihr erklären wollte, ist sie mit dem Brotmesser auf mich losgegangen. Ist etwas jähzornig, meine Mama. Mag keine seefahrenden Matrosen. Meine Schwester Florrey meint, einer hätte sie nämlich flachgelegt und wäre dann abgehauen, damals als …«

»Also bist *du* abgehauen?«, unterbrach ihn Wallas.

»Äh, nein, da war ich schon nicht mehr an der Tür. Ich habe ihren Arm mit dem Messer gepackt, mich irgendwie geduckt und dabei den Arm nach unten gezogen. Sie ist über meinen Rücken auf den Esstisch geflogen, der dabei, äh … na ja, zerbrochen ist.«

»Du hast deine *Mutter* über die Schulter geworfen?«, ächzte Wallas.

»Aye.«

»Hat sie sich verletzt?«

»Das würde ich nicht sagen. Sie hat ein Tischbein aufgehoben und ist wieder auf mich losgegangen, also bin ich zur Tür gerannt. Mittlerweile war mein Vater gekommen, um herauszufinden, was der Lärm bedeutet, und er hatte eine Axt. Ich bin einem Schlag ausgewichen, hab ihm irgendwie ins Gesicht gestoßen und bin auf die Straße geflohen.«

»*Ihm irgendwie ins Gesicht gestoßen?*«, fragte Wallas, während sich seine Augen verengten.

»Na ja, ich hab ihn ziemlich fest geschlagen. Ich meine, ist das zu glauben? Und ich hatte sechzehn sargolanische Silbervasallen und fünf scalticarische Silbernobel durch meine Reisen verdient. Das ist mehr, als ich in zwei mal sechzig Tagen in Barkenwerft verdient hätte.«

»Du hast gesagt, du wärst knapp bei Kasse, als wir in Falgat gelandet sind«, stellte Wallas fest.

»Ich war nur zu knapp bei Kasse, um dir ein Pferd zu kaufen, auf dem du hättest hierherreiten können.«

»Ich habe einen zweitägigen Gewaltmarsch ertragen, um hierherzukommen!«, rief Wallas, der seine Empörung keineswegs heucheln musste.

»Aber dadurch hast du eine Menge Gewicht verloren, Wallas, und du siehst gut aus. Die Mädchen werden dich mögen.«

»Das nutzt mir viel, wo Willy meine Keuschheit bewacht. Aber es wird immerhin helfen, einen guten Eindruck auf den Kronprinzen zu machen. Ich treffe ihn in einer Stunde und habe die Aussicht, sein Koch zu werden. Dafür muss ich gut aussehen.«

»Er mag also die sargolanische Küche?«

»Anscheinend. Ich frage mich, ob er wohl einen Musikmeister braucht?«

»Versuch es gar nicht erst, es könnte ihm den Appetit verderben.«

»Ich habe von dir nichts anderes erwartet als Sarkasmus. Was hast du jetzt für Pläne?«

»Ich denke nicht weiter als heute Nacht, und heute Nacht werde ich mich sinnlos, hemmungslos und vollständig besaufen. Velander schuldet mir eine Nacht in der Stadt. Willst du mitkommen?«

»Entschuldige, aber bis dahin habe ich vielleicht eine bedeutende Anstellung als Koch, und zwar im Palast. Frag doch die Aufklärer, ob sie dich begleiten wollen.«

Der Metrologentempel lag am Fuß des Palasthügels, nicht weit vom Haupttempel der Stadt, dem Universal. Die Metrologen befanden sich am äußersten Ende von Werftseits, während der Universal am Ende einer langen, geraden, quer durch die Stadt verlaufenden Prachtstraße lag, die den Fluss auf der Brücke überquerte und am Flussufertor durch die Stadtmauer führte. Die Architektur des Metrologischen Tempels deutete darauf hin, dass er mehrere Jahrhunderte alt war. Die Worte HAFENMILIZ, die unter einer Schicht von Tünche noch schwach zu erkennen waren, ließen vermuten, dass das Gebäude zu Zeiten seines Erwerbs nicht als Tempel benutzt worden war.

Der letzte Besucher am siebten Tag des Sechstmonats traf nur wenige Augenblicke ein, bevor die Glocken im Turm des Universal Mitternacht schlugen. Die Empfangsdiakonissin war eine einheimische Rekrutin des Ordens und erst seit ein paar Monaten bei den Metrologen. Der Besucher war eine Frau Anfang zwanzig von mittlerer Größe mit braunem Haar, das straff nach hinten gebunden war. Ungewöhnlich an ihr war, dass sie nicht wie ein Freudenmädchen angezogen war, die um diese Uhrzeit normalerweise die einzigen Besucher der Metrologen waren – gewöhnlich, nachdem man sie angegriffen und geschlagen hatte. Unter ihrem Regenumhang trug sie eine entfernt militärisch anmutende schwarze Jacke, einen schwarzen wadenlangen Rock und schwarze Reitstiefel. Sie trug einen Mantel über dem Arm und einen Hut mit einer Feder in der Hand. Die Kleidung schien eher für wärmere und trockenere Gegenden als Alberin geeignet zu sein.

»Muss sehen amtierende Älteste«, sagte sie auf Diomedanisch.

»Es ist Mitternacht, die Ehrwürdige Justiva schläft«, erwiderte die Diakonissin. »Braucht Ihr eine sichere Zuflucht?«

»Nicht brauche.«

»Dann müsst Ihr einen Termin für morgen vereinbaren. Wie ist Euer Name?«

»Ehrwürdige Velander Salvaras, zuletzt tätig in den Tempeln von Zantrias und Helion.«

Nach weniger als einer Minute wurde Velander in ein Zimmer mit einer hohen Decke geführt, wo die Ehrwürdige Justiva eiligst etwas abstaubte, das anscheinend der Thron der Ältesten war – ein hölzerner Stuhl mit Stoff darüber. Velander räusperte sich höflich. Justiva quäkte ein Mal, drehte sich um, ließ das Staubtuch auf den Thronsitz fallen und setzte sich darauf.

»Ehrwürdige Velander, Euer Besuch ist eine Überraschung für uns«, sagte sie auf Zantrianisch.

»Sprecht Diomedanisch, bitte, amtierende Älteste«, sagte Velander mit einer Verbeugung. »Ich versuche, meine Kenntnisse zu verbessern.«

»Aber ich kann kaum Diomedanisch, Ehrwürdige Velander. Am besten bleiben wir bei Zantrianisch.«

Nachdem sie sich auf die Sprache geeinigt hatten, die sie benutzen würden, verfielen sie in Schweigen. Die Ehrwürdige Justiva verschränkte die Arme, öffnete sie dann wieder und legte sie auf die Armlehnen des Stuhls. Velander stand mit gefalteten Händen da. Der Drang, sie zu entfalten und stattdessen auf dem Rücken zu verschränken, war beinah unwiderstehlich, aber sie wollte entspannt aussehen, also versuchte sie, reglos zu bleiben. Justivas rechte Hand zuckte. Sie verschränkte die Hände, legte sie wieder auf die Armlehnen und umklammerte fest die Enden. *Gleich ist es so weit*, dachte Velander.

»Die Gelehrte und Ehrwürdige Terikel Arimer hat mich als amtierende Älteste eingesetzt!«, ratterte Justiva so schnell herunter wie ein Trommler einen Wirbel schlägt.

»Ich verneige mich vor Eurer Autorität«, sagte Velander mit einer Verbeugung.

Das brachte Justiva vollkommen aus der Fassung. Sie hatte sich in aller Eile auf eine Auseinandersetzung vorbereitet. Jetzt gab es keine Auseinandersetzung. Was war da zu tun?

»Oh. Äh … tja, das ist nett«, sagte sie in einem immer noch recht aggressiven Tonfall. »Was kann ich für Euch tun?«

»Ich bin eine metrologische Priesterin. Dies ist ein metrologischer Tempel. Ihr seid meine Älteste.«

»Oh. Das ist nett … ich meine, nett, dass Ihr, äh, daran denkt, zu uns Metrologen zurückzukehren. Ich meine, wo Ihr doch eine Metrologin seid.«

In dem Bewusstsein, nichts wirklich Sinnvolles gesagt zu haben, zwang Justiva sich, den Mund zu halten, und dachte stattdessen über die Worte ihrer Besucherin nach. Velander stand respektvoll vor ihr. Die ältere Priesterin hatte sich Justivas Autorität gebeugt, aber es musste einen Haken geben.

»Natürlich kümmern wir uns um Euch«, erklärte Justiva.

»Ich danke Euch«, sagte Velander und verbeugte sich wieder.

»Die Gelehrte Älteste hat oft von Euch gesprochen, bevor sie nach Acrema gereist ist«, fuhr Justiva fort. »Sie hat gesagt, Ihr hättet Euch verändert. Ihr hättet ihr mehrere Briefe geschickt. In denen habt Ihr gesagt, Ihr hättet Euch, nun ja, verändert. Sehr verändert, meine ich.«

»Verändert. Ja, ich habe mich verändert. Ich bin wieder lebendig. Meistens.«

Justiva schluckte. »Oh. Ja, dann ist wohl alles in Ordnung … nehme ich an. Wusstet Ihr, dass die Gelehrte Terikel tot ist?«

»Ja.«

»Mir wurde gesagt, dass auch Ihr tot seid!«, rief Justiva und wappnete sich gegen eine verheerende Erwiderung oder Enthüllung.

»Nur manchmal«, antwortete Velander ruhig.

Justiva rieb sich das Gesicht und massierte sich dann die

Schläfen, eine Reaktion auf Stress, die sie von Terikel gelernt hatte. Velander rührte sich nicht.

»Wir müssen Wahlen für eine neue Älteste abhalten.«

»Ja.«

»Aha. Also seid Ihr zurückgekehrt, um Euch zur Wahl zu stellen.«

»Nein.«

Justiva hatte keine andere Antwort als ja für möglich gehalten. Sie war am Ende ihrer Geduld und diplomatischen Fähigkeiten angelangt.

»Ehrwürdige Velander, was wollt Ihr?«, rief Justiva. »Ich meine, was wollt Ihr *wirklich*? Wir haben keine Rücklagen, wir haben kaum genug Geld, um uns zu ernähren. Die Gelehrte Terikel hat den Orden beinah ruiniert, als sie für die Fahrt nach Sargol die *Sturmvogel* gemietet hat.«

»Ich kann dem Orden zwanzig sargolanische Goldkronen spenden«, sagte Velander, nahm einen Geldbeutel aus ihrer Jacke und bot ihn Justiva an.

»Oh, äh, ich danke Euch«, sagte Justiva. Sie nahm den Geldbeutel und prüfte seinen Inhalt. Es waren zwanzig Münzen darin, und sie waren aus Gold.

»Ich werde nicht hier schlafen, ist das in Bezug auf Eure Autorität akzeptabel?«, fragte Velander mit einer tiefen Verbeugung. Ihre Hände waren immer noch vor ihr gefaltet

»Äh, ja, das ist es, ja.« Justiva verspürte einen überwältigenden Drang, davonzutaumeln und sich mit einem nassen Tuch über den Augen an einem ruhigen Plätzchen hinzulegen. »Nun denn, Ihr könnt gehen. Diese Audienz ist beendet.«

»Nein, Älteste, das ist sie nicht.«

»Nicht?«

»Ihr müsst mich fragen, ob es sonst noch etwas gibt.«

»Oh. Ja. Natürlich. Äh, und, gibt es etwas?«

Justiva hatte den Fehler gemacht, ihre Abwehrhaltung zu früh aufzugeben, und nun gelang es ihr nicht, sie wieder aufzubauen.

»Wie habt Ihr erfahren, dass Terikel tot ist?«, fragte Velander.

»Laron hat es mir erzählt.«

»Laron! Er ist in Alberin?«

»Ja, und unter diesem Dach. Er ist vor einer Stunde angekommen.«

»Amtierende Älteste, darf ich etwas Persönliches fragen?«

»Etwas Persönliches? Aber wir kennen uns doch kaum – ich meine, Ihr wisst kaum etwas über mich.«

»Etwas Persönliches in Bezug auf Laron.«

»Laron? O nein, ich hatte niemals ein Verhältnis mit ihm – ich meine, irgendein Verhältnis *zu* ihm.«

»Ich glaube, Ihr meint, Ihr hattet noch nie mit ihm zu tun.«

»Ja – nein, das heißt, außer jetzt gerade. Er schläft bei uns – ich meine, bei meinen Priesterinnen – ich meine, hier, alleine. Drachenwall! Deswegen muss er sich mit wichtigen Leuten treffen. Morgen.«

»Das muss ich auch. War jemand in seiner Begleitung?«

»Oh, ja, einige ganz reizende Leute. Ein Medikus namens Gilvray und seine Schwester Dolvienne übernachten hier – und auch Riellen, sie ist eine Studentin. Nettes Mädchen, gelehrter als wir alle hier zusammen, aber einige ihrer Ideen sind, äh …«

»Dazu geeignet, sie wegen Hochverrats an den Galgen zu bringen?«

»Ja.«

Velander dachte über das Gehörte nach. Larons Gruppe hatte Alberin erreicht und übernachtete im Tempel. Andry nicht. Das war verwirrend. Andry lebte. Möglicherweise. Er hatte viel von einer Taverne namens *Freudenspender* gesprochen. Sie beschloss, später dort vorbeizuschauen.

»Amtierende Älteste, wann wird die Wahl abgehalten?«

»Die Wahl? Morgen, nehme ich an. Alle Wahlberechtigten sind gegenwärtig in Alberin.«

»Nennt mir die Uhrzeit, dann werde ich teilnehmen. Natürlich stimme ich für Euch, ich bin von Eurer Führerschaft sehr beeindruckt.«

Das Kompliment war zu viel für Justiva. Sie sackte förmlich auf ihrem Thronstuhl zusammen, schlug eine Hand vors Gesicht und schniefte. Velander wartete mit respektvoll vor sich gefalteten Händen darauf zu erfahren, wann die Wahl abgehalten würde.

»Meine Führerschaft?«, brachte Justiva schließlich zwischen zwei Schluchzern flüsternd heraus. »Vor drei Jahren war ich ein Freudenmädchen auf der Insel Helion und bin für zehn Kupfermünzen mit Matrosen ins Bett gegangen – fünfzehn an Feiertagen und wenn Handelsflotten im Hafen lagen. Und was hat sich geändert? Ich tauge nicht einmal als Thronkissen für die Gelehrte Terikel und habe kaum ein Zehntel ihres Wissens. Ich halte den Orden nur in Gang, ich führe ihn nicht. Velander, tief im Herzen weiß ich, dass *Ihr* diesen Thron übernehmen und die Metrologen anführen solltet.«

Velander schüttelte den Kopf. Justiva schauderte, zutiefst unglücklich.

»Sie lieben Euch, sie fürchten mich«, sagte Velander klar und deutlich. »Sie würden für Euch sterben, aber nicht für mich.« Velander half Justiva auf die Beine. »Mehr habe ich nicht zu sagen, Ehrwürdige Älteste, und jetzt sollte ich Euch wieder zu Bett gehen lassen. Ich habe ein Zimmer in einer Taverne in der Nähe, der *Barkenmanns Vorliebe*. Bitte erzählt niemandem, dass ich in Alberin bin.«

»Ja. Alles. Aber, hört … ich, äh, ich bleibe nur Älteste, wenn Ihr mich beratet bei … na ja, wichtigen Dingen. Bitte? Seid so etwas wie die Älteste für die Älteste, wenn Ihr versteht, was ich meine?«

»Sehr gerne«, sagte Velander, drückte ihre Hand und ließ sie dann wieder los, als sie zur Tür gingen. »Hier ist mein erster Rat. Fangt an, Eure Leute, Archive, Aufzeichnungen und alles Wertvolle von hier weg und in ein sicheres Versteck zu schaffen. Richtet in irgendeinem Geschäft eine kleine Klinik zur Behandlung der Armen ein und lasst dieses Gebäude leer stehen.«

»Oh, ich habe schon packen lassen und ihnen aufgetragen, genau das zu tun«, sagte Justiva. »Alles Wichtige wird morgen weg sein, und ein paar Metrologen übernachten auch schon woanders.«

Zum ersten Mal in dieser Nacht zeigte Velander Überraschung.

»Äh, warum?«, erkundigte sie sich.

»Weil ich gehört habe, dass die Tempel der Skeptiker vernichtet worden sind. Die meisten Leute sagen, das sei die Strafe der Götter, weil die Skeptiker nicht an sie glaubten. Das mag stimmen, aber sie erforschen und lehren die kalten Wissenschaften, wie wir auch. Ich bin zu dem Schluss gekommen, dass vielleicht auch wir auf der Liste von etwas Mächtigem und Tödlichem mit einer Abneigung gegen die kalten Wissenschaften stehen. Daher habe ich damit begonnen, den Orden auf ganz Alberin zu verteilen.«

Justiva öffnete die Tür zur Straße für Velander, die sich vor ihr verbeugte, nach draußen trat, dann innehielt und sich noch einmal umdrehte.

»Auf die Gefahr hin, respektlos zu klingen, Amtierende Älteste: Jammert mir niemals wieder die Ohren voll, Ihr wärt kein kluger und brillanter Anführer!«, sagte Velander sehr entschieden, dann schritt sie hinaus in die Dunkelheit und den windgepeitschten Nieselregen.

Der Akademiker Garris, Rektor der Akademie der Ätherischen Philosophien in Alberin, besaß zwar ein Bett, aber es war eine offene Frage, ob er es jemals benutzt hatte. Jede Nacht nach dem Abendessen saß er mit seinen Notizen, Büchern und Schriftrollen vor dem Kaminfeuer und las. Irgendwann schlief er dann ein, üblicherweise gegen Mitternacht. Die Herdmagd traf immer gegen ein Uhr ein, legte eine Decke über ihn und ein frisches Holzscheit aufs Feuer und ging dann hinauf ins Schlafzimmer, um den Rest der Nacht in dem großen und luxuriösen Bett des Akademikers zu verbringen.

»Garris.«

Das Wort klang wie ein bedrohliches Zischen. Garris schreckte hoch, setzte seine Lesebrille ab und schaute sich um. Manchmal erzeugte etwas Harz im Feuerholz ein Zischen, wenn die Flammen es erreichten. Garris war das Feuer gewöhnt. Manche Hölzer knackten heftig und sprühten Funken, wenn sie brannten. Andere erzeugten rauchigen Dampf, der in den Raum quoll. Einmal hatte sich ein Klumpen in einem Holzscheit als eiserne Pfeilspitze erwiesen, die den Baum drei Jahrzehnte vorher getroffen hatte und zugewuchert war. Garris hatte sogar einmal eine kleine Waldfee in den Flammen auftauchen sehen, nachdem sie von der Last des toten Baumes befreit worden war. Sie hatte ihm zugewunken und war dann durch den Schornstein nach oben verschwunden. Bei sich glucksend, machte Garris es sich wieder bequem.

»Garris, in Gefahr seid, Ihr.«

Garris fiel ein, hinter seinen Stuhl zu schauen, wünschte dann aber, er hätte es nicht getan. Ein blasses Gesicht schwebte in der Dunkelheit. Ein Hauch von Badesalz und Moschusessenz lag in der Luft. Das Gesicht schwebte näher, und ein Frauenkörper wurde erkennbar. Ein Mantel bedeckte eine schwarze Jacke in militärischem Stil mit einer Doppelreihe silberner Knöpfe. Die Gestalt trug einen wadenlangen Rock und Reitstiefel, was für Alberin ungewöhnlich war. Mit geschlossenem Umhang hätte sie wie ein junges Mädchen ausgesehen, weil sie auch noch einen sichelförmigen Hut mit einer schwarzen Feder trug. Jetzt registrierte Garris noch einen weiteren Geruch. Einen kaum bestimmbaren Duft nach Schneider-Werkstätten, Mottenkugeln und brandneuen Kleidern. Sie hatte gebrochenes Diomedanisch gesprochen.

»Äh, wer seid Ihr?«, fragte Garris.

»Habe Namen Vollstrecker«, antwortete Velander.

»Oh. Ein guter, starker Name. Was kann ich für Euch tun, Lady Vollstrecker?«

»Gestern an Geheimkriegerdienst-Schule vorbeigekommen. Alle verbrannt. Kreis. Tempel der Skeptiker, verkohlte Kreise. Akademie der Erhabenen Ätherischen Vision, alle verbrannt. Weltenmuttertempel im Kammrückengebirge, verkohlter Kreis. Seht Muster, Ihr?«

»Du meine Güte, Ihr scheint ziemlich weit herumgekommen zu sein.«

»Denke Lehrorte, verbrannt. Dieser Ort hat auch Zweck zu lehren. Ist wie Schlange, die in Finger beißt. Nichts tun, vielleicht sterben. Arm abhacken sehr drastisch und Schlange vielleicht nicht giftig. Wie ist Entscheidung, Eure?«

»Je nun, in so einer Lage würde ich vielleicht nach der Tafel *Welche Schlange ist das?* greifen, als möglichst humane Alternative. Das heißt, human für mich, haha.«

»Habt so eine Tafel für Akademien, Ihr?«

»Nun, nein. Aber hört mal, was kann ich denn tun?«, fragte Garris, während er sich aus dem Sessel quälte. »Diese Dinge, von denen Ihr sprecht, Arme abhacken und so. Ich meine, sie hören sich ernst an. Ich meine, ich könnte einen Test des alten Katastrophennotfallplans anberaumen, nicht? Ihr wisst schon, Bedienstete, Studenten, die Sammlung alter Weine, Bücher, Aufzeichnungen, magische Amulette und Apparate und so weiter auslagern.«

»Nein. Nur Leute und Bücher. Für Rest keine Zeit.«

»Aber, aber, ich meine, hört her, junge Dame. Ihr schleicht Euch hier rein, unangekündigt, erzählt mir einen Haufen alarmierende Theorien und wollt mich dazu verleiten, die ganze Akademie mit allen besonderen Gästen in Unordnung zu bringen – und wo sind Eure Beweise?«

»Metrologen gestern ausgezogen. Älteste Justiva wird helfen, Eure Bücher wegzubringen.«

»Die Metrologen sind ausgezogen? Tja, das ist wohl ein Präzedenzfall, aber … es ist auch ein großer Schritt, den Katastrophennotfallplan auszurufen.«

»Werden verbrennen. Großer Schritt?«

»Äh, oh! Ja. Genau. Aber siebentausend Bücher umlagern!«

»Bald, vielleicht einzige Bibliothek in Scalticar.«

»Aber warum? Was ist die tatsächliche Ursache der Bedrohung?«

»Kann nicht sagen, aber Zeichen sprechen für sich! Akademien verbrannt werden sollen.«

»Meine liebe junge Frau, wenn Ihr eingetreten wärt mit den Worten, ›Versteckt Euch, da ist ein hungriger Wolf im Flur!‹, hätte ich Euch ernst nehmen müssen, aber Ihr sagt nur, ›Versteckt Euch, sonst könnte etwas Schreckliches passieren‹. Ich danke Euch für Eure Besorgnis, aber ich fürchte, die Akademie bleibt, wo sie ist. Ich habe über neunzig Gäste, alles erfahrene Zauberer.«

»Was? Wer?«

»Oh, Dissidenten, Zauberer, die sich nicht Drachenwall angeschlossen haben. Sie sind hier, um eine Konferenz abzuhalten. Einige leben nur noch, weil sie hierhergekommen sind, ihre Tempel und Akademien wurden zerstört.«

»Konferenz?«, fragte Velander, die ihren Ohren nicht traute.

»Ja, wegen diesem Drachenwall-Unsinn. Das Motto lautet ›Drachenwall – Andersdenkende und Gegner‹. Es sind fünf Skeptiker hier, zwei von der Akademie der Erhabenen Ätherischen Vision, die stellvertretende hochwürdige Mutter des Weltenmuttertempels …«

»Unter einem Dach?«, wollte Velander wissen.

»In den Schlafsälen, die auf drei Flügel verteilt sind, also technisch gesehen unter drei Dächern.«

»Wer hat Konferenz einberufen? Ihr?«

»O nein, ich habe einfach nur hier gesessen und über Ätherisches nachgedacht, als die ersten Leute hier auftauchten. Sie haben mir von dieser Konferenz erzählt, die ich einberufen hätte, und irgendwie hatte ich nicht den Mut, Ihnen zu sagen, dass nichts passieren würde. Ich habe heute den ganzen Tag damit verbracht, ein Programm zu erstellen und für das Essen zu sorgen, während der Dekan für die angewandten Zauber mit ihnen in einem Fähren-Konvoi einen Ausflug auf dem Alber machte.«

Velander hatte vieles, über das sie nachdenken musste, als sie die Akademie verließ. Irgendjemand hatte eine Konferenz einberufen, eine Konferenz für praktisch alle Zauberer von Rang, die nicht bereits offiziell oder inoffiziell Teil von Drachenwall waren. Sie hielten sich in einem kleinen Areal auf, und dieses Areal war kleiner als das Gelände der GKD-Schule.

Es war nicht so, dass man in Werftseits vollkommen sicher war, die Kriminellen gingen dort nur diskreter zu Werke als in Nimmerseits. Velander bemerkte, dass ihr drei Gestalten durch den Nieselregen folgten. Dann bemerkte sie, dass aus den dreien zwei wurden. Die Straße schlängelte sich dahin und folgte einem Pfad, der zuerst vor Jahrtausenden von einer Schafherde in der Wildnis neben einem winzigen Lattenzaun beschritten worden war. In der Ferne sah sie einen einsamen Wanderer auf sich zukommen. Als sie sich einander näherten, zog er die Axt und hielt sie vor sich, um ihr den Weg zu versperren.

»Hallo, Junge, Hafen-Miliz«, rief er. »Fliehst du vielleicht vor einem Verbrechen?«

»Nein«, antwortete Velander und blieb stehen.

»Nun denn, dann bin ich sicher, dass du nichts dagegen hast zu warten, während ich kontrolliere, dass Euch niemand verfolgt.«

»Niemand verfolgt mich.«

Und tatsächlich verfolgte sie niemand. Der Mann schaute an ihr vorbei, blickte etwas ärgerlich drein und sah dann zurück.

»Du bist ja ein Mädchen!«, rief er plötzlich.

»Verkleidet als Junge, sargolanische neue Mode«, antwortete sie, während sie sich wachsam umschaute. Jetzt wurden im dämmrigen Licht der öffentlichen Laternen zwei Gruppen von Männern sichtbar.

»Und wer ist das da?«, rief der Soldat. »Zwei mal vier Burschen, die es eilig haben, vielleicht einen Dieb verfolgen.«

Der Mann packte Velander bei der Schulter, aber sie schwang den Arm nach oben und herum, um seine Hand abzuschütteln. Die beiden Gruppen näherten sich ihr von zwei Seiten, also rannte sie in eine Gasse, die jedoch vor einer nichtssagenden Ziegelmauer endete.

»Nur Minuten, nur verdammte Minuten«, murmelte Velander bei sich, während sie sich umdrehte und ihre Axt zückte. Sie schwang sie versuchsweise, war aber nicht daran gewöhnt, ohne ihre nicht mehr vorhandenen übernatürlichen Kräfte eine Waffe zu schwingen. Die neun Männer versammelten sich am Ausgang der Gasse, füllten sie aus und hielten das wenige Licht einer entfernten Straßenlaterne ab. »Minuten, verdammt, nur Minuten«, flüsterte sie wieder und hob die Axt zu einer Abwehrhaltung. Jemand kicherte. Die Männer kamen vorsichtig näher. Sie wollten keinen Ärger, sie wollten nur ein Opfer, und jetzt hatten sie auch noch ein Mädchen als Zugabe.

Die Masse der Kopfumrisse kam näher. Velander schlug mit der Axt zu, die sie mit beiden Händen hielt, um möglichst viel Kontrolle zu haben. Sie fühlte, wie sie in etwas schnitt, dann in etwas anderes. Es wurde geflucht.

»Fortuna, Fortuna, beschütze mich jetzt«, sagte sie laut auf Zantrianisch.

»Eine Ausländerin«, sagte eine Stimme auf Alberinisch.

»Die sind heiß, in denen steckt Bewegung.«

»Sie hat mich geschnitten, ich kriege immer die Wut, wenn ich geschnitten werde.«

»Umzingelt sie.«

Velanders nächster Schlag traf einen Knüppel, dann wälzte sich jemand gegen ihre Beine und brachte sie zu Fall. Die Axt wurde ihr entwunden, und sie hörte es klirren, als ihre weggeworfen wurde. Hände packten ihre Beine, Hände packten ihre Röcke, sie schrie und versetzte dann einer Gestalt in der Dunkelheit einen Kopfstoß. Etwas knirschte, und die Schmerzen in ihrer Stirn ließen das Bild vor ihren Augen schwanken. Velander schrie noch einmal, dann legte sich ein Arm um ihren Hals, und jemand stopfte ihr ein Tuch in den Mund. Sie spürte nasses Kopfsteinpflaster und Matsch an den Beinen, und das Gewicht der schattenhaften Gestalten drückte sie nieder.

Nicht weit entfernt wurde eine Flasche zerschlagen.

»Dassis furchbar. Irgendwas müsse man gegen solche wie euch machen.«

Alle Mitglieder der Bande erstarrten. Velander ebenfalls. Am Ende der Gasse stand eine einsame Gestalt, deren Umrisse im Schein einer entfernten Straßenlaterne erkenntlich waren. Einen Moment lang waren alle Augen auf die Gestalt gerichtet. Sie schien unsicher auf den Beinen zu sein.

»Ein Dutzen gegen ein, und der eine is' auch noch 'ne Frau. Haltet ihr das für anständig? Versuchts doch mal gegen einen mehr.«

Velander verstand das Alberinisch nicht. Der Betrunkene bückte sich, um Velanders Axt aufzuheben. Eine abgebrochene Flasche glitzerte schwach in seiner anderen Hand. Zwei Bandenmitglieder liefen rasch durch die Gasse zurück, um ihn in die Zange zu nehmen, aber als sie näher kamen, machte er eine Ausweichbewegung, was einen dazu veranlasste, seinen Stock in einem Bogen zu schwingen, und am Ende seinen Kumpan zu schlagen. Es gab ein dumpfes Geräusch, als der Axtschaft auf einen Kopf niedersauste. Dann wurde der andere am Arm gepackt und vor eine Wand geschleudert.

»Sauschwach seid ihr Wichser!«, bellte der Betrunkene. »Oh, aye, Euch einen schönen guten Abend, Fräulein.«

Weitere drei Männer gingen jetzt gegen den Betrunkenen vor, dessen Identität für Velander plötzlich außer Frage stand. Es gab ein Geklacker von Holz auf Holz, dem schwere, weiche, gedämpfte Schläge folgten. Wieder blieb eine einzelne schwankende Gestalt im Eingang der Gasse stehen.

»Bei allen Kreisen der Hölle, lasst uns abhauen!«, blaffte der Mann, der Velander die Arme herunterdrückte. Alle drei ließen sie sofort los und rannten zur Gasseneinmündung, doch Velander rappelte sich auf, hechtete hinterher und erwischte zwei Hosenbeine. Die Beine gehörten zwei verschiedenen Männern, die beide kopfüber zu Boden stürzten. Es war deutlich zu hören, dass ihr Retter dem Dritten das Ende seines Axtschafts in den Magen stieß, und dann auch, dass er ihm damit auf den Kopf schlug. Die letzten beiden hatten Velander mittlerweile abgeschüttelt, aber einer erschlaffte, als ihr Retter ihm beim Aufstehen ins Gesicht trat. Der Letzte aus der Bande rang mit Andry, und es knallte ein paar Mal schwer, als Körper gegen Mauern prallten. Velander sah, wie ein Kopf gegen eine Mauer gestoßen wurde, und dann stand wieder nur noch eine Gestalt in der Einmündung der Gasse. Velander dachte endlich daran, sich das Tuch aus dem Mund zu ziehen.

»Etwas Diomedanisch spreche, ich«, sagte sie.

»Oh, aye, ich auch«, sagte die sehr, sehr vertraute Stimme auf Diomedanisch. »Äh, alles in Ordnung mit Euch, Fräulein?«

Andry, dachte Velander. *Andry lebt.* Irgendwie konnte sie die Vorstellung nicht ertragen, nass, derangiert und schmutzig zu sein, wenn sie ihm enthüllte, dass sie ebenfalls noch lebte. Außerdem stand sie kurz vor einer Verwandlung, die sie immer noch sehr verlegen machte.

»Würde verloren, Ehre behalten«, erwiderte sie in der Hoffnung, er werde ihre Stimme nicht wiedererkennen.

»Ach, dann bin ich ja noch rechtzeitig gekommen. Gebt mir Eure Hand und lasst uns von hier verschwinden.«

Draußen vor der Gasse sah Velander im matten Laternenschein, dass ihr Retter ganz eindeutig Andry war. Eine Gruppe Freudenmädchen hatte unter einer Markise in der Nähe Schutz vor dem Regen gesucht und lungerte dort wachsam herum.

»Hallo, ihr Mädchen, ich hab gerade ein paar schweren Jungens auf die Finger gehauen, die versucht haben, Mylady hier Gewalt anzutun«, erklärte Andry, der dann auf die Knie sank und eine ziemlich große Menge einer dunklen, nach Alkohol riechenden Flüssigkeit erbrach.

Eine der Frauen nahm seine Axt und näherte sich mit zwei anderen der Gasseneinmündung. Andry rollte sich unter der Markise zusammen und sah aus, als wolle er es sich dort für die Nacht gemütlich machen. Velander strich ihm über den Kopf und wandte sich dann an die Freudenmädchen.

»Sprecht Diomedanisch?«, fragte sie. Die Mädchen sahen einander an, und einige zuckten die Achseln. »Passt auf ihn auf«, sagte sie, indem sie Andrys Arm tätschelte. »Ist guter Mann, tapferer Mann. Muss gehen, ich, Hilfe suchen.«

Einige Minuten später kamen zwei Mitglieder der Hafen-Nachtmiliz vorbei, einer davon mit einer Laterne an einer Stange. Eines der Freudenmädchen packte Andrys Fuß und versuchte ihn mitzuschleifen, sah dann, dass ihre Kolleginnen bereits geflohen waren, und beschloss, ebenfalls zu fliehen. Andry blieb zusammengerollt und schlafend unter der Markise zurück. Velanders Axt lag neben ihm.

»Oh, aye, er hat eine Axt!«, sagte der Mann mit der Laterne.

»Die hat jeder Wichser in Alberin«, sagte sein Kamerad, während er Andry mit dem Fuß anstieß. »Mal sehen, was für eine Machart es ist. Diomedanischer Wellenschliff, drei Klingenlöcher … halt! Unter der Klinge ist Blut!«

Der Mann mit der Laterne senkte diese Richtung Pflaster. »Aye, sieh mal da, Blut unter der Klinge, wo der Regen nicht hinkommt. Muss in der Nähe Mord und Totschlag gegeben haben.«

Die beiden Milizen marschierten zur Gasseneinmündung, lugten um die Ecke und hielten die Laterne in die Höhe. Nach einigem schockierten Ächzen, die für den sich bietenden Anblick angemessen waren, blies einer in eine Pfeife, während der andere mit seiner Laterne ein paar Schritte in die Gasse machte.

»Das Zwielichtkommando«, sagte der Laternenträger. »Hier liegt Jarrin der Falke, Meister der Bruderschaft der Wegelagerer und Schleicher.«

»Die Schwesternschaft des Mitternächtlichen Lampenlichts hat mehr Beschwerden gegen sie vorgebracht, als ich in meinem Leben Kater hatte.«

»Wer ist dann der Kerl, der sie erledigt hat?«

»Ein ausländischer Wappenrock. Irgendein Gardist.«

Ein riesiger Schatten glitt über sie hinweg, und eine Gestalt ließ sich auf einem Dach in der Nähe nieder, begleitet von nicht mehr Geräuschen als dem Knarren von Holz und dem Knacken von Ziegeln. Sie legte die Flügel um sich, so dass sie auf den ersten Blick einem dunklen Turm mit zwei schwach leuchtenden Augen glich, doch niemand bemerkte sie. Andere Milizen trafen in vorsichtigem Trab ein, und bald darauf wimmelte es auf der Straße und in der Gasse von ihnen. Die beiden schwach leuchtenden Augen lugten nach unten, während die neun Leichen auf einen Karren verladen wurden. Dann wurde Andry obenauf gelegt.

Selford war weder überrascht noch beunruhigt, als ein Empfehlungsschreiben für eine ausländische Gräfin eintraf, während er mit Parchen, dem königlichen Buchhalter, frühstückte.

»Eine Toreanerin und außerdem eine Priesterin der Metrologen«, stellte Parchen nach einem Blick auf das Schreiben fest.

»Dringende Angelegenheit … bei erster Gelegenheit … treffe um zehn ein«, las Selford. »Nun, die Metrologen tun eine Menge, um das Gesindel bei Gesundheit zu halten, und außerdem lehren sie hier und da kostenlos. Also sollten wir diese Gräfin besser empfangen.«

»Könnte sie eine echte Gräfin sein?«

»Ich glaube schon. Wahrscheinlich eine überzählige Tochter, die gezwungen war, Priesterin zu werden, und die man nach Übersee geschickt hat, um sie loszuwerden. Dann hat diese Äthermaschine …«

»Silbertod.«

»Ja, er hat Torea bis auf das den blanken Fels zusammengeschmolzen, also sind der Graf und alle seine Erben in braunen Rauch aufgegangen, und jetzt ist sie eine Gräfin. Wir sollten wohl etwas vage Offizielles unternehmen. Treibt ein halbes Dutzend nüchterne Höflinge auf und sagt Fräulein Flez, sie soll für zehn Uhr Tee und Gebäck in der Westgalerie vorbereiten.«

Justiva hatte Velander geraten, dem Kronprinzen zu schreiben, war aber nicht im Geringsten überrascht, als man sie bei ihrer Ankunft im Palast darüber informierte, dass der Prinz indisponiert sei und der königliche Hofmusikant Selford sie empfangen und Velander in Alberin willkommen heißen würden. Ein Trupp gelangweilter Höflinge wechselte mit ihnen eine halbe Stunde lang bei Tee und Gebäck langweilige Floskeln. Dann traf Selford ein und hielt stellvertretend für den Kronprinzen eine kurze Willkommensansprache. Augenblicke später waren die Höflinge verschwunden und hatten Selford mit den beiden Priesterinnen allein gelassen.

»Habe Bitte«, begann Velander.

»Ah, ja, die dringende Angelegenheit?«, fragte Selford, während er eine Augenbraue hob. »Mir ist zu Ohren gekommen, dass die Metrologen so gut wie bankrott sind, also habe ich eine ziemlich gute Vorstellung, worum Ihr bitten wollt.«

»Bitte, nehmt alle Zauberer in Alberin fest und sperrt sie in geheimes Verlies«, sagte Velander ernsthaft.

»Was?«, rief der verblüffte Selford, bevor ihm plötzlich aufging, dass dies vermutlich ein Scherz sein sollte. »Gräfin, ich, äh, nehme an, ich soll auch ihre Häuser und Akademien plündern?«

»Nur Bücher nehmen und verstecken«, erwiderte Velander ohne irgendeine Veränderung ihrer Mimik.

»Aber warum?«

»Gefahr.«

»Gräfin, Gräfin«, lachte der Musikant. »Ihr müsst dem Prinzen schon einen besseren Anreiz für so eine Aktion liefern. Zauberer können sehr gefährlich sein, wenn sie gereizt werden. Man bringt sie nicht grundlos gegen sich auf.«

»Ah. Dann habe kleinen Skandal Euch zu erzählen, ich«, begann Velander.

»Es gibt keinen besseren Ort für Skandale als den königlichen Hof von Alberin, Gräfin«, erwiderte er mit diskretem Augenzwinkern. »Wir haben Skandale, wie sie andere Königreiche nicht im Traum für möglich halten würden.«

»Älteste Justiva?«, sagte Velander mit einer an die Älteste der Metrologen gerichteten Geste.

»Vor einigen Monaten hatte die ehemalige Älteste Terikel eine Liebschaft mit dem Prinzen«, sagte Justiva in einem bestürzend selbstsicheren Tonfall. »Wenigstens hat sie mir das erzählt.«

»Geheimhaltung kann ebenso erregend sein wie die offenkundigste Orgie«, erwiderte Selford.

»Vielleicht, vielleicht auch nicht. Als Gegenleistung dafür, dass der Prinz den Metrologen das letzte große Schiff der Handelsflotte Alberins für eine sehr gefährliche Reise auslieh, hat sie sich erbötig gemacht, den Prinzen einige Stunden lang in ihrem Bett zu unterhalten.«

»Ach, die Währung der Liebe wirft öfter ausgetauscht als Gold und Silber.«

»Ich wurde gebeten, über ihre Privatsphäre zu wachen.«

»Welch eine undankbare Aufgabe, Wache über die Liebschaften anderer zu halten. Ich tue es ständig für den Prinzen.«

»Als er ging, bin ich ihm gefolgt.«

Selfords Mund öffnete sich, dann erstarrte er. Sein Blick huschte von Justiva zu Velander und wieder zurück zu Justiva. Dann dachte er daran, den Mund wieder zu schließen.

»Ich war früher ein Freudenmädchen, Lordschaft, eine Dirne. Ich bin sehr geschickt darin, mich diskret auf dunklen Straßen zu bewegen. Der Prinz hat Madame Featheringlys 24-Stunden-Salon für Kräuterkuren und Spezialmassagen durch den Lieferanteneingang betreten und genau siebzehn Herzschläge später seid *Ihr* zur Vordertür herausgekommen. So lange dauert es, das Haus zu durchqueren.«

»Wem habt Ihr davon erzählt?«, flüsterte Selford, der plötzlich eine ganz andere Person zu sein schien.

»Bis letzte Nacht niemandem. Dann hat Gräfin Velander mir mitgeteilt, dass sich die Zauberer und Akademiker, die sich in der Akademie von Alberin aufhalten, in großer Gefahr befinden, sie sie aber nicht dazu bringen konnte, ihre Warnungen zu beherzigen. Ich habe ihr von Eurem Abenteuer mit der Ältesten Terikel erzählt.«

»Seht mal, der Kronprinz kann doch nicht überall zugleich sein«, begann Selford, »also, äh, vertreten Leute wie ich manchmal …«

»Letzte Nacht hat sich das Komitee für Bevorratung und Infrastruktur des Palasts im Turm der Palastzitadelle getroffen«, sagte Velander.

»Das ist am Tagungsbrett des Palasts angeschlagen«, sagte Selford mit der Zuversicht von jemandem, der mit einem Holzschwert vor einem Drachen herumfuchtelte und hoffte, dass dieser kurzsichtig war.

»Habe am Fenster gelauscht.«

»Am höchsten Fenster des höchsten Turms im Palast?«

»Habe zweihundert Fuß lange Flügel und Hals länger als Raum. Geht und seht Euch Brustwehr von Turm an, werdet Krallenspuren finden, Ihr. War da. Habe Besprechung belauscht. Wollt Einzelheiten hören, Ihr?«

»Nein! Nein, nein, nein. Hört her, wir berufen besser noch eine Besprechung ein, und zwar sofort. Hier entlang, meine Damen, es dauert nur ein paar Minuten, alle zu versammeln.«

Die Besprechung zu organisieren dauerte ungefähr so lange, wie sie brauchten, zur Spitze des Zitadellenturms zu klettern und sich in einem kleinen und schlicht möblierten, aber recht gemütlichen Raum einzuschließen. Selford schaute aus dem Fenster, sah mehrere tiefe Kratzer im Gestein der Brustwehr darüber und schloss dann die Läden. Es klopfte an die Tür, und der königliche Hofmusikant ließ einen ziemlich verstohlen aussehenden Mann mit Spitzbart und Glatze ein. Er hatte ein großes ledergebundenes Buch bei sich. Eine liebenswürdig aussehende Frau mit grauen Haaren folgte, die ein Tablett mit Gebäck, einer Teekanne und drei Tassen trug. Sie schienen überrascht zu sein, Velander und Justiva zu sehen.

»Gräfin, Älteste, darf ich Euch Parchen vorstellen«, sagte Selford wie ein General, der seinen Truppen eine demütigende Niederlage verkündete. »Parchen ist der königliche Buchhalter. Fräulein Flez hält das Teetablett. Sie ist die Teedame. Parchen, Fräulein Flez, ich darf Euch die Älteste Justiva vorstellen, das Oberhaupt des Metrologischen Ordens. Gräfin Velander ist ebenfalls eine Priesterin der Metrologen. Sie ist außerdem ein Glasdrache.«

Parchen und Flez brauchten ein paar Augenblicke, um das zu verarbeiten, und kamen dann zu dem Schluss, dass es kein Scherz war.

»Soll ich noch zwei Tassen holen?«, fragte Fräulein Flez.

»Rührt ihn nicht an«, sagte Justiva zu Velander.

»Versuche Zurückhaltung, ich«, sagte Velander.

»Ich will Euch noch jemanden vorstellen«, sagte Selford, der dann ein Tuch von etwas zog, das Velander und Justiva für ein unbenutztes Möbelstück gehalten hatten.

Der mumifizierte Leichnam des Kronprinzen starrte mit gläsernen Augen durch den Raum. Selford schob den Stuhl des Prinzen zu einem runden Tisch in der Mitte des Raumes, musste aber nach draußen gehen, um Stühle für Velander und Justiva zu holen. Als er schließlich zurückkehrte, hatte Fräulein Flez bereits den Tee für das Komitee für Bevorratung und Infrastruktur des Palasts eingeschenkt. Selford verriegelte die Tür, dann gesellte er sich zu den anderen am Tisch und nippte von seinem Tee. Velander nahm eine Makrone von Fräulein Flez. Justiva verschränkte die Hände und starrte Selford an.

»Nun?«, sagte sie.

»Der Kronprinz ist vor fünf Jahren gestorben, nachdem er sich an einer mit Schokolade überzogenen Erdbeere verschluckt hat«, begann Selford.

»Es war eine von meinen«, fügte Fräulein Flez hinzu.

»Und zwar bei meiner ersten Besprechung mit ihm nach dem Tod seines Vaters«, sagte Parchen. »Er fand meine Erläuterungen zur Finanzlage des Palasts zu langweilig, also beschloss er, das Vorsprechen für einen neuen Hofmusikanten und Jongleur beginnen zu lassen, während ich meinen Vortrag hielt.«

»Ich hatte nur meine Laute mitgebracht, weil mir nicht klar war, dass ich auch jonglieren sollte«, fuhr Selford fort. »Also nahm ich ein paar von Fräulein Flez' schokoladenüberzogenen Erdbeeren und jonglierte damit. Ab und zu fing ich eine mit dem Mund und aß sie auf.«

»Erzählt mir nicht, der Prinz hat Euch aufgetragen, ihm eine Schokoladenerdbeere in den Mund zu werfen«, sagte Justiva.

»Äh, genau das«, sagten Selford, Parchen und Fräulein Flez gemeinsam.

»Und er ist daran erstickt.«

»Ja«, sagte Selford.

»Aber es war ein Unfall. Warum habt Ihr es niemandem erzählt?«

»Es war meine Besprechung«, sagte Parchen.

»Mein Jonglieren«, sagte Selford.

»Meine Schokoladenerdbeere«, sagte Fräulein Flez.

»Wisst Ihr, der Kommandant der Palastgarde war kein netter Mann«, erklärte Selford. »Der letzte König starb, nachdem er sich sinnlos betrunken hatte und dann eine Treppe herunterfiel, weil er beim Botschafterball einen großen Auftritt über die Wendeltreppe zu inszenieren versuchte. Der Kommandant ließ Diener, Küchenchef, Kellermeister und Vorkoster des Königs hinrichten, weil sie zum Tod des Königs beigetragen hätten.«

»Indem sie ihn mit Wein versorgt hatten, den er dann im Übermaß trank?«, fragte Justiva.

»Genau. Wir hatten vor, ein paar Tage so zu tun, als lebe der Prinz noch, während wir nach einem Vorwand suchten, den Kommandant zum Tode zu verurteilen, aber das erwies sich als sehr viel schwieriger, als wir gedacht hatten. Es dauerte fünf Monate, bis es uns gelang, ihn vor dem Richtblock niederknien zu lassen. In der Zwischenzeit musste Parchen einen Kurs in Tierkörperpräparation belegen, weil der Prinz auseinanderfiel.«

»Und ich hatte die streunenden Katzen in den Gassen der Hafengegend schon seit Jahren gefüttert«, sagte Fräulein Flez, »also fand es niemand merkwürdig, dass ich den Palast mit Tüten voll Fleisch verließ, das schon ein wenig streng roch.«

»Als wir dann einen neuen Kommandant ernannt hatten, standen wir plötzlich vor dem Problem, wie wir den etwas ungewöhnlichen Erhaltungszustand des Prinzen erklären sollten«, sagte Parcher. »Ich habe seine Gelenke aus Stoff angefertigt, so dass Leute ihn im Bett liegend, in einem Sessel dösend oder in einer Besprechung des Komitees für Bevorratung und Infrastruktur des Palasts sehen konnten, und in seinem Rücken ist sogar ein Hebel, damit wir bei öffentlichen Anlässen der Menge von der Brustwehr aus zuwinken können.«

»Ich kann nicht glauben, dass keiner der Höflinge und Botschafter etwas bemerkt hat«, sagte Justiva kopfschüttelnd.

»Nun, wir veranstalten ziemlich beeindruckende Festivitäten«, sagte Selford. »Bei fünf oder sechs Festivitäten in der Woche sind die Höflinge und anderen Adeligen selten in der Verfassung, überhaupt etwas zu bemerken. Parcher hat die Kassen des Königreichs so gut verwaltet, dass wir die Staatsschulden binnen eines Jahres abbezahlt hatten und der Kaiser von Nord-Scalticar dem Prinzen für gute Finanzwirtschaft einen Orden verliehen hat. Fräulein Flez hatte ein sehr wachsames Auge auf alle Palast-Verschwörungen, und es ist uns gelungen, alle Verschwörer zu verbannen, zu exekutieren oder zu korrumpieren, bevor sie irgendwelchen Schaden anrichten konnten. Aus Monaten wurden Jahre und …«

»Also sind für das goldene Zeitalter des Wohlstands von Alberin … ein Musikant und Jongleur, ein Buchhalter und eine Teedame verantwortlich?«, fragte Velander, die sich mit geschlossenen Augen zurücklehnte und sich nach Terikel-Art mit den Fingerspitzen die Stirn massierte.

»Im Prinzip habe ich dieselbe Größe und Statur wie der Prinz«, sagte Selford, »also habe ich mir einen Bart wie seinen wachsen lassen und dafür gesorgt, dass alle amourösen Verabredungen des Prinzen in völliger Dunkelheit stattfanden.«

»Ich esse seine Mahlzeiten«, gestand Parcher. »Aber ich trinke nicht, also kümmert sich Fräulein Flez um seinen Wein.«

»Ich schätze einen guten Tropfen«, fügte Fräulein Flez hinzu.

Justiva hielt sich eine Hand vor die Augen. »Genug! Lasst mich die Lage zusammenfassen, wie ich sie verstanden habe. Der Kronprinz von Alberin ist vor fünf Jahren gestorben, und seitdem regiert Ihr drei das Königreich, organisiert seine Orgien, esst seine Mahlzeiten, schlaft mit seinen Geliebten, trinkt seine erlesenen Weine und staubt von Zeit zu Zeit seinen Leichnam ab.«

»Nun, so könnte man es ausdrücken«, sagte Parcher.

»Hervorragend. Das Komitee für Bevorratung und Infrastruktur des Palasts, auch als Kronprinz von Alberin bekannt, wird jeden Zauberer, Zauberer auf Besuch und Student der Zauberei in Alberin festnehmen lassen. Ihr werdet anschließend dafür sorgen, dass ihre Bibliotheken geplündert und die Bücher an die Orte auf einer Liste geschafft werden, die ich Euch noch geben werde. Als Gegenleistung werde ich Euer Geheimnis bewahren.«

»Und das ist alles?«, fragte Parcher. »Wollt Ihr nicht Gold, Ehren, Titel und Besitz?«

»Nein«, erwiderte Justiva. »Ihr etwa?«

»Bitte!«, sagte Velander, indem sie eine Hand hob. »Habe kleine Bitte, ich.«

Andry erwachte langsam und mit zunehmenden Schmerzen. Seine Rippen taten ihm weh, mehrere Zähne wirkten locker, sein Kopf schien kurz vor dem Platzen zu stehen und er hatte einen Geschmack im Mund, als lebe darin schon seit sehr langer Zeit etwas sehr Unangenehmes. Als er die Augen zu öffnen versuchte, stellte er fest, dass eines zugeschwollen war.

»Oje«, ächzte er leise. »Alles tut weh … Oh, aye, ein Kampf, glaube ich. Vielleicht bin ich totgeschlagen worden.«

Er richtete sich auf, schaute sich um und sah, dass er sich in einer kleinen, kahlen Zelle befand. Sie war durch eine Eichentür versperrt, und durch ein kleines vergittertes Loch darin fiel Licht.

»O nein, ich bin im Wachhaus. Schon wieder.« Er klopfte an die Tür. »Heda, Wächter?«

»Aye?«

»Äh, na ja, ich bin jetzt wach.«

»Und?«

»Und was habe ich getan?«

»Neun Leute getötet.«

»Ach du Scheiße!«, rief Andry und glitt an der Zellenwand entlang auf den Boden.

Ein paar Minuten später klirrte und klapperte es vor der

Zelle, als die Tür aufgesperrt wurde. Andry wurde von zwei Gardisten in Kettenpanzern und unvertrautem, scharlachrotem Wappenrock nach draußen geführt. Sie marschierten mit ihm aus dem Wachhaus und auf die Straße, wo ein halbes Dutzend berittene Gardisten mit einer Kutsche warteten.

»Herr Feldwebel, könnte ich mir einen Kamm leihen und mir das Gesicht waschen, bevor ich dem Magistrat vorgeführt werde?«, fragte Andry den Garde-Feldwebel, der mit ihm in die Kutsche stieg.

»Ich habe keinen Kamm, und Ihr werdet nicht dem Magistrat vorgeführt.«

Nicht dem Magistrat, dachte Andry. Dann fiel ihm auf, dass die Kutsche zum Palasthügel unterwegs war. Das war gleichbedeutend mit dem Kronprinzen, was wiederum Urteil durch Königserlass bedeutete. Normalerweise blieb das bedeutenden Verbrechern vorbehalten, aber wenn er neun Männer getötet hatte, war er ja vielleicht bedeutend. Die Kutsche rumpelte durch das Haupttor auf das Palastgelände und dann weiter zu einem Nebeneingang. Andry wurde hineingeführt und dann drei Treppen hinunter. Schließlich fand er sich im Palastverlies wieder. Der Feldwebel stellte ihn zwei großen, muskulösen Männern mit Kapuze vor, die sich als königlicher Foltermeister Igonnier und dessen Knecht herausstellten. Ein kleiner dünner Mann mit Glatze und Spitzbart tauchte hinter den beiden Folterern auf. Er schwang eine Schriftrolle.

»Andry Tennoner aus Barkenwerft, dem Kronprinzen ist zu Ohren gekommen, dass Ihr in der letzten Nacht neun Bewohner Werftseits' getötet habt.«

»Lordschaft, ich …«

»Ruhe! Ihr werdet zum Tod durch Enthaupten auf dem Hafenmarkt verurteilt, zu vollstrecken, wenn der Regen aufhört.«

»Ach du Scheiße!«

»Aber Seine Königliche Hoheit ist bereit, Euren Fall noch einmal zu überdenken unter der Voraussetzung, dass Ihr seiner Palastgarde beitretet. Seid Ihr dazu bereit?«

»Ist das eine Fangfrage?«, rief Andry.

»Ich betrachte das als Ja. Gardist Tennoner, hier ist der prinzliche Silbernobel, unterschreibt hier auf dieser Urkunde. Meinen Glückwunsch, der Prinz wird Euch zum Helden erklären, weil ihr die Stadt von neun notorischen Halunken befreit und ihm dabei die Kosten eines langen Verfahrens erspart habt. Igonnier, Torfen, Ihr habt zehn Minuten, um ihn waschen und frisieren zu lassen und ihn in eine Uniform der Garde samt Ausrüstung zu stecken. Es wird eine kurze Zeremonie zu Euren Ehren stattfinden, Tennoner, und wir können den Kronprinz nicht warten lassen.«

Der Gelegenheit beraubt, Andry hinzurichten, machten Igonnier und sein Gehilfe ihm den Waschvorgang so unangenehm wie möglich. Er wurde nackt ausgezogen, in den Trog für die Wasserfolter geworfen und mit Scheuersand geschrubbt, bis seine Haut in der Dunkelheit beinah leuchtete. Dann wurde er gezwungen, sich abzutrocknen und eine Gardistenuniform anzuziehen, während man ihn die neun Treppen zum Empfangssaal im Ostflügel hinaufeskortierte. Er traf dort noch feucht, aber angekleidet und halbwegs präsentabel, ein.

Etwa drei Dutzend Höflinge, die schwer verkatert aussahen, warteten bei Andrys Eintreten in dem Saal. Der Feldwebel schob Andry in die Richtung eines bärtigen Mannes, der Mitte dreißig zu sein schien. Im Gegensatz zu den meisten anderen im Saal sah er nicht so aus, als sei ihm schlecht. Er hatte außerdem die seltsame, subtile Selbstsicherheit von Mitglieder einer Königsfamilie, wie sie Andry auf seinen Reisen durch das Sargolanische Reich begegnet war. Andry nahm zur Kenntnis, dass er eine weinrote Jacke über einem schwarzen Seidenhemd trug und wellige schwarze Haare sowie einen ordentlich gestutzten Bart hatte. Damit entsprach er vage den Kopien der Porträts des Kronprinzen, die in den meisten Tavernen Alberins hingen. Die anderen Anwesenden begegneten ihm durchaus mit Ehrerbietung, aber irgendetwas schien nicht zu stimmen. *Das kann nicht der Kronprinz sein*, überlegte Andry. *Der Mann ist so berüchtigt für seine Dekadenz wie Wallas' für schlechte Balladen, aber dieser hier sieht halbwegs normal aus.*

Ein Herold stampfte mit einem feierlich aussehenden Ding auf den Boden, das sich in den letzten dreitausend Jahren aus einer Waffe entwickelt haben mochte.

»Gardist und Vasall Andrian Tennoner, Palastkompanie, ehemals Aufklärer Andry Tennoner, dem in Sargol von Senterri eine schwarze Axt mit geschmolzener Klinge auf pulvergrünem Feld als Wappen gewährt wurde, ehemals bei der sargolanischen Reichsmiliz in Kundschafterdiensten und dem Kaiserlichen Personal zugehörig.«

Es gab gemessenen und förmlichen Applaus. Der Herold stieß wieder mit seinem Zeremonienstab auf den Boden. Die meisten Gesichter verzogen sich ob des Geräuschs.

»Es wird kundgetan, dass in der achten Stunde nach dem Mittag am zwölften Tag des Sechstmonats diesen Jahres Aufklärer Tennoner allein die Person und die Ehre einer Dame von Adel vor den Zuwendungen einer unter dem Namen Zwielichtkommando bekannten Straßenbande gerettet, dabei alle neun Mitglieder getötet und die Bande somit ausgelöscht hat.«

Wieder gab es Applaus, als habe Andry gerade einen Reel auf seiner Fiedel gespielt. *Ach du Scheiße, das Mädchen aus der Gasse*, dachte Andry, dessen Erinnerung an die vergangene Nacht langsam in sein Bewusstsein drang. *Also habe ich mir deswegen diese schweren Jungs vorgeknöpft. Sie wollten ihr an die Wäsche.* Der Herold schlug zum dritten Mal mit dem Stab auf den Boden.

»Im ganzen Reich wird kundgetan, dass Aufklärer Tennoner der Dank des Kronprinzen ausgesprochen wurde und er fürderhin berechtigt ist, den Titel ›Held der Stadt‹ zu führen.«

Jetzt näherte sich der Mann in der weinroten Jacke Andry. »Der Kronprinz ist leider verhindert, er bedauert sehr, aber zu viel Dekadenz letzte Nacht, haha. Ich bin Selford, sein Musikant, er hat mich gebeten, Euch dafür zu danken, dass Ihr Alberin vom Zwielichtkommando befreit und die Gräfin vor diesen Schurken gerettet habt.«

Andry war bewusst, dass der Kronprinz »Eure Hoheit« war, aber obwohl er einen anderen königlichen Musikanten sehr gut kannte war, hatte sich die Frage nach einer förmlichen Anrede für so eine Person niemals gestellt. Den Titel »Gräfin« hatte Andrys völlig überbelastetes Hirn gar nicht erst registriert.

»Es ist mir eine Ehre, mein Herr«, schien Andry angemessen zu sein.

»Schlechte Zeiten, Tennoner. Gesindel greift Adelige an, Leute kommen auf dumme Ideen. Dem Prinzen gefällt es nicht, wenn Leute auf dumme Ideen kommen. Dieser Drachenwall war eine ganz schlechte Idee. Zauberer, die die Welt beherrschen, herrje! Als Nächstes versuchen noch die Konstrukteure die Herrschaft zu übernehmen und danach vielleicht sogar die Anwälte.«

»Gewiss nicht, mein Herr.«

»Nun denn, sollte jemand fragen, sagt einfach, dass Ihr Euch schon gestern der Palastkompanie von Alberin angeschlossen habt«, sagte Selford in einem Beinah-Flüsterton. »Ich habe Eure Einschreibung zurückdatiert, und Ihr bekommt selbstverständlich für einen zusätzlichen Tag Lohn.«

»Lordschaft?«

»Es sieht für den Kronprinz gut aus, wenn jemand aus der Palastkompanie eine ausländische Gräfin gerettet hat.«

»Gräfin?«

»Nein, ich bin der königliche Musikant – das war ein Witz. Eure erste Pflicht wird darin bestehen, die Gräfin zu bewachen, die Ihr letzte Nacht gerettet habt – aber versucht nicht ganz so viel Gesindel zu töten, sollte sie wieder in Gefahr geraten.«

»Eine Gräfin, mein Herr?«, fragte der verblüffte Andry, dem endlich aufging, dass er schon wieder eine bedeutende Persönlichkeit gerettet hatte.

»Ja, und sie spricht nur Diomedanisch – sprecht Ihr Diomedanisch?«

»Aye, das tue ich«, sagte Andry und wechselte ohne nachzudenken in diese Sprache.

»Hervorragend, das bedeutet, dass ich auch keinen Übersetzer einzustellen brauche. Gräfin Velander Salvaras von Zantrias, offensichtlich habt Ihr Gardist Vasall Andry Tennoner bereits kennengelernt.«

Für Andry schien Velander neben Selford Gestalt anzunehmen, obwohl sie nur hinter seinem Rücken hervorgetreten war. Sie war genauso gekleidet wie in der Nacht zuvor, doch nun waren ihre Kleider sauber und trocken. Ihre Jacke wies eine doppelte Reihe von Silberknöpfen auf, was ihr ein schneidiges Aussehen verlieh, und silberne Krallenkämme hielten ihre welligen braunen schulterlangen Haare aus dem Gesicht. Sie wurde von Justiva begleitet, der Priesterin der Metrologen.

»Gardist Tennoner, Kavalier und Edelmann«, sagte sie, als sie vor ihm knickste. »In Euren Hände werde mich fühlen glücklich, ich.«

Terikel sah als erste Person überhaupt die Ruinen Larmentels aus zwei Meilen Höhe. Riesige konzentrische kreisförmige Wellen aus Glas blitzten im beinah horizontal einfallenden Sonnenlicht der Morgendämmerung aus den Schatten hervor. Nach ihrem Absturz einige Nächte zuvor hatte sie in einer Eishöhle geschlafen, war aufgewacht, um etwas zu essen, und dann wieder eingeschlafen. Die Sonne war weit genug aufgegangen, um die Wellen auf dem Wasser zwischen den Glasringen glitzern und funkeln zu lassen. Hier und da durchbrachen ein paar stumpfe Auswüchse wie die Stümpfe von versteinerten Bäumen die Perfektion des riesigen Ring-Panoramas. Das waren die Säulen von Tempeln und Palästen, die einst der Stolz von Larmentel gewesen waren.

»Armes Larmentel, was ist aus dir geworden?«, sagte Terikel leise. »Wo sind deine wunderschönen Universitätstürme und deine Paläste so weiß, dass sie aussahen, als seien sie aus Blöcken gefrorener Milch errichtet worden?«

Terikel hatte zwei Jahre in Larmentel gelebt. An seiner Universität hatte sie mit den höchsten Ehren der gesamten Dekade ihren Abschluss gemacht, bevor sie sich den Metrologen angeschlossen hatte. Sie hatte jedoch wenig Zeit damit verbracht, die Schönheit der Stadt um sich zu bewundern, doch nun war sie auf eine ganz andere Art rein und schön geworden. Sie war wie eine wunderschöne Meeresmuschel in einer Glasvitrine: von erlesener Schönheit, aber tot.

Nach ihrem Absturz, allein in ihrem unbehaglichen Refugium, zog Terikel aus Dingen, die sie noch nicht im Detail betrachtet hatte eine Menge Schlussfolgerungen. Lehrer hatte ihr zusammen mit dem Zauber, den sie gegen den angeblichen Ringstein am Ende der Welt einsetzen sollte, ganz offensichtlich eine riesige Menge von gespeicherter Energie übertragen. Soviel sie wusste, mochte Lehrer ihr hundert Jahre seiner gespeicherten Energie überlassen haben. Er war fünftausend Jahre alt und hatte reichlich davon übrig. Vielleicht hatte er ihr sogar den Wert von tausend Jahren gegeben. Sie konnte benutzt werden, um Flügeldornen zu erzeugen oder vielleicht auch mit sehr großen Flügeln zu schlagen. Sie dachte außerdem über die physikalische Struktur von Vögeln nach.

Als der Sturm endlich vorbei war und sie mit den Vorbereitungen des Weiterflugs begann, wirkte Terikel ein Thermo-Körpergeflecht, das einen Brustkiel und ein Gabelbein beinhaltete. Nach einigem Herumexperimentieren zog sie Lehrers Energiezauber teilweise aus ihrer Brust und verband ihn mit einem Dutzend Kontraktionsfasern. Zuletzt kamen die regenerierten Flügel, und Terikel wirkte einen Dorn, der volle hundert Fuß hoch war, bevor sie ihn teilte. Sie hatte die Kontraktionsfasern an den Flügeln angebracht und schlug dann ein paar Mal versuchsweise mit ihnen.

Eine starke Kontraktion ätherischer Fasern, die von Lehrers Energie betrieben wurde, ließ sie zehn Fuß vom Boden abheben, und nach dem fünften Schlag ihrer regenerierten Flügel flog Terikel sowohl hoch als auch schnell genug, um die Berge zu überwinden. Sie wandte sich nach Norden, ließ die Berge schließlich hinter sich und flog stetig und auf majestätische Weise nach Larmentel.

»Wahrscheinlich sehe ich nicht wie ein Glasdrache aus, aber ich bin auch kein Glasdrache«, sagte Terikel bei sich, während sie ihren Schatten beobachtete, wie er über die verglaste Oberfläche von Torea glitt.

Larmentel war der Ort, wo Silbertod sich der Kontrolle entzogen hatte. Die schönste Stadt Toreas bestand nun aus gefrorenen konzentrischen Wellen aus Glas mit einem Durchmesser von vielen Meilen, die sich langsam mit Regenwasser füllten. Laron und Velander waren dort gewesen, und Terikel wollte sich irgendwie ihrem kleinen und elitären Verein anschließen. Sie hatte bereits wieder Fuß auf den Boden Toreas gesetzt, obwohl es technisch gesehen Schnee gewesen war, also waren jetzt beide Ambitionen erfüllt. Das tote Larmentel war auf eine eigenartige Art wunderschön, was wiederum Terikel sehr verstörte. Wenn man sie gefragt hätte, hätte das Resultat von so viel Bösem und so viel Tod nicht so schön sein dürfen, doch die konzentrischen Seen zwischen den konzentrischen Ringen aus solidem Glas waren schön.

Nach kurzer Zeit wandte sie sich wieder nach Osten, doch diesmal versuchte sie nicht an Höhe zu gewinnen. Vielmehr flog sie mit gewaltigen, schwerfälligen Flügelschlägen weiter, wobei sie Lehrers Energie benutzte, um die Kontraktionsfasern zu bewegen. Der Fluss Bax glänzte hell in der Sonne, eine weitere Struktur aus Silberglanz in der strahlend leuchtenden Glaslandschaft. Terikel flog über den Zusammenfluss des Bax mit dem Dioran hinweg und sah dann die Form einer geschmolzenen Stadt am Dioran. Die *Shadowmoon* hatte dort festgemacht, hatte Laron ihr erzählt. Das Wetter war einigermaßen freundlich über diesem Teil Toreas, und ihr ging auf, was für eine Ironie des Schicksals es war, dass der Kontinent, dessen Untergang die Torea-Stürme hervorgebracht hatte, tatsächlich besseres Wetter erlebte als Alberin.

Das Wetter blieb auch über der Bucht der Inseln gut, und die Inseln selbst ähnelten blassen polierten Opalen, die auf der dunkelblauen Samtauslage des Meeres ausgebreitet waren. Die Westwinde waren hier sehr viel schwächer, und Terikel kam nur langsam voran. Die Nacht war bereits über der Klawlan-Halbinsel hereingebrochen, als sie die Küste überquerte, obwohl in Terikels Höhe noch die Sonne schien. Sie stellte ihren Weck-Zauber.

»Terikel.«

Der Wecker war eine ihrer eigenen Erfindungen. Er war ein lästiger, aber beharrlicher Zauber, der in regelmäßigen Abständen ihren Namen zirpte und sie so daran erinnerte, dass sie wach bleiben musste.

Als sie an der Halbinsel vorbei war, gab es nur noch die leere Weite des Mittelinfiniten Ozeans und einen sechstausend Meilen breiten Abgrund aus Wasser bis zur Küste von Dacostia. Terikel hatte Klawlan vor dem Untergang Toreas niemals besucht. Es war eine ländliche Gegend ohne Universitäten, und selbst die Zauberer gehörten zur fahrenden Art. Ihr war so, als sollte sie ein paar Erinnerungen an ihren Überflug mitnehmen, aber es gab wenig zu sehen, und selbst das Wenige bestand größtenteils aus Schatten.

»Terikel.«

Der Wecker zirpte getreulich ihren Namen, aber Terikel war ohnehin hellwach. Sie gehörte nicht nur zu den wenigen Toreanern, die Silbertods Feuer überlebt hatten, sondern auch zu den noch wenigeren, die es geschafft hatten, wieder heimzukehren. Heim. Sie musste zugeben, dass dies wirklich ihre Heimat war. Eine surreale gefrorene Heimat aus geschmolzenem Glas, gewiss, aber ruhig und erhaben.

Kronprinz Dalzori war allgemein dafür bekannt, sich den vorgefassten Meinungen anderer nicht anzuschließen, und wenn es darum ging, ein dekadenter Tyrann zu sein, schien er sich jede nur erdenkliche Mühe zu geben, die Chronisten der Gegenwart und die Historiker der Zukunft aus der Fassung zu bringen. Angeblich stand er bei Sonnenaufgang auf, legte seine erste Verkleidung des Tages an und machte sich auf einen Rundgang durch den Palast, um sich zu vergewissern, dass sich alle angemessen benahmen oder danebenbenahmen.

Selford begann seinen Tag gewöhnlich im Verlies unter dem Palast, wo er Dalzoris politische Gefangene aus den Zellen ließ, damit er sie eine Stunde lang durch eine Reihe gymnastischer Übungen zur körperlichen Ertüchtigung führen konnte. Dazu benutzte er einen Saal, der früher eine riesige Folterkammer gewesen war und es, soweit es die Gefangenen betraf, immer noch war. Am Ende dieser Übungen eilten sie in ihre Zellen zurück und zu einer Ruhepause, von der sie wussten, dass sie nicht von Dauer sein würde. Dalzori zog es angeblich vor, wenn seine Gefangenen gesund waren.

Angeblich badete Prinz Dalzori in einem Marmorbecken in der Mitte der königlichen Kreuzgänge, doch niemand sah ihn je dabei. Jene Höflinge, die entweder bereits wach waren oder noch nicht den Weg in ihr Bett gefunden hatten, frühstückten und unterhielten sich über teures Essen, seltene Weine, interessante Dekadenzen und gelegentlich auch Staatsangelegenheiten.

Dalzori frühstückte allein, im allgemeinen Rührei mit gehackten Zwiebeln auf geröstetem Vollkornbrot. Manchmal, wenn ihm besonders dekadent zumute war, nahm er das Brot gebuttert. Er schaffte sich Bestrafungen gern schnell vom Hals, also las er die Listen und schickte seine Urteile durch seinen Buchhalter Parchen. Höflingen, die von der nächtlichen Orgie ausgeschlossen werden sollten, wurde das Urteil gleich nach dem Frühstück verkündet. Hin und wieder wurde ein ernsthafter Übeltäter tatsächlich sogar einen ganzen Monat aus dem Palast verstoßen, aber derartig extreme Bestrafungen waren selten. Denn auch wenn Dalzori sich offenkundig für einen strengen Zuchtmeister hielt, war er doch kein Sadist.

Der Kronprinz verfügte über gewisse Attribute, die ihn trotz seiner unkonventionellen Ideen hinsichtlich Verwaltung zu einem sehr tüchtigen Herrscher machten. Er las doppelt so schnell wie die meisten anderen, konnte Zahlen schneller im Kopf addieren und vergleichen, als ein geschickter Beamter mit einem Rechenbrett, konnte sich Namen, Werdegänge, politische Zugehörigkeiten und Skandale besser merken als der Hof-Genealoge und brauchte nur zwei bis drei Stunden Schlaf pro Nacht. Vor allem hatte er eine Agenda, die seine sehr viel konventionelleren Feinde und Rivalen niemals völlig verstanden hatten.

An diesem Tag war Dalzori bekanntermaßen irgendwo in Verkleidung unterwegs, während Selford das Essen eines sargolanischen Koches kostete, der vor ein oder zwei Nächten in der Taverne *Freudenspender* entdeckt worden war. Das Essen war wirklich ausgezeichnet, obwohl Selford nur Teile kostete. Als er fertig war, ließ der Musikant den neuen Koch rufen. Schließlich schlug der zuständige Herold seinen Stab auf den Boden und bat um Aufmerksamkeit.

»Der ehemalige Milizsoldat Wallas Bäcker, vormals aus dem Reich Sargol«, verkündete der Herold, und ein äußerst unbehaglich dreinschauender Wallas wurde von einem Lakaien zum Audienz-Podium geführt. Wallas starrte voller Bestürzung auf das größtenteils unangetastete Mahl vor Selford. Der Musikant erhob sich und spazierte langsam im Kreis um Wallas.

»Also, Wallas Bäcker, Ihr seid groß, stark, gesund und schlank«, begann der Musikant des Prinzen, und die versammelten Höflinge hörten auf zu essen und zu reden, um der Audienz ihre ungeteilte Aufmerksamkeit zu schenken. »*Trau keinem schlanken Koch* lautet das diesbezügliche Sprichwort, wenn ich mich recht erinnere.«

»Mit Verlaub, mein Herr?«

»Ja?«

»Das ist ein sehr dummes Sprichwort.«

»Tatsächlich? Ich habe ein paar sehr diskrete Erkundigungen über Euch eingezogen, weil ich den Stab des Prinzen gern auf einer persönlichen Ebene kenne. Ich habe einen sehr langen und sehr interessanten Bericht über Euch erhalten. Zunächst glaube ich, dass Euer Penis sich in einen Drachen namens Willy verwandelt hat, und zweitens, dass Willy sehr hohe Maßstäbe in Fragen der Moral hat. Außerdem schützt er Eure Keuschheit und sonstiges Wohlbefinden. Herold, tretet ihm in den Schritt.«

Der Herold trat auf das Podium und tat wie ihm geheißen. Ein empörtes Zischen ertönte, dann sprühten Flammen, Funken und Rauch unter Wallas' Jacke hervor. Der Herold schrie und versuchte sich zurückzuziehen, dann stürzte er rückwärts vom Podium und ließ einen brennenden vergoldeten Pantoffel aus Kalbsleder zwischen Willys Kiefer zurück. Willy schleuderte den Pantoffel beiseite und zog sich unter den Saum der Jacke zurück. Die Höflinge applaudierten höflich. Ein Gardist trat den brennenden Pantoffel aus und entfernte ihn dann, zusammen mit dem Herold, der sich in einem Zustand irgendwo zwischen fortgeschrittener Hysterie und Nervenzusammenbruch befand.

»Hervorragend, der Prinz mag es, wenn wilde und fantastische Berichte durch Beweise bestätigt werden«, sagte Selford. »Also weiter … Ihr wart früher Milvarios von Tourlossen, der kaiserliche Musikmeister im sargolanischen Kaiserpalast. Langweilig. Oh, aber hier steht, inoffiziell wärt Ihr der schlechteste Barde auf dem ganzen Kontinent Acrema und vermutlich auf der ganzen Welt gewesen. Das ist wiederum vielversprechend.«

»Ist es das?«, rief Wallas.

»Viertens, angeblich habt Ihr einen erfolgreichen Mordanschlag auf den Kaiser des Sargolanischen Reichs verübt.«

»›Mordanschlag‹ ist ein äußerst extremes Wort, mein Herr.«

»Er war ein langweiliger Mann ohne Laster, die Sorte, die Kriege anfangen würde, bei denen Städte in Schutt und Asche gelegt und Millionen getötet werden, nur weil deren Herrscher sich benommen haben wie, nun ja, *unser* Prinz. War es ein Auftragsmord, oder etwas Persönliches?«

»Mein Herr, Ihr versteht nicht.«

»Es war doch nicht aus *Idealismus*, oder?«, fragte Selford, der plötzlich beunruhigend misstrauisch dreinschaute.

»Es war eine Gruppe daran beteiligt«, sagte Wallas zögernd, als ihm plötzlich aufging, dass Prinz und Kaiser vielleicht nicht unbedingt das beste Verhältnis gehabt hatten.

»Also angeworben, hervorragend! Der Prinz hasst Idealisten, sie bekommen *Ideen*. Gut zu sehen, dass sich die Assassinen in die Marktökonomie einfügen. Fahrt fort … berüchtigter Wüstling, Lügner, Feigling und Langweiler.«

»Auch das sind äußerst extreme Worte, mein Herr.«

»Aber Punkt zehn verrät uns, dass Ihr in einer Schlacht namens, äh, die Schlacht an der Schnellwasserbrücke höchsten Mut gezeigt habt. Oje, das wird nicht reichen.«

»Aber ich bin ein Deserteur, mein Herr. Ich bin sogar aus der persönlichen Garde von Prinzessin Senterri geflohen.«

»Tatsächlich? Vielversprechend. Der Prinz wird sich das natürlich bestätigen lassen wollen. Weiter, in Clovesser habt Ihr dabei geholfen, einige Leute vor einem Glasdrachen zu retten.«

»Nur, weil mir eine Handarmbrust ans Ohr gehalten wurde.«

»Was ist mit der Überquerung der Straße des Schreckens in einem kleinen Schoner?«

»Man hat mich schreiend und strampelnd an Bord getragen. Fünf starke Männer waren nötig …«

»Ganz hervorragend, ich war mir sicher, dass es eine Erklärung gibt. Punkt dreizehn wird jedoch schwer zu erklären sein. Ihr seid mit der Ältesten Terikel von den Metrologen viele hundert Meilen gereist, ohne sie zu verführen.«

»Ich habe es versucht, aber sie hat Anstoß daran genommen, und ihr Zauber hätte mir beinah die Hand abgerissen. Seht Ihr diese Verbrennung …«

»Ha! Die könnte auch von siedendem Öl stammen. Ihr müsst Euch schon mehr Mühe geben, wenn Ihr mich beeindrucken wollt, Wallas Bäcker.«

»Auf dem großen Ball für Prinzessin Senterri in Glasbury habe ich binnen drei Minuten ein Küchenmädchen *und* die Gräfin Bellesarion verführt.«

»O ja, ich habe einen Autonvogel-Bericht von ihr über diesen Ball gelesen, aber sie hat keine Namen genannt. Könntet Ihr mit ›gut bestückt, aber geschmacklos‹ gemeint gewesen sein?«

»Das mag ihr Eindruck von mir gewesen sein, mein Herr.«

»Ausgezeichnet, ganz ausgezeichnet, Ihr werdet Euch perfekt einfügen. Ich lasse noch in dieser Stunde eine Anstellungsurkunde ausstellen und – oh, das hätte ich beinah vergessen. Habt Ihr Erfahrung in der Aufsicht von vielen Küchengehilfen? Von Zeit zu Zeit müsst Ihr ganze Bankette vorbereiten, sagen wir an zwei von drei Tagen.«

»Ich habe Kapellen und Streicher-Orchester beaufsichtigt.«

»Egal, Musikanten, Köche, die sind alle gleich. Also zurück in die Küche mit Euch, Wallas. Ein Lakai wird Euch ein paar Schriftrollen zum Unterzeichnen und die Speisekarte für ein ganz besonderes Bankett heute Abend bringen.«

Auf der Agenda des Kronprinzen stand als Nächstes nicht so sehr die Nacht der Assassinen, sondern vielmehr der Nachmittagstee der Entführungen. Alle Zauberer, Priester und Akademiker in der Stadt wurden in einer gut koordinierten Aktion festgenommen und im Gästehaus des Palasts unter Bewachung gestellt – wo sie feststellten, dass sie Rotwein und Gänseleberpastete auf schmackhaftem Reisbrot in ihren Räumen und Zellen erwartete. Denen, die versuchten, gefährliche Zauberformeln zu wirken, wurde der Mund mit Draht verschlossen, dann fanden sie sich gerade rechtzeitig für das spätnachmittägliche Gymnastik- und Gewichthebe-Programm im großen Foltersaal des Verlieses wieder. Eine Stunde später eilten die Gefangenen davon, um sich in ihren Zellen zu verbergen, und Selford unterhielt sich mit seinem Leiter der Kreativen Folter, Igonnier.

»Ich bin nicht ganz sicher, warum wir all diese Gelehrten festnehmen mussten, aber da sie nun schon mal hier sind, können wir auch ebenso gut schrecklich zu ihnen sein«, verfügte Selford.

»Für Garris vielleicht eine ausschließlich weibliche Inquisition, die ihn über sein Sexleben verhört?«, regte Igonnier an.

»Ich wusste gar nicht, dass er ein Sexleben hat«, erwiderte Selford. »Jedenfalls keines, das andere Personen involviert.«

»Genau, Lordschaft. Stellt ihn Euch unter einem Wahrheitszaubers vor dem ganzen Hof vor.«

»Ah, ja, das dürfte reichen.«

»Die Gelehrte Wensomer Callientor ist ein ziemliches Kaliber. Sie ist die einzige Initiatin vom Grad dreizehn in der bekannten Welt, die sich weigert, diesen Grad anzunehmen. Sie ist ein schwieriger Untertan, das steht fest.«

»Der Prinz hasst sie«, sagte Selford entschieden. »Die halbe Stadt glaubt, dass sie bessere Gelage veranstaltet als er.«

»Tja, sie hat beeindruckende Referenzen: übergewichtig, faul, unambitioniert, versessen auf hochgewachsene, schlanke, starke Krieger mit hoher sexueller Leistungsfähigkeit, noch versessener auf Sahnetörtchen und diverse andere Genussmittel und schließlich auf starke Weine. Ihre bevorzugten Laster beinhalten Essen, Bauchtanz, Sex, teure Seidenunterwäsche, die ungefähr ein Fünfhundertstel ihrer Körperoberfläche bedeckt, und das Herumliegen auf Kissen in der Form ausgewählter Teile der Anatomie, während sie gelehrte Abhandlungen über obskure Zauber liest.«

»Kümmert Euch nicht um sie, ich habe ihr Schicksal bereits geplant«, sagte Selford.

»Lord Selford, von allen Verhafteten gibt sie mir am meisten zu denken. Alle anderen sind übrig gebliebene Zauberer, verschrobene Genies, berufsmäßige Dissidenten, priesterliche Niemande und Akademiker, die vor ehrlicher Arbeit fliehen. Wensomer ist mächtig und brillant, herrje, sie persönlich soll sogar Silbertod vernichtet haben, die alte ätherische Waffe, die Torea geschmolzen hat. Sie ist nicht wie die anderen.«

»Sie ist außerdem der einzige höhergradige Initiat in ganz Scalticar, der den Großen Rat der Hohen Ringstein-Initiaten einen Haufen erbärmlicher Wichser genannt hat. Das hat sie getan, als der Rat ihr den Befehl überbringen ließ, sich den Initiaten von Drachenwall anzuschließen. Ich glaube, ihr Antwortzauber hatte die Form zweier redender Hinterbacken, und sie wollen Rache für diese Beleidigung. Zumindest hat man mich das glauben gemacht.«

»Das kommt mir irgendwie kleinlich vor, wo sie doch gottähnliche Macht haben und so.«

»Nein, sie *fürchten* sie. Bedenkt, dass sie Silbertod zerstört hat, eine andere unglaublich mächtige Äthermaschine.«

Nachdem Wallas den ganzen Nachmittag gekocht, abgeschmeckt, Küchengehilfen angeschrien und hysterische Anfälle bekommen hatte, war er der Erschöpfung nah, als das Abendbankett begann. Servier-Lakaien trugen die schwer beladenen Platten und Schüsseln weg und brachten erste Berichte zurück, die von großer Anerkennung seitens der Gäste kündeten. Wallas wählte einen Krug mit erlesenem Wein aus, sank auf eine Bank, schlug dem Krug den Hals ab und goss den Wein in die allgemeine Richtung seines Mundes. Der größte Teil fand sein Ziel. Dann warf Wallas den leeren Krug beiseite, der an der Kante des Herds zersplitterte.

Wallas hatte eigentlich nicht vorgehabt, den Hof zu bespitzeln, aber er beobachtete gern Leute, die sich an dem erfreuten, was er gekocht und zubereitet hatte. Er erhob sich langsam, ging schwankend in die Palastwäscherei, ließ sich einen Einweichbottich mit heißem Wasser füllen und stieg dann hinein, ohne sich die Mühe zu machen, sich auszuziehen. Im Laufe der nächsten Stunde zog er langsam seine Kleidung aus, dann rief er einen Lakaien und beauftragte ihn damit, seinen Rucksack zu holen, in dem sich Kleidung zum Wechseln und ein Handtuch befanden. Bei seiner Rückkehr beging der übereifrige Lakai den Fehler zu versuchen, Wallas' nasse Kleidung aus dem Bottich zu holen. Willys Kopf durchbrach die Wasseroberfläche und spie Feuer. Der Lakai ergriff schreiend die Flucht, was Wallas verärgerte, weil er die Handtücher außer Reichweite zurückließ.

Als Wallas sich schließlich angekleidet hatte, fühlte er sich entspannt und mit der Welt im Einklang. Plötzlich erinnerte er sich an einen wichtigen Ausrüstungsgegenstand und griff in seinen Rucksack. Er hatte sein Schutzfutteral seit seiner Ankunft in Alberin nicht mehr getragen. Angesichts Willys Potenzial für das Anrichten von gesellschaftlichem Chaos hatte Wallas das Gefühl, es sei an der Zeit, es wieder in Dienst zu nehmen. Es handelte sich um eine vage herzförmige Metallschale, innen und an den Rändern gepolstert und mit Halteriemen versehen. Wallas zog seine Hose wieder aus und zeigte Willy das Futteral. Willy beäugte es zweifelnd. Er war schon früher darin eingesperrt gewesen.

»Das soll dir das Leben leichter machen, Willy«, versicherte Wallas dem kleinen Drachen. »Vergiss nicht, das hier schiebt all diesen schrecklichen Leuten einen Riegel vor, die etwas mit meinen intimsten und zartesten Körperteilen im Schilde führen. Es schiebt ihnen einen Riegel vor, lange bevor du sie beißen oder verbrennen musst.«

Willy konnte nicht lächeln, schien sich aber damit abzufinden, wieder in das Futteral gesperrt zu werden.

»Außerdem müsste ich damit ein Vermögen an neuen Hosen und Jacken sparen«, murmelte Wallas, während er die Halteriemen festband.

Als Wallas die Treppe zum Bankettsaal erklomm, hörte er Schreie, welche die Musik und den Hintergrundlärm aus Gelächter und Gemurmel übertönten. Es waren die Schreie einer Frau, aber auch die einer gequälten Seele, von jemandem, der extreme Qualen litt. Außerdem klang es für Wallas so, als habe man ihr den Mund mit Draht verschlossen. Der Hüter des Hofsaals wachte auf dem Liebschaftenbalkon über alle Feste, Orgien und Gelage und hielt nach Signalen des jeweiligen Vorsitzenden Ausschau, den nächsten Gang oder die nächste Unterhaltung oder Neuheit in den Saal zu schicken. Der Hüter wurde von vier Gardisten begleitet für den Fall, dass sich ein Unbefugter Zutritt verschaffte und versuchte, von diesem unbestreitbar idealen Aussichtspunkt einen Schuss abzugeben.

Wallas klopfte an die Tür, und nach einigen Augenblicken wurde sie vom Hüter geöffnet. »Ah, mein lieber Meister der Mahle, willkommen«, sagte der Hüter. »Hervorragendes Mahl, wirklich hervorragend. Vor allem die Folterspeisen.«

»Folterspeisen?«, ächzte Wallas.

»Ja, ja, ein Meisterwerk. Kommt und überzeugt Euch selbst.«

Eine Frau war auf einem kreisrunden Podium auf einen Stuhl gefesselt, so dass alle Höflinge sie von ihren Tischen sehen konnten. Sie trug das Kostüm einer Bauchtänzerin, und vor ihr befand sich ein sehr großes Schwein, dessen rotes Lederhalsband vom Saalherold festgehalten wurde. Es verschlag gerade die letzten Nusstörtchen, auf die Wallas besonders stolz gewesen war. Der Saalherold stieß seinen Stab auf den Boden.

»Honig-Sahne-Glasur und Schokoladenraspel auf Kokosmakronentorte«, rief er, und die Höflinge applaudierten.

An jeden Tisch wurden gleichzeitig von einer Gruppe Lakaien Tabletts gebracht. Das Schwein aber bekam ein eigenes Tablett, das abgedeckt und vor ihm auf den Boden gestellt wurde. Die Sau machte sich über die Makronen her, und die Frau fing in gequälter Empörung durch ihre verdrahteten Zähne an zu kreischen, während einige Höflinge lachten und applaudierten.

»Ah, dieser Prinz Dalzori, manchmal übertrifft er sich selbst«, sagte der Hüter anerkennend.

Benommen vom Schock ließ Wallas den Blick über die Tische streifen und begutachtete seltsam gekleidete und manchmal weitgehend unbekleidete Leiber, die alle Anzeichen exzessiven Essens erkennen ließen. Selford saß lächelnd auf einem Thron, in nüchterne schwarze Seide gehüllt, während er an einem Glas Wasser nippte. Wallas betrachtete wieder die Frau, die ihm plötzlich bekannt vorkam. Sie hatte das Fundament einer guten Figur – auf dem ein wenig mehr errichtet worden war, als vermutlich sicher war. Ein schmerzhafter Stich des Mitgefühls bewirkte, dass Wallas sich beinah krümmte.

»Wer ist sie?«, hörte er sich leise fragen.

»Oh, die große Zauberin Wensomer«, erwiderte der Hüter.

»Aber, aber, was hat sie getan?«

»Zu viele Feste und Gelage gefeiert, die man für besser hielt als die des Prinzen. Aber keine Sorge, in einem Monat oder so wird man ihr sagen, dass alles ein großer Fehler war, das Schwein wird sich auf einem Bratspieß drehen und die Gelehrte Wensomer wird zum Fest eingeladen.«

Als Wallas den Balkon verließ, schwirrte ihm der Kopf. Was der Musikant aus seinem Dossier nicht geschlossen hatte, war die Tatsache, dass Wallas zwar ein Feigling und Schurke war, er tatsächlich aber zu Handlungen von bemerkenswerter Tapferkeit und Nächstenliebe fähig war, wenn er in eine Ecke gedrängt wurde. Der Anblick dessen, was mit Wensomer geschah, hatte Wallas ganz entschieden in eine Ecke gedrängt.

Es war schon längst dunkel, als Andry und Velander schließlich beschlossen, das Bett zu verlassen, sich zu waschen und sich anzukleiden. Andry nahm zur Kenntnis, dass sie nach Rosenwasser und Moschusbeerensaft roch und so saubere

Kleider anzog, dass die Bügelfalten noch frisch waren und es keine Knitterfalten gab.

»Laron hat mich vor dem Tod bewahrt. Hat mir gezeigt, wie man überlebt. Du hast mich bewahrt vor, äh, untoter Existenz. Lebenswillen geweckt in mir. Wieder. Heute Nacht gibt besondere Behandlung für dich.«

»Besonderer als wir sie schon den ganzen Tag hatten?«, lachte Andry. »Unmöglich.«

»Gar nicht. Meiste Zeit des Tages Miral ist nicht am Himmel. Am Leben, ich.«

»Ich bin nicht sicher, ob ich das verstehe.«

»Wie du siehst mich, bin lebendiges Mädchen. Miral geht auf, dann Drache, ich. Körper tot, aber kann bewegen, reden, warm sein, alles durch Benutzen von ätherischer Energie. Macht Gestalt von mir, breitet aus über mich. Drache in Velander-Gestalt. Oder vielleicht Drache in Drachen-Gestalt.«

»Äh, könnte mich das umbringen?«, fragte Andry, der sich keine große Mühe geben musste, um Beklommenheit vorzutäuschen.

»Mentor-Drachen sagen nein. Jetzt erst spazieren gehen, Händchen halten, in Taverne gehen. Spielst Fiedel, du, höre zu, ich.«

»Meine Fiedel! Esen hat letzte Nacht, als ich betrunken war, gesagt, er würde sie in Verwahrung nehmen.«

»Na, dann Esen suchen. Zeit haben, wir.«

5

DRACHENGEBURT

Das Wetter in den Tropen war eher instabil als besonders schlecht. Terikel überflog die Küste von Torea in einer Höhe von zwanzigtausend Fuß und folgte dabei einer Luftströmung, die sie mit einer leichten Abweichung nach Norden überwiegend nach Osten trug. Die Szenerie unter ihr war mit Kumuluswolken gesprenkelt, die sich zu einem Wald von Gewitterwolken verdichteten. Terikel stieg langsam, immer in dem Bewusstsein, dass die Gewitterwolken sich bis in eine Höhe erstrecken mochten, in der sie nicht mehr atmen konnte.

Als Drache zu fliegen, war wie ein Pferd zu reiten. Man herrschte über sehr viel mehr Kraft, als die eigenen Muskeln anzubieten hatten, aber sie war nicht schwer zu kontrollieren. Es hatte viel Ähnlichkeit damit, im Bett zu liegen. Terikel dachte an die Zauberin, die ihr die Zauber und Fähigkeiten für das Luftwandeln beigebracht hatte. Wensomer hatte ein Gewichtsproblem, hasste es, vor dem Mittag aufzustehen und nahm alle Angelegenheiten des Essens und Trinkens sehr ernst. In gewissem Sinn schien sie die letzte Person zu sein, von der man erwarten würde, dass sie die Fähigkeiten des Luftwandelns studierte, doch Terikel erkannte jetzt, dass es sehr leicht und sogar entspannend war. Deswegen gefiel es Wensomer. Der Entspannungsteil war außerdem das größte Problem. Wenn sie einschlief, würden sich jene Teile des Zaubers, die nicht an etwas aus der physikalischen Welt gebunden waren, binnen einer halben Stunde auflösen. Wenn man ausreichend hoch flog, gestattete einem das, neue Flügel zu erzeugen, aber es war ein riskantes und grauenhaftes Wecksignal.

»Terikel!«

Der Weck-Zauber zirpte ihren Namen jede Viertelstunde. Sie war hellwach, aber es war nicht klug, sich den Luxus von Stunden unbehelligter Ruhe zu gönnen. Sie mochten mit einem weiteren sehr langen Fall enden. Der Himmel verdunkelte sich, da die Sonne hinter ihr am Horizont sank. Die Wolken unter ihr erhellten sich mit roten, orangen, rosa und goldenen Flecken, während in dem entfernten Gewitter weiße, violette und gelegentlich auch grüne Blitze zuckten. Terikel legte sich in eine träge Kurve, um einen Blick auf den Sonnenuntergang zu werfen, dann vollendete sie den Kreis und flog in ihrer ursprünglichen Richtung weiter.

»Terikel!«

Die Farben verblassten unter ihr, aber das Flackern der Blitze hielt an. Sie war in den Tropen, und Wensomer hatte ihr erklärt, dass Gewitterwolken hoch steigen konnten, bis in eine Höhe von … Terikel mühte sich, die Zahlen im Kopf umzurechnen. Sechzigtausend Fuß. Das war das Doppelte der Höhe, in der sie gerade noch atmen konnte, und das Dreifache ihrer gegenwärtigen Höhe. Sie mussten um-, nicht überflogen werden.

Lupan und die Sterne standen jetzt am Himmel. Terikel orientierte sich und korrigierte ihren Kurs. Vor ihr lagen siebentausend Meilen Ozean, bevor sie Dacostia erreichen würde, jedenfalls den Schätzungen der zuverlässigsten Karten und Modelle nach, die sie studiert hatte. Der Infinite Ozean war wahrhaftig riesig und erstreckte sich, wenn man eine Linie genau südlich des Äquators zog, über zwölftausend Meilen. Das war der halbe Durchmesser der Welt. Wenig davon war kartografiert, denn es gab keinen Anreiz, dorthin zu fahren. Auch vor den Torea-Stürmen war nicht verzeichnet, dass irgendjemand ihn je überquert hatte. Das Fliegen mochte entspannend sein, aber diese Flugstrecke würde mit Sicherheit eine ziemliche Plackerei.

»Terikel!«

Trotzdem, sie wäre der erste Mensch, der den Mittelinfiniten Ozean überflog. Jemand anders würde den Ruhm für den Südinfiniten Ozean ernten. Die Stürme dort peitschten über viele tausend Meilen Wasser, ungebrochen von Land, und tosten weiter in den Okzidanischen Ozean, um dann durch die Straße des Schreckens zu toben. Und das waren die normalen Stürme. Jetzt, wo es die Torea-Stürme gab, überstiegen die Wellen und das Wetter in der Straße beinah jedes Begriffsvermögen, geschweige denn Maß.

Terikel orientierte sich wieder an den Sternen und korrigierte ihre Richtung mit einem leichten Neigen der Flügel, dann gestattete sie sich das erste von vielen kurzen Nickerchen, die in den kommenden acht Tagen ihre einzigen Ruhephasen sein würden.

»Terikel!«

Sie schreckte auf und verfestigte die Vorstellung von ihren Flügeln in ihrem Bewusstsein. Wieder döste sie ein.

Terikel war fünf Tage in der Luft, als sie Drachenwall erblickte. Es war früher Abend, und der Ozean unter ihr war vollständig unter Wolken verborgen. Der Sonnenuntergang ließ sie leuchten wie einen riesigen Wald aus grellen roten Bäumen, und Terikel bereitete sich auf eine Reihe kurzer Nickerchen vor, als ihr auffiel, dass der gesamte östliche Horizont leuchtete.

Einen Moment war Terikel völlig desorientiert. Flog sie nach Westen anstatt nach Osten? Sie legte sich in eine scharfe Kurve und schaute zur Sonne. Die Hälfte der Scheibe lag zwischen den Wolken. Sie vollendete den Kreis. Auf der gegenüberliegenden Seite des Himmels war immer noch ein Schein. Es war ein golden-orangefarbener Schein, der durch die Farben des Sonnenuntergangs beeinflusst wurde.

»Terikel!«, zirpte ihr Weck-Zauber, aber jetzt brauchte sie ihn nicht mehr.

Terikel begann einen sehr viel größeren Kreis. Vielleicht war sie völlig desorientiert und verwechselte Sonnenaufgang und -untergang. Als die Minuten verstrichen, sah sie die Sonne unter die Wolken am Horizont sinken. Sie orientierte sich an den Sternen und flog in ihrer ursprünglichen Richtung weiter. Der Schein im Osten blieb. Es war nicht der Schein des Sonnenuntergangs. Sie hatte Drachenwall noch nicht aus so großer Höhe gesehen, doch sah er dennoch vertraut aus: ein riesiger Regenbogen auf einem orangefarbenen Vorhang aus Licht. Wenn dies wirklich Drachenwall war ... aber das ergab keinen Sinn. Den aktuellen Theorien hinsichtlich des Weltenumfangs hätte sie eigentlich genau auf der anderen Seite sein müssen, nicht wieder über Acrema. Die blaue Linie mit ihrem Fixpunkt Drachenwall zog langsam über ihr über den Himmel.

In Terikel kam die Metrologische Priesterin durch. In Zweifelsfällen musste man messen, was zu messen war. Sie nahm mithilfe mehrerer hellerer Sterne und zweier Mondwelten Peilungen vor. Damit konnte sie ihren Standort auf etwa ein Dutzend Grad nördlich des Äquators festmachen. Das bedeutete, sie befand sich über den Wüsten des nördlichen Acrema und nur ein wenig südlich des Ringsteins Wüste. Terikel erwog, unter die Wolkendecke zu sinken, aber es hatte keinen Sinn. Die Wüste sah in der Finsternis der Nacht genauso aus wie der Ozean: einförmig schwarz. Andererseits würde eine vertikale Säule aus blauer Energie bei Ringstein Wüste in den Himmel schießen und sich durch die Wolken in Drachenwall bohren. Das wäre ihr Leuchtfeuer. Sie konnte Drachenwall nach Süden folgen, in der Wüste bei Ringstein Centras landen, ihren Flügelzauber aufheben und Lehrers Geschenk abliefern.

Terikel legte sich in eine weite, träge Kurve, wandte sich nach Süden und sank auf eine Tiefe, in der die vorherrschenden Winde nicht so stark aus Westen wehten. Stunden verstrichen, und Terikel beobachtete die Sterne. Bei zehn Grad nördlich des Äquators war keine blaue Energiesäule von Ringstein Wüste. Das war selbstverständlich unmöglich. Die Ringstein-Anlagen standen auf einer Nord-Süd-Linie im Abstand von zehn Breitengraden. Andererseits hatte sie Ringstein Wüste niemals besucht, also stand er vielleicht am falschen Ort und niemandem war es bisher aufgefallen.

Stunden verstrichen, aber Terikel döste nicht ein. Im Morgengrauen befand sie sich bei fünf Grad nördlich des Äquators. Drachenwall war immer noch am Himmel, und die Westwinde hatten sie näher dorthin getrieben. Obwohl sie parallel zur Äthermaschine zu fliegen versuchte, war sie jetzt ihrer Schätzung nach nur noch hundert Meilen westlich von ihr. Unter ihr befand sich in jeder Richtung, so weit das Auge reichte, eine durchgängige Wolkendecke. Als der Himmel sich erhellte, verblasste Drachenwall vor dem Blau des Tages zu einem orangefarbenen Vorhang, aber nicht einmal in der Mittagssonne verschwand er vollständig.

Terikel traf die Entscheidung, unter die Wolken zu sinken, sobald es Tag war. Sanddünen würden bei Tag ganz anders aussehen als Wellen und bewegten sich auch sehr viel langsamer. So oder so würde sie ihren Standort bestimmen. Das Gewinnen von Höhe war mit Anstrengung verbunden, und man gab sie nicht leichtfertig auf, obwohl sie jetzt sehr viel besser in der Luft lag als bei ihrer Überquerung der Straße des Schreckens. Daher ließ Terikel sich Zeit, um diese Entscheidung zu treffen.

Das Absinken von vier Meilen auf eine Meile dauerte über eine Stunde, und die meiste Zeit flog sie in den Wolken. Irgendwann fing es an zu regnen. Das war nicht gut, weil das zusätzliche Gewicht des Wassers an ihren Flügeln ihre Fähigkeit beeinträchtigte, Auftrieb zu gewinnen. Wolken umwirbelten sie, eine graue, perlmuttartige Finsternis, und regennasse Windböen peitschten ihre Flügel. Wenn sie sich über Bergen befand und die Berge in Wolken gehüllt waren … sie würde nicht mehr erfahren, was sie getroffen hatte.

Als Terikel schließlich unter den Wolken ankam, flog sie kaum zweihundert Fuß über dem Wasser.

Ozean. Im Umkreis von siebenhundert Meilen hätte es kein Wasser geben dürfen. Ihr kam der Gedanke, dass es sich um ein Gebiet handeln mochte, in dem die Wüste überflutet worden war, aber die Wellen sahen mehr wie riesige Ozeanbrecher aus als die einer relativ flachen Binnenflut. Das hatte sie auf ihren Reisen auf der *Shadowmoon*, *Megazoid* und *Sturmvogel* gelernt. Sie schlug langsam mit den Flügeln, um wieder an Höhe zu gewinnen. Kontraktion! Ätherische Energien zischten und knisterten, als Lehrers Geschenk die Fasern an ihrem Kielzauber zusammenzog. Entspannen! Die Flügel hoben sich, während ihr Körper fiel. Kontraktion! Terikel gewann ein wenig Höhe. Das Gewicht des Regens, der ihre zweihundert Fuß Flügelspannweite traf und daran heruntertropfte, machte das Fliegen sehr viel schwieriger als in der klaren, ruhigen Stille in fünf Meilen Höhe. Es war später Nachmittag, bevor es ihr gelang, sich wieder über die Wolken zu erheben. Ein Blick nach Osten verriet ihr, dass sie nicht weiter als zehn Meilen von Drachenwall entfernt war. Dreihundertfünfzehn Flügelschläge hatte sie gezählt. Wie viel ätherische Energie war dafür nötig gewesen? Was war von Lehrers Geschenk noch übrig?

Terikel machte eine Bestandsaufnahme und versuchte aus den unmöglichen Tatsachen schlau zu werden. Wahrscheinlich befand sie sich über einem Ozean, an einer Stelle, an der sich von Rechts wegen eigentlich kein Ozean hätte befinden würfen. Alternativ dazu war sie eine halbe Welt von der Stelle entfernt, wo sie sich eigentlich hätte befinden müssen. Es hatte zehn Grad nördlich des Äquators keine Ringsteinsäule gegeben, dort, wo Ringstein Wüste sich eigentlich hätte befinden müssen. Die einzig mögliche Schlussfolgerung lautete, dass Drachenwall nicht in die Pole verschwand, sondern sich um die ganze Welt spannte. Das hätte den Energien, mit denen er gefüttert wurde, jedoch nicht gestattet, sie zu verteilen. Wenn es auf der halben Welt keine Ringstein-Kontrollanlagen gab, würde Drachenwall wie ein sich drehendes Wagenrad mit Speichen nur auf der Hälfte seines Umfangs sein: es würde sehr rasch eine Unwucht entwickeln und in Stücke reißen. Schon eine einzige Speiche auf der anderen Seite würde eine Menge Stabilität liefern. Gab es eine Speiche in der Mitte des Infiniten Ozeans? Sie müsste auf dem Äquator liegen, weil die blaue Linie am Himmel daran aufgehängt war und sich darauf drehte.

Praktisch als ihr dieser Gedanke durch den Kopf ging, entdeckte Terikel in der Ferne eine blaue Lichtsäule, die durch die Wolken stach und sich bis zum Regenbogenrand Drachenwalls erstreckte. Sie wusste, dass sie nicht mehr weit vom Äquator entfernt waren. Eine Ringstein-Anlage dort würde Gleichgewicht und Stabilität liefern – aber Stabilität wofür? Auf diese Weise würden keine Energien in die Erde oder über die Rotationsarme in den Himmel abgeleitet. Zwei äquatoriale Ringsteine bedeuteten, dass der Rotationsring an zwei Stellen verankert war und sich zwischen ihnen drehte. Das bedeutete wiederum, dass der Ring Energien akkumulieren konnte, ohne die Unwuchten zu entwickeln, was höhere Energiekonzentrationen mit sich brachte. Wenn die Energien sich also akkumulieren konnten … gab es wahrscheinlich keine Grenze für die Menge, die Drachenwall aufbauen konnte. Sie sank wieder in die Wolkendecke.

Ringstein Kontra befand sich auf einer Insel, die zum größten Teil aus einem Vulkankegel bestand. Ihre Ostseite flachte zu einem Sims von ungefähr der Fläche einer kleinen Ortschaft ab, und dort befand sich auch der eigentliche Ringstein. Nahe der Insel lagen keine Schiffe vor Anker, und auf ihr gab es keine Gebäude. Eine Bewegung fast direkt unter Terikel beanspruchte plötzlich ihre ungeteilte Aufmerksamkeit. Ein wahrhaft riesiger Leib von fischähnlicher Gestalt durchbrach schwerfällig die Wasseroberfläche, öffnete das riesige Maul und tauchte wieder. Die Seevögel in dem Bereich waren vergleichsweise punktgroß, also schätzte Terikel den Meeresbewohner auf eine Länge von annähernd zweihundert Fuß. Kein Schiff konnte sich lange halten, wenn es von etwas dieser Größe angegriffen wurde, wenn es also mehrere davon auf beiden Seiten Drachenwalls gab, konnte sich kein Schiff der Insel nähern. Das bedeutete, dass nur Glasdrachen und Seevögel die Insel erreichen konnten. Drachenzauber waren für jeden der schattenwandelte, sich also in jene seltsame Trance versetzte, in der der Geist den Körper verließ und die ätherische Sicht der Welt erlebt werden konnte, sehr gut sichtbar. Im Grunde schattenwandelten alle in den Ringsteinen, also konnte sich kein Drache unangekündigt nähern. Drachen waren für schattenwandelnde Zauber deutlich zu erkennen. Schließlich bestanden sie aus reiner ätherischer Energie. Das Energieniveau von Terikels Flügelzauber war vergleichsweise winzig, aber würden sie es bemerken?

»Das Ende wird so rasch eintreten, dass ich es nicht erfahren werde«, flüsterte sie bei sich, als sie sich in eine Kurve legte und direkt auf die Insel zuhielt.

Am westlichen Fuß des vulkanischen Kegels gab es einen breiten Strand aus schwarzem Sand, und Terikel streckte die Beine aus, als sie zum Anflug ansetzte. Sie glitt in einen aus Süden wehenden Wind, einen Wind, der etwas über ihrer Landegeschwindigkeit lag. Sie bremste ab, sank, schwebte wie eine Möwe über dem Uferbereich des schwarzen Strandes und sank dann sanft auf den Sand.

»Die beste Landung, die ich je gemacht habe, auch wenn es

insgesamt erst meine fünfte ist«, sagte sie sich, während sie ihren Flügelzauber aufhob. Der Regen war nur noch ein Nieseln, und sogar das Nieseln ließ nach, als sie mit der Umrundung der Insel begann. Es war keine besonders große Insel, ein Rechteck mit einer Länge von ungefähr einer Meile und einem Vulkankegel an einem Ende. In der fruchtbaren Erde wuchsen ein paar Sträucher, aber keine Bäume. Es roch nach Schwefel und das Klima war unangenehm warm und feucht.

Nach einem langsamen, mehr als einstündigen Spaziergang über gebrochene vulkanische Schlacke kam der Ringstein in Sicht. Aus dieser Entfernung konnte Terikel bestätigen, was sie die ganze Zeit vermutet hatte. Der Ringstein war gänzlich von Glasdrachen besetzt. Es gab vier konzentrische Ringe von jeweils sechzehn, und anstatt auf Steinen zu sitzen, saßen die Glasdrachen lediglich an den entsprechenden Positionen. Dornen aus blauem Licht erhoben sich aus ihren Rücken, wo die Flügel hätten sitzen müssen, schraubten sich nach oben und verbanden sich zu einem Gewebe aus Licht, das die Säule bildete. Der schwache Schimmer des ätherischen Vorhangs namens Drachenwall erstreckte sich nach Norden und Süden.

Terikel überlegte, was sie als Nächstes tun sollte. Es gab hier zu viele Mysterien, aber es gab auch reichlich Antworten. *Die Platzierung von Drachenwalls Ringsteinen war nicht optimal,* überlegte Terikel. *Ein paar hundert Meilen weiter östlich hätten sie sehr viel näher an vielen großen Städten und damit dem Luxus und den Annehmlichkeiten gelegen, die Zauberer gern in der Nähe haben.* Die Linie der Ringsteine verlief außerdem durch die größten Nistplätze der Glasdrachen in Acrema und Scalticar. Jetzt gab es eine Antwort auf die Frage der Platzierung. Die Insel *musste* genau auf der anderen Seite der Welt liegen, weil sich Ringstein Kontra dort befinden musste.

Drachen, die einen Ringstein betreiben, dachte Terikel. Endlich ergab alles einen Sinn. Ein so weit entfernter Ringstein war wie ein langer Hebel unter einem großen, schweren Stein. Der Stein konnte auch von einem Kind bewegt werden. Terikel fühlte sich verletzlich, doch in einem gewissen Sinn war sie sehr sicher. Kein Schiff oder Drache konnte die Insel erreichen, und die Erbauer des Ringsteins hatten ganz offenbar nicht geglaubt, dass es eine andere Möglichkeit gab, die Insel zu erreichen. Ihr Flügelzauber war zu schwach gewesen, um von den Drachen des Ringsteins Kontra bemerkt zu werden, und nachdem sie den Flügel- und den Thermal-Zauber aufgehoben hatte, war sie jetzt in Bezug auf magische Felder unsichtbar. Da war noch der Zauber, den Lehrer ihr gegeben hatte, doch obwohl sie genug Energie abzweigen konnte, um mit den Flügeln zu schlagen, war das Meiste zu gut versiegelt, um entdeckt werden zu können. Man hatte ihr jedoch aufgetragen, den Zauber freizusetzen, und man hatte ihr außerdem aufgetragen, ihn hierherzubringen. Nun war sie hier. Ihr fiel nichts ein, was sie tun konnte, außer die Freisetzungsworte für den Zauber zu sprechen.

Terikel blickte über die kleine Lava-Ebene. Es gab überhaupt keine Deckung, wenn sie beschloss, sich dem Ringstein zu nähern, aber was auch über diesen Ort wachte, es war wahrscheinlich nicht in der Lage, eine Person zu sehen. *Glaube ich das oder hoffe ich das?*, fragte sie sich. *Großer Unterschied.* Terikel setzte sich in Bewegung. Nichts stieß ihr zu, und nichts bewegte sich außer ihr selbst. Sie ging zur am nächsten liegenden Lücke zwischen den Drachen des äußeren Rings. Das Licht ringsumher war hellblau, und ihre Haut fing an zu kribbeln. Die Glasdrachen ragten blicklos vor ihr auf, als sie zwischen ihnen durchging, und sie hätten ebenso gut leuchtende durchscheinende Statuen sein können. Sie passierte den nächsten Ring, und jetzt nahm sie im Hintergrund ein zischendes Knistern wahr, und der Geruch von Ozon überlagerte langsam den der Schwefelverbindungen aus dem Vulkan.

Was passiert, wenn ich den Zauber freisetze?, fragte sie sich.

In Lehrers Zauber waren vielleicht tausend Jahre gesammelte ätherische Energie gespeichert. Sie würde für die schattenwandelnden gut Drachen extrem sichtbar sein. Sie ging stetigen Schrittes am nächsten Ring der Glasdrachen vorbei. Der letzte Ring war nicht mehr weit entfernt. Terikel wusste, dass sie den Zauber freisetzen musste, das war unvermeidlich. Vielleicht hatte Lehrer ihre Entschlossenheit berücksichtigt, als er ihr den Auftrag erteilt hatte. Lehrer war über fünftausend Jahre alt, und seine Motive waren nicht nur unbekannt, sondern wahrscheinlich auch unverständlich. Terikel beschloss, Lehrer zu vertrauen in der Hoffnung, dass ihm mehr an ihrem Leben gelegen war als einem Bogenschützen an dem Pfeil, den er abschoss.

Sie blieb vor dem Drachen im Zentrum stehen. Er trug keine gewobene ätherische Rüstung, und sein Drachenzauber war noch durchscheinender als der der anderen. Die dunkle Gestalt des Zauberers in seinem Kern war eindeutig zu erkennen. *Kann er mich sehen?*, fragte sich Terikel. *Nun, wenn nicht jetzt, dann gleich.*

Terikel sprach einen kleinen Zauber und drückte ihn sich dann rasch in die Brust. Als sie die Hand wegzog, lag die schwarze Kugel auf ihrer Handfläche. Sie holte tief Luft, wappnete sich gegen alles, was das Nachleben für sie bereithalten mochte, und sprach dann den Freisetzungszauber. Die Oberfläche der Kugel schillerte in allen Regenbogenfarben und leuchtete dann strahlend weiß auf.

»Presst mich in den mittleren Glasdrachen, dann verschwindet, bevor es zu spät ist«, verkündete Lehrers Stimme langsam und deutlich.

Terikel klatschte die Kugel sofort gegen die Flanke des Drachen und drückte, so fest sie konnte. Sie sickerte durch die glasige Haut, als werde Gelee durch ein Sieb gepresst. Sie trat zurück und starrte auf ihre Hand, aufrichtig überrascht, sie noch an ihrem Körper zu finden. Dann blickte sie wieder auf den mittleren Drachen und sah, dass sich eine zornige Röte in seinem Körper ausbreitete und er zu zittern anfing. Terikel drehte sich um und rannte auf Beinen davon, die nach Tagen der Inaktivität steif und verkrampft waren.

Wieder bewegte sich nichts außer Terikel, als sie durch die Ringe der Glasdrachen lief, aber hinter ihr war ein zunehmend stärkeres rotes Leuchten. Das Licht flackerte ebenfalls. Ein flackernder Zauber war ein instabiler Zauber. Dies war ein Zauber, und dies war ein Flackern, aber dies war sehr wahrscheinlich auch der größte Zauber, der je von Zauberern – und Drachen – erschaffen worden war. Was würde geschehen, wenn er in sich zusammenfiel? Terikel war längst am äußersten Ring der Drachen vorbei, bevor ihr aufging, dass sie nun ein Ziel für etwas am Himmel darstellte, das innerhalb eines Augenblicks Steine schmelzen konnte.

Die Anstrengung des Laufens machte sich jetzt in Terikels Beinen als quälender Schmerz bemerkbar, als sie über die Schlacke am Fuß des Vulkans rannte. Auch unter den besten Bedingungen wäre es ein schwieriger Aufstieg gewesen, und sie wusste, dass sie nicht weit kommen würde, bevor sie vor Erschöpfung zusammenbrach. Ein Felsbrocken von der Größe eines großen Hauses ragte vor ihr auf, und sie traf die nächste eilige Entscheidung, während hinter ihr aus dem Ringstein intensives scharlachrotes Licht pulsierte. Ein Flügelzauber war verglichen mit dem ätherischen Feld eines Glasdrachens sehr schwach, aber wenn die Drachen des Ringsteins nun nach schwachen Zaubern Ausschau hielten, bemerkte man sie vielleicht. Sie hatte zwei Möglichkeiten: entweder sie umrundete den Vulkan und hoffte, dass der Zusammenbruch des Drachenwallzaubers nicht stark genug sein würde, um einen ganzen Berg zu zerstören, oder sie ließ es darauf ankommen, und versuchte zu fliegen. Terikel brauchte nur einen flüchtigen Blick zurück auf Ringstein Kontra zu werfen, um ihre Entscheidung zu treffen. Die Glasdrachen waren verschwunden, und es gab nur noch einen Zylinder aus durchsichtigem, pulsierendem Rot, der bis in die Wolken reichte.

Terikel kletterte auf den Felsen und begann mit dem Wirken ihres Flügelzaubers. Trotz des Zustands von Ringstein Kontra behielt sie in den folgenden Minuten die Nerven und vergrößerte den Dorn, bis er dem Hundert-Fuß-Optimum nah war. Als der Dorn sich zu teilen begann, wirkte sie die Zauber für Gabelbein und Kiel. Mittlerweile bebte der Boden unter ihren Füßen. Sie hatte Lehrers Zauber nicht mehr, den sie anzapfen konnte, um dessen ätherische Energie für das Flügelschlagen zu benutzen, aber sie hatte selbst noch ein wenig Energie. Sie machte sich nicht die Mühe, einen Thermalzauber zu wirken, um sich warm zu halten, tatsächlich hielt sie nicht einmal inne, um tief Luft zu holen, bevor sie sprang.

Terikel befand sich nur fünfzig Fuß über den Wellen des Meeres, als sie sprang. Da ihr klar war, dass sie in wenigen Augenblicken ins Wasser fallen würde, kontrahierte sie die ätherischen Fasern mit ihrer eigenen Lebenskraft. Als Terikel in den Geradeausflug überging, waren die Schmerzen so stechend, als werde sie in einem Sack voller Nadeln herumgerollt, und es fühlte sich an, als sei jeder Muskel in ihrem Körper eine Viertelstunde bis an die Grenzen der Belastbarkeit beansprucht worden. *Höhe,* dachte Terikel. Wenn sie sich in eine Kurve legte, würde eine Flügelspitze ins Wasser tauchen. Sie hatte nur eine Wahl. Wieder schlug sie mit den Flügeln.

Zwar hatte Terikel gedacht, sie könne fünf Flügelschläge ertragen, bevor sie erschöpft sein würde, aber ihr Körper fühlte sich jetzt schon an, als hätte sie einen halbstündigen Lauf an der Grenze ihrer körperlichen Leistungsfähigkeit hinter sich. Sie hatte mehr Höhe, das stimmte, aber sie konnte sich nicht überwinden, noch einen Schlag zu machen. Sie war zwei Minuten vom Vulkan entfernt und war über eine Meile geflogen. Eine Windbö aus südlicher Richtung erfasste Terikel und hob sie ein wenig höher. Sie verdrehte die Flügel in dem Bemühen, den größtmöglichen Vorteil aus dem Wind zu ziehen. Ein weiterer Flügelschlag würde sie in eine weit bessere Höhe befördern, aber Terikel konnte sich einfach nicht vorstellen, diese

Schmerzen noch einmal zu ertragen. Sie glitt in langsamen Sinkflug weiter und wurde nur ab und zu vom Wind ein wenig angehoben.

Terikel war nicht der Insel zugewandt, als Ringstein Kontra zusammenfiel, aber die Reflexion des Lichts von Wellen und Wolken blendete sie dennoch. *Kein Laut*, dachte Terikel, während sie zu zählen anfing. *Der Knall wird sicher kommen, sechs, sieben, acht. Es ist heller Tag, aber nach dem Blitz kommt es mir vor wie Nacht, siebzehn, achtzehn, neunzehn. Kann es so viel Licht ohne einen Knall geben? Achtundzwanzig, neunundzwanzig, dreißig.*

Terikel erinnerte sich später an das folgende Ereignis als einen massiven Donnerschlag, den sie mit ihrem ganzen Körper hörte. Sie wurde durch die Luft gewirbelt und mit salziger Gischt besprenkelt. Eine zweite Explosion raste an ihr vorbei und sog sie in einem Wirbel aus Turbulenzen und salziger Gischt aufwärts. Sie fühlte sich wie in einem umgedrehten Gewitter gefangen. Anhand der durch die Düsternis strahlende Hitze konnte Terikel die Richtung der Insel bestimmen. *Hitze*, dachte sie. *Aufsteigende Luft, Thermik.* Sie wandte sich weniger der Insel zu, als dass sie begann, eine riesige Dampfsäule zu umkreisen, die in den Himmel wallte. Staub und sogar Kiesel regneten daraus herab, aber der Dampf sorgte für Auftrieb. Sie gewann rasch an Höhe und konzentrierte sich so stark darauf, in den Aufwinden zu bleiben, dass sie kaum bemerkte, als sie durch die Wolkenschicht ins Sonnenlicht stieß. Die Sonne stand tief am Himmel, und der Abend war nicht mehr weit entfernt. Jetzt fiel Terikel wieder ein, dass sie keinen Thermalzauber gewirkt hatte, um ihren Körper vor der extremen Kälte in dieser Höhe zu schützen. Sie entfernte sich etwas von der Masse aus Dampf und warmer Luft, löste die Arme von den Flügeln und begann mit dem Wirken des Zaubers für ihren Körper.

Drachenwall war zusammengebrochen. Ihr war bewusst, dass es wahrscheinlich so war, andernfalls hätte sie die Insel nicht umkreisen können, aber erst jetzt konnte sie tatsächlich auch sehen, dass der orangefarbene Lichtvorhang verschwunden war. Die Wolke stieg immer noch und nahm Terikel mit. Schließlich zwangen sie Schwierigkeiten mit dem Atmen dazu, sich von ihr zu lösen. Sie orientierte sich an der untergehenden Sonne und zwei der Mondwelten, dann schlug sie einen Kurs Ost zehn Grad Süd ein und folgte einer Luftströmung.

Terikel konnte nicht wissen, dass die Explosion beim Kollaps Drachenwalls Erdspalten in dem Vulkan geöffnet hatte, durch die Wasser schoss und auf geschmolzenes Magma traf. Es würde noch Wochen dauern, aber dann gäbe es eine zweite, sehr viel größere Explosion, hervorgerufen durch Dampf anstatt ätherischer Energien. Wenn sich Staub, Rauch und Dampf gelichtet haben würden, gäbe es keine Insel mehr.

Wallas fand Andry im *Freudenspender*, wo er mit Esen seine Fiedel spielte. Es gab einen kurzen, aber intensiven Wechsel von Geflüster und Gesten zwischen dem Koch und dem Wachmann. Dann wandte Andry sich wieder an Esen.

»Am besten kümmerst du dich noch etwas länger um die Fiedel«, sagte Andry. »Es gibt Arbeit.«

»Köpfe einschlagen?«, fragte Esen.

»Türen öffnen. Vel, bleibst du hier?«

»Von den Toten zurückgekehrt, um hier zu sitzen. Jetzt sitze, ich. Unter Schutz von Esen.«

Andry war erst ein paar Minuten weg, als Riellen eintrat, Esen »Der Schneidige Junge Feldwebel« spielen hörte und zu ihnen kam.

»Esen, Herr Feldwebel, schnell, ich muss Velander finden!«, rief sie über die Musik.

Esen hörte nicht auf zu spielen, zeigte aber dorthin, wo Velander mit seiner Hornpfeife saß. Augenblicke später hatte Riellen Velander aus der Taverne gezerrt.

»Wilbar ist hier!«, rief sie, wobei sie auf atypische Weise aufgeregt mit den Händen wedelte.

»Wilbar, der junge Mann aus Clovesser?«, fragte Velander mit verschränkten Armen, tatsächlich aber ziemlich beeindruckt von Riellens Besorgnis. »Mit Euch hergekommen, auf *Shadowmoon*?«

»Ihr versteht nicht. Er war nicht auf dem Boot! Er ist einfach aufgetaucht. Ich habe ihn auf dem Palastgelände gesehen, in der Nähe des Gästehauses. Als ich ihn angesprochen habe, ist er geflüchtet.«

»Wie hat die Straße überquert, er?«

»Wie habt *Ihr* die Straße überquert?«

»Besondere Art. Wilbar könnte nicht benutzen, sie.«

»Die *Shadowmoon* war das einzige seetüchtige Schiff in Logiar. Wie ist Wilbar hierhergekommen, wenn nicht auf dem Schoner? Er kann es nur genauso gemacht haben wie Ihr.«

»Sagte, ist besondere Art ...«, begann Velander. Dann hielt sie inne. Lehrer zufolge hatte Wilbar vielen Alpenniern beigebracht, wie man mit den geneigten Ringsteinen einen Bohrzauber wirken konnte, wodurch sie in Zauberstase versetzt wurden, aber auch potenziell unsterblich geworden waren. Mysteriöse Leute hatten eine Konferenz der Zauberer einberufen und damit alle drachenwallfeindlich eingestellten Zauberer an einem Ort versammelt. Jetzt waren all diese Zauberer verhaftet worden und im Palast untergebracht – und Wilbar schnüffelte in der Gegend herum, wo sie eingesperrt waren.

»Wie lange habt Wilbar gekannt, Ihr?«, fragte Velander.

»Oh, nur ein paar Monate«, sagte Riellen. »Er ist erst in diesem Jahr in der Akademie von Clovesser aufgetaucht.«

»Keine Vergangenheit, kann vielleicht fliegen, sucht Zauberer. Äh, Ihr kennt Ausdruck ›zweite Verteidigungslinie‹?«

»Ja, und – o nein!«, rief Riellen, die Hände an die Wangen gepresst.

»Plötzlich alles sieht ganz klar aus.«

Wensomer zu befreien war für Andry und Wallas nicht sonderlich schwierig. Ihr bei der Flucht zu helfen, war etwas ganz anderes. Selford ließ sie immer mal wieder, noch an den Stuhl gefesselt, aus dem Festsaal tragen, während Tänzerinnen auftraten. Sie wurde in einen Raum am Fuße des Zitadellenturms gebracht, der vergitterte Fenster und eine einzige Tür hatte. Eine Steintreppe schraubte sich an der Innenwand empor und endete vor einer massiven eisenbeschlagenen Tür, die verriegelt und mit einem Vorhängeschloss gesichert war. Die einzige Lichtquelle war eine Laterne an einem Wandhaken. Die Wachposten, die sie hergebracht hatten, prüften der Reihe nach alle Fenster und vergewisserten sich, dass die Gitter in Ordnung waren, dann lief einer die Treppe hinauf und rüttelte am Vorhängeschloss. Überzeugt, dass der Raum sicher war, gingen sie, um sich die Tänzerinnen anzusehen, nachdem sie die Tür von außen verriegelt und verschlossen hatten.

Augenblicke nach ihrem Verschwinden hörte Wensomer von oben ein Geräusch. Sie wandte den Kopf, so weit sie konnte. Ein hochgewachsener, gut aussehender Mann kam mit einem Picknickkorb in den Händen die Treppe heruntergelaufen.

»W'ss'll's?«, fragte Wensomer durch verdrahtete Zähne, als er sich daran machte, ihre Fesseln zu lösen.

»Ich bin Wallas, Ladyschaft, ein neuer Palastkoch«, erklärte er mit einer Stimme kurz vor dem überschlagen. »Ich konnte einfach nicht ertragen, wie Ihr mit meinen allerbesten sargolanischen Kreationen gequält und gemartert wurdet.«

»Wie s'd Ihr r'ngek'mm'?«

»Vor einer Viertelstunde, ich habe einen Freund, der in der Garde ist.«

»Wallas, würdest du dich wohl beeilen?«, rief Andry von oben.

»Diesen Freund, meine ich. Die Wachen haben zwar das Schloss der Tür da oben geprüft, aber nicht die Angeln, in denen die Zapfen fehlen. Andry und ich haben sie von oben zugehalten. So, jetzt können wir los. Das hier ist der Fuß eines Turms. Es gibt keinen anderen Weg nach draußen als durch diese Tür, aber ich weiß einen anderen Fluchtweg. Ich habe eine Zange dabei, ich löse Euch sofort die Zähne.«

Nachdem er den Draht von Wensomers Zähnen entfernt hatte, machten sie sich an das Erklimmen der Treppe. Andry zog die obere Tür hinter ihnen zu.

»Was ist in dem Korb?«, japste Wensomer, als sie die dritte Treppe erreichten. »Ein Seil?«

»Nein, eine Auswahl meines besten Gebäcks und Makronen, eine Scheibe warme Schweinspastete, ein Krug mit gekühltem Honigwein und …«

»Zeigt es mir!«, verlangte Wensomer. »Gebt mir den Korb.«

Wensomer begann mit einer Scheibe der Schweinspastete. Als sie an einer massiv verriegelten Tür unweit der Spitze vorbeikamen, die mit einer Plakette mit der Inschrift KOMITEE FÜR BEVORRATUNG UND INFRASTRUKTUR DES PALASTS versehen war, hatte sie bereits fünf Makronen und drei Törtchen verspeist. Sie steigen auch die letzte Treppe hinauf und kletterten dann durch eine Luke auf das Dach des Turms und in die laue Nachtluft. Während sie innehielten, um wieder zu Atem zu kommen, verriegelte Andry die Zugangsluke, und Wallas und Wensomer teilten sich den Krug Honigwein.

»Ich hatte gehofft, Ihr könntet einen Luftwandel-Zauber wirken«, japste Wallas, während er vorsichtig zwischen den Zinnen der Brustwehr hindurchstarrte.

»Oh, ich kann, und ich werde, aber ihr zwei wärt eine Last zu tragen«, erwiderte sie. »Ihr könnt Euch an meinen Rücken klammern, Wallas, aber was machen wir mit Eurem Freund, dem Gardisten?«

Andry holte ein Seil unter seinem Wappenrock hervor.

»Lasst mich gefesselt und geknebelt hier oben zurück«, sagte Andry fast ungeduldig. »Ich werde sagen, dass Wallas mich gezwungen hat, Euch zu helfen, und Ihr mich dann hier zurückgelassen habt.«

»Das klingt unwahrscheinlich«, sagte Wensomer.

»Nicht so unwahrscheinlich wie einige der Wahrheiten über Wallas.«

»Wenn wir auf dem Dach meiner Villa gelandet sind, werde ich sie mit Zaubern sichern, an denen eine Armee nicht vorbeikäme«, sagte Wensomer und blickte nach unten in den Hof, um festzustellen, ob Bogenschützen in der Nähe waren. »Dann, Wallas, werdet Ihr feststellen, dass meine Dankbarkeit …«

»Alles zu seiner Zeit, Ladyschaft«, sagte eine Stimme aus dem Schatten der Zinnen. »Im Augenblick ist es ziemlich unsicher, dorthin zurückzukehren.«

Eine kleine, ältliche Frau mit einem freundlichen Lächeln erhob sich, staubte ihre Röcke ab und schritt auf sie zu.

»Ladyschaft«, sagte Andry mit einer Verbeugung, obwohl seine Augen vor Überraschung weit aufgerissen waren.

»Ich glaube, wir sind uns noch nicht begegnet«, sagte Wensomer wachsam.

»*Wir* schon«, sagte Wallas, dem es gelang, zugleich verängstigt und verärgert dreinzuschauen. »Lady Wensomer, ich darf Euch Prüfer vorstellen.«

»Prüfer wovon?«, fragte Wensomer. »Nein, wartet einen Moment, kenne ich diesen Namen …«

»Nur Prüfer«, erwiderte Wallas. »Diese Dame ist ein Glasdrache.«

Wensomers Miene besagte, dass sie kein Wort glaubte.

»Es stimmt wirklich«, sagte Prüfer.

»Zeigt mir einen Beweis«, verlangte Wensomer.

»Ich fürchte, ich führe keine Tricks vor, meine Liebe. Ich habe in der Öffentlichkeit einen Ruf zu wahren«, sagte Prüfer entschuldigend.

»Ich mache es«, sagte Wallas, indem er seine Jacke hob und an seiner Hosenschnur zog. Die Hose fiel auf den Steinboden. Darunter saß ein Schutzfutteral. Wallas zog an einem weiteren Riemen.

»Wallas, kann das nicht warten, bis wir in meiner Villa sind?«, fragte Wensomer, während sie nervös von Prüfer zu Andry schaute.

Das Futteral fiel ab. Willy entrollte sich, warf einen Blick auf Wensomer und zischte, während er die Zähne fletschte und einen Funkenstrom in ihre Richtung blies. Wensomer schrie auf und wich zurück, wobei sie beinah mit Prüfer zusammenstieß.

»Alles mein Werk«, sagte Prüfer stolz. »Ihr könnt Willy jetzt wieder verstauen, Wallas.«

Wensomer trat vorsichtig vor und bückte sich. »Beißt er?«, fragte sie.

»Ich fürchte, das tut er«, versicherte ihr Prüfer.

Wensomer nahm eine Makrone aus Wallas' Korb und warf sie in die ungefähre Richtung seines Schritts. Der winzige Drache, der aus Wallas wuchs, fing sie mit einem Schnappen auf und schleuderte sie dann durch die Zinnen des Turms. Wensomer bückte sich wieder, die Hände auf den Knien, und betrachtete Willy aus sicherer Entfernung.

»Das ist ein ganz hervorragend gemachter Zauber«, verkündete sie, »natürlich nur aus rein professioneller Sicht.«

»Natürlich«, pflichtete Wallas ihr bei.

»Vielen Dank«, sagte Prüfer, während sie die Hände verschränkte und sehr selbstzufrieden aussah. »Wallas' Körper stellt die ätherische Energie für Willy zur Verfügung. Willy hat außerdem ungefähr die Intelligenz eines Hundes und ist auch ebenso treu.«

»Und ziemlich eifersüchtig«, fügte Wallas hinzu.

»Die Schuppen sind einzeln gewirkt, spitz zulaufende Zähne, funktionierende Augen, Mobilität und sogar – oh, seht mal, ich glaube, er ist schüchtern. Kannst du keine Komplimente vertragen, Willy?«

»Er mag keine Frauen«, sagte Wallas. »Er mag eigentlich niemanden außer mir, wenn man es recht bedenkt.«

»Steckt ihn wieder in das Futteral«, seufzte Wensomer.

»Prüfer, können wir irgendetwas tun, um Euch dazu zu bringen, diesen, äh, Fluch von ihm zu nehmen?«

»Es ist kein Fluch«, sagte Prüfer. »Willy gibt Wallas eine … harmonischere Einstellung zum Leben. Er macht ihn zu einem besseren Menschen.«

Wensomer wandte sich an Prüfer und schüttelte ihr die Hand.

»Das beweist zwar nicht, dass Ihr ein Glasdrache seid, aber die Qualität Eures Zaubers beeindruckt mich. Sagt mir, warum ist es nicht sicher, in meine Villa zurückzukehren?«

»Weil Rechnungen beglichen werden, Lady Wensomer. Ihr habt viele Feinde, und die meisten von ihnen haben kürzlich erkannt, dass sie Drachenwall, Windfeuer und all ihre vereinten Energien beherrschen.«

»Prüfer, Ihr kennt meine Feinde nicht«, sagte Wensomer mit verschränkten Armen und leicht zur Seite geneigtem Kopf, als versuche sie zu ergründen, ob die Frau ein mächtiger Halbgott oder gut informiert, aber wahnsinnig war. »Die meisten wären weit mehr daran interessiert, einander zu töten, bevor sie mich töten. Sie würden niemals zusammenarbeiten.«

»Ihr versteht nicht, Wensomer. Sie *alle* können Drachenwall kontrollieren. Das ist sein grundlegender Fehler. Mittlerweile sind beinah fünftausend Personen und Drachen an Drachenwall angeschlossen, und alle haben Zugang zu Drachenwalls Kräften. Viertausendneunhundertvier Götter, alle mit eigenen Plänen und Rechnungen, die sie begleichen wollen. Das ist der Grund, warum den Angriffen und Zerstörungen kein Schema zugrunde liegt. Sie haben langsam gelernt, welche Kräfte ihnen zur Verfügung stehen, und mit willkürlich ausgewählten Zielen experimentiert. Schon bald könnte jede größere Stadt zusammen mit jeder Burg, Festung, Flotte und Armee zerstört sein. Die Zauberer von Lemtas und Acrema haben außerdem begonnen, gegenseitig ihre Meister, Gelehrten, Akademien und Städte einzuäschern.«

»Wie Alpenfest?«, fragte Wallas.

»Alpenfest wurde vor drei Tagen angegriffen, aber bisher konnten sie sich verteidigen. Teile von Palion, Diomeda, Glasbury, Logiar und Gladenfalle stehen in Flammen, und die alpennischen Armeen sind allesamt nur noch verkohlte Leichen und Rüstungen.«

»Meine Mutter!«, rief Wensomer. »Sie betreibt eine Akademie für angewandte Zauberei in Diomeda.«

»Der Akademie-Komplex wurde ausgelöscht«, sagte Prüfer. »Es tut mir leid.«

Wensomer setzte sich und lehnte sich gegen die Zinnen. Sie weinte nicht, schenkte ihrer Gesellschaft aber wenig Beachtung. Weiter unten im Turm fing eine Glocke an zu läuten. Schließlich rüttelte jemand von unten an der Zugangsluke, hämmerte dann dagegen und verlangte, sie sollten sofort öffnen.

Prüfer zeigte zum Himmel, wo Windfeuers blaue Linie beinah über ihnen schwebte.

»*Das* ist die Waffe«, sagte sie. »Die Energien werden von Drachenwall durch Ringstein Centras und einen Ringstein am Ende der Welt in dieses Ding übertragen. Wird jemand bei diesem Überflug auf Alberin aufmerksam? Nur zwei Überflüge waren nötig, um beinah alles auf Lemtas zu zerstören, was mit Zauberei zu tun hat, und das ist der größte Kontinent der Welt.«

»Ich meine, es ist nicht so, als wären Mutter und ich wirklich gut miteinander ausgekommen«, fuhr Wensomer fort, ohne jemanden direkt anzusprechen.

»Wir haben die Ruinen der Schule des Geheimkriegerdienstes gesehen«, sagte Wallas.

»Alle bis auf ein oder zwei GKD-Agenten waren dort, um über Drachenwall zu diskutieren. Die Versuchung, den gesamten GKD auf einen Schlag auszulöschen, muss für irgendeine Fraktion mit einem Groll gegen ihn zu groß gewesen sein. Wir haben lange gebraucht, um uns zusammenzureimen, was hinter alledem wirklich steckt, müsst Ihr wissen. Eine kleine radikale Fraktion der Glasdrachen hält die Sterblichen für zu mächtig und glaubt, sie sollten nur Zuchtmaterial für gelegentliche neue Drachen sein. Gibt es einen besseren Weg, Eure Zivilisation zu zerstören, als jedem Einzelnen ohne jede Beschränkung gewaltige Zerstörungskräfte in die Hände zu geben? Höchste Priorität hatte die Vernichtung von Büchern, Lehrern, Akademien und abweichlerischen Zauberern. Wensomer ist eine extreme Abweichlerin, also schwebt sie in großer Gefahr.«

»Mutter tot«, wimmerte Wensomer. »Ich meine, ich habe sie gehasst. Ich habe auch meine Schwester gehasst, aber sie hätten etwas Besseres verdient.«

»Alle dissidenten Zauberer befinden sich augenblicklich in Alberin, ebenfalls um eine Konferenz abzuhalten. Muss ich ausführen, wer diese Konferenz wahrscheinlich einberufen hat, und …«

Ein grell blau-weißer Blitz, der senkrecht von oben aus dem Himmel zu zucken schien, erleuchtete die Stadt. Die unmittelbare Umgebung von Wensomers Villa wurde zu einem aufwärts wallenden Feuerball, aus dem Trümmer auf die Nachbarschaft regneten. Augenblicke später traf sie die entsprechende Geräuschkulisse. Wensomer schaute von der pilzförmigen Wolke zu Wallas.

»Wenn ich auf Euch gehört hätte, wäre ich jetzt dort!«, rief sie.

»Ich auch!«, erwiderte Wallas.

Es gab noch einen Blitz und noch eine Explosion, diesmal in der Hafengegend. Fragmente des Tempels der Metrologen regneten auf den Palast nieder, und die Beobachter auf dem Zitadellenturm kauerten sich mit den Händen über dem Kopf hinter die Zinnen. Andry nahm zur Kenntnis, dass die Gardisten unter ihnen nicht mehr vor die Luke hämmerten und sich wahrscheinlich in aller Eile verabschiedet hatten. Als sie zu dem Feuerball hochschauten, der die Zerstörung des Tempels markierte, gab es einen weiteren Blitz, dem ein noch lauterer Knall folgte.

»Das wird die Akademie gewesen sein«, sagte Prüfer. »Sie waren hinter der Bibliothek her.«

»Warum?«, fragte Wensomer. »Die Bibliothek der Akademie ist nichts Besonderes. Sogar meine war besser.«

»Wahrscheinlich gibt es in ganz Scalticar, wenn nicht sogar in der ganzen Welt, keine größere Bibliothek mehr. Niemand will, dass ein anderer einen Vorteil hat. Bibliotheken, Tempel, Akademien, Armeen, Burgen, Häfen, Werften, Brücken und sogar die Häuser prominenter Zauberer werden in Schutt und Asche gelegt …«

Prüfer wurde durch einen vierten Lichtblitz unterbrochen. Dieser kam von direkt über dem Turm und war so intensiv, dass alle die Hände vor die Augen legten. *Ich bin tot*, dachte Wensomer, doch als das Licht langsam verblasste, war klar, dass sie noch lebten und der Palast unbeschädigt war. Prüfer schaute zum Himmel und zeigte. Soweit Wensomer den Himmel durch die Rauchwolken der ersten drei Explosionen hindurchsehen konnte, war die blaue Linie, die Windfeuer markierte, verschwunden.

»Ist gerade etwas Bedeutsames passiert?«, fragte Wensomer und erhob sich langsam.

»Windfeuer ist ein Teil von Drachenwall«, sagte Prüfer, die immer noch in den Himmel schaute. »Wenn Windfeuer verschwunden ist, gibt es auch Drachenwall nicht mehr. Es gibt eine Reihe subtiler Schwachstellen, aber politische Idealisten haben selten ein Interesse an subtilen Dingen. Wir hatten mehrere Angriffe auf Drachenwall im Gange. Anscheinend war einer erfolgreich.«

Unter ihnen in der Stadt brannte die Dachlandschaft an vielen Stellen, an denen brennende Trümmer herabgeregnet waren. Alarmglocken drangen an die Ohren der Beobachter auf dem Zitadellenturm, hinzu kam der Lärm von Pfeifen und Trompeten sowie das Geschrei der Leute.

»Ladyschaft, ist das hier der höchste Turm im Palast?«, fragte Andry, der in die entgegengesetzte Richtung schaute.

»Das ist allgemein bekannt«, erwiderte Wensomer, ohne sich umzudrehen.

»Warum ist dann der da drüben jetzt höher?«

Alle drehten sich um. Das spitze Dach des Nordostturms überragte den Zitadellenturm plötzlich.

»Der Turm da drüben ist genau wie dieser«, sagte Andry. »Er dürfte kein Spitzdach haben.«

»Aber er hat ein Spitzdach!«, beharrte Wallas.

Vor ihren Augen faltete sich das Dach auseinander.

»Runter, Ihr alle!«, rief Prüfer, als der Glasdrache die Flügel spreizte.

Wensomer hatte damit gerechnet, der Drache werde sich in die Luft schwingen würde, doch stattdessen schaute er nach unten und sandte dann einen grellweißen Blitz in den Hof unter ihnen. Alles, was brennbar war, darunter auch ein Dutzend Gardisten, ging in Flammen auf. Der Drache sprang mühelos vom Turm in den Hof und bückte sich dann.

»Er sieht sich den Fuß unseres Turms an«, sagte Andry.

Ein Feuerstrahl sprengte die Tür am Fuß des Turms weg und erhitzte dann die Kammer, in der Wensomer eingesperrt gewesen war, ungefähr auf die Temperatur von weißglühendem Stahl.

»Das war für Euch gedacht«, sagte Prüfer zu Wensomer, als die Flamme erlosch.

»Ihr seid ein Glasdrache, tut etwas!«, rief Wensomer.

»Ich müsste ihn töten, und das würde die ganze Stadt auslöschen.«

»Wie meint Ihr das?«

»Der Glasdrache ist noch jung, hat aber nichtsdestoweniger bereits seit Jahrhunderten ätherische Energien gesammelt. Bei seinem Tod werden diese Energien schlagartig freigesetzt, und das wäre eine unglaublich schlechte Idee.«

»Er wendet sich dem Gästeflügel zu«, meldete Andry. »Da sind die meisten verhafteten Zaubereistudenten untergebracht.«

Der Drache spie in einer Zickzacklinie einen Strahl weißglühendes Plasma in das Gebäude und verwandelte es binnen weniger Augenblicke in ein flammendes Inferno. Wensomer hatte jedoch den Eindruck, dass etwas nicht stimmte, und der Drache teilte offenbar ihre Einschätzung. Es waren keine Schreie der Qual und Verzweiflung zu hören, und es war beinah so, als stehe ein leeres Gebäude in Flammen. Der Glasdrache schaute genauer hin. Genau in diesem Augenblick segelte ein in violette Umrisse gehüllter riesiger Schatten aus der Hafengegend heran und rammte ihn.

Beide Glasdrachen wogen nur so viel wie ihre menschlichen Leiber, aber beide kontrollierten riesige Mengen von Energie, und ihre ätherischen Leiber waren sehr stark. Blaue und violette Strahlen kochten rings um den Turm, vermischt mit Mörtelstaub, Steinbrocken und Schieferziegeln. Wensomer schaute nach unten auf das Geflecht aus leuchtenden Flügeln, Beinen, Schwänzen und Köpfen, die hin und her peitschten und sich im Palasthof wanden.

»Ist dieser Drache auf unserer Seite?«, fragte Andry.

»Das Ding da unten ist eigentlich kein Drache, obwohl es eine Drachengestalt hat«, sagte Prüfer. »Nichts kann dagegen widerstehen.«

»Der andere Drache scheint das aber ziemlich gut hinzukriegen«, sagte Wallas.

»Sieh genauer hin«, sagte Andry.

Der violette Drache hockte auf dem anderen und hatte seinen Hals im Maul, genau unterhalb des Kopfes. Was Wallas für einen Kampf gehalten hatte, war lediglich das ohnmächtige Gestrampel des blauen Glasdrachen, dessen Schicksal besiegelt war. Nach etwa drei Minuten fing der blaue Drache an zu flackern und verlor an Schärfe. Mittlerweile wehrte er sich nicht mehr.

»Die violette Gestalt ist ein Wesen, das technisch als Vampyr bekannt ist«, sagte Prüfer. »Es saugt dem Drachen, der Wensomer und die Studenten töten wollte, die Lebenskraft aus.«

»Und mich«, fügte Wallas hinzu.

»Saugt ihm die Lebenskraft aus«, flüsterte Andry.

Prüfer legte ihm die Hand auf den Arm. »Nun, nun, mein Lieber, mehr konnten wir für Velander nicht tun. Solange Miral nicht am Himmel steht, ist sie jetzt ein völlig normales Mädchen, tatsächlich sogar entzückend normal. Sie kann im *Freudenspender* einen Becher Wein mit Euch trinken, Hackbraten mit Euch essen und mit schlagendem Herzen und einem warmen Körper in Euren Armen liegen, während Ihr Euch liebt. Aber wenn Miral am Himmel steht …«

»*Das* ist *Velander*?«, wollte Wallas wissen, während er auf den Hof zeigte.

»Nun, nur noch für zehn Stunden«, erwiderte Prüfer indigniert. »Und sie kann ihr ätherisches Bild verändern, so dass sie beinah aussieht wie, nun ja, Velander. Genau das tue ich in diesem Augenblick. Ein Teilzeit-Glasdrache zu sein, ist besser, als tot zu sein, das müsst Ihr zugeben. Sie saugt dem anderen Drachen die Energie aus und tötet ihn langsam, so dass es keine Explosion gibt. Die Stadt ist außer Gefahr und wir auch.«

Plötzlich war alles still. Im Hof erstrahlte kein blaues Licht mehr, aber der violette Umriss eines sehr großen Kopfes hob sich langsam aus dem wirbelnden Rauch und der Düsternis unter ihnen. Ein Kamm hob sich bis zu den Zinnen, dann waren zwei blau-violette Augen auf einer Höhe mit den Beobachtern auf dem Zitadellenturm. Der Kopf war nicht viel kleiner als der Schoner *Shadowmoon*. Andry ging hin, legte die Hände auf das Gestein der Zinnen und seufzte.

»Ach, Velander, mein Mädchen, was soll nur aus uns werden?«, sagte er.

Das Maul des Glasdrachen öffnete sich ein wenig, und eine tiefe Stimme grollte daraus hervor.

»Prüfer, bringt Wallas weg, wenn so nett wärt, Ihr«, sagte Velander wie ein langes, weit entferntes Donnergrollen. »Private Worte für Wensomer. Sehr private Worte für Andry.«

Prüfer und Wallas eilten zur Luke in der Mitte des Turms und stiegen in die Dunkelheit hinab, die nach dem Angriff auf Wensomers Gefängnis im Fuß des Turms nun sehr warm war. Glücklicherweise waren alle Treppenstufen aus Stein und zwar heiß wie ein Kamin, aber nicht verbrannt. Prüfer blieb vor der Tür mit der Aufschrift KOMITEE FÜR BEVORRATUNG UND INFRASTRUKTUR DES PALASTS stehen, hauchte darauf und trat dann durch die verbliebene Asche und Holzkohle. Sie kam mit einem großen, aber leichten Bündel wieder heraus.

»Ich will nicht, dass er seine Hochzeit verpasst«, erklärte sie dem perplexen Wallas.

Als sie draußen im Hof waren, sah Wallas, dass Velander sich mit ihren Füßen und Flügelkrallen an den Turm klammerte. Oben auf dem Dach schaute Andry ihr in die Augen, obwohl sie sich mit Wensomer unterhielt.

»Wensomer, Prinz heiraten, Prinzessin werden«, sagte Velander.

»Ich soll diesen dreckigen Wicht heiraten?«, rief Wensomer empört und ungeachtet der Tatsache, mit wem und was sie gerade redete. »Nach allem, was er mir angetan hat?«

»Justiva wird erklären. An der Macht gebraucht wird jemand wie Ihr.«

»Aber ich verachte Herrscher.«

»Dinge, die liebt Ihr, müssen geschützt werden.«

»Ich werde niemals ein Bett mit ihm teilen.«

»Habt recht, ganz sicher nicht. Jetzt geht, heiratet Prinz.«

Als Wensomer gegangen war, hatte Andry Velander für sich allein. Es fiel ihm schwer, sich an die Tatsache zu gewöhnen, dass sie hundertfünfzig Fuß lang und in der Lage war, die Stadt einzuäschern, wenn sie schlechte Laune bekam, aber er konnte dennoch erkennen, dass sie es war.

»Ist Ende für uns, Andry«, grollte sie traurig. »Kann nicht bleiben, bei dir. Wenn Miral am Himmel, bin so. Wenn Miral nicht am Himmel, bin normales Mädchen. Sehr bald, wenn Miral am Himmel, werde deine Geduld strapazieren, ich.«

»Ganz und gar nicht, Mädel. Wir können dir einen Turm suchen, wo du hocken kannst, oder irgendwas. Im Norden von Alberin gibt es auf einem Hügel eine Turmruine.«

»Andry, kann nicht sein. Zu viel Macht in mir. Muss bei Lehrer, Prüfer und Richter leben und Kontrolle, Weisheit und so lernen. Drachenwall war Lektion, was passiert, wenn Narren zu viel Macht haben. Ich habe zu viel Macht, also … muss viel lernen. Um Drache zu werden, brauchen Zauberer Jahrhunderte. Um Drache zu werden, Vampyr tötet einfach Drache und trinkt Energie. Habe getan, ich. Jetzt viel zu lernen. Wird Jahrhunderte dauern.«

»Können wir einander, na ja, wenigstens besuchen?«, schlug Andry vor.

»Deswegen bin hier ich. Besucht dich habe ich. Dich gesehen, spazieren gegangen, Händchen gehalten. Dich geküsst, mit dir geschlafen, Musik gehört, die im *Freudenspender* gespielt hast du, war warm in deinen Armen. Jetzt ist vorbei, dieser Besuch.«

»Vielleicht könnte ich dich besuchen?«, flehte Andry.

»Das würdest tun du? Freue mich schon darauf ich.«

»Wo wirst du leben?«

»Tief im Kammrückengebirge, habe neues Heim. Vielleicht ein Jahr warten. Dann besuchen.«

»Kannst du hierbleiben, bis du dich wieder in ein, na ja, in ein Mädchen zurückverwandelst? Damit wir … na ja … noch einen Tag zusammen haben?«

»Besser nicht. Prüfer, ich, wir fliegen jetzt. Ist lange Reise, für Sterbliche. Wenn nicht schaffst, du, kann verstehen ich.«

»Ich bin an den Rand des Todes gereist, Mädel, und dort habe ich das Fährmädchen persönlich gebeten, dich zu verschonen. Was ist da ein Spaziergang ins Gebirge?«

Andry streckte die Hand aus und strich über die Lippen des Drachen. Violettes Feuer tanzte über seine Haut.

»Leb wohl, meine Gräfin und mein Mädel«, sagte er.

»Leb wohl, mein tapferer und galanter Kavalier«, grollte es weich aus Velanders Kehle.

Der Leichnam Wilbars lag an der Stelle, an der der Glasdrache getötet worden war.

»Er hieß Wächter, Talberan und Wilbar. Wir wissen schon lange von ihm«, sagte Prüfer. »Seine Fraktion scheint alle scalticarischen Zauberer in Alberin versammelt zu haben, um sie zu vernichten, wie der GKD vernichtet wurde. Als ihm aufging, dass die Gebäude, die vernichtet werden sollten, leer waren, hat er beschlossen, die Sache selbst in die Hand zu nehmen.«

Wallas trat den toten Zauberer im Vorbeigehen. »Lady Prüfer, was ist mit mir?«, fragte er.

»Was soll mit Euch sein?«

»Kann ich bitte wieder ganz und normal werden? Ihr wisst schon, Willy loswerden?«

»Ihr mögt Willy nicht?«

»Nein! Hört her, ich bin doch ganz sicher schon genug gestraft worden für, nun ja, für all das, wofür ich Willy überhaupt erst bekommen habe.«

»Es war keine Bestrafung, Wallas, es war Sorge um Euch. Ich bin im Laufe der Millennien vielen talentierten Leuten begegnet, und manche waren wie Ihr. Euer Potenzial ist gewaltig, aber Eure Triebe gehören zur niedrigsten Sorte. Ihr müsst von Euren Trieben befreit werden, wenn Ihr Euer ganzes Potenzial ausschöpfen wollt.«

»Mich in einen Eunuch zu verwandeln ist keine Befreiung!«, schnauzte Wallas.

»Ihr wart keine nette Person, Ihr wart ein Tier.«

»Es hat mir gefallen, ein Tier zu sein. Ich will wieder ganz sein. Vergesst nicht, ohne mich wäre Wensomer gestorben. Sicher ist man mir dafür etwas schuldig?«

Prüfer seufzte, dann legte sie sich die Hand an die Kehle und machte eine Faust. Als sich ihre Finger öffneten, sah Wallas eine kleine schwarze Kugel auf ihrer Handfläche liegen. Sie hielt sie ihm hin.

»Wensomer wird Euch sagen, wie Ihr es anwenden müsst«,

sagte Prüfer. »Es kann Euch wieder zu dem machen, was Ihr wart, wenn es das ist, was Ihr beide wollt. Aber vergesst nicht, Wallas, dass ich Wensomer mag und Euch nicht. Ich werde nicht zulassen, dass Ihr ihr wehtut, und wenn Ihr ihr Liebhaber sein sollt, würde ich es vorziehen, wenn ich wüsste, dass Eure Seele eine Wandlung zum Besseren erfahren hat. Nur sie kann entscheiden, dieses Ding zu benutzen, aber nur Ihr könnt es anwenden.«

»Das reicht mir«, verkündete Wallas, indem er die Kugel nahm. »Was müssen wir tun?«

»Wenn Ihr beschließt, dass Ihr Euch verändern wollt, müsst Ihr die Kugel gegen Eure Brust pressen. Wensomer muss, äh, die Warnhinweise und die Anleitungen lesen, die ich dem Zauber beigefügt habe. Jetzt werde ich Euch verlassen, Wallas, und mich verwandeln. Ich muss Velander begleiten, sobald sie sich von Andry verabschiedet hat.«

Als Wensomer aus dem Turm kam, war Prüfer nicht mehr da, und Wallas eilte mit der Kugel aus Dunkelheit in der Hand zu ihr.

»Was haltet Ihr davon?«, fragte er, als er ihr die Kugel entgegenhielt.

»Ein verpackter Zauber«, sagte sie sofort. »Die kann ich auch, aber man würde ein Vergrößerungsglas brauchen, um meine zu sehen.«

»Sind die sicher?«

»Ich habe Mittel und Wege, das herauszufinden«, sagte sie und sprach einen kleinen Zauber, der über die dunkle Oberfläche huschte. Sie hielt sich die Kugel dicht vors Gesicht. »*Was Wallas verändert, Was Wensomer will, Was Wallas wiederherstellt*. Ja, der Zauber löst das Problem, es sind keine Tricks damit verbunden, Ihr müsst nur die richtigen Worte sprechen und ihn Euch in die Brust pressen. Ich sehe mir nur noch die Warnungen an ... Du meine Güte! Sie ist eine manipulative alte Schachtel, aber sie hat Sinn für Humor.« Beim Geräusch von Schritten blickte Wensomer auf. »Ah, Justiva, ich dachte, Ihr steht unter Arrest?«

Justiva näherte sich mit Selford, Parcher und Fräulein Flez, die eine Laterne hielt. Selford und Parcher trugen gemeinsam einen großen Sack.

»Äh, wir haben gerade gesehen, wie eine alte Dame sich in einen Drachen verwandelt hat, der noch größer war als der da«, sagte Parcher, wobei er auf Velander zeigte, die sich immer noch an den Turm klammerte. »Vor ihrer Verwandlung hat sie uns noch dieses Bündel gegeben.«

Bei diesen Worten löste Velander sich langsam vom Turm, drehte sich weg und sprang hoch in die Luft, wobei sie Staub und Asche aufwirbelte und mit dem entstehenden Luftzug die kleinen Feuer auflodern ließ, die immer noch brannten. Augenblicke später erhob sich hinter den Ruinen des Gästeflügels Prüfer in die Luft. Für ein paar Augenblicke waren sie außer Sicht, dann tauchten sie als zwei schwach leuchtende, nach Westen fliegende Umrisse wieder auf.

»Einen schrecklichen Augenblick dachte ich, sie würden eine Arbeitserlaubnis beantragen und hierbleiben wollen«, sagte Wensomer mit Blick auf Andry, der auf dem Turm stand und winkte.

»Können wir privat mit Euch reden, Ladyschaft?«, fragte Selford mit einem nervösen Blick auf Wallas. »In einer dringenden Angelegenheit und so weiter?«

»Kommt mit in den Thronsaal, wir können uns unterhalten, während ich meinen Anteil an dem Gelage nachhole«, verkündete Wensomer. »Wallas, wartet hier. Wenn Andry herunterkommt, schickt ihn zu mir.«

»Andry?«, rief Wallas. »Warum?«

»Nun, ich gehe davon aus, dass er heute Nacht getröstet werden muss, jetzt, wo Velander weg ist. Was haltet Ihr davon, wenn wir im Thronsaal ein kleines Gelage veranstalten, wenn diese Leute mit mir fertig sind? Ich übe mich darin, eine

Prinzessin zu sein, und Andry kann Prinz spielen. Das dürfte ihm frischen Mut verleihen.«

»Und was ist mit mir?«, wollte Wallas empört wissen. »Soll ich den obersten Eunuchen darstellen?«

»Nur, wenn Ihr qualifiziert seid«, sagte Wensomer mit einem verschmitzten Lächeln. »Meine Damen, meine Herren, wollen wir uns in den Thronsaal begeben?«

Sich selbst überlassen, verlor Wallas rasch die wenige Fassung, die ihm noch geblieben war. Er funkelte die schwarze Kugel in seiner Hand an und starrte dann zur Turmspitze empor, wo Andry immer noch Velander hinterherblickte.

»Du bist also, was Wallas verändert, was Wensomer will und was Wallas wiederherstellt«, sagte er und hielt sich die Kugel vor die Augen. »Warum wendet sie dich dann nicht sofort an?«

Er schaute wieder hoch zu Andry.

»Sie will eine Nummer mit unserem reinen, galanten jungen Edelmann da oben schieben, bevor sie sich auf die reine Lust mit mir besinnt«, schloss er. »Tja, ich werde jedenfalls keine Nacht mehr in Willys Gesellschaft verbringen, wenn es nach mir geht. Zauber, achte auf meine Anweisungen! Ich will, was Wallas verändert, was Wensomer will, was Wallas wiederherstellt.«

Bei diesen Worten nahm der Zauber eine hellblaue Farbe an und fing schwach an zu leuchten.

»Ja!«, zischte Wallas triumphierend und sah sich dann im feuerbeschienenen Hof um. Es gab Bänke, auf denen sonst die Gardisten saßen, während ihre Pferde geholt wurden, und zu einer von diesen eilte Wallas jetzt. »Wäre nicht gut, wenn ich bei der Wiederherstellung in Ohnmacht fiele, mir eine blutige Nase holte und dann mit dem jungen, reinen und gut aussehenden Andry um Wensomers Gunst wetteifern müsste«, sagte er zu dem Zauber, während er sich setzte und seine Jacke auszog. Ohne ein weiteres Wort klatschte er sich den Zauber mitten auf die Brust.

Wensomer und ihre Begleiter betraten den Thronsaal, der völlig verlassen war. Die Lampen brannten jedoch hell, und die Reste des Gelages waren noch aufgedeckt. Wensomer schenkte sich einen Pokal mit Wein ein und nahm sich ein Hühnerbein, dann ging sie zum Thron, setzte sich darauf und legte ein Bein über eine Armlehne. Sie trank den Pokal aus und biss dann geziert von dem Hühnerbein ab.

»Ich schwöre, es war Igonnier, der die Folter mit dem Schwein …«, begann Selford, verstummte aber, als Wensomer den Pokal nach ihm warf. Sie verfehlte ihn und traf stattdessen Parcher. Der krümmte sich und rieb sich seine Glatze.

»Hört her, wir müssen uns unterhalten«, sagte Justiva.

»Selford, ich will noch einen Pokal mit Wein und eine Platte voll Koteletts mit Pinienkernen«, befahl Wensomer. Selford beeilte sich, ihr das Gewünschte zu bringen.

»Es gibt gewisse Staatsangelegenheiten«, warnte Justiva.

»Ich werde dafür sorgen, dass ein gewisses Schwein zu Wurst verarbeitet wird«, verkündete Wensomer. »Dann werde ich ein Gelage mit einem sehr schweinischen Thema veranstalten. Wenn der Kronprinz damit nicht einverstanden ist, werde ich sehr, sehr wütend sein.«

»Damit dürfte es kein Problem geben«, sagte Selford. »Tatsächlich bin ich sicher, dass der Kronprinz mit allem einverstanden ist, was Ihr sagt.«

»Ich darf Euch den Kronprinz vorstellen«, sagte Justiva mit einer Geste auf Selford, Parcher und Fräulein Flez.

Wensomer setzte sich auf und blinzelte. »Aber ich bin dem Kronprinzen vor fünf Jahren vorgestellt worden. Das hier sind der königliche Musikant, der königliche Buchhalter und die königliche Teedame.«

»Der Kronprinz ist an einer von Fräulein Flez' Schokoladenerdbeeren erstickt, die von Selford bei einer von Parchers langweiligeren finanziellen Vorträgen jongliert wurde«, sagte Justiva. »Er ist seit fünf Jahren tot. Sein einbalsamierter und mumifizierter Leichnam befindet sich in diesem Sack.«

Wensomer erhob sich langsam, ging die Stufen des Thronpodests hinunter, wählte einen Krug Wein von einem der Tische aus und kehrte dann auf den Thron zurück. Sie legte wieder ein Bein über die Armlehne und hob den Krug dann an die Lippen. Nach einer Weile, die ihrem vierköpfigen Publikum sehr lang vorkam, ließ sie den Krug auf die andere Armlehne sinken.

»Ich glaube, jetzt kann ich alles Weitere verkraften«, verkündete sie. »Fahrt fort.«

»Das ist alles«, sagte Justiva.

»Aber der Prinz war allgemein als Wüstling bekannt«, stellte Wensomer fest.

Selford krümmte sich, hob eine Hand und wackelte mit den Fingern.

»Er war ein Meister der Verkleidung und Spionage. Seine Ohren schienen überall zu sein.«

»Ihr wärt überrascht, wie viele geheime Angelegenheiten Leute bei einem Tee besprechen«, sagte Fräulein Flez, indem sie ebenfalls die Hand hob.

»Und ich nehme an, das Rätsel, wie er so ausschweifend sein und trotzdem Alberins Finanzen sanieren konnte, ist damit ebenfalls gelöst«, sagte Wensomer an Parcher gewandt.

»Nun ja, aber ich trinke gerne ein kleines Glas Sherry, bevor ich zu Bett gehe«, gestand Parcher.

Wensomer zeigte auf den Sack. »Also muss ich das heiraten?«, fragte sie. »Das klingt nach einer Hochzeitsnacht, die eine Menge zu wünschen übrig lässt.«

»O nein, Ihr heiratet ihn einfach jetzt, und dann bringen wir ihn in den Turm und zünden ihn an. Dann behaupten wir, dass er gestorben ist, als er Euch vor dem Drachen verteidigt hat – das heißt, vor Wilbar.«

»Er dürfte sehr gut brennen«, sagte Fräulein Flez.

»Ich kann Vermählungen vornehmen«, sagte Justiva.

»Aber warum?«, fragte Wensomer.

»Es wird zu schwierig, die Fassade aufrechtzuerhalten«,

sagte Selford. »Leute sagen, Musikant, Buchhalter und Teedame hätten zu großen Einfluss auf den Prinz. Andere wollen Zugang zu seiner, sagen wir, tatsächlichen Gegenwart.«

»Wir können sagen, dass diese Geschichte, das Schwein mit Köstlichkeiten zu füttern, nur ein voreehelicher Scherz war, so etwas wie ein Junggesellenabschied«, fügte Parcher hinzu. »Würdet Ihr den Prinz ersetzen, wären damit alle unsere gemeinsamen Probleme auf einen Schlag gelöst.«

»Vorausgesetzt, ich enthalte mich der Schokoladenerdbeeren«, schloss Wensomer. »Also gut, aber macht schnell.«

Parcher löste eine der Hände des Prinzen und brachte sie zum Thron. Er streckte sie zu Wensomer aus. Justiva räusperte sich.

»Wensomer Callientor, wollt Ihr den Prinz von Alberin heiraten?«, fragte sie.

»Ja«, sagte Wensomer, als sie einen Finger auf die mumifizierte Hand legte.

»Prinz Dalzori, wollt Ihr Wensomer heiraten?«

»Ja«, sagten Selford, Parcher und Flez gemeinsam.

»Dann betrachtet Euch als Mann und Frau.«

Parcher und Selford eilten mit dem Sack aus dem Thronsaal. Fräulein Flez folgte ihnen mit einem Krug Lampenöl.

»Und wenn Ihr Gardist Tennoner seht, sagt ihm, dass er herkommen soll«, rief Wensomer ihnen nach, bevor sie den letzten Wein aus dem Tonkrug trank. »Prinzessin Wensomer«, murmelte sie. »Das hört sich nach einer mageren, schwindsüchtigen Jungfrau an, die nicht mal schwachen Tee trinken kann, ohne in Ohnmacht zu fallen. Wisst Ihr, wie sehr ich Königtum, Rang und all diesen Müll verachte, mit dem unsere Steuergelder verschwendet werden? Ist das nicht zu absurd, um darüber nachzudenken?«

»Nicht absurder, als dass eine ehemalige Dirne die älteste überlebende Metrologin in Scalticar wird«, sagte Justiva, die den Papierkram für die Eheschließung auf einer der Festtafeln vollendete.

Ein großer schwarzer Kater betrat den Thronsaal durch die Doppeltür und begann dann den langen Marsch über den reich gemusterten Läufer, der zum Thron führte. Er erregte sofort Wensomers Aufmerksamkeit, weil Katzen nur sehr selten eine längere Strecke in gerader Linie laufen. Er blieb vor der tiefsten Stufe des Thronpodests stehen und setzte sich, ohne den Blick von Wensomer zu nehmen.

»Ich dachte, mit Prüfers Zauber wären keine Tricks verbunden«, sagte Wallas' Stimme.

Der leere Weinkrug entglitt Wensomers Fingern und zerschellte auf dem Thronpodest.

»Sagt mir, dass das nicht Wallas ist«, sagte Justiva.

Wensomer stand auf, ging wieder zu den Festtafeln, nahm sich einen Krug Wein und eine Untertasse, ging dann zurück zum Thronpodest und hockte sich auf die unterste Stufe neben den Kater. Nachdem sie ein wenig Wein auf die Untertasse gegossen hatte, trank sie selbst den größten Teil dessen, was sich noch im Krug befand.

»Noch einmal, ich glaube, jetzt kann ich alles Weitere … verkraften«, sagte Wensomer. »Also gut, Wallasch, was habt Ihr getan?«

»Ich habe nur die Anweisungen ausgesprochen, genau wie Ihr gesagt habt.«

»Wie, genau?«

»Ich habe gesagt, ›Ich will, was Wallas verändert, was Wensomer will, was Wallas wiederherstellt‹.«

Wensomer stellte den Krug auf den Boden, stützte die Ellbogen auf die Knie und das Kinn auf die Hände und schaute dann hinunter zu Wallas.

»Das waren drei *Alternativen*, Ihr Witzbold, nicht eine Anweisung«, sagte sie sehr langsam und präzise. »Die erste … hätte Euch Willy gelassen. Die zweite hätte Euch … ein funktionierendes Unterhaltungsorgan gegeben und Euch Euren gegenwärtigen, nun ja, starken und muskulösen Körper gelassen. Die dritte hätte Euch, äh, zu dem Wallas werden lassen, der Ihr ursprg… ursprng… ich meine, ursprünglich wart, als sie Willy auf Euch gewirkt hat. In der Dokumentation heißt es … fetter, Blasen an den Füßen, verbrannte Finger … an den Rest kann ich mich nicht mehr erinnern. Alle drei zusammen … haben Euch verändert und wiederhergestellt und mir gegeben … was ich wollte.«

»Ihr wolltet einen Kater?«, rief Wallas.

»Mein teurer und geliebter Kater ist gestorben … vor ein paar Monaten«, schniefte Wensomer. »Pussington … Ach, Pussington, wie ich dich vermisse.«

Tränen liefen über Wensomers Wangen.

»Er ist an Leberzirrhose gestorben«, sagte Justiva nach einem Blick auf ihren Papierkram. »Fünfhundert Personen waren zur Trauerfeier eingeladen. Alle mussten pelzige schwarze Unterwäsche tragen und in Begleitung eines Katers erscheinen.«

Wensomer fing an zu schnarchen, den Kopf immer noch auf die Hände gestützt. Wallas schüttelte den Kopf, hockte sich auf die Hinterbeine und machte sich daran, den Wein von der Untertasse zu schlecken.

Als Andry die immer noch warme Steintreppe des Turms herabging, fiel ihm ein Geruch von brennendem Leder und Stoff auf. Am Fuß des Turms angelangt, sah er Selford, Parcher und Fräulein Flez in der von Flammen verwüsteten Ruine von Wensomers ehemaligem Gefängnis um einen Haufen brennenden Abfall sitzen.

»Reizende Nacht dafür«, sagte Selford verlegen.

»Erinnert mich an meine Zeit in den Lagern des Kriegervereins Junger Männer«, sagte Parcher.

»Ihr werdet im Thronsaal erwartet«, sagte Fräulein Flez.

Andry betrat den Hof, schritt über Wilbars Leichnam hinweg und betrat den Thronsaal. Dort traf er Justiva an, die ein paar Papiere und Schriftrollen zusammenpackte, und Wensomer, die auf den Stufen des Thronpodests schlief. Ein großer schwarzer Kater schaute von einer Untertasse auf und rülpste ihn an.

»Seid bitte so freundlich und werft Euch Prinzessin Wensomer über die Schulter. Dann tragt sie ins königliche Schlafgemach«, sagte Justiva.

»*Prinzessin* Wensomer?«, rief Andry. »Schon?«

»Ja. Der Prinz hat Wensomer geheiratet, dann hat der Drache den Prinz getötet.«

»Der Prinz ist tot?«

»Ja. Lang lebe die Prinzessin.«

Madame Yvendel stand auf dem Pier neben ihrem Schiff und starrte mit in die Hüften gestemmten Händen Lavenci an. Bevor sie etwas sagte, beugte sie sich vor und roch am Atem der Akademikerin, gelangte aber zu dem Schluss, dass sie nicht getrunken hatte.

»Also ist Wensomers Villa zerstört worden, aber Wensomer ist jetzt die Prinzessin der Stadt?«, sagte sie, anscheinend nicht vollständig in der Lage zu begreifen, was sie soeben gehört hatte.

»Das ist alles letzte Nacht passiert, als wir auf See waren«, erklärte die Albino-Akademikerin.

»Nach so langer Zeit auf See ist also die Ankunft in Alberin eine beinahe ebenso große Katastrophe, wie es eine gewesen wäre, in Diomeda zu bleiben.«

»Aber sie ist Eure Tochter, sie wird uns nichts tun.«

»Vielleicht nicht, aber es könnte sein, dass sie Bauchtanz zur Pflichtveranstaltung auf meinem Lehrplan macht, zusammen mit fortgeschrittener Genusssucht, Grundlagen der Trägheit, Wollust auf höchstem Niveau sowie einer Diplomarbeit über Mittel gegen den Kater. Lavenci, Madame Yvendels Akademie wird sich wohl in Madame Yvendels Geheime Akademie umbenennen.«

Madame Jilly hielt ihre Stake in der einen Hand, während sie der verängstigten Seele mit der anderen zuwinkte.

»Kommt ins Boot, Wilbar, Talberan, Wächter, oder wie Ihr Euch nennen wollt.«

»Auf keinen Fall, die anderen haben mir gesagt, was Ihr wahrscheinlich tun werdet.«

»Nach allem, was Ihr versucht habt meinen Freunden anzutun? Ich werde noch sehr viel mehr tun, als sie mich bisher haben tun sehen. Nun kommt schon, Ihr könnt nicht ewig am Rande des Flusses des Jenseits stehen bleiben.«

»Ich kann es zumindest versuchen. Euer Vertrag läuft nicht ewig.«

»Nicht? Diese nette Gottheit Wandel ist sehr zufrieden mit meiner Arbeit, aber ganz wie Ihr wollt. Es gibt nur einen Weg hinüber, und ich habe das einzige Transportmittel. Wer ist der Nächste?«

In den nächsten Wochen gaben sich die Bewohner und Herrscher der Stadt jede nur erdenkliche Mühe, in Alberin wieder so etwas wie Normalität herzustellen. Berichte von verbrannten oder zumindest ernsthaft beschädigten Städten trafen ein und ebenso von Kratern mit einem Durchmesser von einer halben Meile, wo früher die Ringsteine gestanden hatten. Drachenwalls Standort wurde durch einen hundert Fuß breiten und dreißig Fuß tiefen Graben markiert, der sich in einer Linie von Norden nach Süden durch Scalticar, Alberin und Lemtas zog.

Das Reich Nord-Scalticar existierte nicht mehr. Die Hauptstadt war teilweise zerstört worden, zusammen mit der Armee und den meisten der größeren Festungen. Wensomer war ziemlich überrascht, als ihr aufging, dass Alberin und seine Gebiete nur drei kleinere Treffer Drachenwalls abbekommen hatten und daher verglichen mit anderen Reichen beinah intakt war. Sie war noch überraschter, als die neu gekrönten und überlebenden Herrscher aus praktisch ganz Scalticar in Alberin eintrafen. Wensomer stellte fest, dass sie Gastgeberin der Versammlung Scalticarischer Monarchen war, und zwar aufgrund der Tatsache, dass ihre Stadt mehr oder weniger intakt war und sie noch einen Palast hatte, in dem die Konferenz stattfinden konnte.

Der erste Punkt auf der Tagesordnung war der Vertrag zur Eliminierung der Zauberei für das Öffentliche Wohl. Für alles von Drachenwall angerichtete Unheil wurden natürlich die Zauberer verantwortlich gemacht, die bei den meisten Leuten in nicht mehr allzu hohem Ansehen standen. Die Magische Inquisition wurde mit Wensomer als Generalinquisitor gegründet. Leute, die der Ausübung der Zauberei für schuldig befunden wurden, sollten nach den Gesetzen des Königreichs bestraft werden, in dem sie gefangengenommen wurden, und die Bestrafungen reichten vom Tod auf dem Scheiterhaufen bis zur Inhaftierung in einem Verlies mit durch Draht verschlossenem Mund. Es gab jedoch das geringfügige Problem, dass zwei Drittel der Monarchen eine magische Ausbildung bis zum achten oder neunten Grad hatten und Wensomer sogar eine Initiatin des zwölften Grades war und sich bereits für den dreizehnten qualifiziert hatte. Also wurde verfügt, dass trotzdem erfahrene Inquisitoren mit magischer Erfahrung benötigt wurden, um andere Zauberer identifizieren zu können.

Als Nächstes wurde das Kooperative Imperium von Scalticar gegründet, das all jene Gebiete Scalticars einschloss, die nicht unter mehr als einer halben Meile Polareis lagen. Wensomer fand sich als Kaiserin an der Spitze des neuen Staats wieder. Nachdem sie den Schock überwunden hatte, ordnete sie ein wahrhaft denkwürdiges Gelage für die neuen Führer der neuen Königreiche des Kontinents an. Sie verfügte ausdrücklich, dass es von Selford, Parcher und Fräulein Flez organisiert werden solle.

Andry zitterte vor Beklommenheit, als er von zwei Gardisten des Inneren Palasts der Kaiserin vorgeführt wurde. Wensomer lag auf einem Kissen von der Größe eines großen Bettes, aß rohe Honigwaben und trank einen recht teuren Wein aus der Flasche, während sie einen Stapel Papiere las. Sie schaute auf und sah Andry strammstehen, den Blick starr geradeaus gerichtet.

»Hört auf damit, Andry, ich bin's nur«, befahl sie, dann schaute sie wieder auf ihre Papiere. »Schließlich habt Ihr mich schon einmal ins Bett getragen.«

»Eure Majestät, ich schwöre bei meiner Ehre, dass ich mir keine Freiheiten herausgenommen habe«, plapperte Andry.

»Ich hatte befürchtet, dass Ihr das sagen würdet. Gardist Tennoner, dies war der schlimmste Tag meines Lebens.«

»Sehr gut, Eure Majestät«, erwiderte Andry in dem Versuch, seiner Stimme wieder etwas mehr Förmlichkeit zu verleihen.

»Mit der möglichen Ausnahme des Tages, als ich Silbertod zerstört habe«, fuhr Wensomer fort, »aber das war nachts, also zählt das nicht. Die mächtigste überlebende Zauberin auf der Welt, und ich leite die Magische Inquisition.«

»Ein bedauernswerter Interessenkonflikt, Eure Majestät.«

»Und wurde zur Kaiserin gemacht. Ich wollte lediglich in Ruhe gelassen werden, um interessante magische Texte zu lesen, meine Zauberfähigkeiten verbessern, zu essen und trinken, wie ich es gewöhnt bin, hin und wieder eine Liebschaft haben, wenn es mich überkommt, und ab und zu ein Gelage schmeißen, bei dem Kleidung nicht vorgeschrieben ist. Und das erinnert mich an etwas«, sagte sie, indem sie hinter sich griff und einen großen und ziemlich übergewichtigen Kater hinter dem Stapel kleinerer Kissen hervorholte, an dem sie lehnte. »Runter in die Küche mit dir, du fauler Tunichtgut, das Personal soll ein üppiges Abendessen für eine Person vorbereiten.«

Sie setzte den Kater vor den Kissen ab. Er schaute zu Andry hoch, dann ging er zur Tür.

»Würdest du mir vielleicht die Tür öffnen, Andry?«, fragte er mit einer vertrauten Stimme mit sargolanischem Akzent. »Sie weigert sich, eine Katzentür einbauen zu lassen.«

»Sag mir, dass du nicht Wallas bist«, flüsterte Andry, als er die Sprache wiedergefunden hatte.

»Meine Mutter hat mir beigebracht, Männer in Uniform nie zu belügen«, erwiderte der Kater. »Was ist jetzt mit der Tür?«

Andry öffnete die Tür, und der Kater schlenderte hindurch.

»Aber, aber … wie?«

»Komm runter in die Küche, wenn du dienstfrei hast, dann können wir uns bei einer Untertasse Bier über die vergangenen Monate austauschen.«

Andry schloss die Tür hinter dem Kater. Wensomer schaute wieder von ihrem Papierkram auf.

»Mein ganzes Leben habe ich Leute mit Autorität verachtet und mich über sie lustig gemacht«, murmelte Wensomer, »und was tut Schicksal mir an? Kaiserin über fünfzig Millionen Menschen und einen ganzen Kontinent. Aber genug von meinen Problemen. Ich gründe gerade eine geheime Elite-Polizei in meiner Eigenschaft als Generalinquisitor. Prüfer hat Euch als Mitglied empfohlen.«

»Das hat sie … Eure Majestät?«

»Ja. Eure Aufgabe wird darin bestehen, Zauberer vor den Polizisten der Magischen Inquisition zu retten.«

»Ihr bildet eine Polizeitruppe, die die Arbeit Eurer eigenen Polizei zunichtemachen soll?«, fragte Andry und kratzte sich verwundert am Kopf.

»Heller Bursche, Tennoner, ich mag Euren Stil. Zauberer sind notwendig, aber sie müssen sich wegen der Tatsache, dass sie Zauberer sind, schuldig fühlen und nervös sein, sonst kommen sie auf die Idee, alles an sich zu reißen. Ich mag keine Zauberer mit Ideen … das heißt, von mir einmal abgesehen. Ihr werdet eine Geheimkriegerdienst-Ausbildung benötigen, und ich weiß zufällig, dass der einzige überlebende GKD-Ausbilder auf der ganzen Welt sich in Alberin aufhält. Er heißt Roval und hat unter einem Tisch im *Freudenspender* geschlafen, als die GKD-Festung zerstört wurde.«

»Der Roval von Lady Terikel?«, fragte Andry, dem plötzlich der Magen zu gefrieren schien.

»Ihr kennt einander?«

»Ja, ja, ich, äh, spiele im *Freudenspender*. Er trinkt dort immer noch. Aber ich habe wenig mit ihm zu tun.«

»Das überrascht mich nicht. Wallas hat mir von Euch und Terikel erzählt – aber keine Sorge, Euer Geheimnis ist bei mir gut aufgehoben. Ich habe einen Kontraktionsring-Zauber um Wallas' Hoden gelegt und mit diesem Thema verbunden. Sollte er je wieder davon sprechen, schrumpft der Ring auf den Durchmesser einer Nadelspitze zusammen, was extrem unangenehme Konsequenzen hätte.«

»Äh, uh, danke sehr.«

»Zurück zu Roval. Der Mann bedeutet mir viel. Er war einmal meine Krieger-Eskorte, und wir waren sogar für eine Nacht ein Liebespaar – obwohl sich das zum größten Fiasko seit meiner Dachgarten-Unterwäscheparty zur Wintersonnenwende ausgewachsen hat. Roval ist ein gebrochener Mann, seit Terikel ihn verlassen hat, er braucht wieder einen Sinn in seinem Leben. Nüchtert ihn aus und fragt ihn, ob er sich der Geheimpolizei anschließen will.«

»Sehr gut, Eure Majestät. Sonst noch jemand?«

»Das Mädchen, das Ihr in Clovesser gerettet habt, Riellen. Ihr kennt sie offensichtlich.«

»Aber sie steht gegenwärtig wegen Hochverrat unter Arrest, Eure Majestät.«

»›Arrest‹ ist so ein starkes Wort. Sie ist mehr Gast, würde ich sagen, weil sie ein Held des Imperiums ist. Schließlich ist sie in den Gästeflügel gestürmt, hat revolutionäre Parolen geschrien und dann alle Zauberstudenten ins Verlies geführt, um die anderen Zauberer zu befreien, und das nur Minuten, bevor ein Glasdrache den Gästeflügel des Palasts abgefackelt hat. Natürlich haben die Wächter des Verlieses alle festgenommen, aber die Studenten blieben am Leben, was der eigentliche Sinn der Sache war – zumindest muss man das wohl annehmen. Sorgt dafür, dass sie fliehen kann. Gebt dem diensthabenden Feldwebel des Verlieses diese Bestechung, und wenn es teurer wird, stellt Parcher eine Rechnung.«

»Äh, wie viele Personen sind sonst noch bei der Geheimpolizei, Eure Majestät?«

»Bis jetzt drei … aber ich würde sagen, Ihr braucht mindestens doppelt so viele. Irgendwelche Vorschläge?«

»Ich werde Erkundigungen einholen.«

»Hervorragend. Von jetzt an wird Wallas unser … äh, Verbindungskater sein.«

»Aber ich gehöre der Palastkompanie an. Persönliche Treffen sind doch gewiss leichter.«

»Nicht in Eurem Fall, Andry, Ihr müsst Euch jetzt von mir distanzieren. Ihr werdet Euch schon bald im Dienst betrinken und Schande über die Palastkompanie bringen.« Wensomer warf ihm ihre Flasche Wein zu. »Ich würde gerne noch eine Klage wegen ungebührlicher Vertraulichkeit mit der Kaiserin hinzufügen, aber ich habe den Verdacht, dass Ihr albernen Idealen der Treue zu Velander und Terikel folgt, oder wer Eure wahre Liebe sonst sein mag. Nach Eurer unehrenhaften Entlassung aus dem Palast geht ihr zu den Wanderpolizisten, die Befehl haben, Euch aufzunehmen. Jetzt trinkt die Flasche aus, verschwindet von hier, befreit Riellen und lasst Euch dann betrunken erwischen.«

Als Andry gegangen war, trat Laron ein.

»Das war ein guter Plan, Laron, ich danke Euch«, sagte Wensomer, ohne aufzublicken. »Ich halte konkurrierende Interessen gerne konkurrierend, vor allem Herrscher und Zauberer. Das schwächt sie sehr wirksam. Wir arbeiten gut zusammen. Seid Ihr sicher, dass Ihr nicht auch noch mein Liebhaber und nicht nur mein Ratgeber sein wollt?«

»Ich glaube, unsere Beziehung muss auf einer rein professionellen Ebene bleiben, Eure Majestät«, erwiderte Laron.

»Wieder vor den Kopf gestoßen. Ihr macht in letzter Zeit einen sehr viel glücklicheren Eindruck. Ihr habt sicher irgendein Mädchen kennengelernt, nicht wahr?«

»Keineswegs, Eure Majestät.«

»Was dann?«

»Ich … bin sieben Jahrhunderte alt, sehe aber aus wie fünfzehn. Als Euer Ratgeber kann ich als weiser alter Mann sprechen, tatsächlich kann ich ein alter Mann *sein*, mich im Schatten verbergen und dabei helfen, ein großes Imperium zu führen. Endlich ist mir gestattet, so zu leben, als wäre ich alt und weise. Jung und weise zu sein ist überhaupt kein Spaß.«

»Andry ist jung und weise.«

»Nein, er ist jung und lernt. Oh, aber er ist wirklich bemerkenswert. Ich meine, wer sonst war am Fluss des Jenseits und hat ein Konzert für das Fährmädchen gegeben, um seiner Liebsten noch eine Möglichkeit zu leben zu verschaffen? Und die ganze Zeit hat er insgeheim auch noch eine andere geliebt. Er hat Velander gerettet, weil es das Richtige war, nicht weil er ohne sie nicht leben konnte. Andry sieht Farben, nicht nur schwarz und weiß, und er lässt sich von anderen eine Menge gefallen. Das ist seine Stärke, und auf diese Art ist er genau wie Ihr.«

»Tatsächlich? Sollte ich ihn dann auf meine Gästeliste setzen?«

»Nein. Ich sage nur, dass er gute Anlagen zum Herrscher hat, so wie Ihr eine gute Kaiserin seid.«

In der folgenden Nacht trafen sich die Aufklärer mit Andry im *Freudenspender*, um ihn zu bedauern, weil er aus der Palastgarde geworfen worden war. Riellen war, als Junge verkleidet, ebenfalls da. Andry und Riellen nahmen Esen an einen Ecktisch beiseite, während die anderen Aufklärer in den Gesang einstimmten, und der Plan für die Geheime Inquisitionspolizei wurde skizziert.

»Also werden wir von der Inquisition dafür bezahlt, Zauberer vor der Inquisition zu retten?«, fragte Esen, der die Hände auf dem Kopf verschränkt hatte.

»Aye«, erwiderte Andry.

»Und Zauberinnen«, fügte Riellen hinzu.

»Aber wir sollen in Diensten der Wanderpolizei stehen.«

»Das sollen wir.«

»Und unsere Verbindung mit der Inquisition ist ein Kater, der früher einmal Wallas war?«

»Ich bin immer noch Wallas«, sagte eine Stimme unter dem Tisch, »und könnte ich noch eine Untertasse mit Wein haben? Den 3138er Chardonelle aus Wassertal.«

»Tja, es scheint eine gute Sache zu sein, mein Junge«, sagte Esen. »Wer soll der Anführer sein?«

»Das sind Sie, Herr Feldwebel«, erwiderte Andry.

»Wir sollten abstimmen«, stellte Riellen fest.

»Wer ist für Esen als Anführer?«, fragte Andry und hob die Hand. Riellen runzelte die Stirn und hob dann ebenfalls die Hand. Von unter dem Tisch kam ein Miau. »Gegenstimmen? Esen, Sie sind neuer Feldwebel der Geheimen Inquisitionspolizei und zwar mit zwei Ja-Stimmen, einem Miau und einer Enthaltung. Ich gratuliere.«

»Was ist mit den anderen Aufklärern?«, fragte Riellen.

»Oh, denen erzähle ich nichts davon«, sagte Esen, wobei er sich einen Finger auf die Lippen legte.

»Sie verstehen nicht, wir wollen sie ebenfalls anwerben«, erklärte Andry.

Binnen einer halben Stunde waren die Reihen der Geheimen Inquisitionspolizei auf sechs Personen und einen Kater angewachsen. Bei der ersten Versammlung wurde beschlossen, dass Danol Riellens Mentor sein würde und Roval wahrscheinlich noch nicht zuverlässig genug war, um vollwertiges Mitglied der Truppe zu werden, dass man ihn aber anstellen könnte, damit er ihnen die Fertigkeiten des Geheimkriegerdienstes beibrachte, während er allmählich vom Trinken loskam. Dann wurde er an ihren Tisch eingeladen. Man gab ihm einen großen Krug Bier aus und machte ihm einen harmlos klingenden Vorschlag.

»Wenn Ihr uns also die Geheimnisse des GKD beibringen würdet, Roval, müsste der Dienst nicht aussterben«, schloss Esen seine Ausführungen.

»Wir sind alle Männer des Militärs«, fügte Andry hinzu und versetzte dann Riellen unter dem Tisch einen Tritt, als diese Anstalten machte, den Mund zu öffnen. »Ihr braucht nur die Fähigkeiten zu verbessern, die wir bereits haben.«

»Darf nicht … für die falschen Leute arbeiten«, sagte Roval mit großem Nachdruck.

»Unser geheimer Förderer ist die neue Kaiserin«, erklärte Andry.

»Wensy? Reizendes Mädchen, beißt aber etwas zu fest.«

Roval legte ihm eine Hand auf die Schulter, Andry hielt sich die Hand vor die Augen, die Aufklärer schauten verblüfft drein und Riellen verwirrt.

»Wie lautet also Eure Entscheidung?«, fragte Esen schließlich.

»Könnte das Silber brauchen«, murmelte Roval. »Die Umstände … bin knapp.«

»Wir verstehen das«, sagte Esen.

»Von einer Frau erniedrigt.«

»Das kann den Besten von uns passieren«, erwiderte Andry mit einem präventiven Tritt vor Riellens Schienbein.

»Hat mich betrogen und verlassen«, sagte Roval.

»Noch ein Bier?«, fragte Costiger.

»Hat eine Lachnummer aus mir gemacht.«

»Besser eine Lachnummer als ein Kater«, sagte eine Stimme unter dem Tisch.

Justiva und ihre Metrologen waren Priesterinnen der kalten Wissenschaften, so dass sie und die überlebenden Skeptiker in der Post-Drachenwall-Welt als lehrende Gelehrte sehr gefragt waren. Zwar hatte man ihnen neuen Grund und Boden zugewiesen, um eine Akademie zu errichten, aber Justiva stellte ein Gesuch an Wensomer, den alten Metrologischen Tempel wiederaufbauen zu lassen als Symbol der Wiedergeburt der Gelehrtenschaft im Imperium. Nach vier Monaten war das Grundstück geräumt, das Fundament gelegt und die Säulen aufgestellt, die das Dach tragen sollten. Justiva verbrachte oft ihre Nächte auf dem dunklen Bauplatz und meditierte. Das war ein persönlicher Akt des Trotzes, weil sie dafür sorgen wollte, dass der Tempel zu keiner Zeit ungenutzt blieb, auch wenn er zerstört worden war und jetzt wiederaufgebaut wurde.

Der kleine Drache traf nicht lange nach Mitternacht ein. Er sank leise aus dem klaren dunklen Himmel herab und landete auf dem Rand des Tempeldach-Rahmens. Justiva sah zu, wie er den Bauplatz betrachtete. Er wollte ganz offensichtlich zu den Metrologen, und sie war eine Metrologin. Sie räusperte sich.

»Kann ich helfen?«, rief sie. »Ich bin die Älteste der Metrologen.«

Der Drache blickte wachsam nach unten, dann faltete er seine Flügel. Sie ragten immer noch mindestens hundert Fuß hoch in die Luft, aber der Körper war überraschend klein. Tatsächlich hatte er nur die Größe einer Person.

»Könnt Ihr an dem Gerüst hochklettern?«, fragte der Drache mit gedämpfter, aber samtiger Stimme. »Ich bin zu behindert, um herunterzukommen.«

Justiva erklomm eine Leiter zu dem Steinträger, der auf den Säulen lag, und setzte sich vor den Drachen. Jetzt konnte sie erkennen, dass es wahrscheinlich ein Zauberer in einem äußerst hoch entwickelten Luftwandel-Zauber war. Er hatte wie ein Vogel einen Brustbeinkiel, um das Schlagen der Flügel zu ermöglichen. Was aus der Ferne wie ein Schnabel aussah, war eine stromlinienförmige Maske mit einem Steuerkamm.

»Also haben die Metrologen Drachenwall überlebt?«, fragte der Drache nach einer Weile verlegenen Schweigens.

»Ja. Der Tempel wurde angegriffen, aber wir haben weder eine Person noch ein Buch verloren. Jetzt bauen wir alles wieder auf. Habt Ihr etwas mit uns zu tun?«

»In gewisser Weise. Ich war einmal eine Priesterin. Ich bin gekommen, um meine Gelübde zu widerrufen.«

»Terikel?«, ächzte Justiva.

»Ich habe jetzt einen anderen Namen. Ich habe die Flügel zu lange behalten, und jetzt kann ich sie nicht mehr aufgeben.«

»Ihr meint, Ihr seid gefangen?«

»Keineswegs. Ich habe herausgefunden, dass es mir gefällt, fünf Meilen über dem Boden zu schweben. Dort kann ich glücklich leben und über die Muster der Sterne und die Strukturen des Landes unter mir nachdenken. Ich bin am glücklichsten, wenn ich dort oben bin. Meine Lehrer nennen mich Federschwinge, und ich gebe meinen Schwingen gefiederte Spitzen und Ränder. Eigentlich ist es nur Eitelkeit, aber wir Drachen sind sehr eitel. Vielleicht kommt einmal die Zeit, in der ich nie mehr landen muss.«

»Terikel, wegen Roval«, begann Justiva.

»Es gibt keine Entschuldigung für meine Taten«, erklärte Terikel. »Ich habe herausgefunden, dass ich nie ein guter Mensch sein könnte, also höre ich auf, ein Mensch zu sein.«

»Ich versuche um Verzeihung zu bitten, Terikel, ich habe Roval Euer Tun verraten. Ich war so abgestoßen von Eurem Handeln – aber es stand mir nicht zu, über Euch zu richten. Ich … ich habe ihm verraten, was Ihr in Eurer letzten Nacht in Alberin getan habt. Was kann ich mehr sagen? Es hat ihn gebrochen, es hat bewirkt, dass die anderen Metrologen Euch gehasst haben, aber es hat nichts erreicht. Ich bin ein Ungeheuer.«

»Ich bin hier das einzige Ungeheuer, Justiva. Akzeptiert Ihr, dass ich meine Gelübde widerrufe?«

»Ich glaube wohl. Bis zu diesem Augenblick haben Euch alle für tot gehalten. Andry und Wallas haben gesagt, Ihr wärt in eine Schlucht gestürzt.«

»Dann bleibe ich besser tot. Ich war kein netter Mensch, und es ist besser, wenn ich allen fern bleibe, denen ich wehtun könnte.«

»Aber vermisst Ihr denn nicht die Dinge, die Euch uns ähnlich gemacht haben? Könnt Ihr ohne den Geschmack von Wein und leckerem Essen und die Berührung eines Geliebten leben?«

»Ja. Und wann habt Ihr zum letzten Mal den Geschmack von Wein und leckerem Essen und die Berührung eines Geliebten erlebt?«

Die Frage überraschte Justiva. Terikel war für sie verloren, aber sie war glücklich. Konnte sie ihren Freunden etwas Besseres wünschen, als glücklich zu sein?, fragte sie sich. Terikel schaute hoch, und Justiva folgte ihrem Blick. Justiva sah nichts, aber Terikel spreizte die Flügel.

»Mein Mentor wird unruhig«, sagte Terikel. »Zeit zum Aufbruch.«

»Wartet, bitte!«, rief Justiva. »Werdet Ihr mir vergeben für … für Roval und alles?«

»Ihr könnt meine Vergebung haben, aber Ihr braucht Eure eigene Vergebung noch viel mehr. Ich könnte mir niemals verzeihen, also fliehe ich jetzt vor mir. Eines Tages müsst Ihr vielleicht dasselbe tun. Lebt wohl.«

Terikel sprang, ohne noch auf ein weiteres Wort von Justiva zu warten. Die Höhe des Tempeldachs und ein einziger Flügelschlag beförderten sie hoch über Werftseits, und sie war Justivas Blicken rasch entschwunden. Von unten kam ein leises Knarren, als jemand die Gerüstleiter erklomm. Schließlich gesellte sich Lavenci zu Justiva auf den Steinträger.

»Du warst mit einem Glasdrachen zusammen«, sagte die

Albinofrau unbehaglich, während sie Justiva eine Hand auf die Schulter legte.

»›Drache‹ ist so ein starkes Wort«, erwiderte Justiva.

»Was dann?«

»Es war ein Geist, der gekommen war, sich zu verabschieden.«

EPILOG

Madame Karracels Exklusive und Intime Dienste war als Fassade für Madame Yvendels Geheime Akademie der Angewandten Zauberkünste ebenso gut wie jede andere. Junge, verstohlen wirkende Männer und Frauen kamen und gingen zu sonderbaren Zeiten, und alle echten Kunden, die exklusive und intime Dienste in Anspruch nehmen wollten, wurden an der Tür mit der Begründung fortgeschickt, der Eintritt könne nur auf Einladung erfolgen.

Für ein Mitglied einer geheimen Untergrundorganisation fiel Lavenci eigentlich zu sehr auf. Sie war eine hochgewachsene, eckige Albinofrau mit Haaren mindestens so lang wie Wensomers und vollen Lippen, die sie grundsätzlich grellrot schminkte. Als hochrangige Akademikerin war sie außerdem ein wichtiges Mitglied des Auswahlkomitees für Madame Yvendels Akademie, und dieser Posten war mit Ausflügen zu zahlreichen geheimen Treffpunkten in ganz Acrema verbunden. Dabei begutachtete sie potenzielle Studenten der Zauberei auf latentes Talent, bevor vor der Zulassung die lange Reihe der Sicherheitsüberprüfungen begonnen wurde. Es war eine gefährliche, unsichere Arbeit, da die Inquisitionspolizei wusste, dass sich in Acrema nicht nur Zauberer verbargen, sondern auch lehrten.

Die Nacht war kein Erfolg für Lavenci gewesen. Der Kandidat hatte vernachlässigbares magisches Talent, und irgendwie mangelte es ihm an fundamentalem Interesse für die Künste der Zauberei, das Schattenwandeln, das Zauberformen und das arkane Wissen im Allgemeinen. Da sie eine Falle witterte, kürzte Lavenci die Befragung ab, verließ die Pension durch ein Fenster, suchte sich einen Weg über mehrere Dächer und kletterte irgendwann wieder auf die Straße. Bei einem Blick zurück zur Pension fiel ihr auf, dass Bewaffnete mit Fackeln den Eingang versperrt hatten und eine Gruppe von Gardisten ein Wurfnetz aus einem Metallgeflecht bereitmachten. Wer immer diese Aktion organisiert hatte, wusste, dass das Jagdwild über Zauberkräfte verfügte.

Die Zauberin eilte davon, erleichtert über ihre Flucht, aber auch beunruhigt ob der Tatsache, dass die Inquisitionspolizei sie beinah gefasst hätte. Ihr Weg durch die Stadt war so etwas wie ein Sägezahnmuster in Richtung Nimmerseits. In vielerlei Hinsicht war Nimmerseits der logische Standort für eine Akademie für Zauberei. Dort spielten sich so viele verdächtige Aktivitäten ab, dass es als Basis die natürliche Wahl für jeden war, der außerhalb des Gesetzes lebte. Madame Yvendel betrieb dort tatsächlich eine Art Akademie, aber es war eher ein größeres Haus mit gut drei Dutzend Geheimeingängen und Schlupflöchern. Tatsächlich war sie eine Zwischenstation für Zauberer, um Verfolger abzuschütteln, und wenig mehr. Einige der Gänge führten über eine halbe Meile vom Haus weg, durch Tunnel und Abwässerkanäle und über Dächer. Das Haus selbst war an Hehler vermietet, die es als Lagerhaus und Markt benutzten, die Zauberer ignorierten, die dort gelegentlich durchkamen, und jeden Eindringling töteten, der aussah, als arbeite er für Garde, Polizei oder Miliz.

Lavenci beging den Fehler, sich von ihrem Anflug von Panik dazu verleiten zu lassen, den nächsten Eingang anzusteuern.

Sie schritt zuversichtlich eine Straße entlang, die nur von Mirals Licht erleuchtet wurde, bog in eine Gasse ein und zählte in der Düsternis dreißig Schritte ab, bevor sie nach rechts tastete. Wie sie erwartet hatte, war die Tür da und auch das Schlüsselloch. Ihr Schlüssel drehte sich im Schloss – doch Lavenci konnte die Tür nicht öffnen! Ein Wurfnetz fiel von oben auf sie herab, und sie wurde sofort von mehreren kräftigen Männern mit Kettenpanzern unter der Kleidung angegriffen. Bevor sie einen Feuerzauber sprechen konnte, wurde ihr ein Knebel in den Mund gestopft und festgebunden, während man sie in der Dunkelheit niederhielt. Jemand nahm die Abdeckung von einer Stablaterne.

»Inquisitionspolizei, Ihr steht unter Arrest«, verkündete eine Stimme unter einer Kapuze hervor.

Lavenci sah, dass die Tür oben und unten mit Brettern vernagelt worden war und sich neun maskierte Gestalten in Schwarz mit ihr in der Gasse befanden.

»Ich glaube, Ihr seid eine Akademikerin der Zauberei«, sagte einer der über sie gebeugten Männer. »Das ist gut, denn wir wollen eine Menge von Euch erfahren.«

Er trat ihr in die Rippen, und ein greller Schmerz zuckte durch ihren Körper. Lavenci stieß einen durch den Knebel gedämpften Schrei aus, und die Schmerzen ihres nächsten Atemzugs verrieten ihr, dass eine Rippe gebrochen war.

»Das ist unsere Form der Bezahlung, und Ihr werdet feststellen, dass wir sehr großzügig sind.«

Er trat ihr noch einmal in die Rippen, und Lavenci brachte einen Schrei heraus, der in ein hoffnungsloses Ächzen überging. Irgendwo nicht weit entfernt war das Klirren einer Flasche zu hören, die zerschmettert wurde.

»Dassis schrecklich, jemand sollte was gegen euresgleichen unternehm!«, rief eine Stimme aus der Gasseneinmündung.

»Was bei allen Kreisen der Hölle …«, begann Lavencis Peiniger, aber ein halber Ziegelstein kam aus der Dunkelheit geflogen, traf seinen Kopf und schnitt ihm das Wort ab. Er fiel gegen die Lampe an der Stange und stieß sie gegen einen der Männer, die Lavenci festhielten, so dass Öl auf ihn spritzte und er einen Moment später in Flammen stand. Mittlerweile hatte der betrunkene Alberiner die anderen Inquisitionspolizisten angegriffen, und in der allgemeinen Verwirrung riss Lavenci sich los und rannte zur Gasseneinmündung, wobei sie sich den Knebel aus dem Mund riss. Sie rannte kopfüber in eine andere Gruppe von Männern und fand sich wiederum umzingelt.

»Alles in Ordnung, Fräulein?«, fragte jemand mit einer gebildeten Stimme.

»Wir sind Freunde, Ladyschaft«, grollte eine wesentlich größere Gestalt vor ihr.

»Dieser Mann, Ihr müsst ihm helfen!«, rief Lavenci, wobei sie die brennenden Schmerzen in der Seite ignorierte und hoffte, dass sie tatsächlich Freunde waren. »Dieser abgerissene Betrunkene hat sich gerade mit neun Inquisitionspolizisten angelegt und er ist nur mit einer Bierflasche bewaffnet.«

»Das ist seine Lieblingswaffe, Ladyschaft«, sagte der große Mann.

Für Lavenci ergab die Welt plötzlich keinen Sinn mehr. Aus der Gasse drang der Lärm dumpfer Schläge und unangenehm klingendes Knacken zur Begleitung von Schmerzensschreien.

»Was ist, äh ...«, brachte sie schließlich hervor.

»Er wird versuchen, ihnen nicht allzu wehzutun, Fräulein«, sagte die gebildete Stimme.

»Aber, aber, aber ... einer gegen neun?«, beharrte Lavenci.

»Geheime Inquisitionspolizei, Fräulein, er ist einer unserer besten Männer.«

»Geheime Inquisitionspolizei?«, fragte Lavenci.

»Ja, Fräulein.«

»Im Gegensatz zur Inquisitionspolizei?«

»O nein, Fräulein, wir haben nichts mit diesen schrecklichen Leuten zu tun.«

Lavenci registrierte, dass es in der Gasse plötzlich still geworden war. Ihr dünner, abgerissener Retter tauchte auf, warf seine abgebrochene Bierflasche weg, wischte sich ein Büschel Haare von der Stiefelspitze, strich seine Kleidung glatt und verbeugte sich vor ihr.

»Ich musste ein paar Leiber auf den brennenden Halunken werfen, um die Flammen zu ersticken«, verkündete er. »Verzeiht die Verzögerung, Fräulein.«

»Hab doch gesagt, dass er human ist«, sagte der große Mann. »Hat noch nie einen umgebracht, der Junge.«

»Wir bringen Euch sicher zu Madame Yvendel«, sagte der gebildete junge Mann.

»Madame Yvendel … nein! Ich meine, ich weiß nichts über Madame Yvendels, äh, Haus.«

»Wir wissen auch nichts darüber, Fräulein. Kommt mit.«

Lavenci bemerkte plötzlich, dass ihre Eskorte auf drei Mann geschrumpft war.

»Am besten haltet Ihr Händchen mit Danolarian«, sagte derjenige, der das Kommando zu haben schien. »Wenn Ihr ausseht, als hättet Ihr es eilig, seht Ihr verdächtig aus. Aber so sind wir nur ein Junge, sein Mädchen und ihre Kumpel auf dem Weg zur Taverne.«

Irgendwo hinter ihnen ertönte ein Schmerzensschrei.

»Muss wohl noch so ein Inquisitions-Halunke hinter Euch her gewesen sein, Fräulein«, sagte Danol und drückte schüchtern ihre Hand.

Sie nahmen eine Fähre über den Alber und waren bald darauf im *Freudenspender*, wo der Wirt den Geheimen Inquisitionspolizisten namens Andry und Esen ihre Fiedel und Hornpfeife gab, die er hinter der Theke verwahrte. Als sie einen Reel anstimmten, verbeugte sich der junge und charmante Danol vor Lavenci und fragte sie, ob sie tanzen wolle, Als Lavenci den Arm zu Danols ausgestreckter Hand erhob, verspürte sie einen Schmerz, als werde ihr ein weißglühender Schürhaken über die Rippen gezogen, aber die Zauberin biss auf die Zähne und verwandelte ihre Grimasse in ein Lächeln und stand auf. Sie fingen an zu tanzen. Später, als sie und Danol sich ausruhten, zeigte Lavenci auf Andry. Er spielte ein Klagelied auf seiner Fiedel.

»Wer ist dieser junge Mann?«, fragte sie. »Ist er ein Vasall oder Adeliger in Verkleidung? Er kann kämpfen wie ein Held aus einer epischen Ballade, die zauberhafteste Musik spielen und, nun ja, seine Manieren sind irgendwie so reizend. Er kann eigentlich kein Gemeiner sein, oder?«

»Er ist nur ein Junge«, erwiderte Danol. »Hat zwei Mädchen gehabt, aber beide nach jeweils nur einer einzigen Nacht wieder verloren. Jetzt verschenkt er sein Herz nicht mehr. Er sagt, dass er einen Fluch mit sich herumträgt, der jede trifft, die geneigt ist, sein Schatz zu werden.«

Andry und Esen begannen mit der nächsten Serie von Tanzliedern, und diesmal war es Lavenci, die Danol zum Tanz aufforderte. *Diese Nacht, diese Taverne und diese Edelmänner würde ich nicht mal für den Thron von Kaiserin Wensomer hergeben,* dachte Lavenci, während die Musiker den Reel »Die Damen von Alberin« spielten und die Trinkenden ihre Krüge im Takt auf den Tisch knallten oder klatschten.